民国世界文学经典译著·文献版（第四辑：法国小说）

◆长篇小说◆

Jean-Christophe

约翰·克里斯朵夫（一—四册）

[法] 罗兰·罗曼（Romain Rolland）著 傅雷 译

上海三联书店

［法］羅蘭・羅曼（Romain Rolland）著　傅雷　譯

約翰・克裏斯朵夫（四）

中華民國三十五年一月初版

第四册

燃燒的荆棘——復旦

卷九·燃燒的荊棘

卷九釋名

摩西一日領羊羣往野外去，到了神的山，就是何烈山。耶和華的使者從荊棘裏火焰中向摩西顯現。摩西觀看，不料荊棘被火燒着，却沒有燒毀。摩西說：『我要過去看這大異象，這荊棘爲何沒有燒壞呢？』耶和華見他過去要看，就從荊棘裏呼叫說：『摩西，摩西，我在這裏。』……

舊約，出埃及記第三章——譯者錄

第一部

燃燒的荊棘

心地寧謐。風勢驟殺。空氣靜止……

克利斯朵夫很安靜；心中充滿着和平。他因爲掙得了和平覺得有些傲意。暗中却又有些傷心。他對着這種靜默出驚。他的情欲睡熟了；他一心以爲它們永遠不會再醒。

他的偏於暴烈的巨大的力，沒有了目的，悠閒地入睡了。實際却是一片空虛，一種暗藏在心底裏的『又有何用』的悵惘，也許是一種他不懂得抓握的幸福底情操。他對自己，對旁人，都不再需要多大的戰鬥，甚至他在工作方面也不再有多大的困難。他已到達一個階段底終點，承受着他以前努力底後果；汲取他所開發的音樂血脈也太容易；他過去的作品方被那般天然落後的羣衆發見並且讚賞時，他却早已把這批作品置之腦後，同時也不知自己是否還會更向前進。他在創作中感到一種單調的愉快。在他一生底這一時期，藝術於他祇是一副使他賣弄技巧的美妙的工具。他羞愧地覺得自己變了一個玩弄主義者。

易卜生曾經說過：『在藝術裏面需要堅守勿失的，不祇是天生的才氣，而且還有才氣以外的東西：例如充滿着人生而使人生富有意義的熱情與痛苦。否則，人們不能創造，只能製造書籍罷了。』

克利斯朵夫就是在製造書籍。可是他覺得不慣。固然這些書是美的。他却寧願它們減少一些美而增加一些生氣。這個在休息期中的運動家，不知如何安排他的筋骨，像一頭無聊的野獸般，打着呼欠，眼望着在他面前的平靜的工作底歲月。但因他具有日耳曼族古老的樂觀氣分，所以他確信一切都已安排得頂好，眼前的情形無疑是不可避免的；他私自慶幸逃出了騷亂，成爲自己的主宰。這並不說得過分……究竟！一個人只能把他的所有來控制，一個人只能成爲他所能成爲的樣子……他自以爲已經抵達彼岸。

兩位朋友並不住在一起。雅葛麗納出走以後，克利斯朵夫以爲奧里維會回來住到他家裏的。但奧里維絕對不能這樣做。雖然他需要接近克利斯朵夫，他可覺得再和克利斯朵夫過從前的生活是不可能了。自從他和雅葛麗納同居了幾年之後，他覺得再把另一個人引進他的私生活是不可容忍的，簡直是褻瀆的，——不管他愛這另一個人甚於愛雅葛麗納，或這另一個人比雅葛麗納更愛他。——這是沒有理由可說的……

克利斯朵夫不大瞭解這一點。他屢次嘗試，驚異，傷心，氣惱……隨後，比他智慧更高明的本能提醒了他。他便突然閉口不言，認爲奧里維是對的。

可是他們每日相見。比任何時都更密切。也許他們並不在談話中交換他們最親切的思想。並且他們也沒有這種需要。精神的溝通是毋須言語的，只消是兩顆充滿着愛的心靈就行。

兩人很少說話，一個耽溺在他的藝術裏，一個耽溺在他的回憶裏。奧里維底苦惱輕減了，但他並不曾爲了減輕苦惱而有所努力，差不多還以苦惱爲樂：在長久的時期內，苦惱成爲他生命底唯一的意義。他愛他的孩子；但孩子——一個哭喊的嬰兒——不能在他生活中佔據多大位置。世界上有些男人，做情人的成分比做父親的成分多。對於這種情形表示驚駭詫怪是無用的。天性並不一律；要把同樣的心靈規律施之於人人是荒謬的行爲。固然，沒有一個人有權把他的責任爲了他的心而犧牲。但至少得承認一個人可以盡了責任而不覺得幸福。奧里維在孩子身上最愛的一點，乃是這孩子底血肉所從來的母親。

至此爲止，他不大關心旁人底疾苦。他是一個耽於靈智的分子，過着太悠閑的生活。這並非自私，而是愛夢想底病態的習慣。雅葛麗納更加擴大了他周圍的空虛；她的愛情在奧里維與旁人之間劃出了一個神奇的區域，愛情消滅了，這區域依舊存在。而且他氣質上是一個貴族。從幼年起，雖然有一顆溫柔的心，他却由於身心方面天生的溫雅敏感，一向遠離着大衆。他們的思想和氣息使他憎厭。——但從他親眼看見了一樁平凡的瑣事以後，一切都變了。

他在蒙羅區底高阜上租着一個很樸素的寓所。和克利斯朵夫與賽西爾底住處都離得很近。這是一個平民區，他的屋子裏都是一般靠小進款過活的人，雇員和幾個工人家庭。要是在別個時期，他對於這個氣味不相投的環境定會感到痛苦；但這時候，他簡直不大在乎，這兒也好，那兒也好他到處是一個外人。他不知道、也不願知道鄰舍們是些什麽人。工作回來——（他在一家出版公司裏有一個小差事）——他便關在屋裏耽念往事，只爲了探望他的孩子和克利斯朵夫纔出去。他的住處不能算是一個家，而是一間充滿着過去底形象的黑房；房間越黑越空，形象也越顯得清楚。他不大注意樓梯上遇到的面孔。但不知不覺的已經有些面貌印入他的心裏。有些人對於事物直要過後纔看得清楚。那時便甚麽也逃不掉了，最微小的枝節也像是用刻刀鐫下來的。奥里維就是這樣：心中充滿着活人底陰影。一受到感情衝擊，這些陰影便浮現起來；並未認得它們的奥里維，却認識它們，有時伸出手去抓它們……可是太晚了！……

有一天，在出去的時候，他看到屋子前面有一堆人，圍着那個咭咭呫呫的女門房。依着他淡漠的心情，他會不加問訊的繼續走路；但那意欲多招一個旁聽人的女門房攔住了他，問他有沒有知道可憐的羅賽一家底遭遇。奥里維連『這些可憐的羅賽』是誰都不知道；只漫不經意的、有禮地聽着。當他得知一個工人底家庭，父親、母親、和五個孩子纔在他同一座屋子裏自殺時，他像旁人一樣，一邊聽着女門房反覆不厭地重述那件故事，一邊擡起頭來望望牆壁。在她敘述的時間，往事回到他腦海中來了，他發覺曾經見過這些人；他尋思着……是的，他認得他們：男人——（他聽見過他嘶嘶的呼吸聲）——是一個麵包司務，皮色蒼白，爐竈底熱度把他的血吸乾了，雙頰凹陷，滿是鬍髭；初冬時患過肺炎，未曾痊愈就去上工，變成復病，三星期以來，他失掉了工作，失掉了精力。女人，一直拖着大肚子，已經被骨節病弄得癱瘓，還要撐持着做些家庭雜務，整天在外面跑，想從公共救濟會裏弄一些遲遲而來的微薄的資助。而這期間，孩子們來了，源源不絕地：十一歲的，七歲的，三歲的——中途夭殤的兩個還不計在內；——末了，再來一對孿生兒作爲結束，且還揀了一個最好的時期，在上個月裏下地！一個鄰婦說：

——他們出生的那天，五個孩子中最長的一個，十一歲的小姑娘于斯丁納，——可憐的妮子！——哭着說她怎麼同時抱得起一對孿生兄弟……

這時候，奧里維腦海中立刻浮現出那個小姑娘底形象，——一個巨大的額角，黯澹無光的頭髮望後梳着，一雙驚惶不定的灰色眼睛生得老高。人家碰到她時不是看見她捧着食物，就是看見她抱着小妹子；再不然手裏牽着一個七歲的兄弟，一個嬌弱的孩子，相貌倒很細氣，只是獨眼。當奧里維在樓梯上和她相遇時，總是心不在焉地、有禮地說一聲：

——對不起，小姐。

她一言不發，只是直僵僵地走過，差不多連閃避一下都不；但這種虛幻的禮意使她暗中歡喜。隔天傍晚六點鐘，他下樓時還最後遇見她一次；她提着一桶木炭上去。東西似乎很重。但對於一般貧寒的孩子，這是司空見慣的事。奧里維照例招呼了一聲，並沒瞧她一眼。他往下走了幾級，無意中擡起頭來，看見她靠在欄杆上，一張小小的拘攣的臉正在俯視他下樓。一瞥之下，她立即轉身上去了。上到哪兒去呢？她知道不知道？——此刻奧里維並沒想到這些，他一心想着這可憐的妮子，在她沉重的桶裏提着死亡，——解放……可憐的孩子們，不復存在爲他們是不復受苦！他不能繼續去散步了。他回到房裏。但在這裏，明明知道死者就在旁邊……只有幾道壁底阻隔……他竟在這些慘痛的事情旁邊生活過！……他又怎能安安寧寧的留在家裏？

於是他去探望克利斯朵夫。衷心悲哽，他自忖像他過去那樣的耽溺在無聊的愛情的失意中，同時却有多少生靈受着千百倍於此而可能加以援救的苦難，眞是殘忍極了。他的深切的感動很容易傳達給別人。現在輪到克利斯朵夫騷動起來了。他聽着奧里維底敍述，把他纔寫好的一頁樂譜撕掉，認爲自己弄着這等兒童底玩藝是自私自利……但隨後他又把撕破的紙張檢起來。他太沉溺在他的音樂裏了；本能告訴他，世界上減少一件藝術品也不能多添一個幸福的人。這種飢寒交迫底悲劇於他全然算不得新鮮；從童年起，他是在這一類的深淵邊上走慣而不使自己下墮的。甚至他對於自殺還抱着嚴厲的態度，因爲在他一生底這一時期，他覺得自己充滿着力，簡直想不到一個人爲了某一種痛苦竟會放棄鬥爭。痛苦與戰鬥，還有比這更尋常的事麼？這是宇宙底支柱啊。

奧里維也曾從類似的磨難中經歷過來。但他從來不甘降服，爲自己爲別人都是如此。把他疼愛的安多納德磨折死的這種飢寒交迫底災難，他一向深惡痛絕。自從他娶了雅葛麗納，聽讓財富與愛情消磨了他的意志之時起，他就急急的丟開那些悲慘年代底回憶，急急忘掉他和姊姊每天要毫無把握地掙取麵包底往事。如今當他沒有愛情需要他保衞的辰光，這些形象便重新浮現了。

他並不避去痛苦底臉，反而去搜尋它。這是不必走多少路就可找到的。在他現在這種心境中，他到處都會看到痛苦底臉相。它充塞着世界。世界是一所醫院……呋！創痛啊！苦惱啊！遍體鱗傷、活活朽腐底磨難！憂傷侵蝕、暗自摧殘底酷刑！沒有溫情撫慰的孩子，沒有前途可望的女兒，遭受欺凌的婦人，在友誼、愛情、與信仰中失望的男子，一串串的盡是些爲人生戕害的可憐蟲！最慘酷的還不是貧窮與疾病；而是人與人間的殘忍。奧里維纔揭起人間地獄底蓋子，所有被壓迫者底呼號已經震動他的耳鼓了：受人剝削的無產者，被人虐害的民族。被屠殺的亞爾美尼，被窒息的芬蘭，四分五裂的波蘭，殉道的俄羅斯，被歐洲的羣狠爭食的亞非利加，一切人類中的受難者。奧里維爲之氣塞了；他到處聽見他們的哀號，不復能想像一個人還會想到旁的事情。他不住的和克利斯朵夫說着。克利斯朵夫被他驚擾之下。回答道：

——閉口！讓我工作。

又因他不容易重新維持心中的均衡，便惱怒起來，咒道：

——見鬼！我這一天完全糟掉了！你倒大有進境。

奧里維立刻表示歉意。

——我的孩子，克利斯朶夫說，不該老望着窟窿。那是要活不下去的。

——但應當伸手給那些掉在窟窿中的人啊。

——當然囉。可是怎樣伸你的手？連我們一齊掉下去麼？你就是要這樣做。你有一種傾向，在人生中只看見可悲的事情。讓上帝祝福你罷！不用說，這種悲觀主義是慈悲的；可是令人喪氣的。你要幸福麼？那末先得快活！

——快活！看到這麼多的苦難之後，怎麼還有這種心腸？只有努力去減少苦難總有幸福可言。

——好極。但我決非亂打一陣就能幫助不幸的人。多一個壞兵是無濟於事的。可是我能夠用我的藝術來安慰他們，來散播力與快樂。你知道不知道，一支有力的歌曾經使多少可憐蟲在苦難中獲得支持？各幹各的行當！你們這般法國人，好心糊塗蟲，永遠要搶着替一切的不平叫屈，不管是爲西班牙或俄羅斯，也不會弄清楚究竟爲了什麼。我愛你們這種脾氣。但你們相信你們會使事情獲有進步麼？你們亂哄哄的投入漩渦，結果是毫無，——不然就是把事情弄得更糟……你瞧，你們的藝術從沒有比這個你們的藝術家自命爲參預世界運動的時代更黯澹無色。奇怪的是，多少玩弄藝術的小作家，居然自稱爲救世的聖徒！其實，他們最好還是別灌這種變味的酒給他們的民衆。——我的責任，第一在於好好做我的事，替你們製作一種健全的音樂，可以恢復你們的血液，把太陽安放在你們心裏。

要散佈陽光到別人心裏，先要自己心裏有。而奧里維就感缺少。像今日一般最優秀的人一樣，他沒有足夠的力量使他獨自光耀他的力。祇有和別人聯合起來時他纔能夠。但和誰聯合呢？精神是自由的，心地是虔敬的，他被一切政治的與宗教的黨派摒諸門外。他們由於不容忍與狹小之故，大家爭競排擠。一朝有了權力，他們就要濫用。唯有被壓迫者纔吸引奧里維。在這方面，他至少是和克利斯朵夫同意的，認爲在反抗遠方的不平之前，先得反抗近旁的不平，反抗在我們周圍的而且是我們多少負有責任的。沾沾自得地攻擊別人所犯的罪惡而忘掉自己所作的罪惡的人，眞是太多了。

於是他先從幫助窮人入手。他的女友亞諾夫人參加着一個慈善組織。奧里維請她介紹入會，初時他就遇到好幾樁失意的事情：他所負責照顧的那些窮人並不全都值得關切；或是他們對於他的同情沒有適當的回響，他們提防他，對他表示深閉固拒的態度。並且一個智識分子根本難於在單純的慈善上面獲得滿足：這種慈善所灌溉到的，在災禍底國土中真是一片多狹小的園地！它的行動幾乎老是支離破碎的，零星斷片的；它似乎漫無目標地走着，發現到傷口時就隨時裹紮一下；以一般而論，它的欲望太小，行動太匆迫，不能一針見血的直搗病源。可是奧里維底精神孜孜不倦地要追尋的，就在災禍底根源方面。

他從事於社會災難底研究。嚮導決不愁缺少。這時代，社會問題成爲上流社會底一個問題。沙龍裏，小說裏，劇本裏，大家都談論着。個個人自命爲熟悉。一部分青年把最優越的力量消耗在這問題裏。

每一代新人都得有一種美妙的熱狂。即使青年中最自私的一批，也懷有一股盈溢的生命力，一股充足的元氣，不願意無所生產；他們想法要把它消耗在一件行動內，或——（更謹愼地）——在一宗理論裏。航空或是革命。肌肉底運動或思想底運動。一個人年輕的時候，需要有一種幻象，覺得自己參預着一件偉大的人類活動，覺得自己在革新世界。那時，一個人底感官會隨着宇宙間一切的氣息而震動。人是那樣的自由那樣的輕鬆！還沒有家庭之累，一無所有，一無所懼。當一個人能夠捨棄他還不會持有的東西時是很慷慨的。而且，能愛能憎，能相信幻夢一場、吶喊幾聲就改造了塵世是多麼甘美！青年人有如那些窺伺待發的狗：他們對着風怒嗥狂吠。在世界那一端所發生的一樁違反正義的罪行會使他們發狂……

黑夜裏的吠聲。從這一個農莊到那一個農莊，在大森林中間，他們不住的呼應着。黑夜弄得騷擾不寧。在這個時代，眞不容易睡覺！風在空中飄着多少違反正義底回聲！……違反正義底事情是無量數的；爲補救一樁不義，人們不惜另犯一樁不義。什麼叫做不義呢？——有的說是可恥的和平，殘廢的國家。有的說是戰爭。第一個說是過去底被毀，貴族底被黜。第二個說是教會底被掠。第三個又說是未來被窒息，自由陷於危險。對於平民，不平等是不義；對於優秀階級，平等是不義。不義底種類那麼多，每個時代得揀一個，——既要揀一個加以攻擊，又要揀一個加以擁護。

這時代，人類最大的努力正用在攻擊社會的不義，——而不知不覺的已在準備新的不義。

當然，自從工人階級底數量與威力增高、成爲國家底主要機軸以來，這些不義是難以負擔而特別令人注目了。但雖然它的政客與謳歌者如何宣傳，工人階級底現狀並不變得更壞，反而比從前改善；今昔的變化並非在於現代的工人們更苦，而是在於更強有力。這強有力，是由於敵方資本底強大；由於經濟與工業發展底必然趨勢，因爲這種發展把勞動者集合成可以作戰的軍隊，而且因爲機械化的緣故、把武器放在勞動者手裏，把每一個工頭造成一個支配光支配電、支配世界底力的主宰。從這個爲一般領袖不久以來想加以組織的巨大的基本力中間，發出一股烈焰底熱度，發出多少電浪，流遍整個人類社會底軀體。

聰明的中產階級所以被這個平民問題震動的緣故，決不是——雖然他們自以爲是——由於這個問題底合於正義，也不是由於這些觀念有什麼力量或新穎之處，而是由於民衆底生命力。

我們提到平民問題底正義麼？社會上千千萬萬別的正義被蹂躪了，不會使社會動心。要說它的觀念麼？零零碎碎的眞理，東一處西一處檢拾得來的，犧牲了旁的階級而依了一個階級底身量剪裁過的。不過是一些和一切的『原則』同樣荒謬的『原則』——君權神聖啊，教皇無誤啊，無產階級統治啊，普及選舉啊，人類平等啊，——倘使你不從鼓動這些原則的力量方面着眼而單以它們的理智價值看，還不是同樣的荒謬？可是儘管它們平庸也是無妨。觀念並不靠它們本身去征服世界，而是靠它們所代表的力量。它們的能够獲得人心，也決非靠它們靈智的內容，乃是靠在歷史上某些時期中顯露的生命力底光輝。髣髴是一股濃烈的氣味：最粗忽的嗅覺也被它刺激醒了。要講觀念本身，那末，最崇高的也是毫無作用的，直要到有一天，這觀念並非靠着本身的價值，而是靠了它借以化身、成爲血肉的那些人羣底價值而有了傳染性的時候。那時，枯萎的植物，奚里谷底玫瑰（按奚里谷底玫瑰極易萎謝，但移植溼地，即能再生。），突然開花了，長大了，空間充滿着它濃郁的香味。——鮮明的旗幟領導着工人階級去衝擊布爾喬亞的堡壘；而產生這旗幟的那些思想，還是出之於某些布爾喬亞夢想者底頭腦。只要思想留存在中產者底書籍裏，思想就等於死的一般：不過是博物館裏的東西，沒有一個人瞧上一眼的玻璃櫃中裹着繈褓的木乃伊。但一朝羣衆被思想迷上了之後，思想就變成了羣衆，羣衆底狂熱的現實把它變了形狀，使它有了生氣，抽象的理由中也給幻想的希望吹入了，有如一陣摩罕默德朝代底熱風。這現實擴張開去。大家都爲之感動，不知道現實是誰帶來的，怎樣帶來的。人物是不足道的了。精神的傳染病繼續蔓延；竟可由狹小的人物傳達給優秀階級。每個人在無意之間做了傳佈使者。

這種靈智傳染病底現象是每個國家每個時代都有的；即使在特權階級努力撐持的貴族國家也能令人感到。但這種現象之來勢之猛，莫如在一般民主國內，因爲在這裏，上層階級對於平民大衆是絕無藩籬可資守禦的。所以上層階級立刻傳染上了。儘管它驕傲、聰明，却不能抵抗疫勢之蔓延：因爲它比它自己所想像的羸弱得多。智慧是一座島嶼，被人類的波濤侵蝕，戕害，淹沒。直要等潮水退落時它纔重新浮現。人們對於法國特權階級在八月四日夜裏捨棄特權（按一七八九年法國大革命爆發後之八月四日夜，由若干貴族領導，通過廢止貴族特權之議案。）的事情表示讚嘆。其實最堪讚嘆的，無疑是他們的不得不這樣做。我猜想他們之中定有不少回到府第裏時會對自己說：『我幹了些什麽啊？我眞是醉了……』好一個醉字！眞該頌讚釀酒的葡萄藤！可是釀成美酒來灌醉老法蘭西特權階級的葡萄藤，並非是特權階級種植的。佳釀已成，只待人家去喝。而你一喝，便醉。就是那些絕不沾唇而祇在旁邊聞着些酒香的人也不免頭暈目眩。大革命底葡萄收穫！……一七八九年份的酒，如今在家庭酒庫中是只剩幾瓶洩氣的了；但我們的曾孫還將記得他們的曾祖曾經爲之頭暈。

使奧里維這一代的青年中產者頭昏腦脹的，是一種更苦澀而同樣猛烈的酒。他們把他們的階級獻給新的上帝——平民——去作犧牲。

當然，他們並不全都一樣眞誠。其中有不少人，覺得裝做輕視自己的階級是一種使自己在本身階級中顯露頭角的機會。大多數人當它是一種靈智的消遣，辯論的練習，並不完全當眞的。他們樂於相信自己信仰着一種主義，爲它而奮鬥，或者將要奮鬥，——至少是可能奮鬥。甚至想到自己冒着多少危險也覺不壞。這是戲劇式的情緒。

這種情緒確是無邪的，倘使一個人出於天眞而並無利害計算的話。——但另外一批人是特地打好了主意上台的；平民運動爲他們是一種獲致成功底手段。好似北歐底海盜一般，他們利用潮水高漲把他們的船隻駛入內地，滿擬深入到上流的大三角洲，在退潮的時候把征略得來的城市久佔下去。港口是狹隘的，潮水是顛狂的：須得巧妙伶俐纔能進去。但是兩三代底愚民政治已經養成了一個精通此道的海盜民族。他們大膽地過去，對於覆沒的破舟簡直瞧都不瞧一眼。

這種惡棍，每個黨派都有；托上帝底福，總算不是任何黨派所能負責。然而這般冒險家使那些眞誠之士與深信之徒所感到的厭惡，已經使一部分人對他們的階級絕望。奧里維見到一般富有而博學的青年中產者感到中產階級底沒落與無用。他對他們抱着極大的同情。最初，他們相信可由上層階級來把民衆更新，創立了不少平民大學，化去了不少的光陰與金錢，結果是發覺他們的努力全歸失敗；當初過分的希望，而今就過分的灰心。民衆並沒響應他們的號召，或覺掉首而去。一朝應召而來的時候，他們又是顛顛倒倒，不知所云，在中產階級底教養裏只學會了惡習，還有若干危險人物溜進布爾喬亞的使徒隊伍，把他們的信用破壞淨盡，把平民與中產者一箭雙鵰、同時利用了。於是，一般誠實之士以爲布爾喬亞眞是遭了刼數，它只能毒害民衆，民衆應當不顧一切的擺脫它們而獨自走路。因此，那些中產階級除掉預告了一個不用他們參加而且反對他們的運動以外，不可能有任何行動。有的在這失意裏面覺得有一種捨身底快樂，由犧牲培養成功的深切而無功利觀的人類同情底快樂。愛便是捨身！青年人自身的元氣如是充足，毋需酬報；它是不虞匱乏的。——有的認爲這種失意倒是滿足了理智，滿足了一種專制的邏輯；他們並非爲人而犧牲，却是爲思想而犧牲。這是最剛毅的一批。他們用着推理來斷定自己的階級底不可避免的結局，在這推理中間，他們感到一種驕傲的快感。爲他們，看到自己的預言不中是比擔承外來的壓迫更痛苦。他們被靈智的力量灌醉了，對着外邊的人喊道：『再重些！敲得再重些！要把我們收拾一個乾淨纔好！』他們做了暴力底理論家。

而且是提倡別人底暴力。因爲，照例，這些宣傳暴力的使徒差不多總是一般懦怯而高雅的人。有些是政府（這政府是他們聲言要加以破壞的）底公務員，勤勉、誠實、柔順、馴良的公務員。他們理論上的暴力，實在祇是對於他們的懦弱、遺恨、生活底壓迫的報復。但這尤其是在他們周圍怒吼的雷雨底徵兆。理論家有如氣象學者：他們用科學名詞所說的天氣，並非是將來的，而是現在的。他們也像風向針，指出風從哪兒吹來。當他們自身轉動時，幾乎自以爲是他們在轉動風向。

然而的確是風向轉過了。

在一個民主國內，觀念消耗得很快；尤其因為它流行得快，所以消耗得也快。法國多少共和主義者，不到五十年就憎厭共和，憎厭普選，憎厭一切如醉若狂地掙取得來的自由把數字像拜物教般崇拜過了以後，懷抱着虔敬的樂觀主義、相信着神聖的多數、希望它促使人類進步以後，暴力思想如狂風一般吹起來了；『多數』底不能自治，賣官鬻爵，萎靡不振，對於一切的優越抱着卑下而懦怯的敵意，以壓迫為能的卑鄙，引起反抗來了；強有力的『少數』——所有的少數——訴之於武力了。法蘭西行動派的保王黨和勞工總會底工團主義者，居然可笑地但是必然地成立了同盟。巴爾扎克在講到他那時代的人時曾說過：『他們心裏想做貴族，恨恨地覺自做了共和黨人，唯一的原因是想在同儕中找到許多比他低下的人』……這樣的樂趣也是可憐透了！而且要強迫這些低下的人自認低下纔行；而這是除了建立起一種威權，使優秀分子——不論是工人階級底或中產階級底——底優越把壓迫優秀分子的『多數』屈服以外是沒有辦法的。年青的智識分子，驕傲的小布爾喬亞，為了自尊心受了傷害，為了痛恨民主政治底平等，纔去投入保王黨或革命黨。

至於無功利觀念的理論家，宣揚暴力的哲學家，則高高的站在上面，像準確的風向針般，做着暴風雨底先導。

最後還有一批探求靈感的文人，——有寫作技巧而沒有寫作內容的人：好比困在奧里斯的希臘人，被封鎖在平凡單調的寧靜裏面，再也不能前進，焦灼地等待好風吹滿他們的帆。——其中就有那些名流，出其不意地被特萊弗斯事件從他們咬文嚼字的工作中拖曳出來，投身到種種公共集會中去。人們倣效這種先驅者底榜樣，就在先驅者看來也覺得太過分了。如今，多數的文人參預着政治，慨然以左右國家大事自命。爲他們，什麼都可以成爲一種藉口來組織聯盟，發表宣言，救護神廟。在前鋒的智識分子之後是保守的智識分子：兩方面實在是難兄難弟。兩派都把對方當作智識分子（按此處智識分子一詞含有鄙薄輕視之意。）而自視爲聰明人。凡是徼幸在脈管裏有幾滴平民血液的人便認爲莫大的光榮，把他們的筆尖浸在裏面。——全都是憤懣不平的布爾喬亞，竭力想把布爾喬亞因自私自利而不可挽救地喪失的權威重新建立起來。但這些使徒底熱心難得支持長久。初時，主義使他們獲得了成功，（大抵是並非靠他們的辯才得來的。）他們的自尊心因之大爲得意。自此以往，他們繼續着，但沒有先前的成功了，暗中又害怕顯得可笑。久而久之，這害怕可笑底情操漸漸佔了上風，再加這個對於趣味高雅、思想懷疑的人們十分難演的角色，使他們感到厭倦。他們等待風色，等待他們的隨從們底顏色，以便抽身引退。因爲他們受着這雙重的束縛。這般新時代的服爾德與約瑟、特、曼德爾（按係法國十八世紀宗教哲學家，教皇至上主義者，適與服爾德之排斥神權論相反，此處引用，蓋以代表左右兩極端），在他們大膽的文字下面，隱藏着一種膽怯的猶豫，摸索着地勢，唯恐開罪青年人，竭力想博取他們的歡心，把自己裝做少年。不管在文學上是革命者或反革命者，他們總是兢兢業業隨着他們早先所協力造成的文學潮流亦步亦趨。

在這布爾喬亞革命前鋒中間，奧里維所遇到的最奇特的典型是一個由膽怯促成的革命者。他見到的那個標本名叫比哀爾、加奈。出身於富有的中產階級，保守派的家庭，與新思想完全絕緣的：家裏盡是些法官與公務員，以怨恨政權或挑撥政府來罷免他們出名；大平原上的大布爾喬亞，勾結教會，很少思想，但很準確。他因爲無聊，便和一個具有貴族姓氏的女人結了婚，她的思想既不比他差，也不比他多。這個頑固、褊狹、落伍的社會，永遠咀嚼着自己的傲慢與苦悶，終於使比哀爾、加奈惱恨起來，——尤其因爲他的妻子又醜又可厭。中等的智慧，相當豁達的胸襟，他頗有些自由的憧憬，却不十分明白裏面包含些什麼：在他的環境裏是無法懂得何謂自由的。他所知道的，只是他的環境裏沒有自由；他自忖祇消走到外面就可找到。但他不能獨自走路。剛剛在外跨了最初的幾步，他就很高興的和中學時代的朋友們廝混在一處，而其中頗有些人醉心於工團主義觀念。他覺得在這個世界裏比在他所從來的世界裏更加迷惘失所；但他不願承認：他非在什麼地方過一下生活不可；而像他那種氣息（就是說沒有氣息）的人，他找不到。可是上帝知道這類種子在法蘭西有的是！但他們自以爲羞：不是躱藏起來，就是染着許多流行的政治色彩底一種，或竟同時染着好幾種。

依着一般的習慣，他尤其和那些與他差別最甚的朋友親近。這法國人，十足道地的法國內地布爾喬亞，居然做了一個青年猶太醫生瑪奴斯・埃曼底形影不離的夥伴。他是俄國底一個亡命客，像他許多同胞一樣，具有雙重的天才，既能在別的國家像在自己家裏一樣的安居，又能在任何革命中適應得很好，其適應的程度，竟可令人懷疑他對於革命感到興趣的、究竟是革命底遊戲呢還是主義。他自己的磨鍊，旁人的磨鍊，於他都是一種消遣。一方面是真誠的革命者，一方面他科學精神底習慣使他把革命者（連他在內）看做一種精神病者。這精神病，他一邊觀察着，一邊培養着。他的興奮的玩弄主義和極端無恆的精神，鼓動他去尋找那些衝突最甚的社會。他和當權的人們有來往，甚至和警察廳方面也有交際；他到處搜尋着，那種不安的好奇心使多少的俄國革命家具有玩着雙重把戲的外貌，使他們從這外貌裏造成一種現實。這並非欺騙，而是氣質底輕浮多變，往往是沒有利害計算的。有多少行動者把行動當作戲劇，盡量施展他們忠實的、優秀的伶優底本領，但老是預備改換他們的角色！瑪奴斯對於他革命者底角色是在可能範圍內竭盡忠誠的：這是最適合他天生的無政府主義的角色，也最配他愛破壞他所僑居的國家底法律的脾氣。可是無論如何，這不過是一個角色而已。人家從來分不清他的議論裏何者是實在的何者是虛構的；結果連他自己也不大弄得明白了。

人是聰明的，愛好嘲弄，天賦着猶太與俄國這雙料種族底細膩的心理，會非常巧妙地像看自己的弱點一般看出別人身上的弱點而加以利用，所以他不費多大氣力就把加奈控制住了。他覺得把這個山查、邦沙（按係西班牙傳奇人物吉訶德之徒弟。）拉入吉訶德式的隊伍裏是挺好玩的。他老實不客氣地把他隨心所欲的支配，支配他的意志、時間、與金錢，——並非爲放在自己袋裏（他是毋須的，人家不知他靠什麼過活）——而是爲對於他的主義作有害的宣傳。加奈聽人擺佈；竭力教自己相信他的確和瑪奴斯一般思想。他深知事實是相反：這些觀念使他驚駭，違反他的善良意識。他不歡喜平民。再加他不是勇敢的人。這個又高又大、身體魁梧、肥肥胖胖的漢子，長着一張洋娃娃式的臉，鬍子剃得精光，呼吸急促，說話溫柔，浮誇的，孩氣十足的，長着一身大力士式的肌肉，拳擊家般的精力，實在是一個最膽小的男人。在自己的一羣裏，他固然自命爲破壞主義者而傲視別人，暗地裏却對着他朋友們底大膽發抖。無疑的，這種輕微的抖戰並不討厭，只要一切不超過游戲底界限。但游戲變得危險了。這些畜牲居然想侵犯別人，越來越自命不凡；這可使加奈本性中的自私自利，根深蒂固的私產觀念，布爾喬亞的膽怯畏葸，爲之皇皇不安起來。他不敢問：『你們要把我拖到哪兒去呢？』但他暗暗咀咒那般不管死活的人，最歡喜和人家打得頭破血流，也不顧慮會不會同時敲破別人底腦袋。——可是有誰強迫他去跟從他們？他不是可以悄然引退麽？沒有勇氣。他害怕孤獨，有如一個在路上被人丟在後邊而啼哭的孩子。他也像多數的人一樣：一點意見也沒有，除非是不貲成一切過激的意見；但要獨立是非孤獨不可的；而有幾個辦得到呢？即在最明辨的人中，又有幾個有膽量擺脫某些褊見，擺脫凡是同代的人都受到束縛的某些假設？這無異在自己與別人之間築起一堵城牆。牆底這一邊是獨居沙漠底自由；牆底那一邊是大羣的人。他們毫不遲疑：他們更歡喜人，更歡喜牧羣。氣味雖然惡劣，但很溫暖。於是，他們假裝思想着他們並不思想的東西，這對他們並不很難：他們對於自己的思想知道得那麽少！……『先認識你自己』！……但他們怎麽能夠呢，這般幾乎沒有『自我』的人！在一切集體信仰中，不問是宗教方面的或社會方面的，眞正相信的實在少，因爲眞正的人就不多。信仰是一股英雄的力；它的火所能燃燒的人類火把，一向不過是寥寥幾根；往往還是搖搖不定的。使徒們，先知們，耶穌，都會懷疑過來。其餘的更只是反光了，——除非逢着靈魂上某些亢旱的時節，大火把上掉下來的火星會燒及整個的平原；隨後，火熄滅了，只有一些木炭在灰燼之下發光。實在信仰基督的，不過寥寥數百人。其餘的是自以爲信仰或願意信仰。

這些革命家裏面，多數是這樣。好心的加奈願意相信自己是革命者：所以他就這樣相信了。但他對着自己的大膽喫驚。

所有這些中產者標榜着種種不同的原則：有的說是爲了他們的心，有的說是爲了他們的理智，有的說是爲了他們的利益；這一批把他們的思想方式依附福音書，那一批依附柏格森，另一批又依附馬克思，普呂東，約瑟、特、曼德爾，尼采，或喬治、索蘭爾。有投機趨時的革命者，也有生性獷野的革命者；有些是因爲需要行動，因爲抱着英雄主義底熱誠之故；有些是由於奴性，由於像綿羊般柔順之故。但全都莫名其妙地被狂風挾捲着。這是遠遠裏在雪白的大路上塵埃飛揚的旋風，預告風暴底來臨。

奧里維和克利斯朶夫望着這陣旋風。兩個人眼力都很好，但看法不一。奧里維憑着清明的目光，洞悉一般人底隱衷，對於他們的平庸很哀傷；但他窺見鼓動他們的潛在的力；他所受的激動尤其在事情底悲壯面。克利斯朶夫却更注意事情底可笑處。使他發生興趣的是人，絕對不是觀念。他故意裝做漠不關心的輕視觀念。他譏笑那些改造社會底美夢。由於愛好牴觸的精神，由於他對風靡一時的病態的人道主義本能地起而反抗之故，他特意做得比他的本性更自私；他扮演一個壯健的成功者，以他的肌肉和意志來驕人，過於想把一切沒有他那種力量的人當做低能兒。他不是貧窮、孤獨，而已經戰勝了麼？別人就該照樣的做！……哼！社會問題！什麼？飢寒之苦？

——那是我識得的，他說。我的父親，母親，我自己，都曾打從這裏面過。祇要想法子出來就是。

——不是個個人能夠的，奧里維說。有病人，有被命運所厄的人。

——那末由人家去幫助他們，挺簡單的。但是像現在這樣去稱揚他們，纔叫做南轅北轍哩。從前，人們到處主張強者底權利。老實說，我不知弱者底權利是不是更加可憎：它把今日的思想界弄得煩躁不堪，它虐待強者，剝削強者。竟可以說現在成爲病弱、貧窮、聰明、戰敗、是一種美德，——而成爲堅強、健康、勝利、是一種惡習。最可笑的是，倒是強者最先相信這種道理……眞是一齣喜劇底好題材，我的朋友奧里維！

——我寧可讓人家笑我不願教人家哭泣。

——好孩子！克利斯朵夫說。天哪！誰說不要這樣做呢？我看見一個駝子，我背裏就不舒服。喜劇是我們去扮演而非由我們寫作的。

他不受那些社會正義底幻夢迷惑。他的平民式的、粗疎的善良意識，使他認爲凡是過去存在的，將來仍會存在。奧里維指摘他說：

——倘使人家在藝術問題中和你說這種話，你定會叫起來呢！

——也許是吧。總之，我所知的只以藝術爲限。你也是的。我不相信那些講外行事情的人。

奧里維也一樣不相信。兩位朋友甚至過於誇張他們的懷疑：他們一向站在政治之外。奧里維羞澀地承認他從未使用過他的選舉權；十年以來，他從沒在市政廳領取他的登記表。他說：

——爲何我要去加入我全無用處的一齣喜劇？選舉麼？選誰？我對那些與我統是陌生的候選人毫無選擇可言，何況我還儘有理由，可以斷定他們一朝被選之後立刻出賣他們公開宣布過的主張？監督他們麼？迫使他們盡責麼？我的生活將白白糟塌掉。我既無時間，亦無精力，既無辯才，亦無不顧一切的勇猛和不厭行動的心情。最好還是放棄權利。我答應受罪。至少我不參加！

但儘管他具有非常的明見卓識，這個憎厭經常的政治活動的人，對革命仍舊抱着一股虛幻的希望。他明知虛幻，但並不加以驅散。這是種族底一種神祕。人們並不屬於西方那個愛破壞的大民族，並不屬於那個爲建設而破壞、爲破壞而建設的民族，——不像他們那樣和思想與人生游戲，一刻不停地推翻一切以便好好地重新再做，也不像他們把流血來作爲賭注。

克利斯朵夫並沒這遺傳的救世主義。他的濃厚的日耳曼氣息使他不大能夠體驗革命這個觀念。他認爲人們是不能改變世界的，不過是無窮的理論，無窮的廢話罷了！他說：

——我毋須作一次革命——或長篇大論的討論革命——來證明我的力。我尤其毋須像這些年青的好漢般，推翻政府來擁立一個君主、或建立一個救國委員會來保衛我。說這是證明力量，豈不古怪？我會保衛自己。我並非無政府主義者；我愛必不可少的秩序，也尊敬統治宇宙的律令。但在我與秩序之間，我與統治宇宙的律令之間，用不到媒介。我的意志會發令，也會服從。你們滿嘴都是先哲底至理名言，那麼該記得你們的高乃依說過：『我一個人就夠了！』你們的願望有一個主宰，不過是想掩飾你們的怯弱。力和光明一樣，唯有盲人纔會否認！應當鎮靜自若地做一個強者，不用理論不用暴力那時候一切弱者底靈魂會像向陽的植物般轉過來傾向你們……

可是他雖抗辯着說沒有時間可在政治討論中浪費，實在他並不像他表面上那種漠不關心。在藝術家立場上，他也感到社會不安底苦悶。在他缺乏熱情的一剎那間，他往往會徬徨四顧，想到為誰工作底念頭。那時，他看到當代藝術底那般可憐的顧客，疲憊的上層階級，抱着玩弄主義的中產階級；於是他想：

——為這些人工作有什麼意思呢？

當然，並非沒有思想高雅之士，博學多聞，洞知藝術家底個中甘苦，甚至也能領會新奇，領會——（充其量）——精鍊的情操底古拙的意趣。但他們冥頑遲鈍，過分的耽溺靈智，沒有充分的生機足以相信藝術底現實性；他們所感興趣的只有音響或思想底游戲；大多數還分心於別的許多社交上的興味，慣於在沒有一件是必須的無數的事情中勞神煩慮。要滲透藝術底外殼而直入核心，於他們幾乎是不可能了；在他們看來，藝術並非血和肉：祇是舞文弄墨的玩藝而已。他們的批評成立了理論；並且不准他們的怯弱越出享樂主義一步。偶然有幾個人具有充分的顫動力，起而響應藝術上強烈的和音時，他們却無力承受，他們在人生舞台上是殘廢的了。不是神經病就是癱瘓。藝術在這病院裏能夠做些什麽呢？——可是在現代社會裏，藝術就無法擺脫這些變態的人：因爲他們有的是金錢和輿論；唯有他們纔能使一個藝術家生活。所以非忍受這羞辱不可：藝術家不得不在社交夜會中貢獻出他藝術裏心靈顫動的成分，灌注着他內心生活底祕密的音樂，替一般趨時的羣衆和厭倦不堪的智識分子作消遣，——更確切地說是爲他們解除煩悶，或爲他們供給新的煩悶。

克利斯朵夫尋訪着眞正的羣衆，像相信人生底情緒般相信藝術底情緒的人，用一顆童貞的靈魂來感受的人。他暗中受着大家所期許的新社會——平民——吸引。童時的回憶，高脫弗烈特和一般微賤的人，曾經啓示他深邃的生命的人，或是和他分享過音樂這神聖的麵包的人，使他相信眞正的朋友是在這方面。像那些天眞的青年一般，他出神地想着建立大衆藝術底計劃，什麽平民音樂會，平民戲院，都是些他不大容易確定的大計劃。他所期待於革命的，是希望它可能促成藝術底更新，他自信這是社會運動唯一使他感到興趣的一點。但他不過騙騙自己：他的那麽活躍的生機，決不能不被在當時最富生命力的行動吸引。

他在這幕景裏最瞧不上眼的是中產階級的理論家。從這些樹上所生的果實常常是乾癟的；所有生命底漿汁都凝滯成觀念了。而在這些觀念中間，克利斯朵夫是不加區別的。他無所偏好，就是他自己的觀念一朝凝結爲主義之後，他也不再愛好。他抱着一個質樸之士所有的那種猜疑，站在強力底理論家外面，也站在弱小底理論家外面，在一切喜劇裏，最不討好的角色是愛發議論的人。觀衆不但討厭他而更歡喜値得同情的人，甚至覺得令人感到反感的角色也要比他討歡喜些。克利斯朵夫便是這一類的觀衆。在他眼裏，社會問題底議論家是枯索無味的。但他津津有味地觀察別人，冷眼旁覷那些相信的和願意相信的人，受騙的和但求受騙的人，以刼掠爲業的海賊，和生來給人剪毛的綿羊。他的好意，對於一般像胖子加奈般有些可笑的好人是很寬容的。他們的庸俗使他感到的難堪，並沒奧里維那般厲害。他一視同仁地對他們表示一副懇摯的、嘲弄的關切；他自以爲和他們所演的那齣戲毫無關連；全沒覺察他慢慢地已經被捲進去。他想只做一個看客，望着狂風過去。不知狂風已經吹着他，把他捲進了塵埃飛揚的旋風。

這齣社會劇是雙重的。一般智識分子所扮演的是喜劇中之喜劇：民衆所不大理會的，眞正的戲乃是民衆自己演的。旁人不容易看得清；連民衆自己也不很弄得明白。那是不可預料的，弄到那裏就那裏的。

並非民衆在戲裏的說話不比行動多。不論是中產者或平民，所有的法國人都是吞食說話的能手，好像他們是吞食麵包的健將一樣。但大家並不吞着同樣的麵包。有爲溫雅的宮殿用的華貴的言語，也有爲餓鬼吞用的更富滋養的言語。卽使字面相同，揑造的方式却完全兩樣；味道、香氣、意義，都各別。

奧里維第一次參加一個平民集會時，嘗到這一種的麵包，覺得毫無胃口；食物梗在喉頭嚥不下去。思想底平板，詞藻底笨重野蠻，渺茫浮泛的概論，幼稚的邏輯，抽象的理論與漫無系統的事實，亂七八糟堆在一起，都使奧里維聽了作惡。言語底不當，決不能用平民吐屬底熱烈生動來補償。這簡直是一組報紙上的字彙，過時的服裝，從布爾喬亞的修辭學舊貨店中拾取來的。奧里維對於它的不簡潔尤覺駭怪他忘記了文學上的簡潔並非出於天然，而是修練得來的是優秀階級底戰利品。大都市中的平民是不能够單純的；他老是歡喜尋找纖巧複雜的措辭。奧里維不懂得這些浮誇的語句對聽衆所能發生的影響。在這方面，他沒有鑰匙。人們把別一個種族底語言稱做外國語。但在同種同族裏，語言底種類差不多就和社會底環境一樣多。唯有爲一個狹小的上層階級，言語纔是幾世紀底經驗之聲；爲別人，言語只代表他們自身底和他們的集團底經驗。譬如那些被優秀階級用舊了、鄙棄了的言詞，對於優秀階級固然是一所空屋，但他們遷出以後，裏面又搬進了許多嶄新的力量。如果你願意認識主人，那麽請進屋去。

克利斯朵夫便是這樣做。

他和工人們的來往是由於一個在國家鐵路上辦事的鄰居介紹。一個四十五歲的男子，矮小的，未老先衰的，可憐地禿着腦袋，眼睛深陷，面頰空凹，鼻子突出着，又大又彎，聰明相的嘴巴，畸形的耳朵，朵葉是破碎的：純是敗落的相貌。他名叫阿西特·高蒂哀。他並非平民出身，而是普通的、清白的中產階級，他的家庭爲了這獨子底教養把它所有的一份薄產化盡了，且還貧斧不繼，無法完成他的學業。很年輕的時候他就在國家機關裏弄到了一個位置，這在貧窮的中產者眼裏是救星，其實是死亡，——是活活的埋葬。一朝進去之後，再也無法出來。他又犯了一樁錯誤——（是現代社會裏的一種）——去愛上了一個俊俏的女工，結了婚，不久就發現了她粗俗的本性。她替他生了三個孩子。須得養活這幾口。這個聰明的男人，一心想使盡力量來補足他的學問，却被貧窮困住了。他覺得心中有些潛伏的力被生活底艱難窒息；但他不知如何是好。他從來不得清靜。做着會計處底雇員，整天消磨在機械的工作裏，在一間和那些又庸俗又嘵舌的同事們公用的屋內；他們講些無聊的廢話，咒罵上司，算做對他們無理的生活報復，還要嘲笑他，因爲他不懂得乖巧地把他求智底欲望在他們面前隱藏。回到家中，他只看到一個氣味惡劣、沒有溫情的寓所，和一個吵吵嚷嚷、庸碌之至的女人，不瞭解他，當他是懶蟲或瘋子。他的孩子們一些不像他而像母親。這一切，算是公平的麼？公平的麼？多少的悔恨，痛苦，永遠的窮困令人心靈枯涸的職業，使他從早到晚找不到一小時的光陰來修心養氣，找不到一小時的靜默，把他磨折得精力疲敝，煩躁易怒。爲遺忘起計，他最近又去接近杯中物，結果是把他摧殘完了。——克利斯朵夫看到這場命運底悲劇大爲震動：殘缺不完的天稟，沒有充分的修養，沒有藝術的趣味，但生來是爲成就一些大事業的，如今竟被厄運壓倒。高蒂哀立刻抓住了克利斯朵夫，賽似那些將溺的弱者遇到了一個善泅者底手臂。他對克利斯朵夫抱着好意與羨慕兼而有之的情操。他領他到平民集會，使他看到某些革命黨派裏的領袖，那是他爲了怨恨社會而去交結的。因爲他是一個落第的貴族。他的混入平民隊伍是極其痛苦的事。

克利斯朵夫，比他平民得多，——尤其因爲他並不被迫去做平民，——覺得這些集會很有趣味。集會中的演說家使他覺得好玩。他不像奧里維般感到厭惡；他對言語底可笑並不敏感。爲他，一個嘵舌家不見得比另一個嘵舌家壞。他對於雄辯一律表示輕蔑。但他雖不曾費心去瞭解這修辭學，却在那些演講者與聽講者底心裏感覺到它的音樂。演講者底威力，因回響作用而在聽講者身上增加了百倍。克利斯朵夫先祇注意到前者；他抱着好奇心結識了幾個這一類的演說家。

對羣衆最有作用的一個是加齊米、育西哀，——頭髮褐色而蒼白的人，年紀在三十與三十五之間，蒙古人底臉龐，瘦瘦的，病弱的，生着一雙熱烈而冷靜的眼睛，頭髮稀少，鬍子修得很尖。他的威力並不在於他的又貧弱、又急促、難得和說話調和的姿勢，——也不在於他的失音的、常帶嘶嘶聲的說話，——而是在於他人物本身，在於從他身上表露出來的強有力的肯定。人家底思想似乎決不許和他的歧異；恰好他所思想的就是他的羣衆所願意思想的，所以他們不難彼此諒解。他把他們所期待的說話告訴他們三遍，四遍，十遍；他用着一種着狂的毅力，不知厭倦地望同一隻釘上儘敲；他的全部羣衆也學他的榜樣儘敲，儘敲，直敲到把那隻釘嵌入肉裏。——在他這種個人的努力之外，還加上他的過去所造成的信用，他曾經爲了政治案件好幾次判過罪。他令人感到一股不可馴服的毅力；但明眼人自能看出他心底裏積聚着沉重不堪的疲憊，倦於努力，怨恨命運。他是屬於每天消費遠過於收入的那批人的。從小他受着工作與貧窮底磨蝕。他做過各式各種的行業：玻璃匠，鑄鉛工人，印刷工人；他的健康損壞了，被肺病蛀蝕着，疾病使他對他的主義、對他自己、常常陷於心灰意懶的境地；再不然是煽動他入於狂亂狀態。他是有計劃的暴力和病態的暴力底混合物，政治與憤激底結晶品。他胡亂作着進修底工作；有些事情他很深知，例如科學，社會學，以及他的種種技藝；至於許多別的事情，他完全茫然；但深知的也好，茫然的也好，他都很有把握；他有種種的烏托邦，準確的觀念，許多的愚昧，一副實用的腦筋，許多的褊見，經驗，對中產社會的一股猜忌的恨意這可全不妨害他把克利斯朵夫招待得很好。看到自己被一個開名的藝術家尋訪，驕傲的心思也感到了滿足。他是屬於領袖一族的，無論做什麼事，他對工人們始終取着專橫暴戾的態度。他雖誠心願望平等，但這平等，當他和比他高級的人一起時，比着和比他低級的人一起時更易實現。

克利斯朵夫還遇見工人運動底別的領袖。他們之間沒有多少好感。固然共同的鬥爭造成了——好容易——一致的行動，可全沒造成一致的心。我們看到，相當於階級底分野的是一種何等浮表而暫時的現實。古老的對抗形勢不過是被延緩被掩飾而已；實際是全部存在。在此，我們照樣看到南方人與北方人底對峙，彼此懷着根深蒂固的輕蔑心理。各種不同的行業爲了他們的工資而嫉妒，公然表現本行比別行高卓的情操。但巨大的差別是——將永遠是——在於氣質。好比狐狸，狼，與有角的家畜（按此係隱喻綿羊。），牙齒尖利的獸與胃納巨大的獸，生來爲吞噬與生來被吞噬的獸，大家在因階級底偶合與利益底共通而集合起來的隊伍裏伸着鼻子嗅着；牠們都能互相辨認出來，於是毛都豎起來了。

克利斯朵夫有時在一家小小的牛奶店兼飯鋪裏用餐，那是高蒂哀一個從前的同事，爲罷工而被開除的鐵路職員西蒙開的。這裏的常客是一般工團主義者。他們總是五六個人，聚在底上一間屋內，面臨着又小又暗的天井，兩隻掛在亮處的金絲雀在小院裏熱烈歌唱。和育西哀偕來的是他的情婦，美麗的裴德，一個結實而風騷的姑娘，蒼白的皮膚，戴着緋色便帽，睜着一雙迷惘的笑瞇瞇的眼睛。她裙邊老拖着一個年青的小白臉，聰明的，裝腔作勢的，機器匠雷沃博·格拉伊沃，這一羣中的審美家。他自命爲無政府主義者，反對中產階級最激烈的一個，實在他卻賦有最卑劣的布爾喬亞靈魂。幾年以來，他每天早上要吞下那些一個銅子的文學報上所載的桃色新聞與頹廢事件。這些讀物把他養成了一副古怪的頭腦。他享樂的幻想中的微妙的體驗，正好和他絕對缺乏的肉體上的熨貼，和他絕對忽視的清潔，和他生活中比較粗鄙猥俗的成分，結合起來。他嗜痂成癖的愛上了這一小杯變味的酒——窮奢極侈的智識酒，病態的富翁們底病態的興奮劑。既然皮肉裏不能有他們的享樂，他就在腦海裏像接種一般的享受一下。這纔使你作惡，使你出驚哩。但他究竟和富翁並駕齊驅了。而且他還恨他們。

克利斯朵夫容納不了這種人。他對電氣匠賽白斯打、高加較有好感，這是和育西哀倆最受聽衆注意的演說家。但這一個並不裝滿理論。他不是常常知道自己將往哪兒去的。他只望前直衝。在這一點上他是十足的法國人。一個壯健的漢子，四十上下的年紀，顏色鮮明的大臉龐，圓圓的腦袋，紅紅的頭髮，留着一大簇鬍子，頭頸與聲音全像公牛一樣。和育西哀同樣是優秀的工人，但是愛笑愛喝。虛弱的育西哀對着這一望而知的健康又妒又羨；他們雖是朋友，心裏却醞釀着一股幽密的敵意。

牛奶店底女店主奧蘭麗，是一個四十五歲的好婦人，當年大概是美麗的，如今雖然受了時光侵蝕還是頗有丰韵，她拿着一件活計坐在他們旁邊聽他們談話，臉上掛着一副慇懃的笑容，在他們說話時牽動着嘴唇：碰機會在談話中間穿插一兩句，一邊工作一邊擺動腦袋爲自己的說話打拍子。她有一個已經出嫁的女兒，和兩個從七歲到十歲的孩子——一男一女——，他們伏在一張滿着污點的桌子角上做功課，伸着舌頭，不時掠一兩句完全不配他們聽的說話到耳朵裏去。

奥里維試着陪克利斯朵夫去了兩三次。但他覺得在這些人中很不自在。當這些工人並沒被工場中嚴格的時間牽制住、被工廠裏頑強的汽笛叫喚去時，我們簡直想像不出他們有多少光陰可以浪費，或是在工作以後，或是在兩次工作中間，或是在閒蕩的時候，或是在失業的時期。克利斯朵夫正逢着那些無事可作的自由節季，在他的精神完成了一件作品而等待另一件新作品形成的期間，也不比他們更忙；他很樂意把肘子撐在桌上，和他們抽煙，喝酒，談天。可是奧里維，憑着他布爾喬亞的本能，憑着他思想須有紀律、工作須有規則、時間絕對經濟等等的傳統習慣，大大的看不上眼；他是不歡喜這樣地糟塌許多時間的。並且他既不會說話，又不會喝酒。還有生理上的侷促，在種族不同的人士之間成爲鴻溝的潛在的反感，阻撓他們心靈溝通的感官底敵對，肉體對於心靈的反抗。當奧里維和克利斯朵夫單獨相對時，他常常感動非凡的和克利斯朵夫談起應當親近民衆的說話；但當他面對着民衆時，他却一籌莫展了。至於嘲笑他的思想的克利斯朵夫，倒毫不費力地可以和街上隨便遇到的工人稱兄道弟。奧里維看到自己遠離這些人羣，非常傷心。他勉強學他們的樣，和他們一般思想，一般說話。但他不能。他的聲音是微弱的，不清楚的，沒有他們的音響。當他試着去學他們的某些詞句時，字眼不是梗在喉頭，就是發音異樣。他竭力留神，侷促不堪，同時也逼累別人倘促他知道這點他知道他對於他們是一個外人是一個形跡可疑的人沒有一個人對他有好感，他也知道自己一走大家都會鬆一口氣。他時常遇到一些嚴酷冰冷的目光，敵意的瞥視，有如因飢寒交迫而憤懣的工人們睨視中產者時的目光。也許這裏面也有克利斯朵夫底分；但他絕對看不見。

全班夥伴中唯一樂於交接奧里維的是奧蘭麗底兩個孩子。他們當然沒有對布爾喬亞的怨恨。那個男孩子還受着布爾喬亞思想蠱惑；他的聰明足够去愛這思想，却不够瞭解它；挺美的小姑娘，有一次被奧里維帶到亞諾夫人家中，被華貴的景象催眠了；她坐在漂亮的安樂椅裏，用手指撫摩一下鮮豔的衣衫，暗地覺得快活極了，她有一種小淫娃底本能，渴望逃出平民階段而飛進布爾喬亞的安樂窩。奧里維全沒心思培養她這種傾向；而她對於他的階級所表示的天眞的敬意，也不能補償他別的夥伴們暗中對他的反感。他爲了他們的惡意深感痛苦。他抱着一腔的熱誠想瞭解他們！實在也許他太瞭解他們了。他把他們觀察太仔細了，以致他們惱怒起來。這種觀察並非由於冒昧的好奇心，而是由於他愛分析心靈的習慣。

他不久便發見了育西哀生活中隱祕的悲劇：慢慢地侵蝕着他的疾病，和情婦底殘忍的游戲。她愛他，以他自傲，但她的生機太充盈了；他知道她會逃掉，便慢慢地感到嫉妒底苦惱。可是她以此爲樂；她捉弄男性，用她的眼風，用她的淫蕩包圍他們：這是一個東沾西惹的瘋子。也許她和格拉伊沃倆欺騙着育西哀。也許她故意使他相信如此。總而言之，這種事情不是今天，便是明天，遲早會來到的。育西哀不敢禁止她愛她所歡喜的人。他不是宣傳女人和男人一樣有自由底權利麼？有一天他咀咒她時，她就用着又狡獪又傲慢的態度和他提起這一點。他的自由底理論和暴烈的本能在他胸中猛烈交戰。他的心還是一個從前的人，專制而嫉妒；他的理智已是一個未來的人，一個烏托邦中的人。至於她，她是一個女人，昨日的、明日的、永遠的女人。——奧里維睜睜的看着這場暗鬥，他憑着經驗識得這門爭底殘酷，所以對於育西哀底弱點充滿同情。但育西哀猜到奧里維窺破他的心事，而絕對不感激他。

還有一個人也用一副寬容的目光留神這愛與恨底游戲。那是女店員奧蘭麗。她不動聲色的把一切看在眼裏。她是識得人生的。這個健全、安靜、規矩的好婦人，也會有過一個放浪不羈的靑春。

當賣花女時她有過一個布爾喬亞的情人而且還有別的以後她嫁了一個工人便成為賢妻良母但她懂得一切感情底荒唐，既懂得育西哀底嫉妒，也懂得那個意想作樂的『小姑娘。』她試用幾句懇摯的言辭替他們排解：

——『要心存妥協纔好！為這麼一些小事情是不值得煩惱的……』

她也並不奇怪她的說話毫無用處……

——『這是永遠沒有用的。一個人就得永遠苦惱……』

她有一種平民式的達觀，災禍落在她身上不知不覺就滑掉了。災禍，她也是有份的。三個月以前，她喪失了她心愛的一個十五歲的兒子……好不悲傷！……如今她又變得高高興興的笑臉迎人了。她說：

——要是一個人儘想下去，簡直不能過活。

所以她不再想了。這並非自私自利。她不能不這樣做，她的生命力太強；『現在』佔據了她整個的心思沒有法子留戀『過去。』她適應已成的事實，也適應可能臨到的事實。如果革命來了，把反面的放在正面，正面的放在反面，她始終會站定脚跟，做着她可做的事情，不管把她放在哪裏，她總是得其所哉。實在她對於革命的信仰不過平平。要講到信仰二字，她對任何事情都不輕易付與。但不消說得，她在惶惑無主的時候也會抽一張紙牌來占卜一下，看見靈櫬在街上過也從不忘記劃十字。生性很自由寬大，她賦有巴黎民衆底健全的懷疑主義，輕快地懷疑着，像呼吸一樣。雖是革命黨員底妻子，但對她丈夫底與他政黨底——以及別黨底——觀念，並不就此不表示一種母性的嘲弄，正如她對青年人底愚蠢和對成年人底愚蠢同樣加以譏諷一樣。她並不被多少事情激動；但對一切都感興趣。窮也好，富也好，她都無所謂。歸根結蒂，是一個樂天主義者。

——『不用着急！……一切總有辦法，只消身體康健……』

這樣一個女子是能夠和克利斯朵夫意氣相投的。他們不必多言就可覺得彼此是一個種族出身。不時他們交換一下胸懷歡暢的笑容，聽着其餘的人嘮嘮叨叨，叫叫嚷嚷。但更多的時候是她獨自笑着，望着克利斯朵夫也捲入了辯論，比別人更加興奮。

克利斯朵夫不會注意到奧里維底孤獨與難堪。他並不到那些人心裏去探索。他只知和他們喫喝，嘻笑，生氣。他們也不猜忌他，雖然彼此爭論得很劇烈。他不在說話中挖苦他們。實在他也說不出究竟贊成他們或反對他們。他不會思索過這一點。但若有人強迫他選擇，無疑的他定會站在工團主義方面，（按本書中所說的工團主義，係指十九世紀發源於意法兩國的 Syndicalisme 。法國工人最初服膺蒲呂東的學說，主張合作互助。自一八七九與一八八九兩次大會後，突然變爲激烈的革命運動，主張以直接行動及同盟罷工來擴張無產階級力量，取銷傭工制，促成資本主義崩潰。但此派偏重經濟鬬爭，反對參加任何政黨，爲其最大特點。）而反對社會主義以及一切擁護國家的主義，——因爲國家這怪物只知道製造公務員與機器人。他的理智贊成同業集團底巨大的努力，它的雙鋒利斧可以同時剷除社會主義這僵死的抽象概念，個人主義這貧瘠的東西，（因爲個人主義只能粉碎精力，把公衆的力量化爲個別的弱點）和一部分應由法國大革命負責的現代大災難。

然而天性比理智更強。當克利斯朵夫一朝接觸到工團組合——那些弱者底可怕的聯盟，——時，他強烈的個人主義起而反抗了。對於這些需要互相捆縛着去出發戰鬥的人，他禁不住要表示輕蔑；即使他肯容許他們屈服於這條律令，他却要聲明這律令決不是爲他而設的。而且，即使被壓迫的弱者值得加以同情，但他們一變而爲壓迫者時也就不配同情。從前對一般孤獨的善良之士高喊『聯合起來！』的克利斯朵夫，初次見到一般勇敢的人底集團，干預着不及他們勇敢的人，滿載着他們的權利，他們的力量，隨時想加以濫用時，便不禁有一種不快的感覺。克利斯朵夫以前在『戶內』（按係本書卷七）各層樓上遇到的最優秀的人，對於這些戰鬥集團是絕不利用的。他們的心太高雅太膽小，在這種場合不免驚惶失措；他們註定是被戰鬥團體第一批壓倒的。面對着工人運動，他們和奧里維處於同樣的境地。他的同情固然傾向於正在組織中的勞動者。但他在崇拜自由的雰圍裏教養長大：而自由兩字便爲革命者最不介意。何況今日還有誰關切自由？不過是一個對於社會毫無影響的優秀階級而已。自由正逢着黯澹的日子。羅馬底教皇們掩蔽理智底光。巴黎底教皇們熄滅天上的光。（原註：此係指法國某議員所發的荒謬的演詞而言。）巴多先生（按巴多一字原義爲胖子，此處恐係指平民領袖。）熄滅街上的光。到處是帝國主義底勝利：羅馬教皇底神權的帝國主義；重利與神祕的君主國底軍事帝國主義；資本家共和國底官僚帝國主義；革命委員會底獨裁帝國主義。可憐的自由，你不是這個世界上的東西了！……革命者所提倡而實行的濫用權力，使克利斯朵夫和奧里維大爲憤慨。他們對於那些不肯爲共同利害受苦的黃色工人（按此係指初期工團聯盟中反對革命與罷工的一派。至於激烈的一派則被稱爲紅色工人。）全無敬意。但他們覺得用武力去強制他們是更加可憎。——然而，究竟得打定主意纔行。其實今日的選擇並不在於帝國主義與自由之間，而是在於一種帝國主義和另一種帝國主義之間。奧里維說：

——都要不得。我總站在被壓迫者方面。

克利斯朵夫同樣痛恨壓迫者底專制。但他跟在反抗的勞動隊伍後面已經學着他們使用武力底榜樣。

他却毫不覺察。他還向同桌的夥伴聲言他不是和他們一起的。他說：

——只要你們祇關心物質利益時，你們不會使我感到興趣。等到有一天你們爲了一宗信仰而前進時，我纔成爲你們中的一員。否則，人家爲了肚子而鬥爭，我又來幹什麽？我是藝術家，我有保衛藝術底責任，我不該把它供一個黨派役使。我知道近來有些野心作家，爲要爭取不潔的聲名之故，做出不少壞榜樣。我不覺得他們這樣地保衛一宗事情究能使事情得到什麽好處；可是他們叛離藝術是眞的。拯救智慧之光纔是我們的職司。但願人家不要把它混在你們盲目的鬥爭裏，倘使我們不來握持光明，又有誰來握持？你們爭鬥過後，當然很高興看到光明依然無恙。但當人家擠在甲板上廝毆的時光，總得有勞動者維持鍋爐中的火。瞭解一切，對什麼都不恨。藝術家是在暴風雨中始終指着北斗的羅盤針……

他們只當他唱高調，說他以羅盤針而論，他自己的就已失掉。他們覺得友善地輕視他是一件愉快的事。在他們看來。一個藝術家是一個狡獪的傢伙，想法做着最少而最舒服的工作。

他回答說他和他們工作一樣多，更加多，還不像他們那樣怕工作。他最恨的莫如怠工，破壞工作，定爲原則的懶惰。

——所有這些人，他說，都怕碰壞了他們寶貴的皮膚！……好天！我從十歲起就不會停止工作。你們，却不愛工作，你們實在是布爾喬亞。只要你們能夠毀滅舊世界倒也罷了！但是不能。而且也不願意。眞的，你們不願意！你們白白地吶喊，威嚇，裝做要毀盡一切的模樣。你們心中只有一個念頭：一手抓過來，躺到布爾喬亞熱烘烘的牀上去。只有幾百個可憐的馬路小工始終預備給人家剝皮或剝人家底皮。莫名其妙地，——也許是爲了好玩，——也許是爲了痛苦，幾百年的痛苦，——除此以外，旁人只想溜之大吉，一有機會便溜到中產階級底行列中去。他們當着社會主義者，新聞記者，演說家，文人，議員，部長……且住！別吆喝他們。你們也不見得高明。依你們說，這是賣黨求榮的混蛋，是不是？好。可是要輪到誰呢？你們一個都逃不了，一個都抵抗不住誘惑！怎麼能夠呢？你們中間沒有一個相信靈魂不朽。你們只有肚子，我告訴你們。只想裝滿的空肚子。

說到這裏，他們生氣了，七張八嘴的同時開口。在互相爭論的時候，克利斯朵夫有時被熱情激動之下會比別人更急進。他徒然否認：他的靈智的驕傲，他爲了娛樂精神而虛構出來的一個純粹美學式的世界觀，一朝看到一樁侵犯正義的事情時，頓時一齊隱沒。眞的，美學式的，十個人中有八個過着窘迫的生活、身心陷於絕境的那種世界麼？去他的罷！只有一個無恥的特權者纔敢作這種主張。像克利斯朵夫般的藝術家，良心上決不能不擁護工黨。社會現狀底不道德，財產底可恥的不平等，誰又比精神勞動者更感痛苦？藝術家或爲餓莩或爲百萬富翁，全在任性的時尚或操縱時尚的人手裏。一個社會而聽讓優秀分子憔悴以死，或是用殘忍的手段報答他時，是一個妖魔：應當加以毀滅。每個人，不論工作與否，對於每天的食糧都有名分。每種工作，不問是好是平庸，它的酬報應該以工作者底合法與正常的需要爲準，而不當以工作底眞實價值爲準，——（要講工作底眞實價值，誰又配做永無錯誤的評判者？）對於替社會增光的藝術家，學者，發明家，社會可以而且應該給予充分的俸給，保障他們有時間與方法來替社會爭取更大的光榮。這就够了。育公特（按即特文西的名作，一名莫娜麗莎）不值一百萬。一筆金錢與一件藝術品之間毫無關係可言；藝術品既不在金錢之上，亦不在金錢之下：而是在金錢之外。問題並不在付它的代價，而是在使藝術家能夠生活。使他有得吃，安安靜靜的工作！財富是多餘的：是盜竊旁人。應當老實不客氣的說：凡是一個人底所有，超過了他和他家族底生活費，超過了爲使他的智慧得有正常發展所必需的費用，就是一個竊賊。他所多出來的是別人所缺少的。我們聽到人家提起法蘭西無盡的財富、豐腴的產業時，我們只能苦笑；因爲我們是勞動大衆，是工人，是智識分子，不論男女，從小就得筋疲力盡的掙取一些免於餓死的生活費，常常眼見最優秀的人被勞苦壓得粉碎，——我們這批代表民族活力的人所受到的待遇是如此！但你們吞飽了社會底財富，靠着我們的災難與垂死的痛苦而致富。你們決不因之不安，你們永遠不乏安慰你們自己的詭辯：什麽產業底神聖權利啊，爲人生的健全鬥爭啊，爲求進步的崇高利益啊進步這虛幻的妖怪，這犧牲了『善』與『有』——（犧牲了別人底所有！）——去追求永遠成問題的『更善』與『更有』。然而無論如何：你們總是太多。你們的所有遠過於你們生活所需。我們却是不夠。而我們比你們更有價值。如果你們歡喜不平等，那末小心它明天對你倒戈就是！

克利斯朵夫便是這樣地被周圍的熱情激動着。隨後他對着自己的滔滔雄辯詫異起來。但他並不在意；還覺得這種自以爲是酒後的興奮很好玩。他只惋惜沒有更好的酒；於是他讚美他的萊茵佳釀。他仍舊自以爲和這些革命思想不相干。但已發生一種奇怪的現象，即是克利斯朵夫底熱情在這些爭辯中逐漸上昇，而他同伴們底熱情相形之下反而在下降。

他們沒有他那麼多的幻象。連一般激烈的煽動家，中產者最懼憚的那些傢伙，心裏也沒有把握，並且是布爾喬亞化得厲害。笑聲如馬嘯式的高加，張着喉嚨直喊，做着可怕的手勢；但他對自己所喊的說話也只信一半：他是一個拿暴力來吹牛的人。他揭破中產階級底卑鄙，做出恫嚇他們的模樣，勉強裝作強者；他毫無難色的一邊笑着一邊贊同克利斯朵夫底意見。格拉伊沃批評一切，批評人家想要做的一切：使一切流產。育西哀老是肯定，從來不願有錯。他明明看到自己論證中的缺陷；但他只因之更固執；他寧願保全自己的主張而犧牲事業底成功。但他常常會從極度固執的信仰一變而爲譏諷嘲弄的悲觀主義，殘酷地指摘空想之虛妄和努力之無益。

大多數的工人都一樣。他們一忽兒如醉如狂地耽溺着甘言蜜語，一忽兒垂頭喪氣，心灰意懶。他們抱着廣大無邊的、毫無依據的幻象；並非自己征服與創造的，只憑着引他們到酒店裏取樂的疎懶律而現現成成從別處接受過來的。無可救藥的思想底懶惰，原因是太多了：這無異一頭困憊不堪的野獸，只想納頭便睡，安靜地咀嚼牠的食料和幻夢。但牠的夢在心中發酵過後，只有一片更沉重的困憊和口乾舌燥的苦悶。他們不斷地爲了一個領袖而激動，不久之後又對他猜疑，把他丟棄。最可嘆的是他們這種行爲並沒錯：領袖們都是一個一個被成功、財富與虛榮底誘惑勾引得來；像育西哀這樣，因爲受着肺病磨蝕、眼見死期不遠之故，固然不致被誘惑所陷，但在一個育西哀之外，多少的人在賣黨求榮或分道揚鑣！侵蝕他們的災害，侵蝕着各黨各派底政客：爲了女人或金錢而墮落，——（這兩種災害實在是二而一。）——不論在政府裏或反對黨裏，我們都看到多少第一流的才具，具備大政治家素質的人——（在別的時代或許他們可以成功；）——竟沒有信仰，沒有氣魄；需求，習慣，享樂底厭倦，弄得他們煩躁不堪，使他們在偉大的計劃中間做出些支離破滅的行爲，或者丟下一切，把事情放在中途，不管他們的國家，不管他們所維護的利益，逕自停下來休息或享樂。他們有相當的勇氣到一場爭鬥裏去送命；但這些領袖中很少能爲了分內之事而鞠躬盡瘁，死而後已，很少能不事吹捧的站在崗位上緊握着舵。

這種根本虛弱的意識，把革命底大腿斬斷了。這些工人在互相責難中消磨時光。他們的罷工永遠失敗，總是由於領袖與領袖間、職業團體與職業團體間、改進黨與革命黨間的永遠的齟齬，——由於深懼恫嚇，——由於綿羊般的遺傳性，使反抗者一見到法律的壓迫就縮回到覊軛之下，——由於投機家底自私自利與卑鄙無恥，利用別人底反抗去博主子歡心，拿他們有作用的忠誠把主子們大大敲詐一下。至於羣衆天生的混亂與無政府思想更是不必說。他們很想實行具有革命性的集體罷工；但他們不願被人看做革命黨。動刀弄鎗的事全不配他們胃口。他們想炒蛋而不敲破蛋。總之，他們更願意敲破的蛋是鄰人底蛋。

奧里維望着，觀察着，並不驚奇。他認定這些人比着他們自命要實現的事業不知要低下多少；但他也認出鼓勵他們的無可避免的力，並且發見克利斯朵夫已經不自覺地跟着它順流而下。他自己巴不得給潮流帶走，可是潮流不要他。他只能站在岸上望着流水過去。

這是一道有力的水流：它掀起一大堆熱情、利益、與信仰底巨潮互相衝擊、交融，激起無數相反的水沫與漩渦。爲首的是那些領袖，全體中最不自由的人，因爲被人推動着，而且也許是全體中最不信仰的人：他們從前已經相信過了，正如那般受他們奚落的教士，受着所發的願言與因爲從前相信而不得不硬着頭皮宣揚到底的信仰底束縛。跟在他們後面的大隊的牧萃是暴亂的，沒有定見的，短視的。最大多數的人底相信是完全出於偶然，因爲現在的潮水向着這些烏托邦流去；今晚，他們就可以不相信，因爲潮水有轉變的傾向。許多是由於需要活動、渴欲冒險而相信。還有一般是單憑全無常識的、專斷的邏輯而相信。另外一批是爲了慈悲心而相信。最乖巧的人只把思想用作戰爭底武器，他們爲掙取一筆確定的工資，爲減少工作時間而鬥爭。那些健旺的胃口暗暗希望對於貧苦的生活粗野地報復一下。

但負載他們的潮水却比他們賢明它知道它往哪兒去。暫時在舊世界底堤上衝散一下又有何妨！奧里維預先料到社會革命在今日要被壓倒。但他也知道戰敗可和戰勝一樣使它達到目的：因爲對於被壓迫者底要求，壓迫者總要等到被壓迫者教他們害怕時纔肯答應。所以，革命黨人暴力底不正當，和他們的主張底正當，同樣有益於他們的主張。在領導人羣的盲目而切實的力底計劃中，兩者都有促成的作用。

「你們這般被主、子、召喚的人們，估計一下你們的身分罷。以肉體而論，你們之中既沒有多少哲人，也沒有多少強者，更沒有多少高尚之士。但主、子、選擇這個世界上的瘋子來駭惑哲人；選擇弱者來駭惑強者；選擇這個世界上的卑汚之事、被人輕蔑之事、以及不實在的事，來摧毀實在的事……」

然而，不問統制事物的主、子、是誰，——（理、智、或非、理、智、）——而且雖是工團主義所準備的社會組織的確替將來造成一個比較的進步，奧里維還是覺得，爲他與克利斯朵夫，總不值得把他們的幻象與犧牲底全部力量灌注到這場庸俗而不能開闢新天地的戰鬥中去。他對革命所抱的神祕的希望幻滅了。平民不見得比別的階級更好，更眞誠；尤其是他們沒有多大分別。

在混亂的熱情與利害關係底波濤中，奧里維底目光與心却偏向幾座獨立的小島，偏向一些眞正的信徒，東一處西一處的矗立着，好像飄在水上的花朶一般。優秀分子徒然想混入羣衆：他總傾向優秀分子，——各階級各黨派底優秀分子，——傾向那些胸中懷有靈光的人。而他神聖的責任就在守護這靈光，不讓它熄滅。

奧里維已經選定了他的任務。

離開他住處幾間屋的地方，有一家小小的靴店，比街面稍稍低一些，——幾塊木板釘在一起，嵌着幾扇玻璃窗和紙版。進門先要走下三步蹬級，站的時候還得彎着背。裏面的地位正好擺一架靴子和兩隻工作櫈。照着古典靴匠（按即指富人終日愁悶而靴匠終日歌唱之古傳說）底傳統，人家可以整天聽見這裏的主人歌唱，他吹嘯着，蹬着脚，用一種微啞的聲音大聲哼着革命黨裏的小調或歌曲，或是從他這缸甏式的斗室中招呼過路的鄰居。一頭翅翼破碎的喜鵲在階沿上一邊跳跟一邊散步，從一個門房家裏跑來探望他。牠停在舖門口第一級上望着鞋匠。他停下工作和牠尖聲說些粗野的話，或對牠哼着國際歌。牠高舉着喙，嚴肅地聽着；不時做一個潛水的姿勢，把喙伸向前面好似對他行禮，笨拙地拍拍翅翼好使自己站穩一些；隨後牠忽然轉過背去，不管對方一句話沒有說完，振翼一飛，停在一張櫈子背上，睥睨着街坊上的狗。於是鞋匠重新敲他的靴子，喜鵲雖走，他還得把中斷的說話續完。

他五十五歲，精神健旺，濃眉之下藏着一對笑瞇瞇的小眼睛，光禿的頭頂好比一顆蹲在頭髮窠上的蛋，多毛的耳朵，一張黝黑的嘴和牙齒底缺縫，笑起來像一口井，一簇亂蓬蓬的骯髒的鬍鬚，他常常滿手捋着，用他被鞋油染黑的大手指搔弄。他在街坊上被稱做斐伊哀伯伯，斐伊哀德，拉、斐伊哀德伯伯——人家又叫他拉斐德（按係十九世紀參與美洲戰役的法國名將兼政治家，爲自由派保王黨。）來惹他氣惱：因爲這老人在政治上是標揭赤色思想的；少年時就因擁護巴黎公社　而被判死刑，終於改爲流徙；他對於這些往事非常驕傲，怨恨拿破侖三世與迦利弗（十九世紀法國名將）。他從不間斷地參加革命黨集會，崇拜高加，爲了他詼諧百出、像雷吼般宣傳着的報復的理想。他從不錯過一次他的演講，把他句句說話呑在肚裏，對着他的笑話張着闊嘴大笑，受着他咒罵底煽動，對着那些戰門和預約的天堂心花怒放。下一天在小舖子裏，他還得在報上重讀一遍這些演詞底節錄，爲他自己也爲他的徒弟而高聲朗誦；且爲細細吟味起計，他又教徒弟念，要是跳過一行就要扯耳朵。因此他的活計不能常常準期交貨；可是手工是挺巴結的：它教你脚痛，但是穿不壞。

老人身邊有一個十三歲的孩子，駝背，病弱，而且軟骨，算是他的徒弟。母親在十七歲上跟着一個工人逃跑了，那工人後來變了無賴，被人抓住，判了罪，從此不知去向。她被家族驅逐了，獨自撫養着小愛麥虞限。她把她對情夫的愛與憎一齊移在孩子身上。這是一個性情暴烈的女人，嫉妒得有些病態。她狂熱地愛兒子，粗暴地虐待他，然後，當他一有了病，她又絕望到發瘋。逢着她心緒惡劣的日子，她不給他晚餐就教他睡覺連一片麵包都沒有。當她帶他在街上，如果他疲倦了，不能再向前進或逕自倒在地下時，她把他一脚踢起來。她說話顚顚倒倒，毫無連貫，一忽兒涕泗横流，一忽兒興奮若狂，顯出那種神經衰弱性的快活。她死了。祖父收留了孩子，那時纔只六歲。他很愛他；但他有他的表示愛的方式：那是在於粗暴地對待孩子，用各種咀咒來稱呼他，把他的耳朵扯得長長的，從早到晚掌他的嘴，以便教他技藝：他同時也把他社會主義的與反宗教的教義灌輸給他。

愛麥虞限知道祖父心地並不惡；但他老是預備舉起手來報復他所挨的巴掌；可是老人使他害怕，尤其在酩酊大醉的夜晚。因爲拉、斐伊哀德伯伯底渾名並不虛傳（按斐伊哀德一字原義爲半酒桶。）：他每個月總要醉上兩三次；那時，他胡說霸道，嘻嘻哈哈，做出許多怪樣，結果總教孩子捱幾下。實在也是雷聲大而雨點小，但孩子很膽怯；病弱的身體使他更加敏感；他有着早熟的智慧，從母親身上承襲着一顆獷野而狂亂的心。祖父粗暴的行爲和革命的議論把他駭壞了。外界的印象，都在他心中發生回響，好似小靴鋪被沉重的街車震動一樣。他日常的感覺，兒童底苦痛，早熟的經驗底悲慘的回憶，巴黎公社故事，夜課中聽來的零碎的東西，報紙底副刊，集會中的演詞，還有遺傳得來的惶亂急激的性本能，都在他驚惶不定的想像中如鐘底顫動一般混成一片。一切，合起來形成一個幻夢底世界，奇形怪狀的，像是黑夜裏的池沼，放射出多少眩目的希望之光。

鞋匠把徒弟領到奧蘭麗酒店裏。奧里維的遇見這個尖喉嚨的小駝子就在這個地方。處在他不多交談的工人中間，他儘有時間研究這孩子病態的面容，巨大的前額，又獷野又畏怯的神情；他聽見人家和他說些打諢說笑的粗野話，使孩子默然變色。他又看見他聽到某些革命議論時，栗色的柔和的眼睛對着未來的幸福悠然神往，——其實即使這幸福有一朝實現，也不見得使他貧弱的命運有何轉換。但那時候，他的目光照耀着他可憎的臉，竟令人忘記了它的醜惡。連美麗的裴德也爲之驚異；有一天，她對他說出了這種感想，冷不防地親吻他的嘴。孩子驚跳一下，臉上變了顏色，厭惡地望後退避。裴德不會注意：她已經在和育西哀拌嘴了。發覺愛麥虞限惶亂的只有奧里維：他眼睛釘着孩子，看他縮到暗處，雙手顫抖，低着頭，垂着眼睛，從旁用又熱烈又惱怒的目光偸覷少女。他走近他，柔和地、有禮地和他攀談，把他馴服了……溫柔的舉止，對於一顆被人輕蔑的心眞是何等的安慰！這是久旱的泥土急不及待地吸收進去的一滴水。只消幾個字，一副笑容，就能使愛麥虞限暗中向奧里維傾心，認奧里維爲知己。以後，當他在街上遇見他而發覺他們是近鄰時，他更覺得這是命運底一個神祕的標記，而這是不錯的。他窺伺奧里維在小舖子門前過，以便和他招呼；偶而奧里維心不在焉的不回答他時，愛麥虞限就生氣。

有一天奧里維走進裴伊哀德伯伯舖子裏去定一雙鞋子時，他眞是快活極了。鞋子做好以後，愛麥虞限送到奧里維家他預先留神他回家使得送去時一定可以和他相遇奧里維心裏轉着念頭，不大理會他，付了錢，一句話也沒有；孩子似乎有所期待，東張西望，不勝遺憾地想走了。奧里維憑着善心猜到了他的心事；便微笑着和他搭訕，盡量壓制着他和平民交談時所感到的侷促。這一次，他却找到了簡單而直接的措辭。痛苦底直覺，使他在孩子身上看到——（不過是太簡單化了）——一頭像他一樣被人生傷害的小鳥，把頭藏在翅翼中間，在鳥架上縮做一團，幻想在光明中的自由翺翔，聊以自慰。一種與本能的信賴相似的情操使孩子和他接近；這顆靜默的靈魂，不叫不嚷，不說一句粗暴的話，令人感到遠離了街上的暴行，對孩子有一股吸引力；還有那房間，裝滿書籍，充滿幾百年來的奇幻的言語，使他感到宗教式的敬意。他很樂意回答奧里維問話，不時也仍要流露一下驕傲的野性；但他找不到字句。奧里維小心地發掘這顆曖昧與木訥的靈魂；慢慢窺見它對於世界底更新抱有可笑而動人的信仰。他雖明知這信仰下面藏着一場不可能的夢，決不會怎樣改變世界的夢，但他全無加以訕笑的心思。基督徒也會做過不可能的夢，也不會改造人類。從伯里克理斯（按係紀元前五世紀時希臘大政治家，雅典的獨裁者，以賢名著稱於世。）到法利愛先生（按係十九世紀法國政治家，一九〇六——一三年間爲大總統。），哪裏有道德的進步？……但一切信仰都是美的；當氣運告盡的那些信仰褪色時，應當敬禮那些方興未艾的新信仰：信仰永遠不嫌太多。奧里維又好奇又感動地瞧着搖搖不定的微光在孩子腦海中燃燒。何等古怪的腦袋！……奧里維無法追蹤這思想底運動，它不能作持續的理智底努力，只是急激地亂奔亂竄，當你和它說話時，它倒留在後面，不知如何對着從剛說過的一個字裏突然浮現出來的景象出神，隨後它又追上你，一跳跳過了你，會使一縷平靜的思想或一句布爾喬亞的謹愼的說話中忽然躍出整個神幻的世界，一個英雄式的、狂亂的原則。這顆常常驚醒的渴睡的靈魂，對於樂天主義有一種幼稚而強烈的需要；無論人家對他說什麼，藝術或科學，他總要加上一個戲劇式的結局來配合他幻夢底願望。

奧里維激於好奇心，逢着星期日念幾段書給孩子聽。他以爲寫實的、親切的故事會引動他興味，便替他念托爾斯泰底童年回憶。孩子却覺得平淡無奇，說道：

——唔，是的，我們知道這個。

他不懂人家竟會辛辛苦苦的寫些眞實的事情。

——不過是一個孩子，一個孩子，他輕蔑地說。

他也沒有歷史底興味；科學使他厭煩；它在他心目中好像神話底一篇枯索無味的序言：種種不可見的力替人類服務，有如那些可怕而被人降服的精靈。要這麼多解釋有什麼用？一個人找到什麼東西，毋須說出怎樣找到，只消說他所找到的東西就行。思想底分析是布爾喬亞的奢侈。平民需要的是綜合，是現成觀念，不管是好是壞，尤其是壞的，但是能夠導人於行動的；還需要富有生機的現實，充滿電力的。在愛麥虞限所認識的文學中間，他最感動的是囂俄底史詩式的感憤，和那些革命演說家底漆黑一團的詞藻，不說他不大明白，連他們自己也不常常弄得清。對於他，和對於他們一樣，世界並非一個由許多理智或事實連貫而成的總體，乃是一片無窮的空間，沉浸着陰影，閃爍着光明，照着陽光的巨翼在黑夜中掠過。奧里維白白把布爾喬亞的邏輯傳授給他。反叛的、煩悶的靈魂却從他手中逃去，樂於浸在它幻覺底波浪與衝擊裏面，好似一個動了愛情的女人閉着眼睛聽任擺佈。

奧里維對這個孩子覺得又是親切又是悵惘，因為他們倆一方面是多麼接近：孤獨，驕傲的弱點，理想主義者的熱情，——一方面又是多麼相異……這種精神上的不平衡，這些盲目而放縱的欲念，這種肉欲方面的野性，全無世間的道德所規定的善惡觀念。這野性，他還祇窺到一部分。他永遠想不到在這小朋友胸中有一個情欲騷動的世界在蠢動。我們布爾喬亞的隔世遺傳把我們訓練得太乖巧了。我們簡直不敢矚視我們的內心。倘使我們把一個誠實君子底夢想，或一個貞女節婦身上所經歷的奇特的熱情說出百分之一，人們便會駭而却走。妖魔閉口！關上鐵門。但我們得知道它們存在，得知道它們在新的心靈中隨時準備破壁而出。——愛麥虞限懷有一切被認爲淫邪的色情欲念，出其不意地、像狂風般攫住他；它們因他生得醜陋、被人摒棄、而格外着惱。奧里維却一無所知。在他面前，愛麥虞限覺得很羞恥。他受到這平和底感染。這樣一種生活底榜樣，對他有馴化作用。孩子對奧里維感到一股強烈的愛。他的被壓制的情欲化爲騷亂的幻夢：人類的幸福，社會的博愛，科學底奇蹟，神怪的航空，幼稚與野蠻的詩意，——總之是整個充滿勳業、荒謬、逸樂、犧牲的世界，爲他陶醉的意志因無聊與狂熱之故在裏面踰踉搖幌的。

在祖父小店裏，他沒有許多時間在這境界中出神，老頭兒沒有一刻安靜，從早到晚的絮聒、敲打。但做夢的空隙總是有。一個人可以站着張着眼睛在人生一刹那間做多少天的夢！——工人底勞作，相當宜於一種間歇的思想。倘使不經過一番意志底努力，他便不大能抓住內容嚴密而稍為宂長的思想線索；即使能够，他也要隨處錯失多少關節；但在有節奏的動作底空隙中，思想倒可以隨時穿插進來，形象浮顯出來；肉體有規律的姿勢能幫助它們躍現，好似風箱裏的空氣一般。平民底思想！這就是火與煙，熄而復燃、燃而復熄的火花！但有時，其中有一朵被風捲去的時光，便會在布爾喬亞充實的稻堆上釀成火災……

奧里維設法把愛麥虞限荐入一家印刷所。這是孩子底願望；祖父也絕不反對：他樂意看到孫子比他博學，並且他對印刷所裏的墨汁頗有敬意。在新行業中，工作比老行業更勞苦；但孩子覺得處在工人羣中比和老祖父單獨相對的守在小舖子內，要思想起來是自由多了。

最好的時間是用午餐的辰光。當成羣結隊的工人包圍着階沿上的飯桌和本區裏的酒店時，他卻拐着腿避到附近方場上；那邊，他騎在栗樹壇下一條櫈上，靠近一座手執葡萄作着跳舞姿勢的田神銅像，他啃着麵包和裹在油紙裏的豬肉，在一圈麻雀中間慢慢體味。青綠的草地上，小小的噴泉放射雹霰似的細雨。一株矗立在陽光中的樹上，幾頭藍色的鴿子睜着圓眼叫着。四周是巴黎永不間斷的市聲，車輛底隆隆聲，潮水似的脚步聲，街上一切熟習的叫喊聲，遠遠裏是修補搪瓷器的輕快的蘆笛聲，修路工人敲擊路面的錘子聲，一座噴泉底高貴的樂聲，——巴黎夢境底狂熱而燦爛的外衣……——騎在橙上的小駝子，嘴巴滿滿的，並不急於吞嚥，有氣無力地墮入一種茫然若失的境界，再也不覺得脊骨裏的疼痛和靈魂底餒怯；他沉浸在一股渺茫的醉人的幸福裏……

——『……明天將要照臨我們的溫暖的光明，正義底太陽，不是已經在輝耀了麼？一切都這樣的善，這樣的美！人們富有，強健，愛着……我愛着，我愛大家，大家愛我……啊！多舒服！明天，將要多舒服！……』

工廠底汽笛響了；孩子驚醒過來，嚥下他口裏的東西，在近旁的噴泉上痛飲了一口清水，縮回到他的甲殼裏，拐着踰跟的步子，重新去站在他印刷所的位置上，面對神幻的字母架，——它們是終有一天會寫出革命底警告的：『一切都將秤過，算過，分配過。』（按此係聖經上但尼福音書中語。）

斐伊哀伯伯有一個老朋友德羅伊沃，在對街開着一家紙鋪，一家雜貨與紙張兼賣的鋪子，櫥窗裏擺着盛在玻璃瓶中的紅綠糖果，無臂又無腿的紙娃娃。一個在門前級蹬上，一個在小店裏，兩個人隔着街擠眉弄眼，搖頭擺腦，做着各式各種的啞劇。在某些時間，當鞋匠敲打得疲倦了，以致像他所說的臀部抽筋的時候，他們就遠遠裏彼此招呼一下，拉、斐伊哀德尖着喉嚨，德羅伊沃迸着牛鳴似的聲音；他們到鄰近的酒店裏去喝一杯。他們從不急於回來。這是一對有名的嚼舌家。他們相識了將近半個世紀。紙店主人在一八七一年（按係拿破崙三世傾覆，第三共和建立之年）偉大的悲劇中也曾有他的角色。這是誰也想不到的；看他的表面，只是一個平凡的胖子，頭上蓋着一頂小黑帽，穿着一件白色工衣，留着一簇老兵式的灰白鬚，惘然的眼裏雜着一條條的紅筋，眼皮賽似它們的袋，軟綿綿亮晶晶的面頰老是在流汗，拖着一雙痛風的腿，呼吸喘急，說話艱難。但他不曾失掉當年的幻象。在瑞士亡命了幾年，他遇到各國底同志，尤其是俄國人，使他窺到博愛的無政府主義之美。在這一點上，他和拉、斐伊哀德是意志相左的，因爲後者是一個老派法國人，在自由方面是贊成劇烈手段和專制的。此外，兩人都相信社會革命和未來的勞工理想國。各人崇拜一個領袖，各人把自己所希望的理想寄托在他身上。德羅伊沃擁戴育西哀拉、斐伊哀德擁戴高加。他們無窮地辯論彼此意見分野的焦點，以爲他們共同的思想是早已表明了；——（在兩次滿杯之間，他們幾乎相信這共同思想是已經實現的了。）——兩人之間比較愛推理的是鞋匠。他由理智而相信；至少他以此自豪：因爲上帝知道他的理智是完全特殊的一種！它除了他自己的脚以外任何人都穿不上。可是，雖則在理智方面不及鞋子方面內行，他仍膽敢說別人底脚應該穿他的理智纔對。比較懶惰的紙店主人却不願費心來闡述他的信念。一個人只闡述他所疑惑的事情。他可不疑惑。他永遠的樂觀主義是依着他的願望來看事情的，倘使不合他的願望，他就不看見或者遺忘。失意的經驗在他皮膚上滑過，毫無痕跡。——兩人都是傳奇式的老孩子，沒有現實底感覺；爲他們，革命——只有這名詞使他們陶然欲醉——是一件任憑臆造的美麗的故事，至於它是不是有一天會來到、或者目前已經來到，他們是不大明白了。兩個人也都崇拜人類、這上帝，算是轉換一下千百年來屈服於『神人之子』

（拔撒指耶穌。）的遺傳習慣。——不消說，他們也全是反教會派。

有趣的是這個好紙商和一個極虔誠的姪女住在一起，完全受她擺佈。這褐髮的小婦人，肥胖的，目光銳利，又急又快的說話還帶着很重的馬賽口音，死去的丈夫是商務部裏一個編輯。沒有財產，只有一個小姑娘，被叔父收留着，這自命不凡的中產女子倒幾乎認爲她在紙店裏管買賣是給店主人面子；她神氣活像一個廢黜的王后，總算是叔父底生意和主顧們底運氣，她傲慢的態度被天生的快活性情冲淡了不少。保王黨兼教會派，這是最配她這種高貴身分的，亞歷山特里夫人公然表露她的情操，覺得捉弄那不信神道的老人有一種樂趣，所以格外起勁。她自以爲是這個屋裏的主婦，對於全家底良心負有責任；如果她不能使叔父改變信仰——（她發誓終有一天成功）——她至少很熱心要把這老怪物浸入聖水。她在牆上釘着盧爾特（法國城名，相傳聖母在此顯靈。）聖母像，或是巴杜底聖女安多納像；壁爐架上的玻璃罩內擺着彩色偶像；到了節季裏（八月），她在女兒牀頭供奉雛型的聖母寺，插着小藍燭。我們不知她在這種含有挑釁意味的虔誠裏究竟抱有何種動機，是眞的爲愛護她祝望皈依正教的叔父呢，還是單單爲了捉弄他的快樂。

麻木不仁、半睡半醒的好人百事由她；他決不冒險去惹動可怕的姪女好鬥的脾氣：憑他這條轉動不靈的舌頭是無法抵抗的；他第一要和平。只有一次，他生氣了，因爲一個小小的聖、約瑟覺偷偷地溜進他房裏，高踞在牀後牆上；這一下他可得勝了，因爲他氣得幾乎發瘋，把姪女嚇倒了，再也不敢嘗試。餘下的事情，他都讓步，佯裝不見；這種好天爺氣味的確使他有些難堪，但他不願去想。實在他佩服姪女，覺得被她苛待也有些兒快意。再則他們在疼愛小姑娘小闌納（闌納原意爲王后。）或闌納德這點上是意見一致的。

她十三歲，老是生病。幾個月以來患着關節炎，一直躺在牀上，整半個身體都用夾板夾着，好像一個包在殼裏的達芬奈（按爲神話中的水神，被亞波羅熱戀，乃乞其母地神將其變爲月桂。）。她的眼睛宛似一頭受傷的牝鹿眼睛，黯澹的顏色好似缺乏陽光的植物；一個太大的腦袋，很細膩很緊貼的淡黃頭髮使頭顱愈顯得巨大；但她有一張文雅而富於表情的臉，一個小小的生動的鼻子，一副天眞爛漫的笑容。母親底虔誠在患病而一無所事的孩子身上更加變得狂熱。她幾小時的數着教皇祝福過的念珠，常常熱烈親吻它。她差不多整天不做一件事；針線工作使她厭倦：亞歷山特里夫人不曾培養她這方面的興趣。她僅僅看幾本枯索無味的傳道小册幾篇講述奇蹟的故事那種平板而浮誇的風格於她簡直就是詩，——再不然閱讀週報上附有插圖的犯罪新聞，爲她愚蠢的母親交給她的。她僅僅做些編織工作，顫動着口唇，心思並不在於活計上，而是專心一志的和她朋友中間的一個聖女或仁慈的上帝談話。因爲你別相信定要是聖女貞德纔能獲得上帝底訪問；我們都曾得到這恩寵。不過，普通那些天國的訪問者只讓我們坐在家中獨白；他們是不開口的。蘭納德也從沒生氣的念頭：不開口就是默認。並且她有那麼多的話要對他們說，使他們差不多沒有時間回答：她替他們代答了。她是一個不開口的嘵舌婦，從母親那邊承受了多言底脾氣，但大量的言語變成了內心的說話，好似一條隱在地下的溪流。——自然她參預對付叔祖的陰謀以便使他皈依正教，她對於光明在家裏所征服黑暗的寸土尺地都覺得非常快慰；她把聖徽章縫在老人衣服夾層內，或把一顆念珠塞在他袋裏，叔祖爲使她高興起計，假裝不注意。——兩個虔婆對這反教會的老人所玩的手段，使鞋匠又氣惱又好笑。他慣於調侃潑辣的婦人；這個屈服於雌威的朋友便受盡他的奚落。但他也不能賣弄狡獪：因爲他曾經在二十年間受着一個淳樸而易怒的老婆控制，被她當做醉鬼，罵得低首無言。他小心地避免提起這些往事。紙店主人稍稍有些害羞，軟弱地辯護着，期期艾艾的標揭克魯泡特金式的寬宏精神。

蘭納德和愛麥虞限是朋友。他們從小就天天見面。愛麥虞限不大敢溜進她家。亞歷山特里夫人對他白眼相加，把他看做無神論者底孫子，下流無恥的小壞蛋。蘭納德整天躺在樓下靠窗的一張長椅裏。愛麥虞限經過時敲敲玻璃，鼻子碰在窗上，扮着鬼臉和她打招呼。夏天，窗子開着，他便停住脚步，兩臂高高的靠在窗子橫門上；——（他自以爲這個姿勢對他較爲有利，肩頭高聳可以遮掩他的殘廢。）——素來無人光顧的蘭納德再也想不到去留神愛麥虞限是駝子。而一向害怕並且厭惡少女的愛麥虞限，也把蘭納德看做例外。這個半癱的病女於他是不可卽的，遙遠的。只有在美麗的裴德吻他那晚上以及下一天，他迴避蘭納德，感到一種本能的憎惡；他脚不停步的低着頭走過；在遠遠裏偸覷一下，好似一頭野狗。隨後，他又來了。她實在算不得一個女人！……從工場出來，在穿着像睡衣般長工衣的釘書女工中間——這些高大的快活的姑娘，餓虎似的眼睛會一眼把你看盡，——他拚命縮小，經過蘭納德家時就向她窗子逃去。他因爲他的女友殘廢而很感激：在她面前，他可以擺出優越的、甚至保護人般的神氣。他把街坊上的故事講給她聽；他自己在故事裏總佔着好位置。有時當他心血來潮地顯得慇懃的時候，還帶給她一些禮物，冬季是烤栗子，夏季是一串櫻桃。她那方面，給他擺在櫥窗中的五色糖；他們一同看風景片。這是幸福的時光；兩口子都忘記了禁錮他們童心的可憐的肉體。

但他們也會像大人一樣爭論那些政治與宗教問題。於是他們變得和大人一樣愚蠢。完滿的和睦中止了。她，講着奇蹟，九日祈禱，或者鑲着花邊的聖像與赦罪日。他，說這些都是胡鬧，可笑，那是他聽見祖父說的。但輪到他講起老人領他去參加的公共集會時，她就鄙夷地打斷他的話頭，說這些人都是醉鬼。談話底口氣變得尖銳了。他們提到彼此的父母；一個批評對方底母親，一個批評對方底祖父，說了許多侮辱祖父與母親的言語，接着他們講到自身，搜尋難聽的說話。而這是不難的。他說出最粗野的。但她能尋到最惡毒的。於是他走了；下次相見時，他說他曾和別的姑娘們一起，說她們是美麗的，大家很痛快地樂了一下，還約好下星期日再見。她一言不發；假裝不把他的說話放在心上；可是突然之間她發怒了，把傳道小册摔在他頭上，嚷着要他走開，說她厭惡他；隨後把雙手掩着臉。他走了，並沒感到勝利底驕傲。他很想拿開她瘦削的小手，和她說那是假的。但他爲了傲氣，強使自己撑持到底。

一天，蘭納德底仇恨可得到報復了。——他和工場裏的夥伴在一起。他們不歡喜他，因爲他不和他們厮混，因爲他不說話或太會說話，天眞地、不自然地、像書本或更像報紙上的文章——（那是他裝滿一肚子的。）——這一天，他們談着革命與未來的時代。他激動着，變得很可笑。一個夥伴粗暴地挖苦他道：

——你先是不應該，你太醜了。在將來的社會裏，不會再有駝子。人們在他出世時就把他丟下水。

這可使他從雄辯底高峯上直跌下來。他狠狽不堪，住嘴了。旁人都笑彎了腰。整個下午他再也不則一聲。傍晚，他回家去，急於想躲在他的角落裏獨自痛苦。奧里維遇到他；被他面如土色的神氣駭住了。

——你心裏苦惱。爲什麼？

愛麥虞限不願回答奧里維親切地追問，孩子仍舊咬着牙齒不響下顎顫動，好似快要哭出來，奧里維攙着他的胳膊，領他到家裏。對於疾病和醜惡，他也感到這種本能的、殘忍的厭惡，那是一切生來沒有慈善會修士底心靈的人都無法自禁的；但雖如此，奧里維絕不流露這種情緒。

——人家使你痛苦，是不是？

——是的。

——人家對你怎樣呢？

孩子底心蘇慰了。他說他生得醜，同伴們說他們的革命沒有他的分。

——也沒有他們的分，我的孩子，且也沒有我們的分。這不是一朝一夕之事。我們是爲着後來者工作。

孩子覺得這麼遲緩眞是失望。

——難道你不樂意人家底工作是爲了使像你這樣的千萬少年、千萬生靈幸福麼？

愛麥虞限嘆道：

——可是自己有一些幸福究竟是好的。

——我的孩子，別這樣不知好歹。你生在最美的都市，最富於神奇的時代；你並不傻。你有明辨的眼光。想想在你周圍有多少事情值得去看、去愛。

他替他指出了幾樁。

孩子聽着，搖搖頭說：

——是的，但一個人永遠得被禁在這副皮囊裏！

——可是不，你會擺脫掉的。

——你關於這個又知道些什麼？

孩子呆住了。唯物主義是祖父信條中的一部分；他以爲只有僧侶們纔相信永恆的生命。他知道奧里維不是這等人，便私忖他說這話是否當眞。可是奧里維握着他的手，冗長地和他說他理想主義者的信仰，無窮盡的生命底單一性，無始無終的，億兆的生靈與億兆的瞬間，只是獨一無二的太陽底光芒。但他並不用這種抽象的形式和他說。他本能地一邊和他說一邊適應孩子底思想：古老的傳說古老的宇宙創成論中的唯物的奧深邃的想像都回到他腦子裏來半笑半嚴肅地他講着輪迴與遞嬗，靈魂在無量數的形式中流過、濾過，像一道從這一口池流到那一口池的泉水一般。他又攙入一些基督教的往事和眼前的夏晚底形象。他靠近打開的窗子坐着：孩子，站在他旁邊，手握在他的手裏。這是一個星期六傍晚。鐘聲響着。最近纔回來的第一批燕子掠過房屋底牆。遠天對着包裹在陰暗中的都市微笑。孩子凝神屏氣，聽着年長的朋友和他講的神話。奧里維被孩子底注意打動了，也對着自己的敍述悠然神往。

人生有些決定終身的時間，好似電火突然在一座大都市底黑夜中燃點起來一般，永恆的火焰在黝黯的靈魂中燃着了。只消別一顆靈魂中有一點火星躍出，就能把靈火帶給那個期待着的靈魂。這一個春天底黃昏，奧里維寧靜的說話，在殘廢的小身體所包藏的精神中，像一盞佝僂的燈籠般，燃起永不復熄的光明。

他完全不懂奧里維底議論，甚至也不大聽在耳裏。但這些傳說，這些形象，在奧里維看來只是美麗的寓言與譬喻，在他心中却是有血有肉的，變成現實了。神話活動起來，在他周圍飛舞。從房間窗洞內所看到的形象，街上來往的窮窮富富的人，掠過牆頭的燕子，負着重物的疲乏的馬，隱在黃昏陰影中的房屋底磚石，光明隱滅的慘澹的天色，——這整個外表的世界突然印在他心頭，像一個吻。這不過是電光般一閃。立刻熄滅了。他想着蘭納德，說道：

——但那些去做彌撒、相信好天爺的人實在是一般傻子啊！

奧里維微笑道：

——他們像我們一樣相信着。我們全都相信着同樣的事情。祇是他們的信仰不及我們的堅罷了。這一般人要看見光明，先得關起他們的護窗、點起他們的燈火。他們把上帝寄托在一個人身上。我們却有更好的眼睛。但我們所愛的總是同樣的光明。

孩子回家去，黝暗的街上，煤汽燈還沒有亮。奧里維底說話在他頭裏嗡嗡地響。他私忖嘲笑眼光不好的人是和嘲笑駝子一樣殘忍。他又想起眼睛美麗的蘭納德，想起他會使這雙眼睛流淚，難過極了。他趕着走向紙舖。窗子還半開；他輕輕伸進頭去，低聲喚道：

——蘭納德……

她不回答。

——蘭納德！我求你原諒。

蘭納德底聲音在暗中答道：

——惡人，我討厭你。

——對不起，他再說一遍。

他緘口了。隨後，突然興奮之下，他更低聲的，又惶惑又羞愧地說：

——蘭納德，你知道，我也相信那些仁慈的神，像你一樣。

——眞的麽？

——眞的。

他這麽說是特別爲了寬宏大量。但一說過後他的確有些相信了。

他們緘默了一會。彼此瞧不見。外邊，美妙的夜！殘廢的孩子喁喁地說：

——一個人死後將會幸福！……

蘭納德輕微的呼吸清晰可辨。他說：

——晚安，小青蛙。

蘭納德柔媚的聲音答道：

——晚安。

他心地輕鬆的走了。他很快活，蘭納德竟原諒了他。其實這苦孩子心中也有些樂意那個女孩子爲了他而痛苦。

奧里維回到他的隱居之所。克利斯朵夫不久也回來與他重新相聚。正是，他們的位置決不在社會革命運動裏。奧里維不能和這些戰士聯盟。克利斯朵夫不願和他們聯盟。奧里維以被壓迫的弱者底名義遠避，克利斯朵夫以獨立不羈的強者底名義遠避。但不管他們一個縮在船首，一個縮在船尾，他們總還在那條載着勞工軍隊與全社會的船上。自以爲意志自由而可靠的克利斯朵夫，用一種具有煽惑性的關切態度，留神着無產階級底團結；他歡喜把自己浸在平民酒桶裏寬弛一下，浸過以後他覺得更上勁更新鮮。他繼續看到高加，不時仍到奧蘭麗店裏用餐。一到那邊，他就不知顧忌，聽任他古怪的興緻擺佈；怪僻的論調不會使他喫驚；他狡獪地樂於煽動談話底對手，走到他們的主義底極端、荒謬、瘋狂的結論上去。人家從不知道他說的話是否正經：因爲他一邊說一邊激動起來，終於忘記了他開始時有心搗亂的用意。藝術家被別人底醉意帶醉了。在美的情緒湧現的時間，有一次他在奧蘭麗舖子後店堂裏臨時作一支革命歌，立刻被人背熟了，在下一天上就傳遍工人團體。他危害自己。警察當局注意他了。消息靈通的瑪奴斯，有一個叫做愛克撒維、裴那的朋友是警署中的青年警吏，弄着文學而自命爲克利斯朶夫底熱烈的崇拜者——（因爲無政府思想與享樂主義，一直溜到第三共和底守門狗隊裏去了）——告訴瑪奴斯道：

——你們的克拉夫脫正在弄火。他做着好漢。我們是知道底細的；但在上的人很高興在這些革命陰謀中抓下一個外國人——尤其是德國人——這是謗毀一個黨派使人猜疑的老法子。如果這傻瓜不知謹愼，我們要被迫加以逮捕了。這是麻煩的。通知他一下罷！

瑪奴斯告訴了克利斯朵夫，奧里維求他謹愼些。克利斯朵夫却不把警告當眞：

——得了罷！他說，個個人知道我不是危險的。我儘有取樂的權利！我愛這些人，他們像我一樣工作着，像我一樣有一個信仰。實際是不同，我們不是同一戰線……好呀！大家廝殺就是。這決不是我所討厭的……你要怎樣？我不能像你這樣縮在我的殼裏。我在中產者中間感到窒息。

奧里維底肺沒有這麼挑剔，處在他狹小的寓所和兩個女友底寧謐的伴侶中間很舒服，尤其是亞諾夫人如今獻身於慈善事業，賽西爾專心看護着孩子，甚至只談着孩子，只和孩子談着，用着這吱吱喳喳的音調，竭力模倣小鳥底聲氣，把他不成形的歌曲蛻變爲人的說話。

奧里維在工人堆內廝混的結果，有了兩個熟人。兩個像他一樣的獨立者。一個是地氈工匠葛冷。他的工作是憑着幻想的，很任性，但手段很巧妙。他愛他的技藝，——對藝術品有一種天然的趣味，再加上觀察、工作、參觀博物館等等的陶冶。奧里維曾託他修一件古式傢具：艱難的工作却被他巧妙地解決了；他爲之費了不少的精力與時間……結果只向奧里維要了一筆很公道的工資，因爲他能够成功已很快活。奥里維對他發生了興趣，探問他的身世和他對於勞工運動的意見，葛冷毫無意見；他全不把這問題放在心上。他不是屬於這個階級的。他不屬於任何階級。他是他。他很少讀書。所有的智識與修養，是靠感官、眼睛、手、和眞正的巴黎民衆天生的趣味養成。他是一個幸福的人。在工人小布爾喬亞中間，這等典型很多：那是國內最聰明的種族之一：因爲它在身體的勞作與精神的健全活動之間實現了最美妙的均衡。

奥里維底另一熟人是更特別的傢伙。那是名叫烏德羅的一個郵差。生得很體面，高大的身材，明亮的眼睛，淡黄的鬍鬚，一副開朗與快活的神氣。有一天他送一封掛號信來，走進奥里維底房間。當奥里維簽字的辰光，他在書室裏繞了一遭，鼻子靠着書題：

——嘿！嘿！他說，您的古典作品眞不少……

接着又道：

——我，我收集着關於蒲高尼（法國地理名，包括東部各州，以產酒著名）的史籍。

——您是蒲高尼人麽？奥里維問。

鄧差笑着，哼着一支蒲高尼底民謠，回答說：

——是的，我是阿凡龍地方的。我藏有一二〇〇年份的家庭文件和一些……

奧里維驚異之下，很想多知道些。烏德羅也巴不得有說話底機會。的確他的家庭是蒲高尼最古老的舊家之一。祖宗裏面有一個會參加菲列伯、與古斯德底十字軍；又有一個當過亨利二世底國務大臣。從十七世紀起，家道纔衰落。大革命時期，衰敝凌夷的家沉到平民巨潮中去了。現在，靠着鄧差烏德羅強健的身心，誠實的工作，以及對於家族的忠誠，這一家纔重新浮到水面上來。他最好的消遣是搜集歷史的與敍及譜系的資料，和他的家族或鄉土有關的。放假的日子，他到檔案保存所去鈔錄舊文件。遇到不懂的地方，他去請教因迷信而認識的古典學者或巴大文科學生。他的煊赫的家世並沒迷昏他的頭腦；他一邊笑一邊講的時候，毫無怨恨命運的口氣。他有一種無愁無慮的、康強壯健的快活心情，教人看了舒服。奧里維望着他，心裏想着那些種族底神祕的循環往復，在面上浩浩湯湯地流幾百年，在地下銷聲匿跡幾百年，隨後又從泥土裏吸收着新的力量湧現。他覺得平民是一個極大的蓄水池，過去底河流在其中隱沒不見，未來底河流從中發源，實在新新舊舊除了名字不同以外還不是同樣的河流。

他很歡喜葛冷與烏德羅；但他們不能做他的伴；在他和他們中間，很少可能的談話。倒是小愛麥虞限多費他一些精神；他幾乎每晚都來。從那次神祕的談話以後，孩子心中有了一番大變動。他抱着狂熱的求知欲埋頭到書本中去。等到從書中鑽出來時，他反而呆住了。他顯得沒有先前聰明；很少說話；奧里維想盡方法只能使他吐出幾個單音；對於問題，愛麥虞限胡說霸道的亂答一陣。奧里維很喪氣；他極力忍着不露出來；但他以爲自己看錯了，孩子是十足的傻瓜。他不看見猛烈狂熱的孵化工作正在這顆靈魂中進行。他是一個不高明的教育家，只能抓一把好種子望田間隨意散播，却不能耕犂土地，劃出溝槽來。——克利斯朵夫底在場更增加了惶惑。奧里維覺得把他的被保護者陳列出來有些難堪；而愛麥虞限當着克利斯朵夫更顯得可厭，使奧里維更羞愧。那時，孩子惡狠狠地緘口不發一言。他恨克利斯朵夫，因爲奧里維愛他；他不答應除他自己以外再有人在他老師心中佔有地位。克利斯朵夫與奧里維都想不到這種熱愛狂與嫉妒狂侵蝕着孩子。可是克利斯朵夫當年是從這兒經歷過來的！但他在此與他質地不同的孩子身上辨認不出自己。在這承受着種種不健全的遺傳底曖昧的混合物裏，一切——愛，憎，潛伏的天才，——都發出異樣的聲音。

五一節近了。

一種令人不安的謠言在巴黎流傳。勞工總會底假好漢們盡量散佈這種空氣。他們的報紙宣傳這一天底來到，號召勞工武裝隊，向中產階級喊着正對它弱點的駭人的口號：戳破肚子……他們拿總罷工來威嚇它。膽小的巴黎人動身往鄉下去，或是像準備圍城般的積聚食糧。克利斯朵夫遇到加奈在汽車裏帶着兩只火腿和一袋番薯，駭壞了；他簡直不大清楚自己屬於哪一黨了；人家看見他一忽兒老共和黨，一忽兒保王黨，一忽兒革命黨。他的暴力崇拜好似一支瘋狂的羅盤針，一下子從北跳向南，一下子從南跳向北。當着大衆，他仍舊附和朋友們底虛張聲勢；但他私下是會擁戴任何獨裁者來掃除赤色幽靈的。

克利斯朵夫笑着這普遍的膽怯病。他深信一些事情都不會發生。奧里維却沒有這樣肯定。在他的出身裏，他留存着這永久的微微的抖戰，爲布爾喬亞在回想起從前的革命與等待着目前的革命時所必然地感到的。

——算了罷！克利斯朶夫說，你儘可安安寧寧睡覺。你的革命決不是明天會來的你們都怕它。怕挨打……到處是害怕的心理。中產階級，平民，整個民族，西方所有的民族。人們沒有足夠的血，唯恐流掉。四十年來，一切都在空話中過去。瞧瞧你們著名的事、件、（按係指特萊弗斯事件。）罷！你們的「死亡！流血！殺戮！」喊夠了麼？好一般加斯高尼（法國地理名，包括西南各州，此處係指大言不慚而無所行動的法國人）底後輩！多少的唾沫和墨汁！可是有幾滴血呢？

——別這樣想，奧里維說。這種對於流血的恐懼，是因爲祕密的本能感到只要流了第一滴血，野獸就會發狂；文明人底面具將要墮下，惡獸將要伸出利爪，那時有誰能把牠降服是只有上帝知道的了！個個人都對着戰爭躊躇；但一朝爆發之後，戰爭是兇暴無比的……

克利斯朶夫聳聳肩，說這個時代把牛大王西拉諾和假好漢尙德萊（按以上兩劇同爲廿世紀初期法國名劇，羅斯當之成名作）作爲時代英雄是並非無因的。

奧里維擺擺腦袋。他知道，吹牛在法國是行動底開始。但說到五一節，他也不比克利斯朶夫更相信會有什麼革命：人家過於張揚了，政府已準備就緒；我們很有理由相信暴動底指揮們會把戰爭延緩到一個更適宜的時間。

四月下半月，奧里維染着感冒；那是每個冬天差不多在老時期上總要發作、惹起他氣支管炎的老毛病。克利斯朵夫在他家住了兩三天。這次病症很輕，很快就過去。但照例奧里維在寒熱退後總有好幾天身心疲憊的日子。他躺在牀上，幾小時不想動彈，望着背對他而在桌上工作的克利斯朵夫。

克利斯朵夫專心工作。當他寫得厭倦時，突然起身去坐在琴前，彈着，並非彈他剛纔所寫的，而是彈那無意之間奔到腕下的東西。於是有一樁奇異的現象發生。他所寫的是完全依他固有的作風設計就的；而他此刻所彈的卻像是另一個人底作品。是一個充滿叫吼與狂亂氣息的世界。其中有一股迷惘的情調，一種劇烈的破碎的境界，全沒控制他別的作品的那種強有力的邏輯。我們竟可說：這些不假思索的即興，逃過了意識底監視，來自肉體而非來自思想，有如一聲野獸底呼喊，顯示心靈底一種不平衡，一場醞釀中的未來的暴雨。克利斯朵夫毫未覺察；但奧里維聽着，望着克利斯朵夫，模糊地感到不安。他在病體虛弱的現狀中有一股奇特的、遙遠的透視力：窺見誰也不曾注意到的事情。

克利斯朵夫彈了最後一個和音，汗流滿面，露着獰惡的臉相，停止了；驚惶未定的目光在四周掃射了一轉，遇到了奧里維底眼睛，笑了，回到他的書桌上。奧里維問道：

——這是什麽東西，克利斯朵夫？

——無所謂什麽東西：克利斯朵夫答道。我攪動着水想捕魚。

——你要把這個寫下來麽？

——這個？什麽？這個？

——你剛纔所說的。

——我說過什麽，我已記不起。

——那末你在想什麽？

——我不知道，克利斯朵夫說，一邊把手抹着額角。

他重新寫着。兩個朋友房裏重又歸於靜默。奧里維繼續望着克利斯朵夫。克利斯朵夫覺察道目光，便旋轉身來。奧里維眼中含着多少溫情！

——懶蟲！他快活地說。

奧里維歎了一口氣。

——你怎麼啦？克利斯朵夫問。

——呋克利斯朵夫！想到有多少事情在你胸中，這裏，在我旁邊，有多少財寶你將給予別人而沒有我的分……

——你瘋了麼？你想起了什麼啊？

——你將來的生活是什麼樣子？你還要經歷何種的危險，何種的磨難？……我眞願和你在一起……但我將一無所見。我將愚蠢地留在中途。

——要說愚蠢，你此刻就是。卽使你偶而要留在中途，你相信我會把你丟下麼？

——你將把我忘懷，奧里維說。

克利斯朵夫站起身來，走去坐在牀上，挨近奧里維；他握着他出着盜汗的軟弱的手腕。襯衣領口敞開着，露出瘦骨嶙峋的胸部，脆弱而緊張的皮膚，好似一張被風吹飽而快要破裂的帆。克利斯朵夫結實的手指笨拙地扣上他的衣鈕。奧里維由他擺佈。

——親愛的克利斯朵夫！他溫柔地說，可是我一生中已經有過美滿的幸福！

——喲！這，這種念頭是什麽意思？克利斯朵夫說，你和我一樣的身體強健啊。

——是的，奧里維說。

——那末爲何要說這些傻話？

——我不該如此，奧里維羞愧地微笑着說。這是感冒使我意氣銷沉的。

——應當振作你自己。噯唷！起來罷。

——現在不要，稍緩再說。

他依舊胡思亂想。下一天他起牀了。但這是爲坐在爐火旁邊繼續他的幻想。

四月是和煦而多霧的。在温暖的、銀色的霧綃裏，小小的綠葉從繭實中舒放出來，看不見的鳥兒歌唱着隱在雲後的太陽。奧里維紡紗似的抽引着往事。他看到自己童時坐着火車在大霧中和哭哭啼啼的母親離開家鄉。安多納德獨個兒坐在車廂那一隅……美麗的側影，清秀的風景，在他眼睛深處顯現。美妙的詩句自然而然地湧現出來，自行處理着它的音母與悅耳的節奏。他坐的地方靠近書桌，只要伸出手臂就可拿起筆來記下這些詩的意境。但他沒有意志：他疲倦不堪，他知道他的幻夢底香味一等到他要加以固定時就會消散。那是一向如此的：他心靈中最優秀的部分就無法表現；他的心靈是一個百花盛開的山谷；但沒有人識得途徑；而且只要人家動手採擷，鮮豔的花朵就會萎謝。僅僅有幾朵能够憔悴地超生，幾個短篇，幾首詩，散放着一股雋永的、凄涼的氣息。這種藝術上的無能久已成爲奧里維最大的苦悶。感到內心蘊蓄着多少生命而無法搶救……——現在他是隱忍了。花不必有人看見纔能開放。它們在沒有一隻手採摘得到的田野裏只有更美。幸福啊，百花遍地，對着陽光出神！——陽光，是很難得的；但奧里維底幻景只有更繁榮。這幾天內，他自己編造着多少凄怨的、温柔的、神怪的故事！它們不知來自何處，宛似白雲片片在夏日底天空飄浮，在空氣中融化，讓後來者替代；他心頭充塞着這種境界。有時，天上是晴空萬里，沒有一絲雲翳；奧里維在陽光中惝怳迷離，直要等到無聲的幻夢之舟鼓翼再來的時候。

晚上，小駝子來了。奧里維胸中滿着故事，便對他講了一椿，微笑着，全神貫注着。有過多少次他這樣的講着，眼睛望着前面，孩子一聲不響！他後來竟把孩子也忘記了……在故事半中間來到的克利斯朵夫，被它的美點抓住了，要求奧里維從頭再講一遍。奧里維拒絕道：

——我像你一樣，我已經不知道了。

——這是不確的，克利斯朵夫說；你是一個古怪的法國人，永遠知道自己所說的和所做的，你從來不會忘記什麼事情。

——可憐啊！奧里維說。

——那末從頭再講。

——多厭煩。而且有什麼用？

克利斯朵夫生氣了。

——這是不對的，他說。你的思想對你又有何用？你所有的，你把它丟掉。這是永遠的損失。

——什麼都不會損失的，奧里維說。

小駝子一向毫不動彈的聽着奧里維敍述，此刻纔轉身向窗，睜着迷惘的眼睛，沉着臉，裝做敵對的神氣，令人無法猜到他的思想。他站起來，說道：

——明天要有好天氣。

——我敢打賭，克利斯朵夫對奧里維說，他簡直不在聽。

——明天，五月一日，愛麥虞限接着又道，憂鬱的臉忽然有了光輝。

——這是他的故事，他的，奧里維說。你明天來講給我聽。

——廢話，克利斯朵夫說。

次日，克利斯朵夫來接奧里維到城中去散步。奧里維已經痊愈；但老是覺得異乎尋常的困倦；他不想出去，心裏有一層模糊的恐懼，他不愛混在羣衆堆裏。他的心和精神是勇敢的；肉體却是孱弱的。他怕喧鬧，騷亂，怕一切暴烈的行動；明知自己生來要做強暴底犧牲品，不能也不願自衞：因爲他恨令人受苦，和恨自己受苦一樣。病弱的身體總比旁人更憎厭生理的苦痛，因爲他們更熟識這苦痛，而他們的幻想還要把它顯得更直接更劇烈。奥里維對於這種和他意志底堅忍主義相矛盾的肉體底怯弱，覺得很羞愧，竭力想加以壓制。但這天早上，一切的與人交接，他都受不了，他只願整天的關在家裏。克利斯朵夫埋怨他，調侃他，用盡方法想教他出去擺脫他的麻痺：他不出去呼吸空氣已經有十天了。奥里維只做不聽見，克利斯朵夫便說：

——好，我便一個人去。我要去看看他們的五一節。如果我今晚不回來，你可以說我是下了牢。

他走了。在樓梯上，奥里維追上來。他不願克利斯朵夫獨自出門。

街上的人很少。幾個做工的小姑娘襟上綴着一串鈴蘭。穿着星期日新裝的工人們，悠閒地在路上蹓。街頭巷尾，靠近地道車站的地方，成羣的警察掩掩藏藏的站着。盧森堡公園鐵門緊閉着。天氣老是暖烘烘的，罩着霧。不看見太陽已那麼久！……兩個朋友攙着手臂走，不大說話；很相愛。一言半語喚起一些親切的往事。在一所區公所前面，他們停下來瞧瞧氣象表，頗有上升的趨勢。

——明天，奧里維說，我可以看見太陽了。

他們靠近賽西爾底住處，想進去擁抱一下孩子。

——不，等回來再去罷。

過了塞納河，人慢慢多起來。安靜的散步者，衣裝與臉色全是過星期日的模樣；蠢頭蠢腦的人帶着孩子；工人們在無聊地閒蕩。有兩三個衣襟上綴着紅薔薇，神色很和善：這是些故意裝成的革命黨員；人們可以感到他們有一顆樂天的心，無論如何微末的幸福都會使他們滿足：在這天放假的日子上，只要天晴或單是過得去，他們就很感恩了……對誰感恩？他們可不大清楚……大概是對周圍所有的人吧。他們從容不迫的，喜洋洋的走着，看着樹上的嫩芽，過路的小姑娘們底服飾；他們驕傲地說：

——只有在巴黎纔能看到穿扮如此齊整的孩子。

克利斯朵夫取笑那大吹大擂地預告的運動……眞是好人！……又可愛又可鄙。

他們慢慢前進，羣衆慢慢密集起來。行動曖昧的蒼白的面孔，下流的嘴臉，混在人堆裏窺伺，等機會來咬他們的捕獲物。泥水攪動了。愈是向前，河流愈混濁。如今它黯濟無光的流着。好似河底下浮起來的氣泡一樣，有些聲音互相呼應：吹哨聲，無賴底叫喊聲，在喧鬧的人堆中透露出來，令人感到積聚的水勢。街底那一頭，靠近奧蘭麗飯店的地方，聲音尤其宏大，像水閘一般。羣衆向着警察和人山人海的肉柵衝擊着。大家在障礙前面和逆流推推攘攘的集成一大堆，吼着，吹嘯着，歌唱着，笑着……羣衆底笑聲！他們抱有種種曖昧的情操，因爲找不到說話做出口，只能把笑當做唯一的表現。……

這些羣衆並無敵意。它不知自己要些什麼。在它沒有知道以前，只依着它的方式——煩躁的，粗暴的，還是沒有惡意的——取樂，覺得彼此擁擠，辱罵警察，或者互相咀咒都挺好玩。但它慢慢地煩躁起來。在後面的人，因爲一無所見而不耐煩，又因爲躲在肉屏風後面危險性較少而顯得比旁人更激烈。在前面的人，處在進退不得的地位上感到窒息，越來越難受的窘境惹得他們越加憤慨；壓迫他們的人潮底力量，把他們自身的力量增加了百倍。而全體的人在彼此越擠越緊、像一羣牲畜般的時候，都感到全羣底熱氣流到自己的胸中與腰裏；他們覺得大家合成了一大塊，每一個個人都是全體，每一個人都是巨人勃里阿萊（神話中的巨人，有五十個頭與一百條手臂）一陣熱血底怒潮不時在千首怪物心中上漲；目光含着仇恨，聲音含着殺氣了。躲在第三四行的人開始摔石子。臨街的窗中，伸滿着頭張望；大家當作看戲一般，刺激羣衆，懷着焦灼不耐的心理，等待羣衆開火。

在這些密集的人堆中，克利斯朵夫手腳並用的分出他的路，好似一個栓子。奧里維跟着他。這堵活的城牆分裂了一下，讓他們過去，隨後又關闔攏來。克利斯朵夫興高彩烈，完全忘記了五分鐘以前還否認平民運動底可能性。在他自己投入的這股潮水中一經插足之後，不問他對於法國羣衆和他們的要求如何的不相干，他立刻融化了；羣衆要求些什麼，他全不管：他只知道要！他也不管自己往哪兒去，只曉得呼吸着這股狂亂的氣息向前……

奧里維跟隨着，被牽引着，毫無興趣，心地很清明，從沒失去自己的意識，對於他同胞底這股熱情，把他像殘骸般載着的這股熱情，要比克利斯朵夫冷淡到一千倍。使他羸弱的疾病把他和人生的關係隔離了。他覺得自己離開人們多遠！……因爲他神志清明，精神自由，所以連最微小的枝節也深深地印入腦海。他愉快地望着前面一個少女淡黃色的頸窩，蒼白而細膩的頸項。同時，從這些擠軋的身上蒸發出來的氣息使他作惡。

——克利斯朵夫，他用着哀求的口氣說。

克利斯朵夫不聽見。

——克利斯朵夫！

——哦？

——回去罷。

——你害怕麼？克利斯朵夫問。

他繼續向前。奧里維苦笑着跟在後面。

在他們前面幾行。在被擋住去路的羣衆造成了一道栅欄的危險地帶內，奧里維瞧見他的朋友小駝子爬在一所賣報亭頂上。兩手支撐着，艱難地蜷伏着，他一面笑一面眺望着人牆那一邊，不時旋過頭來，得意揚揚的望着羣衆。他看到了奧里維，目光煥發的望了他一眼；隨後又去眺望廣場那方面，睜大着充滿希望的眼睛，等待着……等待什麼呀？——將要來到的事情囉……而且也不止他一個。在他周圍，多少的人等待着奇蹟！奧里維對克利斯朵夫望了一下，發覺他也在等待……

他呼喚孩子，囑着要他下來。愛麥虞限只做不聽見，不再對他望了。他也看見了克利斯朵夫。他很高興在騷亂中露面。一部分是爲向奧里維表示勇敢，一部分是讓他着急，算是他和克利斯朵夫在一起的懲罰。

但奧里維也在人堆裏遇到幾個他們的朋友。黃鬍子的高加，只等着衝突發生；他用專家底眼光留神着瓶水充溢底時間。稍爲遠一些，美麗的裴德和旁邊的人交換着難聽的說話，惹人家咒駡。她居然鑽到第一排，迸着喉嚨辱罵警察。高加走近克利斯朵夫。克利斯朵夫一看見他，嘲弄底脾氣又發作了：

——我早先怎麼說的？什麼事情都不會有。

——等着罷！高加說。別老逗留在這裏。事情很快會弄糟的。

——您眞會開玩笑！克利斯朵夫回答。

這時候，騎兵們被石子摔得厭了，上前來想掃清通到廣場的入口；中央憲兵隊領先，放開奔馬的步子。潰亂的情形立刻開始了。像福音書上所說的，頭變做了尾，最前排的變成了最後排的。但他們不甘長此被窘。那些狂怒的逃卒爲報復他們的潰退起計，向着追兵辱罵，在他們沒有放鎗之前就喊他們做『凶手！』裴德尖聲叫嚷的望人堆裏直溜，像一條鰻魚似的。她找到了朋友們，躲在高加寬闊的背後，又喘過氣來，靠緊克利斯朵夫，抓着他的胳膊，爲了害怕或爲了別的理由，向奧里維丟了一個眼風，咆哮着對敵人們幌幌拳頭。高加抓着克利斯朵夫手臂和他說：

——去罷，到奧蘭麗店裏。

他們只消走幾步就到。裴德和格拉伊沃倆已經先在那裏。克利斯朵夫正要進去，奧里維跟着。這條街是中間高、兩頭低的。在小飯舖前的階沿上，可以在五六步高的石級上矚望街心。奧里維從人堆裏鑽出來，恢復了呼吸。他一想到這氣味惡劣的酒店和這些惡魔底狂叫就要作惡，便和克利斯朵夫說：

——我回去了。

——去罷，我的孩子，克利斯朵夫說，我一小時內回來找你。

——別再出去露面了，克利斯朵夫！克利斯朵夫！

——好沒膽子的傢伙！克利斯朵夫笑着回答。

說罷他便走進飯店。

奧里維剛要在鋪子轉角上拐彎過去。再走幾步，他就可進到一條小巷和騷亂隔離了。但他的小朋友底形象忽然在腦中浮現。他回過頭去睜眼探尋，而恰恰看見愛麥虞限從他的瞭望台上摔下地來，被羣衆擁擠着；奔逃的人們在他身上踏過；警察在後追來了。奧里維不假思索，就跳下階沿奔去救護。一個馬路小工看見危險來了：兵士們刀劍出鞘，奧里維伸出手去想拉孩子起來，被勢如潮湧的警察們把兩人一齊衝倒。小工驚叫了一聲，也衝了進去。同伴們奔着跟着他。站在酒店門口的別的人們，隨後已經進了酒店的人們，都聽見喊聲奔了出來。兩邊的人像狗一般扭毆。站在階沿高頭的女人們駭叫着。——這個貴族的小布爾喬亞，比誰都厭惡鬥爭的人，覺這樣地發動了鬥爭底機鈕……

克利斯朵夫被工人們牽引着加入了混戰，全不知是誰發動的。他萬萬想不到有奧里維在內。他深信他已遠去，在絕對安全的地方了。在戰鬥裏面什麼都看不出來。每個人都看不清他攻擊的是誰。奧里維在漩渦裏消失了：一條小舟沉到底裏去了……一下並不是想打他的拳頭擊中了他的左胸；他倒在地下，被羣衆踐踏。克利斯朵夫被一陣逆流擠到戰場底另一頭。他本來毫無怨恨；只是興高彩烈的被人推着和推着別人，好似在一個鄉村節場上一樣。他並沒想到事情底嚴重，以致當他被一個肩膀寬廣的警察抓住手腕、攔腰抱住時，他還尋開心地說：

——跳一個華爾茲麼，小姐？

但第二個警察又跳上了他的背，他像一頭野豬般抖擻着，拔出拳頭望兩人身上亂打：他不答應人家把他屈服。兩個敵人中的一個，跳在他背上的那個，滾在地下了。另外一個，狂怒之下便拔出刀來。克利斯朵夫看見刀鋒離開自己胸脯只差兩寸；他閃過了，拗折着敵人底手腕，拚命想奪下武器。他弄不明白了；至此爲止，他不過鬧着玩的……但此刻他們搏鬥着，互相拔頰。他沒有時間思索了。他在對方眼裏看出了殺性，而殺性也在他自己胸中覺醒。他眼見自己要像一頭綿羊似的被人家斫頭了，便用一個急激的動作把敵人底手腕和刀一齊扭轉來，對準着敵人底胸脯戳進去，他覺得自己殺人了，眞的殺了。於是，一切在他眼裏都變了；他醉了，狂叫着。

他的叫聲發生了一個不可思議的效果。羣衆嗅到了血腥。一刹那間，他們變成一羣凶惡的獵犬。各方面都放着鎗。許多窗口掛出紅旗。巴黎革命底隔世遺傳律，使他們立刻佈置了障礙線。街上的磚頭掘掉了，煤汽路燈底柱子扭曲了，樹木砍倒了，一輛街車推倒在街上。大家利用幾個月來爲敷設地道車而掘開着的濠溝。圍在樹木旁邊的鐵欄，碎成片片，被人當作彈丸用。武器從袋裏和屋子裏出現。一小時內，簡直變了暴動：全區都成了戰場。難於辨認的克利斯朵夫，爬在障礙物上高唱革命歌，幾十個聲音在四周附和。

奧里維被人擡到奧蘭麗酒店裏，失去了知覺。人家把他放在後店堂內一張牀上。牀脚下蹲着狼狽不堪的駝子。裴德先是非常驚駭：她遠遠裏以爲受傷的是格拉伊沃，所以當她辨認出是奧里維時，不禁失聲叫道：

——多運氣我還以爲是雷沃博……

現在她動了憐憫心，把奧里維擁抱一下，在枕上扶着他的頭。奧蘭麗依着她慣有的鎮靜，解開他的衣服，先作了一個初步的包紮。瑪奴斯、埃曼來得正好的帶着他形影不離的加奈在場。他們像克利斯朵夫一樣爲了好奇心來看示威運動，目睹這場混戰，看着奧里維倒下的。加奈哭得很傷心；他同時想道：

——我又到這裏來幹什麼？

瑪奴斯把傷者診察一遍，立刻斷定無救。他很同情奧里維；但他決非對着無可挽救的事情發獃的人，所以他不再關心奧里維而想到克利斯朵夫了。他佩服克利斯朵夫，當他是一個病理上的標本。他知道他關於革命的思想；他不願眼見克利斯朵夫爲了和他全不相干的爭端去冒無謂的危險。輕舉妄動而打破腦袋還不是唯一的危險；如果克利斯朵夫被捕，一切的情形都是使他給人家報復的。別人早已通知他，警察當局暗中監視着克利斯朵夫；人們不但要把他自己的傻事，而且還要連別人底傻事一齊加在他頭上。瑪奴斯剛纔遇到的愛克撒維、裴那，在人堆裏徘徊，爲了好玩也爲了職業上的責任，他走過時向瑪奴斯招招手，和他說：

——你們的克拉夫脫眞是胡鬧。您能想到他竟跨在障礙物上臭得意麼！這一次，我們不會放過他了。憑着上帝底名字！叫他走路罷。

說是容易，做却難了！如果克利斯朵夫得悉奧里維底死耗，他會變成一個暴怒的瘋子，他還要殺人，使自己被殺爲止。瑪奴斯對裴那說：

——要是他不卽刻動身，定是完了。讓我去把他帶走。

——怎麼帶呢？

——用加奈底汽車，那是停在路角上的。

——可是對不起，對不起……加奈氣吁吁的說。

——你把他帶到拉洛希，瑪奴斯接着說。你們還可趕上邦太里哀底快車。你送他搭上去瑞士的車子。

——他永遠不肯的。

——他肯的。我將告訴他說耶南會到瑞士和他相會，說他已經走了。

瑪奴斯不再理會加奈底咕嚕，逕自到障礙物堆中去找克利斯朵夫。他並不十分勇敢，每次聽到鎗聲，總要力自振作一下；他一邊走一邊數着地下的石板，——（雙數還是單數）——預卜他會不會被殺。但他並不後退，仍舊向前。當他走到時，克利斯朵夫正騎在那輛倒翻的街車輪子上，好玩地拿着手鎗向天空亂放。障礙物四周，從石板中流洩出來的巴黎穢物，像大雨後陰溝倒灌時流出來的髒水一樣多。第一批的戰士被它淹沒了。瑪奴斯向那背對他的克利斯朵夫喊着。克利斯朵夫不聽見。瑪奴斯爬上去扯他的袖子。克利斯朵夫把他一推幾乎把他推倒。瑪奴斯固執着，重新爬起來，喊道：

——耶南……

句子下半節被喧鬧聲掩沒了。克利斯朵夫突然住了嘴，把手鎗掉在地下，從他台架上爬下來，走到瑪奴斯前面，被他拖着便走。

——得逃了，瑪奴斯說。

——奧里維在哪裏？

——得逃了，瑪奴斯反覆說着。

——爲什麽，見鬼的？克利斯朵夫問。

——一小時內，這裏就要被軍隊攻下。今天晚上，您就得被捕。

——我做了些什麽啊？

——瞧瞧你的手罷……哼！……您的事情很明白，八家不肯饒您的。大家都認得您。一分鐘都不能躭擱。

——奧里維在哪裏？

——在他家裏。

——我要去會他。

——不可能。警察在門口等您。他要我來通知您。溜罷。

——您要我往哪兒去呢？

——往瑞士去。加奈用他的汽車把您帶走。

——那末奧里維呢?

——我們沒有時間多說了……

——我不見他一面是不走的。

——您將在那邊見到他。明天他會趕到瑞士。他將搭下一班車。趕快!慢慢我再告訴您。

他抓着克利斯朵夫底手腕。克利斯朵夫被喧鬧的聲音和纔在他胸中吹過的狂易之風弄得迷迷糊糊,無法懂得他所做的事情和人家要求他的事情,莫名其妙地讓人家牽引着。瑪奴斯一手抓着克利斯朵夫,一手抓着不很高興人家派給他的差使的加奈;把他們送上汽車。好心的加奈也不願意克利斯朵夫被捕;但他寧願由別人來救他。瑪奴斯是識得他的心理的。因爲加奈底膽怯使他起了疑心,他便在正要和他們分手而汽車已經發動時突然改變了意見,也鑽進車廂。

奧里維依舊神志昏迷。房裏只剩奧蘭麗和愛麥虞限。凄慘的房間,沒有空氣,沒有光線!差不多已經天黑了……奧里維在深淵之中浮起了一刹那。他手上感到愛麥虞限底嘴唇和眼淚，無力地微笑着，掙扎着把手放在孩子頭上。他的手多沉重！……他重新失去了知覺……

在彌留者底枕上，奧蘭麗放着一小束五一花，幾串鈴蘭。天井裏，一個沒有關緊的龍頭讓水滴滴答答地流在一口桶裏。思想深處，種種的形象顫動了一刹那，好似一道將要熄滅的光明……一座內地底屋子，墻上爬着蔓藤；一座花園，一個孩子玩着：他躺在草坪上；一道噴泉涓涓地流入石鉢。一個少女笑着。

第 二 部

他們出了巴黎，穿過那些罩着濃霧的廣大的平原。這是和十年前克利斯朵夫來到巴黎時相彷的一個黃昏。那時他已經像今日一樣的逃亡了。但那時候，朋友，他所愛的朋友活着；而克利斯朵夫當時是不知不覺地向朋友逃奔的……

先是克利斯朵夫還受着混戰底刺激，興奮得厲害，說話很多很響，亂七八糟地敍述他所見的和所做的；他對自己的英勇非常得意。瑪奴斯與加奈也說着話亂他的心意。慢慢地，熱度退了，克利斯朵夫不則聲了，只有兩個同伴繼續談話。他對下午奇險的經歷出驚，可全沒喪氣。他記得從德國逃亡的時代，逃，逃，老是得逃……他笑了。無疑的這是他的命運。離開巴黎，他一些都不難過：世界廣大，人又到處都一樣。無論到什麼地方，他都不在乎，只消和他的朋友在一起。他盤算着下天早上和他相會……

他們到了拉洛希。瑪奴斯與加奈直等到火車開動時纔和他分手。克利斯朵夫教人家把他應該下車的站名、旅館名、和他可以去收取信件的郵局名字說了好幾遍。他們和他作別的時候，不禁扮着一副哭喪的臉。克利斯朵夫快活地握着他們的手，說道：

——得了罷，別裝出這副送葬的臉相。大家會再見的！這算不了一回事！我們明天就好通信。

火車開了，他們望着他遠去。

——可憐的傢伙！瑪奴斯說。

他們重新登上汽車，不則一聲。過了一忽，加奈和瑪奴斯說：

——我認為我們剛纔犯了一樁罪。

瑪奴斯先是不答，隨後却說：

——罷！死的總是死了。應當救活的。

隨着黑夜底來臨，克利斯朵夫興奮的巨潮完全降落了。掩在車廂一隅，他沉思着，醉意蘇解，渾身冰冷。望着他的手，他看見了血，不是他自己的血。他厭惡地打了一個寒噤。兇殺的一幕重新顯現。他記起他曾經殺人；再也不知道爲了什麼。他追溯那場戰鬥底經過；但這一次是用另外一副眼睛觀看了。他再也不懂自己怎麼會參加。他把白天底事情重新回想一遍，從他和奧里維倆離家時起，想着在巴黎所走的路，直到他被漩渦吸引的時候爲止。想到這裏，他弄不明白了；思想底路線中斷了：他怎麼能和那些與他信仰不同的人一起叫喊，毆打，要求？這不是他了！……他的良知和意志完全消滅了！……他又是驚愕又是慚愧。難道他竟不是自己的主宰麼？那末誰是他的主宰？……他被快車帶着在黑夜裏跑，可是那把他挾帶着的內心的黑夜也是一樣黝暗，那股無名的力量也一樣令人頭暈目眩……他努力驅散這種惶亂；但這不過是換一種憂慮罷了。他越近目的地，越思念奧里維；他開始莫名其妙地感到不安。

到站的時候，他向車門外張望，看看月台上有沒有那張熟識的親愛的臉龐……杳無影踪。他下了車，四顧不已。他有一兩次幻覺……不，這不是『他』。他到約定的旅館去，也沒有奧里維。但在尙未等待到開始焦躁的時候，克利斯朵夫還沒有驚異底理由。

那時正是早晨。克利斯朵夫上樓到他的房裏；隨後又下樓用了早餐。他無聊地上街閒逛，裝做無思無慮的樣子；他望望湖，望望店舖底陳設；他和飯店中的姑娘打趣；翻着畫報……沒精打彩。日子過得多慢多沉重。到晚上七點，不知做什麽好的克利斯朵夫，提早用了晚餐，也喫不下什麽東西，重新上樓，囑咐人家當他所等待的朋友一到、立刻領到他房裏。他背對着門，坐在桌子前面。一無所事：沒有一件行李，沒有一冊書籍；唯有剛纔買來的一份報紙。他勉強拿來讀着，心却在別處：他聽着甬道裏的腳步聲。整天等待底疲倦和整晚的不會睡覺，使他所有的感官都過敏了。

突然他聽見門開了。一種曖昧不明的情操使他不即旋轉頭來。他覺得有一隻手放在他的肩上。於是他旋過身來，看見奧里維微微笑着。他並不驚奇，只是說：

——啊！你終究來了！

可是幻影消滅了……

克利斯朵夫粗暴地站起，推開桌子，把椅子倒在地下。頭髮直豎。他停了一會，面如死灰，咬着牙齒……

從這一分鐘起，——（雖是他一無所知，雖是他反覆說着：『我甚麽都不知道』）——他知道了一切。他已斷定將要來到的事情。

他不能留在房內了。他走到街上，走了一小時。回來的辰光，旅館底守門人在穿堂中授給他一封信。一封信。他早已斷定會有信來。他雙手顫抖着接過來，奔到樓上，拆開來，讀到奧里維底死耗，暈去了。

信是瑪奴斯寫的。瑪奴斯說昨天瞞着他催他動身是完全依從奧里維底意思，他祇望他的朋友得救，——認爲克利斯朶夫留在那裏是無益的，要就把他的性命送掉，——祇望他爲了紀念他的亡友，爲了其餘的朋友，爲了他自己的光榮而活着……奧蘭麗用着巨大的、顫抖的筆跡加了兩三行，說她會好好的照顧那位可憐的小先生底後事……

克利斯朵夫醒過來時大大地發了一陣狂病。他想殺死瑪奴斯。他奔到站上。旅館穿堂裏闃無一人，街上冷清清的；黑夜裏幾個寥寥落落晚歸的行人，也不會注意到這個眼睛發瘋、氣喘吁吁的傢伙。他固執地想定着一個念頭，好似一條要咬人的惡狗：『殺瑪奴斯！殺！……』他要回巴黎。夜快車已經在一小時前開出。非得等到下天早上。而等待是不可能的！他搭了下一班望巴黎底方向開去的火車。一班逢站必停的車子。克利斯朵夫獨自在車廂裏喊着：

——這是不確的！這是不確的！

在進法國邊境以後的第二站上，火車完全停止，不再向前了。克利斯朵夫暴跳着，下了車，去問另一班車，受着那些睡眼朦朧的職員們冷淡。但不論他怎麼辦，他總是太晚了。爲奧里維是太晚了。他甚至也來不及找到瑪奴斯。他先要被人逮捕。怎麼辦呢？怎麼打算呢？繼續向前麼？回頭走麼？有什麼用？有什麼用？……他想向一個在旁走過的憲兵自首。但曖昧的生存本能把他阻攔着，勸他回瑞士。兩三點鐘以內，往任何方面去的火車都沒有。克利斯朵夫坐在待車室裏，一忽兒又出來，走出車站，在夜裏隨便揀着一條路走。他走在荒漠的田間，廣大的草地上，東一堆西一堆的有些小柏樹，是森林底前衞。他走進樹林。在裏面剛走了幾步，他就撲在地下喊道：

——奧里維！

他横躺在路上，嚎啕大哭。

長久以後，遠遠裏一聲火車底吹嘯使他爬了起來。他想回到車站，但是走錯了路。他走了整整的一夜。有什麼關係呢？這裏或那裏？走着可以不要思想，走着直到不再思想，直到倒下來死去的時候。啊！要是能夠死的話！……

黎明時，他走進一個法國村子，已經離開邊境很遠。他整夜的走路使他愈走愈遠。他進入一家鄉村客店，大喫一頓，重新動身。還是走着。日中，他在一片草原上倒下，一直睡到傍晚。當他醒來時，又是新的黑夜開始了。他的狂病已經退落。只剩一種殘酷的、令人窒息的痛苦。他拖着脚步望一個農家走去，討一塊麵包和一束好讓他睡覺的乾草。農夫把他打量了一番，切了一條麵包給他，領他到牛棚裏，扣上了門。克利斯朵夫躺在草墊上，靠近氣味難聞的母牛，吞着麵包。他面上淌着淚水。飢餓與痛苦總是不能蘇解。這一夜，睡眠又把他從苦惱中解放了幾小時。次日早上，他被開門聲驚醒。他一動不動的依舊躺着；不想再活了。農夫站在他前面把他端相了好久，手裏拿着一張紙，不時用眼睛望着。末了，那人走進一步，把一張報紙放在克利斯朵夫面前，封面上赫然印着他的肖像。

——是我，克利斯朵夫說。把我告發罷。

——起來，農夫說。

克利斯朵夫站起身來。農夫做手勢教他跟着走。他們打牛棚後面，穿過一條拐彎的小路，從果樹中間出去。走到一座十字架下，農夫指着一條路對克利斯朵夫說：

——邊界在那一邊。

克利斯朵夫機械地踏上他的路。他不懂為何走着；身心交敝，每步都想停下來。但他感到要是一停下來，便再不能從他將要掉下去的地方重新爬起。於是他又走了一天。沒有一個銅子可買麵包了。而且他迴避村子。由於一種非理智所能控制的奇怪的情操，這個但求一死的人竟害怕被人捕獲；他的身體好似一頭被人追急而奔逃的野獸。他身體方面的苦難，疲倦，飢餓，一縷從他疲憊的生命中發出來的曖昧的恐懼，暫時把他精神方面的創痛壓倒了。他但求覓得一個棲息之所，能夠使他抱着悲苦關在裏面細細咀嚼。

他過了邊界；遠遠裏望見一座鐘樓高聳、煙突林立的城市，綿延不斷的烟，單調的，像黑色的河流一般，在雨中，在灰色的天空全望一個方向吹去。這時候，他想起在這個城裏認得一個與他同國的醫生，叫做哀列克·勃羅姆，去年在他某次獲得盛譽之後還有過信來，表示他不忘舊交。不問勃羅姆如何平庸，也不問他們之間的關係如何疎闊，克利斯朵夫由於一種像受傷的野獸般的本能，作着最大的努力，想投奔到一個和他並非完全陌生的人家裏。

在煙雨迷濛的霧雰中，他進了那座又紅又灰的城。他在城裏亂走；一無所見，問着路；走錯了，回頭再走，胡亂摸索。他已筋疲力盡。迸着他緊張的意志底最後一些力量，他得爬上陡峭的小路，登上通到一座小山崗的石梯，崗上有一所陰沉的教堂，四周擠緊着屋子。六十步紅的石級，分成三步或六步一組。每組石級中間有一個狹窄的平台，剛好安放一所屋子底大門。克利斯朵夫每到一個平台，總要踰踰跟跟的喘息一回。高處，在教堂塔頂上，成羣的烏鴉在盤旋。

終於在一家門上讀到他所尋訪的名字。他敲起門來。——小路漆黑。他因為疲倦而閉上眼睛。心裏有如一片黑夜……幾個世紀過去了。……

狹小的門開了一半。門口出現一個女人。她的臉隱在暗陬；但她的身段從門內明亮的背景中顯得很清楚，這明亮的背景是長廊底上照着斜陽的小花園。她是高大的個子，筆直的站着，一言不發，等他開口。他看不見她的眼睛，但感到她的目光。他說要見哀列克·勃羅姆醫生，同時報了自己的姓名。字句很不容易從他喉中出來。他又是困頓又是饑渴。那女人一言不答，回進去了；克利斯朵夫跟着她走進一間護窗緊閉的屋子。在黑暗中他撞了她；他的肚子和大腿觸到了這個默不作聲的軀體。她出去帶上了門，讓他一個人留在黑暗中。他站着不動，恐怕又要撞倒東西，身子靠在墻上，額角依着光滑的壁；他耳朵裏轟轟作響；黑暗在他眼中跳舞。

樓上，一張椅子移動，幾聲驚奇的呼喊，一扇門砰然關上了。沉重的步子走下樓來。

——他在哪兒？一個熟習的聲音問着。

房間底門打開了

——怎麼？把他丟在黑暗裏！阿娜！該死！來一盞火啊！

克利斯朵夫是那樣的虛弱，那樣的狼狽，以至這喧鬧的但是誠懇的聲音使他在患難中感到無限快慰。他抓住那伸給他的手。燈火來了。兩個人互相望着。勃羅姆身材矮小，紅紅的臉上留着又硬又亂的黑鬚，一雙和善的眼睛在眼鏡後面笑着，一個隆起的寬廣的額角，滿着縐痕，起伏不平，沒有表情，頭髮齊整地緊貼在腦殼上，分披出來的一綹直垂到頸窩。他是十足醜陋的；但克利斯朵夫覺得望着他、握着他的手有一種愉快。勃羅姆並不隱藏他的驚奇。

——好天！他改變了多少！而且弄到這副模樣！

——我從巴黎來，克利斯朵夫說。我是逃出來的。

——我知道，我知道，我們在報上看到，人家說你被捕了。謝上帝！我們都曾想到您，阿娜和我。——

他打斷話頭，指着那個招待克利斯朵夫進門的靜默的女子說：

——我的妻子。

她手裏執着一盞燈，站在房門口。一張沉默寡言的臉，一個強毅堅決的額角。在燈光中，她的褐色頭髮射出赭紅的反光，雙頰毫無光彩。她直僵僵地伸手給克利斯朵夫，肘子緊緊地夾住着身體；他低着頭握了一下。支持不住了。

——我來是爲……他試着解釋道。我想你們或者願意……如果我不太打擾你們……接待我一天……

勃羅姆不待他說完就喊道：

——一天！……二十天，五十天，隨您多久。只要您在這個地方，您就住在我們家裏；而我希望是很長久的。這是我們的光榮與福氣。

這些親熱的說話使克利斯朵夫大爲感動，撲在勃羅姆臂抱裏。

——我的好克利斯朵夫，我的好克利斯朵夫，勃羅姆說着……啊，他哭了……怎麼啦？……阿娜！阿娜！……趕快！他暈去了……

克利斯朵夫在他主人底臂抱中昏迷了。幾小時以來他感到的眩暈把他征服了。

當他重新睜開眼睛的時候，他睡在一張大牀上。一股潮濕的泥土味從開着的窗裏傳進來。勃羅姆俯在他身上。

——對不起，克利斯朵夫囁嚅道，一邊想擡起身子。

——但他是餓極了啊！勃羅姆喊道。

女人走出去，捧着一杯東西回來，教他喝下。勃羅姆捧着他的頭。克利斯朵夫重新有了生氣；但疲倦比飢餓更凶；頭一倒在牀上，他就睡熟。勃羅姆和他的妻子守護着，隨後看見他除了睡覺以外更無別的需要，便出去了。

這是那種一睡似乎就是幾年的睡眠，困倦之極的而又令人困倦的睡眠，好比沉在湖底裏的鉛塊。日積月累的疲乏，永遠在意志門外窺伺的奇怪的幻象把一個人征服了。他想覺醒，沸熱的，癱瘓的，在這無名的夜裏迷失了；他聽見大鐘永遠打着半點；他不能呼吸，不能思想，不能動彈；他被捆縛着，噤住了嘴，有如一個被淹溺的人，想掙扎而又沉到底裏。——終於，黎明來了，一個遲緩的、灰色的、雨天底黎明。煎熬他的強烈的熱度退了；但他的身體似乎壓在一座山下。他醒了。可怕的覺醒……

——爲何還要睜開眼來？爲何我要覺醒？應該像長眠地下的可憐的朋友一樣……

仰天躺着，他雖覺得這個姿勢很累人，却不願移動一下；他的手和腿像石塊一般沉重。他似乎在墳墓裏。天色慘澹。幾滴雨水打在窗上。一隻鳥在花園中低低地呻吟。吠，生之苦惱！殘忍的空虛！……

時光流逝。勃羅姆進去了。克利斯朵夫並不旋轉頭去。勃羅姆看見他眼睛開着，便快活地招呼他；又因克利斯朵夫仍舊失神地呆望天花板，他想爲他排遣愁悶，坐在牀上，粗聲大氣地開始說話。這聲音實在使克利斯朵夫忍受不住。他使出一股於他顯得是超人的力量纔說出一句話來：

——我請求您，別打擾我。

那個好人立刻改換了口氣，說道：

——您愛孤獨麼？怎麼的？當然囉。您靜靜地躺着就是。您儘管休息，別說話，人家把您的三餐端上來，沒有一個人會說什麼話。

但要他簡潔是不可能的。無窮盡地解釋過一番之後，他踹着在地板上格格作響的大靴尖走了出去。克利斯朵夫重新孤獨，沉浸在他致命的困倦裏。他的思想溶化在一層痛苦底霧雰中。他竭力想探究明白……『爲何他認識了他？爲何他愛了他？安多納德底犧牲有什麼用？所有這些生命，所有這些世世代代，——多少的磨練和希望！——結果是變成這場人生，所有的生命都和這場人生掉在空虛裏……究竟有什麼意義？』生既無聊，死亦無用。一個人斷送了，整個的家族消滅了，不留絲毫痕跡。我們不知是什麼東西把它帶走的，是可憎還是可笑。克利斯朵夫由於失望和憤恨，獰笑了一下。痛苦底無能，無能底痛苦，把他殺害了。他心碎了……

屋內除了醫生出診時的脚聲以外，寂無聲響。當阿娜出現時，克利斯朵夫已完全喪失了時間概念。她用盤子端着午餐進來。他一動不動地望着她，連動動嘴唇道謝都不；但在他好似一無所見的凝滯的眼裏，少婦底形象已如照相般清楚的鏤刻了進去。長久以後，當他更熟識她的時候，他仍在這種情境裏看到她；許多最近的形象都無法拭去這第一個回憶。她生着厚密的頭髮，梳着大髻，飽滿的前額，寬大的面頰，又短又直的鼻子，固執地低垂的眼睛，或在和別人眼睛相遇時帶着一種冷冷的、不坦白的表情躲避開去，微嫌太厚的口唇上下抿緊，一副固執的神氣，差不多是冷酷的。她身材高大，看起來很結實強壯，但她被緊窄的衣衫拘囚，動作生硬，全無半點柔媚的丰姿。她一言不發、毫無聲響的把盤子放在近牀的桌上，手臂夾緊着身體，低着頭走了。克利斯朵夫對於這種古怪而有些可笑的顯現並沒驚異的心思；他一樣東西不喫，繼續在靜默中煎熬。

白天過去了。晚上，阿娜又端着些新的菜來。她發見早上拿來的東西原物不動，不聲不響的端着走了。一個女子對一個病人本能地會說的親切話，她連一句都沒有。似乎克利斯朵夫爲她是不存在的，或者她自己幾乎是不存在的。克利斯朵夫這一次是煩躁地看着她笨拙與矯飾的動作，感到一股幽密的敵意。可是他感激她的不開口。——當她走後，發覺克利斯朵夫沒有喫東西的醫生闖了進來，他的喧鬧使克利斯朵夫愈覺阿娜底靜默可感。醫生對於他的妻子不曾強使克利斯朵夫進食大爲憤慨，跑來想強迫克利斯朵夫進餐。克利斯朵夫爲求得安靜起計，只得喝幾口牛奶。喝過之後他就轉過背去不理了。

第二夜底情形比較安靜。沉重的睡眠把克利斯朶夫沉浸在虛無裏。再沒有可憎的生命底痕跡……——但睡眠以後的覺醒使他愈感窒息。他重新記起那致命的一天情景，記起奧里維執意不肯出門，再三說要回去，於是他絕望地想道：

——這是我殺了他的。

無法再獨自關在房裏，一動不動的，受着那目光凶惡的史芬克斯磨難，老是把那些眩人的問題和死屍底氣息吹在他臉上。（按希臘神話，人面獅身的史芬克斯向路人提出神祕的謎語，凡不能解答者皆被吞食）他狂熱地站起來，走出臥室，下了樓梯，本能地、膽怯地需要緊挨在別人身旁。可是他只要聽見另一個人底聲音就又想逃避。

勃羅姆在飯廳裏。他用着慣有的友好的態度接待克利斯朶夫。他立刻開始探問他巴黎底事故。克利斯朶夫握着他的手臂，說道：

——不，不要問我。以後……別怨我。我實在不能。我困倦欲死，我困倦……

——我知道，我知道，勃羅姆親切地說。這是神經受了震動，是前幾天底刺激。別說話罷。一切不要拘束。您是自由的，您如在您自己家裏一樣。人家決不來打擾您。

他的確守約。爲避免驚擾他的客人起計，他又墮入另一極端：有他在前，他再也不敢和妻子交談；大家都低聲說話，躡着足尖走路；屋子變得寂靜無聲。克利斯朵夫被這種竊竊私語的強制的靜默弄得非常難堪，不得不請求勃羅姆照常生活，像從前一樣。

因此，在以後的日子裏，人家不再爲克利斯朵夫操心。他幾小時的坐在房中一隅，或者遊魂似的在屋內穿來穿去。想些什麼呢？他說不出。他幾乎連痛苦底力量都沒有了。他惘然若失。心底枯索使他憎厭萬分。唯一的念頭是：和『他』一起埋葬，一切完結。——有一次，他發見花園門開着，便走出去。但一到陽光底下，他就感到一種那麼難受的感覺，逼得他急急回進來，仍去關在護窗緊閉的房內。天氣晴好的日子使他苦惱。他恨太陽。他受不住自然界底恬靜之境。在飯桌上，他不聲不響地只顧喫着——勃羅姆佈給他的菜，眼睛釘着桌子。有一天，勃羅姆指給他看客廳裏的一架鋼琴；克利斯朵夫駭然把頭轉向別處。一切的聲音於他都可憎。靜默，靜默，還有黑夜！……他心中只有空虛，只需要空虛。他的生之歡樂，像大鵬般振翼冲霄過來的歡樂，是完了！成天整日的坐在房裏，他的唯一的生命感覺，是隔室那座鐘高低不勻的脈搏，髣髴在他腦中擺動。可是歡樂底野鳥依舊在他胸中，常常作着突兀的飛翔，擯在柵欄上；而這是在靈魂深處的痛苦底可怕的騷動——『一個生靈獨自在渺無人煙的荒野中悲號……』

塵世的苦難是一個人幾乎永遠沒有一個伴侶。也許有一些夥伴，有一些偶遇的朋友。朋友這美麗的名詞是被濫用了。實際是一個人一生只能有一個朋友。而這還是很少的人所能享受。但這椿幸福是那樣的美妙，以致一個人一朝把它失掉了時簡直不能再活下去。它在你不知不覺中充實了人生。它一走：人生就空虛。那時所喪失的不單是所愛的人，並且是一切愛底意義，一切曾經愛底意義。爲何他曾生存？爲何我們曾經生存？……

這一下死底打擊對於克利斯朵夫尤其可怕的緣故，是因爲這打擊來到時，他的生機在暗中已經有了搖動。在一生中有些年齡上，在機構底核心醞釀着一種蛻變；那時，肉體與心靈特別容易感受外界的打擊；精神覺得疲憊，一層模糊的悲哀把它侵蝕着，對一切都感覺厭倦，對自己的成就毫無戀念，對自己的前途渺無把握。在發作這些心病的年紀上，大多數人有家庭生活底責任作連繫：這種責任固然使他們缺乏爲批判自己、尋覓新路、重造堅強的新生活所必需的自由精神，但也的確做了他們的護衛。多少隱祕的悲哀，多少苦澀的憂鬱！……走！走！還得望前走……強迫的工作，責無旁貸的家庭煩慮，把一個人撐持着，好似一匹立着睡覺的馬，在兩根車桿中拖着疲乏的身子繼續向前。——但完全自由的人，在這些虛無底時間，可毫無依傍，毫無強迫他們前進的東西。他只依着習慣走着；不知往哪兒去。他的力量慌亂了，他的意識晴晦了。要是在這個他瞌睡的時節，來了一聲轟雷阻斷了他遊魂似的脚步時，就是他苦難臨頭！他倒下去了……

幾封轉輾遞到的巴黎來信，把克利斯朵夫絕望的痲痺狀態驅散了一些時候。那是賽西爾和亞諾夫人寫來的。信裏無非是安慰的說話。可憐的安慰！無益的安慰……談論痛苦的人並非感受痛苦的人……那些信扎所帶給他的，倒是已經消滅的聲音底回聲……他沒有勇氣作覆；來信也緘默了。在他這個困頓的狀態中，他要設法拭去痕跡……消滅一切。痛苦是不公平的：他所愛過的人們爲他都不存在了。只有一個存在：就是那個已經不存在的。他在幾星期中努力要使他再生，和他談話，寫信給他：

——『我的靈魂，今天我沒有收到你的信。你在哪兒呀？回來罷，回來罷，和我說話，寫信給我！……』

但在夜裏，雖然他費盡心力，總不能在夢中與他相見。一個人是很少夢見他所失去的人的，只要他們的死亡還在令人心碎的時候。以後，當遺忘來臨的辰光，他們纔會重新顯現。

然而外界的生活已漸漸滲入這心靈底墳墓。克利斯朵夫開始聽到屋內各種不同的聲音而不知不覺地感到興趣。他知道在幾點鐘上開門關門，白天共有幾次，共有幾種依着病人而異的不同的方式。他能辨出勃羅姆底腳步；在想像中看到醫生出診回來，在穿堂中掛着他的帽子與外套，老是用那種細心的古怪的方式。當習慣的聲音不會在預定的次序裏出現時，他不由自主地要探究這變動底理由。在飯桌上，他開始機械地聽人家談話了。他發覺勃羅姆差不多老是一個人說話。他的妻子只短短地回答幾句。勃羅姆可並不因爲缺少談話對手而着急；他用着那種愛多嘴的好心情，講着他剛纔診治的病人和聽來的閒話有時當勃羅姆講話的辰光，克利斯朵夫會對他瞧望；那纔教勃羅姆高興，他會因之而設法打動他的興趣。

克利斯朵夫試着繼續他的生活……多累人！他覺得自己多老，老得和世界一樣！……早上起來對鏡時，他厭看他的身體，他的姿勢，他的愚蠢的外形。起牀，穿衣，爲什麽？……他竭盡努力工作：工作却使他作嘔！既然一切都得歸於虛無，創造又有何用？要他弄音樂是不可能了。一個人唯有經過了患難纔能對於藝術——（好似對於其他的事情一樣）——有眞切的認識。患難是試金石。唯有在那時候，一個人方能認識那些經歷百世而不朽的、比死更強的人。這是很少人經得起試鍊的。我們會對於某些被我們選中的靈魂——（我們所愛的藝術家，一生的朋友）——底庸俗出驚。誰又能卓然獨存？在患難底手指下，世界上所謂美的東西發出多空洞的聲音！

但患難也疲倦了，它的手麻痺了。克利斯朵夫神經寬弛下來。他睡着，無窮無盡地睡着。勞瘁他的渴睡永遠不能饜足。

終於有一夜，他睡得那麽深沉，直到次日下午方始醒來。屋裏闃無一人。勃羅姆夫婦出去了。窗子開着，明媚的天空笑着。克利斯朵夫覺得卸掉了一件重負。他起來走下花園。那是一方狹窄的三角地，四周圍着高墻，賽似修道院模樣。幾條舖着細砂的小徑，在幾方草地與平凡的花卉中間交錯着；一個花棚裏，一根葡萄藤和一些薔薇糾纏着。在一個碎石堆成的洞內，有一道細小的噴泉流着；一株倚牆而立的皂角樹，香味濃烈的枝條掛在隔鄰的花園上。園子那邊，矗立着紅岩砌成的教堂古塔。時間是傍晚四點。園中已經罩着陰影。陽光還浴着樹巔和紅色的鐘樓。克利斯朵夫坐在花棚下，背對着牆，仰着頭，從葡萄藤和薔薇底空隙裏矚望清明的天。他似乎方從一場噩夢中醒來。周圍是一片靜寂。在他頭上，一根薔薇藤嬾洋洋地掛着。忽然上面最美的一朵謝了，散落了；雪花似的瓣兒在空中飄蕩。有如一個無邪的、美麗的生命消逝。這樣的簡單！……在克利斯朵夫心中，這是有一種又悽愴又溫柔的意義的。他窒息之下，手捧着臉，哭了……

塔上的鐘響了。從這一個教堂到另一個教堂，鐘聲相應……克利斯朵夫不知道已經過了多少時間。當他重新抬起頭來的辰光，鐘聲已止，夕陽已下。克利斯朵夫被眼淚蘇解了；他的精神已洗滌過。他聽着心頭湧出一道音樂底細流，望着一鈎新月溜上夜晚的天空。一陣脚步聲把他驚醒。他回到樓上房裏，關上房門，下了鍵，讓他音樂泉源奔瀉。勃羅姆來喚他用餐，敲敲門，推了幾下：克利斯朵夫只是不答。勃羅姆不安起來，從鑰孔裏張望之下，看見克利斯朵夫半個身子靠在桌上，四周堆滿了塗黑的紙，纔算放心。

幾小時以後，克利斯朵夫疲乏之極，走下樓來，發見醫生在客室裏耐心地一邊看書一邊等他。他擁抱他，請他原諒他一向的行徑，且也不待勃羅姆詢問，把最近幾星期中戲劇式的故事告訴了他。這是他和醫生傾吐心腹的唯一的一次；並且勃羅姆是否完全明白還成問題：因爲一則克利斯朵夫講得毫無系統，二則夜色漸深，勃羅姆雖有極大的好奇心，也已渴睡欲死。末了，——（已經敲兩點）——克利斯朵夫覺察他的倦意，便道了晚安分手。

從這時起，克利斯朵夫底生活恢復了常規。他不能維持這種迅暫的興奮，常常要回到悲哀中去，但這是一種正常的悲哀，不致阻礙他生活了。重新生活，那是極應當的！這個人失去了他在世上最愛的人，受着憂苦侵蝕，內心萌着死念，却具有一股那樣豐滿與專橫的生命力，就在哀傷的言語中也會爆發，在他的眼裏、嘴裏、動作裏放射光芒。但在這股生命力底核心，一個蛀蟲已經盤踞定了。所以克利斯朵夫常有絕望的時間。這是一些劇烈的痛楚。他安靜着，他在讀書或散步：突然顯現出奧里維底笑容他的溫柔而疲倦的臉龐……一刀直刺心窩……他搖幌，呻吟，手掩着胸脯。有一次，他在琴上奏着貝多芬底樂曲，用他昔日那種激昂的氣勢……忽然他停下來撲在地下，把頭埋在安樂椅底靠枕裏，喊道：

——我的孩子！……

最苦的是『早已經歷過了』這印象：他到處都遇到它。他老是遇到一些同樣的姿勢，同樣的言語，循環不已的同樣的經驗。一切都是他所熟識的，一切都是他所預料的。某一副嘴臉令他想起另一副從前的嘴臉，會得說出——（他敢預先斷定）——而且眞的說出，他曾經聽另一個說過的同樣的說話；同類的臉相經歷同類的階段，遇到同樣的障礙，同樣地消耗完結。假如『人生再沒比愛情底重複更令人厭倦』是不錯的話，那末一切的重複更將令人厭倦到何等程度！眞可令人發瘋。——克利斯朵夫努力不去想它，既然他願意生活，而爲了生活是不能想的。多痛苦的矯飾：爲了羞恥、爲了虔敬、爲了潛在的不可克制的生存底需要，而不願認識自己！知道絕對沒有安慰，他就自己創造安慰。確信生活絕對沒有意義，他就創造生活意義。他強使自己相信應當生存，這是除了他自己以外任何人都不關切的問題。必要時，他將說是死者鼓勵他生活的。然而他知道他把自己要死者說的話硬放在死者嘴裏。可憐啊！……

克利斯朵夫重新上路；他的步子似乎與從前一樣的穩實可靠；心扉重新關上，把痛苦去在外面；他從不對別人說；他自己也避免和它單獨相見：表面上他很平靜。

『眞正的苦惱，巴爾扎克說，表面上在它自己造成的深邃的河牀內似乎很平靜，似乎睡熟了，但它繼續腐蝕着靈魂。』

凡是認得克利斯朵夫而仔細觀察他的人，看着他來、去、談話、彈奏音樂、甚至笑着——（他現在笑了！）——時，自會感到這個眼裏燃着生命之火的強健的人，在他最深邃的生命底裏，有些東西摧毁了。

從他和人生重新有了關連的時候起，他就得謀生度日。爲他，當然談不到離開這城市，瑞士是最安全的棲息之所；而且他還能在哪裏找到更忠誠的地主之誼？但他的傲氣使他不能聽讓一個朋友加重負擔。雖然勃羅姆一味推辭，什麽都不肯接受，他却直要等到覓得幾處教課底差事，使他能夠對屋主付一筆固定的膳宿費時，纔能安心。這可不是容易的事。他輕舉妄動的加入革命底消息已到處傳遍；中產人家自然不願引進這個被目爲危險的、至少是異乎尋常的，所以是『不相宜的』人。然而他的音樂聲名和勃羅姆底斡旋，居然打開了四五家比較大膽的人家，也許是因爲更好奇，想在藝術界中炫耀新奇之故。但他們照樣小心謹愼的監視他，在老師和學生中間隔着相當的距離。

勃羅姆底生活是依着一個呆板的方式規定的。早上，各做各的事情：醫生出去看診，克利斯朵夫出去授課，勃羅姆夫人上菜市和教堂。克利斯朵夫在一點左右回來，大概總比勃羅姆先，他是不答應人家等他的，所以克利斯朵夫就和年輕的主婦先用飯。這絕對不是一件愉快的事：他對她絕無好感；也沒有一句話好和她說。她不肯稍稍費些心來消除人家這種印象，那是她決不會不發察的；她既不肯爲裝飾而勞神，也不願爲運用思想而操心；她從不先向克利斯朵夫開口。她的動作與服飾底死板，她的笨拙，她的冷淡，可以使一切如克利斯朵夫那樣對女性丰姿具有敏感的男人望而却走。當他想到巴黎女子底靈智的典雅時，他不禁要望着阿娜想道：

——她多醜！

可是這並不準確；不久他就發現她的頭髮、手、嘴、眼睛底美，——這雙眼睛，當他難得與它們相遇時總閃避一旁。但他的評語並不因之改變。爲了禮貌，他勉強和她說話，非常喫力地尋找談話底題目，她却一些不幫助他。有兩三次，他試着探問她一些事情，關於她的城市的，她的丈夫的，她本身的：可是一些問不出來。她的答語有等於無；她努力做出微笑底樣子；但這種努力顯然是不愉快的；笑容是勉強的，聲音是啞的，說話是斷斷續續的，每句後面總接着難堪的靜默。克利斯朵夫終於盡量避免和她談話；那倒是她求之不得的。當醫生回家時，兩個人都覺得鬆了一口氣。他老是很高興，很響亮，忙亂的，粗俗的，出色的好人。他大量的喫喝，大量的說話，大量的笑。阿娜和他稍稍說話；但他們倆所談的事情無非是所喫的菜和每樣東西底價目之類。有時，勃羅姆打趣她的虔修和牧師底講道。那她纔沉着臉，一聲不響生氣了，直到用餐完畢。更多的時候，醫生講着他診病的情形，津津有味地描寫某些可憎的病象，那種刻劃入微、輿會淋漓的敍述使克利斯朵夫大爲氣惱。他把飯巾丟在桌上，裝着厭惡的怪臉站起來，把醫生樂開了。勃羅姆立刻停住話頭，笑着撫慰他的朋友。但在下一餐上，他又重新開始。這些醫院裏的笑話似乎有一種鼓勵阿娜生機的功能。她會用一聲突兀而神經質的笑打破她的沉默，令人感到這笑聲裏有些獸性成分。也許她對她所笑的事情和克利斯朵夫一樣憎厭。

下午，克利斯朵夫很少學生。通常他在醫生出門時總和阿娜留在家裏。他們並不覿面。各人在一邊工作。起先，勃羅姆請求克利斯朵夫給阿娜上幾課鋼琴，據他說，她賦有相當的音樂天才。克利斯朵夫要求阿娜彈些東西給他聽。她雖則不感興味，却也不教人三邀四請；但她在演奏中表現出她照例的冷淡：她的演技是機械的，缺乏感覺到不可思議的程度；一切音符都相等；沒有一些輕重抑揚之別；在翻譜時，她會在一句樂句中間冷冷地停下，然後再從容不迫的接下去。克利斯朵夫氣得幾乎說一句粗野的話得罪她；他不等一曲告終就走開，纔把心裏的話忍住。她可並不着慌，若無其事的彈到最後一個音，對於他的失禮既沒顯得惱怒，也沒表示難堪；她簡直不曾十分留意。但他們之間再也談不到音樂二字。下午，逢着克利斯朵夫出門回來的辰光，他會出其不意的發見阿娜在練琴，用着那種冰冷而枯索的頑強態度，把同一樂節彈上四五十遍也不厭倦，也不興奮。知道克利斯朵夫在家時，她從不弄音樂。凡是她不化在虔修方面的時間，都用在處理家務上。她縫着，一縫再縫着；她監督女傭，有整齊與清潔底怪癖。她的丈夫當她是一個好女人，有些古怪，——『像所有的女人一樣』，他說，——但也『像所有的女人一樣』很忠誠。在最後這一點上，克利斯朵夫私下加上一些保留：這種心理學未免太簡單化了；但他私忖，歸根結蒂這是勃羅姆底事情；於是他不去想了。

晚上喫過飯，大家團聚一處。勃羅姆和克利斯朵夫談天。阿娜做着工作。依着勃羅姆底請求，克利斯朵夫應允重新彈琴；在面臨花園的黝黯的大客廳內，他一直彈到深夜。勃羅姆出神着……誰都知道有些人醉心於他們不懂得的或完全誤解的——（他們也正因爲誤解而愛着！）——作品！克利斯朵夫不再生氣了；他一生已經遇到多少混蛋！但在某些可笑的驚嘆句上，他停止彈奏，立刻回到房裏。勃羅姆後來猜到了原因，便努力抑低他的慨歎。並且他對於音樂的愛好很快會饜足，留神細聽的時間不能連續到一刻鐘以上：他拿起一張報紙，或者打瞌睡，不再打攪克利斯朵夫了。阿娜坐在屋子底裏一言不發，膝上放着活計，似乎在工作；但她眼睛凝注，手指不動。有時她在一曲中間毫無聲息地出去了，不再露面。

光陰這樣地過去。克利斯朵夫精力恢復了。勃羅姆底累贅的、但是慇懃的好意，屋子裏的寧靜，這種家常生活底令人安息的規律，特別豐盛的、日耳曼式的飲食，修補好了他結實的體質。生理的健康是回復了；精神的機構依舊病着。重新滋長出來的精力只有加強他精神的混亂，那是始終不會恢復均衡的，有如一條裝載不穩妥的船，遇到極微小的激觸就要震盪。

他是完全孤獨的。他和勃羅姆全無靈智的相契；和阿娜的交際幾乎僅僅限於早晚的招呼；和學生們的關係又是敵意的成份居多：因爲他公然表示他們最好的做法莫如放棄音樂。沒有一個相識。而這不完全是他的過失，雖則自從他失去了朋友以來一直躲在他的一隅。人家不給他交際底機會。

他所住的這個古城，不乏聰明強毅之士，但都是驕傲的市民，閉關自守而自得自滿的人。一個富足的貴族階級，愛好工作與高深的修養，但是狹小的，虔誠的，泰然認定它和它的城市底優越，甘於廝守着它與世絕緣的家族，分支繁衍的古老的家族。每一家都有親族團聚底日子；餘下的時間難得開門迎客。這些強有力的世家，擁着幾百萬家私，毫不感到炫耀財富底需要。它們彼此相識：這就夠了；旁人底意見是不足道的。我們可以看到那些百萬富翁，穿得像小布爾喬亞，講着他們聲音粗嗄、言辭雋永的土語，精神貫注的上他們的公事房，數十年如一日，即使到了連一般勤勉的人也要養老的年紀還是照常辦事。他們的妻子以治家之道來傲視一切。女兒們沒有奩資。有錢的人讓他們的子孫去重新締造艱難的事業，像他們從前一樣。日常生活過得非常節儉。但那些巨大的產業有極其高尚的用途，收藏藝術品，建造繪畫陳列所，襄助社會事業；對於慈善機關和博物館，有不斷的大宗的捐款，差不多老是用隱名。一種偉大與可笑兼而有之的現象，都是屬於另一時代的。這個社會，爲它是其餘的世界都似乎不存在，——（雖然他很熟知世界，由於商業關係，由於它廣大的交際，由於它勸令子孫們奉行的遠方的遊學）——爲它是，一個巨大的聲名、一個外國底名人、只有被它接待而加以承認的時候方纔成立。它也對自己施行着最嚴格的紀律。大家遵行，互相監督。從這裏面產生了一種集團意識，把許多個人的歧異——在這些剛強的人格中格外顯著的歧異，——隱沒在一層宗教與道德單純一律的帷幕之下。大家奉行教儀，大家信仰。沒有一個人懷疑，或雖懷疑而不願承認。要估量這些心坎裏藏着什麼東西是不可能的，因爲他們知道自己被嚴密的監視包圍着，每個人都自命有權利去搜索別人底心思，所以他們的靈魂格外深閉固拒，不讓人家底眼光刺探到一分一毫。據說連那些離開鄉土而自以爲擺脫了束縛的人，——一朝重新插足到本鄉裏時，也立刻會被傳統、習慣、本城底風氣懾服：最不信仰的人不得不奉行教儀，表示信仰。他們覺得不信仰是違反天性。不信仰是低級民族，是行爲不端的人。他們決不容許一個屬於他們社會裏的人可以迴避宗教義務。倘使有人不參加教儀，無異自甘脫離他的階級而永遭唾棄。

這種紀律底壓力似乎還嫌不夠。這些人物在他們的階級裏連繫得還不夠密切。在此大組織中間，他們又造成無數的小組織，把自己完完全全的束縛住。總數大概在幾百以上，而且年年有得增加。一切都有組織：爲慈善的，爲虔修的，爲商業的，爲虔修而兼商業的，爲藝術的，爲科學的，爲歌唱的，爲音樂的，爲靈的運動的，爲身體的運動的，單爲集會的，爲共同娛樂的；有街坊聯合會，有同業聯合會；有同等身份的人底組合，有同等財富的人底組合，有同等體重的人底組合，有同名的人底組合。據說人家還想組織一個無組合的人底組合（不屬於任何團體的人底團體）結果是這種人不滿一打。

在這城市、階級、團體、三重束縛之下，心靈是給捆綁住了。一種隱祕的壓力拘束着各種性格。其中一大半是自幼適應慣的，——幾百年來習慣了的；他們認爲這壓迫很衞生；倘若有人想擺脫束縛就是居心不良或不健全。看到他們心滿意足的笑容，沒有人會想到他們感到什麼難堪。但天性也要報復。每隔多少時候，總有幾個反抗的個性，一個強項的藝術家或一個激烈的思想家，暴烈地斬斷鎖鍊，使城市底衞道之士不得不把線頭重新接合。但這些衞道家是挺聰明的，遇到反抗者不會在卵中被人窒息，遇到他是一個更強悍的傢伙時，他們不固執要去戰勝他：——（戰爭總要引起難堪的損害：）——而是設法把他收買。要是畫家，他們把他的大作送人博物館；要是思想家，送人圖書館。反抗者大聲疾呼的辱罵也是徒然：他們只做不聽見。他白白地爭取獨立：他們把他同化了。這樣，毒物底效果變成了中性：這叫做同種治療法。——但這些情形也很少有，反抗者總是半途夭折的居多。這些平靜的屋子裏隱藏着多少無人知曉的悲劇。它們的主人中間，往往會有一個踏着安閒的步子，一聲不響地去投入河裏。再不然在家中幽居半年，把他的妻子送進療養院去治療她的精神。人們若無其事的講起這種情形，好似一樁挺自然的事，那種平靜的態度是這個城裏美妙的產物，即使遇着痛苦與死亡時也不會失掉。

這個根基穩固的中產階級，對自身非常嚴厲，因爲它知道自己的價值；對別人可比較寬容，因爲它並不重視他們。對於一般像克利斯朵夫這樣寄居此地的外國人，德國底教授們，亡命的政客們，它顯得相當寬大：因爲他們與它無關痛癢。並且它愛好智慧。前進的思想絕對不會使它驚惶：它知道它的兒孫不受這些思想影響。它用一種冷淡的、客氣的態度對待外僑，使他們無法與它親近。

克利斯朵夫毋須人家多所表示。他目前正在特別敏感的情境中，心赤裸裸地暴露着：爲他最容易不過的就是到處看到自私自利與淡漠無情，他隨時準備深自隱晦。

並且，勃羅姆底主顧們，與他妻子同道的那個狹小的集團，便是一個極端派新教團體裏的一份子。克利斯朵夫以他出身舊教和事實上不信仰的關係，受到加倍的歧視。他這方面也看到許多不入眼的事。他雖則不信仰，却是先天印着他年代久遠的舊教標記，在這種教義裏，理智的成分遠不及詩的意味，對於人性取着寬容的態度，不想費心去解釋或說明，而只知愛或不愛；另外他還有尊重靈智自由與道德自由的習慣，爲他無形中從巴黎感受得來的。因此他勢必要和這個虔誠過度的小社會衝突：加爾文主義底缺陷在此格外顯著：一種宗教的唯理主義，折斷了信仰底翅翼，然後聽讓它進退不得地懸在深淵之上：因爲這唯理主義是把一種和所有的神祕主義同樣靠不住的據點做出發的：既不是詩，亦不是散文，而是演爲散文的詩。對於理智——他們的理智，他們表示一種靈智的驕傲，一種絕對的、危險的信仰。他們能夠不信上帝，不信靈魂不滅；但他們不能不信理智，好似一個舊教徒的信仰教皇，或一個拜物教徒的崇奉偶像一樣。他們從沒想到加以討論。人生和理智衝突也是枉然，他們反而偏向於否認人生。不懂得心理，不明白潛伏的力量底性質，不知道生命底根源，不瞭解「大地底精神。」他們造出一個人生，造出許多幼稚的、簡單化的、雛型的生物。他們中間有些人是博學的、實際的；讀書甚多，閱歷不少。但他們不願看見或讀到事物底眞相；只從中歸納出一些抽象的縮影。他們沒有足夠的血；他們具有高卓的道德價值，但沒有充分的人間性：而這是最高的罪惡。他們心地底純潔，往往是很眞實、高尙、天眞、有時是可笑的，不幸在某些情形中變成悲劇的；這純潔使他們對別人取着冷淡與不人道的態度，令人驚駭，其實他們並不眞正感到忿怒。他們怎麼會遲疑呢？他們不是有眞理、正直、道德和他們在一起麼？他們不是從他們聖潔的理智那邊受到直接的啓示麼？理智是一顆冷酷的太陽；它放射光明，但使人盲目。在此枯索的光明中，沒有水汽，沒有陰影，心靈會褪色，心中的血會枯涸。

而要是有什麼東西在這時候的克利斯朶夫心中顯得毫無意義的話，那便是理智了。這顆太陽只能替他照出深淵底內壁而不指示他出路，甚至也不使他測出它的深度。

至於藝術界，克利斯朶夫旣很少機會也沒有心思去和它發生關係。當地的音樂家普通是些保守派的好好先生，屬於新舒曼派或勃拉姆斯時代的，對於這些傢伙，克利斯朶夫曾經搏鬥過來。

只有兩人是例外：一個是大風琴手克拉勃，開着一家出名的糖果店，誠實的君子，出色的音樂家，照着一個瑞士作家底說法，倘使『他不是騎在一匹被他餵得太飽的飛馬上』時，他還可成爲更好的音樂家，——另一個是猶太青年作曲家，賦有獨特的天才，蘊蓄着雄厚而騷動的元氣，經營着瑞士土產：木刻的玩藝兒，裴納底木屋和熊。抱着比旁人寬大的見解，無疑是因爲他們不把音樂作爲職業之故，他們倒很樂意親近克利斯朵夫；而在別個時期，克利斯朵夫會好奇地結識他們；但在他一生中這個時期，一切對藝術對人類的好奇心都遲鈍了；他所感到的使他和旁人分離的成分，遠過於使他和旁人結合的成分。

他唯一的朋友，聽取他的思想的心腹者，乃是從城中穿過的河，——就是那條在北方上流浴着他故鄉的父性的大河。在它旁邊，克利斯朵夫重新找到了他的童年往事……但在他哀愁籠罩的情境中，那些往事也如萊茵一般染着慘澹的顏色。黃昏日落的時分，他倚在河畔石欄上望着洶湧的河流，混沌一片，沉重的，暗晦無光的，匆促的，老是向前流逝，只看見一些巨大的動盪的水波，成千成萬的條條流水，忽現忽滅的漩渦：恰如一個純是幻想的頭腦裏的許多雜亂的形象；它們永遠顯現而又永遠化爲一片。在此黃昏夢境中，像靈柩一樣飄流着一些幽靈式的渡船，沒有一個人影。暮色漸濃。河水變成紫銅色。岸上的燈火射在漆黑的地上發出陰沉的反光。煤汽燈底黃色反光，電燈底月白色反光，人家窗裏血紅的燭光。黑暗裏充塞着河流底喁語。永久的水聲，它的單調比大海更淒涼……

克利斯朵夫幾小時的耽溺着這死亡與煩惱底歌曲。他費了好大的氣力使自己醒過來；隨後他穿着小路回家，爬上那些中間剝落的紅色石級；身心交瘁，握着砌在牆上的、亮晶晶的鐵欄，高處教堂前空漠的廣場上的街燈，直照到欄杆上。

他不再懂得人類爲何活着。當他回想起目擊的鬥爭時，不禁悲苦地佩服那批把信念種在肉體裏的人類。各種相反的思想遞嬗不已，活動與反動輪流交替：——民主政治，貴族政治，社會主義，個人主義，浪漫主義，古典主義；進步，因襲；——交相起伏，至於無窮。每一代的新人，不到十年就要消耗盡的一代，都用着同樣興奮的心情，相信只有它自己纔登峯造極，把前人用石子摔下來；它騷動，吶喊，取得了權力與光榮，然後再給新來的人用石子趕走，消滅了。如今又輪到誰呢？……

音樂製作不復成爲克利斯朵夫底避難所；它是間歇的，雜亂無章的，沒有目標的。寫作麼？爲誰寫作？爲人類麼？他此刻正經歷着一個尖銳的厭世時期。爲他自己麼？他太感到藝術底無用，不能塡塞死亡底空虛。只是他盲目的力，有時要用強有力的翅膀鼓動他，隨後又頹然墮地，力盡筋疲。濃雲籠罩，醞釀中的暴雨在黑暗中隱隱打雷。奧里維消滅了，一切都不能久存，——一切都不能。他痛恨充塞過他生命的一切，痛恨那些他自以爲和其餘的人類共有的情操與思想。如今他覺得自己從前做了一個幻象底玩具：他的社會生活全部建築在一個巨大的誤解上，言語便是這誤解的源泉……你以爲你的思想能和別人底溝通麼？實在只有言語之間的關係。你說話，聽人家說話；殊不知沒有一個字在兩張不同的嘴裏有同樣的意義。而這還不算什麼：更可悲的是，沒有一個字，沒有一個，在人生中有它全部的意義。言語超出了我們所經歷的現實。你說：愛與憎……哪知根本就沒有愛，沒有憎，沒有朋友，沒有敵人，沒有信仰，沒有熱情，沒有善，沒有惡。所有的祇是這些光明底冰冷的反光，而這些光明又是從死了已有幾百年的太陽中來的……朋友麼？不少人在要求這朋友二字！……但它所代表的是何等空虛的現實！在一般人底意義上，他們的友誼是什麼呢？一個人一生中有過幾分鐘、化在思念他朋友底臨終的回憶上？他爲朋友犧牲了什麽？且不說他的必需品，就單說他的衣面，他的餘暇，他的煩惱，他又爲朋友犧牲了什麽？我又曾爲奧里維犧牲了什麽？——（因爲克利斯朵夫並不把自己當作例外，在他把全人類一齊包括進去的虛無中，他只把奧里維放在外面。）——藝術並不比愛情更眞，它在人生中實實在在佔着什麽地位？那些自命爲醉心藝術的人，是用着何種愛情愛它的？……人類情操底貧弱是想像不到的。除了種族底本能，這個成爲世界槓桿的可笑的力量以外，存在的只有一堆各種感情底塵埃。大多數人沒有充分的生命足以把自己整個地投入任何熱情。他們要經濟，謹愼小心，畏首畏尾。他們是具體而微的一切，從不是完完全全的某一件。凡是毫無計算地把自己投入他所做的一切、所受苦的一切、所愛的一切、所恨的一切裏的人，是天之驕子，是在世界上所能遇到的最偉大的人。熱情有如天才：是一個奇蹟。甚至可說是不存在的！……

克利斯朵夫這樣的想着；人生却在準備給他一個可怕的、否定的答覆。奇蹟到處有，好似石頭中的火：只消一擊就會躍出。我們不會猜疑到睡在我們胸中的妖魔……

『……不要驚醒我，啊！講得輕些罷！……』（按此係獨蓋朗琪羅爲其雕像「一夜」所作之詩句）

一天晚上，當克利斯朵夫在鋼琴上卽興的時候，阿娜站起來出去了，這是她在克利斯朵夫彈琴時常有的動作。似乎音樂使他厭煩。克利斯朵夫再也不介意了：他從不把她的思想放在心上。他繼續彈着；隨後忽然想起要把所彈的東西記錄下來，便跑到房裏去找紙張。他打開隔室底門，低着頭在暗中走去，在門口忽然猛烈地撞在一個僵直不動的身體上。原來是阿娜……這一下的衝撞和出其不意的情緒駭得少婦叫了起來。克利斯朵夫恐怕把她撞痛了，便親切地執着她的兩手。手是冰冷的。她好像在發抖，——無疑是爲了受驚的緣故吧？她囁嚅着說出一句含含糊糊的解釋：

——我在飯廳裏尋找……

他聽不見她尋找什麽東西；也許她根本不曾說。他只覺得她在黑暗裏尋找東西很奇怪。但對於阿娜古怪的行動他已經弄慣，再也不加注意。

一小時後，他回到小客廳中和勃羅姆與阿娜一同消磨這黃昏。他坐在桌子前面在燈下寫東西。阿娜在右邊，坐在桌子另一端，縫着，身子俯伏在活計上。在他們後面，靠近爐火，勃羅姆坐在一張矮矮的安樂椅中讀雜誌。三個人都緘默着。淅瀝的雨點間歇地打在園中細砂上。克利斯朵夫爲完全孤獨起計，扭轉着四分之三的身子背對阿娜。在他前面，壁上掛着一面鏡子，反映着桌子，燈，和伏在工作上面的兩個臉龐。克利斯朵夫似乎覺得阿娜在望他。先是他毫不在意；後來，這念頭老是盤旋不去，終於使他不安起來，便舉起眼睛矚視鏡子……果然她望着他。而且是用的何等樣的目光！他駭住了，屏着氣觀察着。她不知他在鏡中端相她。燈光映着她蒼白的臉，慣有的嚴肅與靜默有一種鬱積的暴烈的氣息。她的眼睛——這雙爲他從來抓握不到的陌生的眼睛——釘在他身上：深藍色的，巨大的瞳子，嚴酷而火辣辣的目光；它們凝視着他，用一種沉默的、頑強的。熱情搜索他的內心。是她的眼睛麼？這難道是她的眼睛？他明明看見，可是不相信。他眞的看見麼？他突然旋轉身來，……看見她眼睛低垂着。他試和她說話，想強迫她正面望他。但她神色不變的回答，始終俯在活計上面，把目光隱在藍色的眼皮中間，在又短又緊密的睫毛之下。要不是克利斯朵夫神志清明、敢於自信的話，他又將以爲受着幻境玩弄了。但他知道他所看見的事實。

然而他精神重又集中於工作，阿娜也不使他感到興趣，這奇異的印象不曾佔據他多少時間。

一星期後，他在琴上試奏一闋新歌。勃羅姆一半由於擺丈夫底架子，一半由於打趣，素來歡喜捉弄他的妻子、要她彈琴或唱歌，這一晚他特別顯得懇切。往常，阿娜只說一句斬釘截鐵的話；以後任憑人家要求、懇請、揶揄，她再也不屑回答，咬着口唇，只裝不聽見。但這一次，她居然收起活計，起身走向琴旁，使勃羅姆和克利斯朵夫大爲詫異。她唱着這一支她從沒念過一遍的歌。簡直是一種奇蹟。她的音色深遠的聲音，全然不像她講話時微啞的、含糊不清的口音。在第一個音上就咬準了，不慌不忙地，輕輕易易地，她把樂句表現出一種動人的、純粹的偉大；她自己也達到熱情猛烈之境，使克利斯朵夫戰慄搖蕩。她唱着的時光，他望着她呆住了，而這是他第一次看見她。他看見她暗晦的眼睛燃着一道獷野的光，她的熱情的大嘴，配着一對邊緣秀美的口唇，肉感的微笑，有些沉重與殘酷，雪白的、健全的牙齒，美麗而結實的手，一只放在琴架上，緊束在狹窄的衣衫裏的壯健的骨格，被過於簡單的生活消磨瘦了，但仍保持着年青、強壯、與和諧。

她唱完之後，回去重新坐下，雙手放在膝蓋上。勃羅姆讚美她；但他只覺得她的歌唱沒有萎靡之氣克利斯朵夫一言不發端相着她。她漠然微笑，知道他在望她，這晚上大家都沉默寡言。她明白自己剛纔超出了自己之上，或者是她第一次成爲她『自己』；可不懂爲了什麽緣故。

從這一天起，克利斯朵夫開始對阿娜留神觀察。她重又回復了沉默，冷淡，恢復了連她丈夫都爲之氣惱的工作狂，其實她是藉以壓制她惶亂的天性中的曖昧思想。克利斯朵夫白白在旁窺伺，在她身上找到的仍不過是早先所見的一個矯飾的布爾喬亞。有些時光，她一事不做的定着眼睛出神。人家離開她時是這樣，一刻鐘後回來重見她時還是這樣：她不會動彈。丈夫問她想些什麽時，她從痲痺狀態中驚醒過來，微微一笑，回答說不想什麽。而她也不說什麽。

她的鎮靜無論如何不會動搖。有一天她梳洗時，酒精燈爆烈了。一刹那間，阿娜四周已經佈滿了火焰。女僕一邊呼救一邊奔逃。勃羅姆着了慌，騷亂，叫喊，幾乎嚇得病了。阿娜扯去梳妝衣底鈕扣，把已經着火的內衣從腰部撕去，踹在脚下。當駭極的克利斯朵夫慌亂中搶着一個水瓶奔到時，看見阿娜只剩着小衣，裸露着胳膊，立在一張椅子上，不慌不忙用手撲滅窗帘上的火焰。她灼傷了，却一句不提，只覺得被人看到她這副服裝很羞惱。她紅着臉，笨拙地用手掩着肩頭，露出一副莊嚴受了傷害的神氣，走到隔壁房內去了。克利斯朵夫佩服她的鎮靜；但他說不出這鎮靜是證明她的勇敢呢還是證明她的麻木。他以爲大概是屬於後者。實在，這女人似乎對甚麼都不感興趣，對別人，對自己，都是一樣。克利斯朵夫竟至懷疑她有沒有心肝。

等到他又看見了一樁事實之後，他把她毫無疑問的斷定了。阿娜有一條黑色的小母狗，生着一對聰明而溫和的眼睛，受着全家底寵愛。勃羅姆很疼她。克利斯朵夫在關起房門工作時，常常把牠抱在房內，往往不做工作，竟自和牠玩耍。當他出門時，牠站在門口窺伺，緊跟着他的脚步：因爲他需要有一個散步底同伴。牠跑在前面，搬動四脚，快得像飛一樣。牠不時停下，對自己的矯捷表示得意；牠望着他，高高挺起着彎曲的胸脯。牠裝做儼然的樣子；對着一塊木頭狂叫；但一看見遠遠裏有別條狗時，牠就溜了，逃了，躲在克利斯朵夫兩腿間發抖。克利斯朵夫取笑牠，愛牠。從他遠離人類之後，他覺得更接近動物，覺得牠們很可憐。這些可憐的畜牲，當人家善視牠們時就那樣信賴地投向你們！人類操着牠們絕對的生殺之權，所以要是他虐待這些向他輸誠的弱者時，簡直是犯了一樁濫用威權底可怕的罪惡。

這頭可愛的動物雖是對大家都那樣親近，却對阿娜表示一種特別的好意。她並不用什麽手段逗引牠；但她很樂意撫摩牠，教牠蹲在膝上，照顧牠的食物，似乎盡她能夠愛的程度愛牠。有一天，那小母狗不知迴避街上的汽車，差不多當着主人們底面壓倒了。牠還活着，悲慘地號叫。勃羅姆光着頭跑出去，抱着這血肉摸糊的東西回來，想至少減輕一些牠的痛楚。阿娜走來瞥了一眼，也不俯下身子，扮着一個厭惡的鬼臉走開了。勃羅姆眼中噙着淚，眼看這小生命捱受臨終的痛苦。克利斯朵夫在園中大踏步走，捏緊着拳頭。他聽見阿娜安靜地吩咐僕人工作，便對她說道：

——這難道對您毫無影響麽？對您？

——這不是沒有辦法的麽？她回答說。最好還是不去想它。

他覺得對阿娜有一股恨意；隨後，答句底滑稽引起了他的注意，笑了起來。他私忖阿娜倒很可以把她不想悲哀之事的方法傳授給他；對於那些幸而沒有心肝的人，人生是很容易過的。他想到要是勃羅姆死了，阿娜也不會得怎樣惶亂，於是他慶幸自己不會結婚。想到習慣底鎖鍊把你終身和一個覺得你是一個仇恨的對象，或（更糟的！）把你當作有等於無的人結合在一起時，他的孤獨豈非幸福得多！眞是，這個女人對誰都不愛。虔誠主義使她的心枯涸了。

十月底裏有一天，她使克利斯朵夫大大地驚愕了一下。——他們在飯桌上。克利斯朵夫和勃羅姆談着一件全城轟動的情殺案。在鄉下，有兩個意大利姑娘，是姊妹倆，愛着同一個男子。因爲兩個人都不甘犧牲，她們用拈鬮的方法來決定應該由哪一個讓位。失敗的一個應當投入萊茵河。但鬮拈定之後，那個未蒙幸運青眼的女子，表示不大願意接受這決定。另外一個對於這樣不顧信義的行爲大爲憤慨。兩人先是咒罵，繼而動武，終至拔刀相向；隨後，突然之間變了風向，姊妹倆哭着擁抱起來，發誓說她們是相依爲命的；可是她們又不能退步到分享一個情人，便決定把情人殺死。事情就這樣發生了。一天夜裏，兩個姑娘把那自以爲豔福不淺的男人叫到她們房中；正當一個把他熱情地摟抱的辰光，另一個就熱情地把刀直刺入他的背裏。他的叫喊被人聽見了。人家跑來把他從兩個女友懷中救下來時已經受傷很重；她們也當場被捕。她們抗辯說誰也管不着這件事情，唯有她們倆是唯一的當事人，只消她們同意把屬於她們的人處死時，沒有一個人有權干涉。那個被害者差不多也同意這種說法；可是法律不瞭解。勃羅姆也不瞭解。

——她們是瘋子，他說，該捆縛起來的瘋子！應當把她們送入瘋人院……我懂得人家爲愛情而自殺。我也可懂得人家殺死一個他所愛而把他欺騙的人……就是說，我並不原諒他；但我承認這種事實，看做一種殘暴的間歇遺傳；這是野蠻的，但是合於邏輯的：一個人殺死一個使他痛苦的人。但殺死一個所愛的人，沒有怨，沒有恨，單單爲了別人也愛他的緣故，却是瘋狂了……你懂得這個麼，克利斯朶夫？

——哼！克利斯朶夫說，我早已不懂了。誰說愛就是說喪失理性。

阿娜緘默着，好似並不在聽，此刻却擡起頭來用她平靜的聲音說道：

——毫無喪失理性的地方。這是挺自然的。當一個人愛的時候，就想毀滅他的所愛，使任何人無法侵佔。

勃羅姆望着他的妻子，敲敲桌子，交叉着手臂，說道：

——你在哪兒聽得來的這種說法？……怎麼！要你來表示意見麼，你？你知道些什麼鬼？

阿娜臉上微微紅了一紅，緘默了。勃羅姆接着又道：

——一個人愛的時候要毀滅？……這纔是駭人的蠢話呢！毀滅你所愛的，便是毀滅你自己……但正是相反，一個人愛的時候，自然的情操是善視那個善視你的人，疼他，保護他，對他仁慈，對一切都仁慈！愛是現世底天堂。

阿娜眼睛望着暗處，讓他講着，搖搖頭，冷冷地說：

——一個人愛的時候並不仁慈。

克利斯朵夫不想再聽阿娜歌唱。他怕……怕失望或是怕什麼，他說不出。阿娜有着同樣的恐懼。她避免在他開始彈琴時留在客廳裏。

但十一月裏的一個晚上，他正靠着爐火看書的當兒，看見阿娜坐着，活計放在膝上，又沉入她那些幻夢中去了。她凝神注視着空間，克利斯朵夫以為在她的目光中又看見那一晚奇異的熱情底微光閃過。他闔上書本。她覺得被人注意，便重新縫綴東西。在低垂的眼皮之下，她永遠把一切都看得清清楚楚。他站起來說：

——來罷。

她把惶惑未定的眼睛釘視他一下，懂得了，跟着他走了。

——你們到哪兒去？勃羅姆問。

——彈琴去，克利斯朵夫回答。

他彈着。她唱着。立刻他重新發見了她第一次的情操。她平平易易的跨入這個雄壯的境界，宛似她自己的境界一般。他繼續試驗，彈着第二曲，接着一闋更激昂的第三曲，解放出她胸中無窮的熱情，刺激她興奮起來，他自己也跟着興奮了；後來到了頂點，他突然停下，眼睛望着眼睛，問她道：

——可是究竟您是誰啊？

阿娜回答道：

——我不知道。

他粗暴地說：

——您身體裏有些什麼東西，能够使您唱得這樣?

她回答說：

——我只有您給我唱的東西。

——是麼?那末，我的東西並沒放錯地方。我不禁疑惑是我創造的還是您創造的?您難道是對事情這樣想法的麼?您?

——我不知道。我以為我在唱的時候已不是我自己了。

——而我，我以為唯有在這個時候您纔是您。

他們不響了。她臉上微微流着汗，胸部在靜默中起伏不已。她眼睛釘視着火光，呆呆的用手指抓着淌着蠟淚的蠟燭。他一邊望着她，一邊隨便捺着鍵子。他們用着生硬的口氣又說了幾句侷促不堪的話，隨後又說些平淡無奇的言語，然後，完全緘默，不敢再往深處試探……

下一天，他們很少說話，懷着一種恐懼的心理，彼此偷偷相視。但他們晚上共同彈奏音樂已經成了習慣。不久他們下午也彈奏；而且每天都增加。從最初幾個和音起，老是同樣不可思議的熱情抓住了她，把她從頭到底的燃燒着，在音樂存在時間內，這個虔誠的布爾喬亞一變而爲一個專斷的維納斯女神，成爲心靈所有的狂亂底化身。（按維納斯爲愛情之象徵）

勃羅姆雖則覺得阿娜底醉心歌唱有些奇怪，却也不想對這種女人底任性尋求解釋；他參與這些小音樂會，擺着腦袋打拍子，不時發表他的意見，非常幸福，雖則他更歡喜一種更温柔的音樂：這種精力底消耗於他顯得是過分的。克利斯朵夫在空氣中呼吸到危險；但他頭腦有些迷糊：被最近的苦惱弄得衰弱之後，他無法抗拒；他不知自己心裏經過些什麼，也不願知道阿娜心裏想些什麼。一個下午，在一支歌曲中間，在熱情狂亂的段落上，她中止了，沒有一句解釋就走出客廳。克利斯朵夫等着她：她却不回來。半小時以後，當他在甬道中走過阿娜臥房時，從半開的門裏瞥見她坐在房間底上，扮着冰冷的臉，作着沉悶的祈禱。

然而他們之間有了一些、很少的一些信賴。他試着教她講些從前的歷史；她却只說一些平凡的話；費了好大的力量，他纔零零碎碎的賺到多少明確的細枝小節。靠着勃羅姆底親切與輕易會洩露的脾氣，克利斯朵夫居然窺到了她生命史底祕密。

她是本地人士。她在家的姓氏是阿娜—瑪麗亞・桑菲。父親叫做瑪丁・桑菲，屬於一個世代經商的舊家，幾百年的百萬富翁，階級底驕傲與宗教的嚴格主義在他家是根深蒂固的。抱着冒險精神，他像許多同鄉一樣曾經在遠方住過好幾年，在東方，在南美洲；他也曾在亞洲中部探險，一方面是爲了家庭底商業利益，一方面是爲了愛好科學和自尋樂趣。周遊世界之後，他非但不曾撈到一個水泡，反而把孵育他的東西和他所有古老的成見一齊丟棄了。以致回到本鄉之後，憑着他熱烈的氣質和固執的性情，不顧家族憤憤不平的反對，他竟娶了一個附近農家底姑娘，聲名不大好的，先做了他的情婦然後嫁給他的。這婚姻，是他爲保持這個他割捨不掉的美麗的少女的唯一的方法。家庭方面在徒勞無功的反對過後，一致把這個藐視它神聖權威的人摒諸門外。全城，——一切體面的人物，照例對涉及公共道德尊嚴的事情是一致行動的，也一致對這對冒失的夫婦表示了態度。冒險家喫了這個大虧，纔懂得要反抗社會底偏見，在基督信徒底國土中不比在喇嘛底地方更少危險。他不夠強項，社會的輿論不能使他無動於衷。他的一份產業早已蕩盡，也找不到一個位置，到處都是閉門羹。他對這個怨恨難平的社會底屈辱，懷着一無用處的滿腔怒氣，把自己消磨完了。他的健康受着過度的操勞與熱情底磨蝕，撐持不住了。結婚以後五個月，他中風死了。四個月以後，他的妻子，善良的、但是軟弱而沒有頭腦的女人，從出嫁之後天天以淚洗面的，在產褥中嚥了氣，把小阿娜丟在她自己離去的世界上。

瑪丁底母親還活着。她一些都不肯原諒，就是在人死以後也不，她既不原諒兒子，也不原諒那個她不願承認的媳婦。但當媳婦去世以後，——神聖的仇恨報過了——她把孩子領去收養。這是一個狹隘的、虔誠的婦人，有錢而吝嗇，她在古城裏一條黝暗的街上開着一家綢舖子。她把兒子底女兒並不當作孫女，而是當作一個爲了慈善而收留的孤女看待，所以在孩子方面應該站在半奴僕地位上來報答她。雖然如此，她給她受着完全的教育；但她始終取着嚴厲與猜疑的態度，似乎認爲孩子是她父母罪惡底產物，而她還想在孩子身上來追究罪惡。她不許她有一些娛樂；在孩子底舉動裏、言語裏、甚至思想裏，把天性當作罪惡一般拘囚着。她剝奪了這個青年生命底歡樂。阿娜老早就慣於在禮拜堂裏煩悶而不顯出來。地獄裏的種種恐怖包圍她；她的陰森森的兒童底眼睛，每天早上在老禮拜寺門口看見它們隱在傲慢與可笑的外形之下，使她覺得有一團火在兩腿之間燃燒，有些蝦蟆與蛇沿着她的腰往上爬。她慣於抑壓她的本能，對自己說謊。自從她到了能夠幫助祖母的年齡，她就自朝至暮的在綢舖裏做事。她濡染了周圍的習慣。這種整齊的秩序，惱人的節儉，不必要的刻苦，煩悶的淡漠，和這種抑鬱不歡和輕蔑一切的人生觀，那是宗教信仰在一般強作虔誠的教徒身上自然而然發生的後果。她的耽於敬神禮拜，到了連那老婦也覺過分的程度；她漫無限制的禁食苦修，有一個時期，她竟束一條飾有針刺的腰帶，隨着身體底每個動作刺着她的皮肉。人家看見她臉色慘白，不知是何緣故。到後來她撐持不住了，人家請了醫生來爲她診治。她拒絕醫生聽診——（她死也不願在一個男人面前脫去衣服；）——但她吐露了眞情；醫生把她那麼嚴厲的痛責了一頓，至於她答應不再嘗試。祖母爲保險起計，從此檢查她的衣著。阿娜並沒在這些苦行中感到那種所謂神祕的快感；她很少想像，不能瞭解聖・法朗梭阿・大西士或聖女德蘭士（按兩人均爲神祕主義者）底詩意。她的虔修膜拜是憂鬱的、唯物的。當她自虐的時候，並非爲了她心自之中的他世生命，乃是爲了一種反過來淩虐自己的殘酷的煩悶，在自虐底苦痛中感到一種差不多是殘忍的快感。由於奇特的例外，這顆像祖母一樣又冷酷又嚴峻的心，居然能領會音樂，至於領會到何種程度是她自己所不知道的。她對其餘的藝術却漠然無所感；恐怕她從沒看過一幅畫；髣髴毫無造型美底感覺；因爲她驕傲、冷淡、缺少趣味；一個美麗的身體底概念，在她心中只能引起裸體底概念，就是說，好似托爾斯泰所講的鄉下人那樣，只能引起一種厭惡之情；而這種厭惡在阿娜心中尤其顯得強烈，因爲她在和一般她覺得歡喜的人底關係中，暗地感到欲念底衝動遠過於心地平靜的審美批判。她從不想到她的美貌，正如從不想到她被壓抑的本能底力量一樣；或更準確地是她自己不願知道，由於內心慣於說謊之故，她很容易的把自己騙過了。

勃羅姆底遇見她，是在一個她例外地露面的婚筵上：因爲大家一向顧慮着她出身的不名譽而不大敢邀請她。那時她二十二歲。勃羅姆對她注意到了；可並非因她想法引人注意之故。在席上坐在他旁邊，直僵僵的，穿裝很難看，她難得開口。但勃羅姆一刻不停地和她終席談話，就是說他獨自講着，臨別時不禁大爲動情。他憑着他深入的觀察，看到這鄰座女郎底貞潔坦白，十分感動；他讚美她的善良意識和她的鎮靜；也賞識她健全的身體和看起來是善操家政的長處。他去拜訪祖母，又去向她求婚，獲得了同意。奩資是分文無有的：桑菲夫人把家產捐給本城作爲發展商業之用了。

這個少婦從沒對她的丈夫有過愛情：這是決非良家女子所能談到的問題而應該當作罪惡一般迴避的。但她知道勃羅姆底善心底價值；她暗中感激他不顧她出身曖昧而娶她。並且她對於婦道抱着很高的情操。結褵七載，他們中間不曾有過絲毫風波。他們廝守在一處，彼此既不瞭解，也不關心：在世人眼中，正是模範夫婦底典型。他們難得出門。勃羅姆底主顧並不少；但他不能使妻子與他們來往。她不討人家歡喜；出身的汚點也沒完全拭去。在阿娜方面也不作絲毫努力去親近人家。她對於從小受到的輕蔑，使她的童年悒鬱無歡的鄙視，至今抱着怨恨。再則她在人前覺得很侷促，願意人家把她忘掉。她爲了丈夫底利益，不得不拜訪和接待一些無可避免的客人。而那般女客盡是些好奇的、愛說壞話的小布爾喬亞。她們飛短流長的議論，對阿娜全無興趣；她並不隱藏她淡漠的心懷。而這是不可原諒的。因此，賓客底訪問漸漸稀少。阿娜孤獨着。這正是她的願望什麼都不來驚動她所咀嚼的幻夢，什麼都不來擾亂她肉體底曖昧的騷動。

幾星期以來，阿娜似乎病着。她的臉龐瘦到深陷下去。她躲避着不和克利斯朵夫與勃羅姆見面。她整天關在房內；湮沒在她的思想裏；人家和她說話，她也不大回答。勃羅姆照例是不因女子底這些任性而着慌的。他還對克利斯朵夫解釋呢。好似一切生來爲受女人欺騙的男子一樣，他自命爲識得她們。的確，他相當認識她們：可是毫無用處。他知道她們往往有固執地沉入幻夢的時候，抱着敵意，一味的不開口；他想那時節應該聽她們去，不要去設法探求，尤其不要去追究她們在危險的潛意識領域裏所做的事情。雖是如此，他開始爲阿娜底健康擔憂了。他認爲她的形容憔悴是由於她的生活方式，由於永遠關在家裏，從不出城、也難得出門之故。他要她去散散步。他自己不大能陪她星期日，她忙着敬神禮拜底功課；平日，他忙着看診。至於克利斯朵夫，則避免和她同出。有過一二次，他們一同到城門口作短距離的散步：簡直煩悶欲死。說話是沒有的。自然界似乎引不起阿娜興味；她在其中一無所見；所有的田野於她不過是草木和石頭，她的冥頑不靈使人心冷。克利斯朵夫曾試着教她賞鑒一片美麗的景色。她望着，冷冷地微笑，勉強敷衍他說：

——呋！是的，這是神祕的。

她也會用着同樣的態度說：

——有很多的陽光。

克利斯朵夫憤然把手指抓着手掌。從此他不再問她什麼；當她出去時，他便借端留在家裏。

實在，說阿娜對於自然界漠然無動於衷是不確的。她不歡喜人家所謂的美麗的風景她分不出它和其餘的景色有何區別。但她愛着田野，不管哪一種，——愛着土地與空氣。只是她對於這種愛好，也並不比她對於別的強烈的情操更有知覺；而和她共同生活的人自然更難覺察。

由於一再的勸說，勃羅姆終竟使他的妻子答應到附近去遊玩一天。她是爲了煩惱，爲了免得人家糾纏不清而讓步的。大家決定把這次散步安排在一個星期日。到了最後一刹那，爲了散步歡喜若狂的醫生，却被一個急症羈留住了。只得由克利斯朵夫陪着阿娜出發。

美好的冬天，沒有下雪；空氣清冽寒冷，天色晴朗，大好的太陽，吹着一陣砭骨的北風。他們搭着通到小丘去的區間小火車；那些在本城周圍、遠遠裏形成一個大圓輪的藍色山巒原是很多，他們所去的不過是其中的一個罷了。他們的車廂擠滿了人；兩人分開坐着，不交一言。阿娜很陰沉：隔天，她使勃羅姆大爲詫怪的聲言她明天不去禮拜。這是她生平第一次缺席。是一種反抗麼？……誰又能說出她內心的戰鬥？她釘視着面前的長櫈，臉色蒼白……

他們下了火車。在散步底開頭，他們一直保持着敵意的冷淡。他們並肩走着；她踏着堅決的步子，對什麼都不加注意；她的手空着，兩條胳膊擺動着；她的鞋跟在冰凍的地上發響。——慢慢地，她的臉色活潑起來。走路底速度使她蒼白的面頰有了紅色。她半張着嘴呼吸空氣。在一條蜿蜒曲折地向上的小徑轉角上，她開始從斜剌裏直上山崗，像一頭牝羊似的；沿着一個石坑，她遇到要顚撲時用手抓着身旁的灌木。克利斯朵夫跟着她。她越爬越快，滑跌着，手抓着草重新爬起。克利斯朵夫喊她停止。她不回答，儘自傴僂着身子連奔帶爬的上去。他們穿過像銀色絞綃般飄浮在山谷上空的濃霧——遇着樹木的地方裂開着一條隙縫——到了高處的陽光裏。她到了頂上纔回過身來，臉色開朗，張着嘴喘氣。她用着嘲弄的神氣望着克利斯朵夫爬上來，脫下她的大衣擲在他臉上，隨後，不待他喘氣又開始奔跑。克利斯朵夫追逐着。他們動了游戲底興緻；空氣使他們陶醉。她望着一個陡峭的山坡奔去;石子在她腳下亂滾;她並不顛撲,滑着,跳着,像一支箭一般飛去。不時她回顧一下,估量她跑在克利斯朵夫前面有多遠。他迫近了。她鑽入一座樹林。枯葉在腳下簌簌作響;她撲撥開去的樹枝拂觸着她的臉。她跌在一個樹根上,被克利斯朵夫抓住了。她掙扎着,拳打足踢的抗拒着,結實地給了他幾下,想法要摔他下地;她叫着笑着。她靠在他身上,胸部起伏不已;兩人底臉頰微微相觸;他沾到阿娜額上的汗珠,呼吸到她潮濕的頭髮味。用勁一推,她把他掙脫了,望着他,毫無愠亂的,用着那雙向他挑戰的眼睛。他對她日常生活中從不使用的這股潛在的力量出驚。

他們向鄰近的村莊走去,高高興興的踏着富有彈性的枯草。前面,一羣在田野中覓食的烏鴉飛着。太陽灼着你的皮膚,朔風刺着你的皮膚。克利斯朵夫攙着阿娜底胳膊。她穿着一件不很厚的衣服;他感到布帛下面藏着一個柔軟而蒸發着熱氣的身體。他要她穿上大衣;她不肯,並且爲表示勇敢起計,把領扣也鬆了。他們到一家以『野人』爲商標的鄉村客店去用餐。門前種着一株小柏樹。飯廳上裝飾着德文底四節詩和兩幅印版畫,一幅帶感傷意味的,叫做春,一幅帶愛國意味的,叫做聖、雅各之戰,另外還有一個十字架,下端有一個骷髏。阿娜狼吞虎嚥,那種胃口是克利斯朵夫從未見過的。他們高興地喝了一小瓶白酒。飯後，他們重新望田野中出發，好似兩個好夥伴般。毫無困惑的念頭。他們只想着走路底樂趣，想着他們歡欣鼓舞的熱血和刺激他們的空氣。阿娜舌頭鬆動了，不再存猜忌之心，隨便說着她腦子裏想到的事情。

她講着她的童年：她的祖母領她到一個住在大教堂附近的老太太家；兩個老人在談天的時候把她打發到映射着大寺陰影的大花園中去。她坐在一隅，不再動彈；聽着樹葉呻吟，窺探蟲蟻動靜；又快活又害怕。——她不說出她對魔鬼的恐懼：那是在她想像中盤旋不去的念頭；人家和她說，魔鬼們在教堂門前徘徊着不敢進去；她以爲在動物身上看到了它們：蜘蛛，蜥蜴，螞蟻，所有那些在樹葉下，在地面上，或在牆壁隙縫間蠢動的醜惡的小東西，髣髴全是妖魔化身。——隨後，她談到當年的屋子，她的沒有陽光的臥室，津津有味地回想着；在那裏她會整夜不睡，編造故事……

——什麼故事呢？

——一些瘋狂的故事。

——講給我聽。

她搖搖頭，表示說不。

——爲什麼？

她紅着臉，隨後又笑着，補充道：

——還有白天，在我工作的辰光。

她想了一下，重復笑了，下她的斷語道：

——這是些瘋狂的事情，不好的事情。

他取笑着和她說：

——那您不害怕麼？

——害怕什麼？

——被上帝懲罰？

她突然臉色冰冷。

——不該講到這個，她說。

他岔開話題。他佩服她剛纔掙扎抗拒時所表現的力氣。提到這，她又恢復了信賴的表情，講述她小姑娘——（她是說男孩子，因爲她幼時很想參加男孩們底游戲與爭鬥）——時代的英勇。有一次她和一個比她高一個頭的小伙伴在一起時，她突然擊他一拳，希望他還手。他却一邊嚷着她打他，一邊逃了。另外有一次，她爬上一頭在旁走過的黑母牛背；受驚的牲畜把她摔在地下，擂在樹上：阿娜險些送命。她也曾經從第一層樓底窗口跳下地；因爲她自己也不信敢這樣做；結果她除了擦傷一處之外竟不曾跌死。她獨自在家的時候，便發明種種古怪而危險的運動，使她的身體受着各式各類奇特的試練。

——誰想得到您是這樣的呢，他說，當人家看見您如此嚴肅的時候？……

——呋！她說，要是人家看見我有些日子獨自在房裏的模樣！

——怎麼，現在還是？

她笑了。她問他——她又從這個問題跳到另一個問題——打獵不打。他回答說不。她說她有一次對一頭黑烏放了一鎗，居然打中。他聽了很憤慨。

——嘿！她說，這又有什麽關係？

——您難道沒有心肝麽？

——我不知道。

——您不想禽獸是和我們一樣的生物麽？

——想的，她說。正是，我要問您：您是否相信禽獸也有一顆靈魂？

——是的，我相信。

——牧師說不是的。而我，我想牠們是有一顆的。第一，她非常嚴肅地補充着說，我相信我前生是禽獸。

他笑了。

——沒有什麽好笑，她說（但她也笑了。）這是我小時候自己編造的故事之一。我曾想像我是貓，狗，鳥，小馬，牝牛。我感到自己有牠們的欲望。我很想有一小時生着牠們的毛或牠們的翅翼；似乎我曾經有過這樣的情形。您不懂得這個麽？

——您是一頭古怪的畜牲。但若您覺得和禽獸有着親戚之誼，您又怎能苛待牠們？

——一個人總要損害別人。有些人損害我，我損害別一些人。這是世界底法則。我不爲自己抱怨。在人生中是不該那樣柔和的！我教自己很受了些苦，爲了樂趣！

——對您自己？

——對我自己。瞧罷。有一天，我用錘子把一只釘敲在這隻手裏。

——爲什麼？

——一些不爲什麼。

（她不說她曾想把自己釘上十字架。）

——把您的手給我，她說。

——幹什麼？

——給我就是。

他把手伸給她。她握着它，緊緊捣着，使他叫起來。他們像兩個鄉下人般比賽着誰使誰更痛。他們很快活，心裏全無隱祕的作用。世界上其餘的一切，他們生命底鎖鍊，過去底悲哀，未來底憂懼，在他們身上積聚的暴雨，一切都消滅了。

他們走了十幾里路，一些不覺疲倦。突然她停止脚步，倒在地下，躺在枯草上一聲不響仰天睡着，把胳膊枕在腦後，她眼望着天。何等的寧靜！何等的平和！……幾步路以外，一道隱蔽的泉水斷斷續續地湧躍着，好似一條脈管底跳動；時而柔弱，時而劇烈。天際黝黑。紫色的地上長着光禿與黑色的樹木，一層水汽在上面浮動。冬季末期的太陽，淡黃的年青的太陽，朦朧入睡了。飛鳥像明晃晃的箭一般破空而過。鄉間可愛的鐘聲，遙遙的相呼相應，一村復一村地……克利斯朵夫坐在阿娜身旁端相她。她並不想到他。她美麗的嘴巴靜靜地笑着。他想道：

——這眞正是您麼？我認不得您了。——我自己也是的，我自己也是的。我相信我是另一個女人了。我不再害怕了；我不再害怕他、了。啊！他、使我多窒息，他、使我多痛苦！我髣髴釘在我的靈柩裏……如今我呼吸了；這個肉體，這顆心，是我的了。我的身體。我的自由的身體。我的自由的心。我的力，我的美，我的歡樂！而我不認識它們，我不認識自己：您想把我怎樣呢？……」

他這樣地以爲聽見她輕輕地嘆着氣。但她甚麽都沒有想，唯一的念頭是她很幸福，一切都很好。

黃昏已經來了。在灰灰的淡紫的霧幕之下，倦於生活的太陽從四點鐘起就消滅。克利斯朶夫站起來走近阿娜。他俯在她身上。她移轉目光注視他，眼睛還因爲對天眺望而昏眩。過了幾秒鐘，她方纔認出他來。於是她浮着一副謎樣的笑容對他凝視，把她眼裏的惶惑感染給他。克利斯朶夫爲避免起計閉了一會眼睛。當他重新睜開時，她始終望着他；他覺得他們如此的互相矚視髣髴已有多少天。他們彼此窺透了心靈。但他們不願知道看到些什麽。

他伸手給她。她一言不發的握着。他們重新回向村子走去，遠遠裏可以望見山坳間藏着頂上作尖圓形的鐘樓；其中的一座，在它滿生苔蘚的頂瓦上，好似戴着一頂小圓帽般，有一個空的鴿巢。在兩條路交叉口上，快要進村的地方，有一座噴水池，上面放着一座木雕的聖女瑪特蘭納像，嫵媚的，微微有些矯飾的，伸着手臂立着。阿娜無意中模仿着雕像伸手底姿勢，爬上石欄，把些冬青樹枝、和不會給鳥啄完與不會給冰凍壞的子實殷紅的清涼茶，放在女神手裏。

他們在路上遇到一羣羣穿着星期日裝的鄉下人和鄉下女人。皮膚褐色、面頰紅潤的女人，梳着巨大的殼形髮髻，穿着淡色衣衫，戴着插有鮮花的帽子，雪白的手套，鮮紅的袖口。她們尖着喉嚨，用平板的、不甚準確的聲音唱些老實的歌曲。一個牛棚裏，一頭母牛曼聲叫着。一個患百日咳的兒童在一所屋子裏咳嗽。稍稍遠一些，有人嗚嗚地吹着一支笛和一支喞筒號角。村子底廣場上，在酒店與公墓之間，有人在跳舞。四個樂師騎在一張桌上奏樂。阿娜和克利斯朵夫坐在客店門前瞧着那些舞伴。他們彼此衝撞，大聲咒罵。姑娘們爲了好玩而叫嚷。喝酒的人們用拳頭擊桌打拍子。在別一個時間，這種粗俗的作樂定會教阿娜憎厭，這一晚她却感到樂趣；她除去帽子，眉飛色舞的瞧着。克利斯朵夫笑着音樂與樂師們底滑稽的、儼然的模樣。他袋裏掏出一支鉛筆，在客店賬單反面開始劃起音符來：他寫着舞曲。一張紙不久寫滿了；他又問人家要了一張，也像第一頁那樣塗滿了他急促而笨拙的字跡，阿娜，臉頰挨近着他的臉頰，從他肩上讀着，低聲哼着；她想法猜測句子底結尾，猜着了或是她的猜測被出其不意的變化完全改了樣時，她不禁拍手歡笑。寫完之後，克利斯朵夫拿去遞給那些樂師。這是一般技巧純熟的蘇阿勃人（德國一山區名，近瑞士）：他們毫無困難地奏起來。曲調有一種感傷的與滑稽的意味，配着急激的節奏，髣髴由一陣陣的哄笑組成的標點。沒有法子抵拒這種強烈的滑稽：大家的腿不由自主地動起來。阿娜投入圈子裏，隨便抓着兩隻手，像瘋子般旋轉着；一支貝殼別針從她頭髮上跳下；一捲捲的頭髮散開了掛在臉頰上。克利斯朵夫一直望着她，賞識着這頭美麗壯健的動物，迄今為止是被冷酷的紀律壓迫成靜默而呆滯的；她在他面前的這副模樣，任何人不會見過，髣髴她戴了一副借來的面具：一個被力、迷醉了的酒神。她呼喚他。他跑上去握着她的手腕。他們舞着轉着，一直擋到牆上。那時他們纔頭昏目眩的停下。天色已經全黑。他們休息了一會，和大家告別。阿娜，平時由於傴促或由於輕蔑而對平民很矜持的人，此次卻和藹地伸手給樂師，給店主，給和她跳舞的村裏的少年。

他們倆又單獨了，在明亮而寒冷的天色下面，重新穿過田野，走着早上所走的路。阿娜還很興奮。慢慢地，她說話減少，後來，因為疲倦或因為黑夜底神秘的情緒佔據了她的心，完全住口了。她覩熱地靠在克利斯朵夫身上。走下她早晨連奔帶爬的那山坡時，她歎了一口氣。他們到了站上。將近第一座屋子時，他停下來望她。她也望着他，對他悵然微笑。

火車中的乘客和來時一樣多，他們不能交談。坐在她對面，他的目光把她渾身包裹着。她低垂着眼睛；擡了一下之後又旋轉到別處去，他再也不能使她的目光回過來。她望着車外的黑夜。茫然的微笑掛在口唇上，嘴角邊顯出疲倦的神氣。後來，笑容隱滅了。神情悵惘，無精打彩。他以爲她受着火車節奏底催眠，試和她談話。她只冷冷地回答一言半語，頭也不旋過來。他強使自己相信這種變化是從疲乏來的，但他明知眞正的原因是在別處。漸漸的迫近城市，阿娜底臉容漸漸的凝斂，生意熄滅了，這個美麗的又嫵媚又獷野的肉體重復還原爲石柱。從火車上走下，她並不接受他伸給她的手。她們沉默着回到了家裏。

幾天之後，在傍晚四點左右，他們倆單獨相對着。勃羅姆出去了。從隔天起，城市就給包圍在一層淡綠的霧裏。遠遠傳來河流奔騰的聲音。電車底閃光在霧汽中映射。天色黯澹，日光窒息；再也說不出是哪一種天氣：這是一切現實意識都為之消失的時間，在時間底洪流以外的一小時。在前幾天強勁的北風以後，潮濕的空氣突然變得溫和，煖烘烘的，鬱勃薰蒸的。天空載滿着雪，髣髴不勝重負的模樣。

他們倆坐在客廳內，周圍的陳設反映出女主人冷淡枯索的趣味。兩個人都不則一聲。他看着書。她縫着東西。他起身走向窗口，把巨大的臉貼在玻璃上出神；一片蒼白的光，從陰沉的天空反射到土鉛色的地上，使他感到一陣迷惘；他的思想有些不安；他想把它固定下來，只是抓握不住。一陣悲愴的苦悶包圍着他：他覺得自己消滅了；但在他生命底空隙裏，在累積的廢墟底裏，一股灼熱的風慢慢地迴旋飛捲。他背對着阿娜。她正專心工作，不看見他；但一陣寒噤穿過她全身，好幾次把針刺着自己的手指而不覺得痛。他們倆都對着危險底將臨感到心神搖蕩。

他竭力驅散自己的迷惘，在房內走了幾步。鋼琴引起他注意，使他害怕。他不敢對它望。但在旁邊過時，他的手抵抗不了誘惑；它捺了一個鍵子。琴聲髣髴人聲般顫動。阿娜戰慄之下，把活計掉下地去。克利斯朵夫已經坐着彈琴了。他暗暗覺得阿娜起身走來，立在他旁邊。在他尚未知道自己所彈的東西的辰光，他已開始奏着她第一次對他顯示心靈的那闋莊嚴熱烈的歌；他依着其中的主調臨時奏出各種激昂的變化。她不待他開口就開始歌唱。他們忘記了周圍的一切。音樂底神聖的熱狂，把他們帶到暖室中去了……

唉！音樂，開放靈魂底深淵的音樂！你破壞了精神日常的均衡。在平常生活裏，平常的靈魂是重門深鎖的密室。無處使用的精力，不能使用的德性與癖習，都在裏面枯萎；實際的、明哲的理性，懦怯的常識，握着這密室底鎖鑰。它們只給你看到整理清楚的幾格。但音樂執有能使鎖鑰脫落的魔術棒。所有的門都打開了。心中的妖魔顯現了。靈魂赤裸了……——只要女神在歌唱，降妖的法師就能監視野獸。一個大音樂家底強有力的理性，催眠着他所解放的情欲。但當音樂靜止，降妖的法師不在的辰光，他所驚醒的情欲就要在囚籠中怒吼，尋找它們的食物……

曲調完了；一片靜默……她歌唱時把一隻手放在克利斯朵夫肩上。他們再不敢動彈；兩人抖戰着……忽然——電光似的一閃——她俯下身子，他仰起頭來；他們的嘴巴相接了；她的呼吸進到他的嘴裏……

她把他推開，急急逃走。他留在陰暗中不動。勃羅姆回家了。大家開始用餐。克利斯朶夫不能再用思想。阿娜好似心不在焉，眼望着『別處。』晚飯以後，她立卽回到臥室。克利斯朶夫不能和勃羅姆單獨相對，也告退了。

到了半夜，已經睡覺的醫生被請去出診。克利斯朶夫聽着他下樓出門。外面已經下了六小時的雪。屋子與街道完全掩蓋了。空中好似裝滿着棉絮。外邊旣無人聲，亦無車聲，城市像死的一般。克利斯朶夫睡不着。他感到一種恐怖，一分鐘一分鐘地增加。他不能動彈：仰天釘在牀上，張着眼睛。從白色的地上與屋頂上映射出來的銀光，在壁上浮動……一種細微莫辨的聲響使他駭然發抖。衹要他興奮過度的耳朶纔能聽出。甬道裏地板上一陣輕微的拂觸。克利斯朶夫在牀上坐起。輕微的聲音漸漸近來，停止了；一塊地板格格的響了一下。有人在門外等着……完全靜止了幾秒鐘，或許是幾分鐘……克利斯朶夫不能呼吸，渾身浸在汗裏。外邊大塊的雪花撲在窗上，好似鳥兒底翅翼。

一隻手在門上摸索，推開了。門口出現一個白影，慢慢地前進；在離牀數步的地方停了一會。克利斯朵夫甚麼都分辨不出；但他聽見她的呼吸，聽見他自己的心跳……她走近牀去。又停了一下。他們的臉龐如是貼近，以致他們的氣息都融和合一。他們的目光在暗中互相探索……她倒在他身上。他們在靜默中緊緊摟抱，瘋狂地，沒有一句說話……

一小時，兩小時，一百年之後。屋子底大門開了。阿娜從摟抱中掙扎出來，一溜下牀，離開了克利斯朵夫，像來時一樣的默無一言。他聽着她赤裸的脚走遠，輕快地拂觸着地板。她回到房裏，勃羅姆看見她睡着，似乎睡熟着。她就這樣整夜的張着眼睛，不吐一口氣，不動一動身子，躺在狹窄的牀上，在熟睡的勃羅姆身旁。她這樣地已經過了多少夜！

克利斯朵夫也不能入睡。他絕望着，這個人對於愛情，尤其對於婚姻是抱着悲劇式的嚴肅態度的。他恨那些作家底輕薄，把他們的藝術來誨淫。姦淫是他深惡痛絕的，這是他平民式的獷野和崇高的道德混合而成的情操。他對屬於另一男子的女人感到虔誠的敬意，也感到生理的憎厭。歐洲某些上層階級底雜交使他中心作惡。爲丈夫默認的姦淫是一種醜行；瞞着丈夫的姦淫是無恥的說謊，有似一個淫蕩的僕人偸偸地欺騙主子、汚辱主子。曾經有過多少次，他毫無憐惜的輕蔑犯着這種卑怯罪行的人！他曾經和這一類自羞自辱的朋友絕交……而他現在竟用同樣的羞恥來汚辱自己！他的情形尤其使他的罪行顯得醜惡。他以憂患病弱之身投奔到這裏來。一個朋友把他收留了，救濟了，安慰了。他的善心從沒有過疵點。甚麼都不曾使他有過厭倦的臉色。他如今還能活着，也是靠此朋友之力。而他爲報答起計，竟竊盜他的名譽和幸福，他的微薄的家庭幸福！他卑鄙地欺騙了朋友，而且是和誰？和一個他不認識的、不瞭解的、不愛的女人……他不愛她麼？他所有的血都反抗起來。他一想到她時胸中所燃燒的如火如荼的急流，愛情這個太弱的名詞實在不足以形容。這不是愛情，而是千百倍於愛情……他在暴風雨中過了一夜。他起來，把臉浸在冰冷的水裏，窒息着，打着寒噤。精神底狂亂變成了渾身發燒。

當他困頓不堪的起來時，他想她一定比他更加感到羞愧底苦惱。他走到窗前。太陽照在眩目的白雪上。阿娜在園中晾衣服，專心於工作，似乎全沒騷亂底困擾。她步武舉動之間有一番他從未見過的莊嚴氣概，使他不知不覺的想到一座雕像底動作。

午餐的時候，他們相遇了。勃羅姆整天不在家。克利斯朵夫一想到和他見面的念頭就受不住。他要和阿娜說話。但他們不是單獨的：女僕來來往往；他們不得不善自檢點。克利斯朵夫徒然想尋找阿娜底目光。她總是不對他望。絲毫沒有惶惑底影子，而在她最微小的動作裏都有這種平時不習見的信賴與高貴底神氣。飯後，他希望他們能夠談話了；但女僕收拾着東西逗留不去；而當他們走到隔室去時，女僕又設法跟蹤他們；她老是有些東西要拿來或拿去；她在走廊裏，在阿娜並不急於關上的半開的門口徘徊：竟可說在刺探他們。阿娜拿着永不離身的活計坐在窗下。克利斯朵夫背光埋在一隻安樂椅裏，拿着一本打開而並不閱讀的書。可以從側面窺見他的阿娜，一瞥之下就見到他痛苦的臉望着牆壁，便殘酷地微笑。屋頂上，園中的樹上，溶雪滴滴答答墮在砂上發出清越的聲音。遠遠裏，街上的孩子們玩着雪球，縱聲笑着。阿娜似乎朦朧入睡一般。沉默使克利斯朵夫感到極大的苦悶，幾乎難受到要叫起來。

終於，女僕走到下一層去，出門了。克利斯朵夫站起來，對着阿娜，正想要說：

——阿娜！阿娜！我們做了些什麼啊？

阿娜却望着他，固執地低垂的眼睛剛剛睜了開來，對克利斯朵夫射出一道噬人的火焰。克利斯朵夫眼中受到這個刺激，支持不住了；他所要說的話一下子給取消了。他們彼此迎着走近，重新摟抱。

黃昏底陰影蔓延着。他們的血還在奔騰。她躺在牀上，脫去了衣服，伸直着胳膊，也不擡一擡手掩蓋她的身子。她把臉埋在枕上，呻吟着。她擡起身來，捧着他的腦袋，用手撫摩着他的眼睛和嘴巴；她挨近他的臉，深深地注視克利斯朵夫。她的眼睛像湖一般深沉，對着別人底痛苦淡漠地笑着。意識消失了。他緘默了。寒噤如波浪般流過他們全身……

這一夜，克利斯朵夫獨自回到房裏，想到自殺。

下一天他一起牀就找阿娜。如今是他的眼睛迴避着別一個底眼睛了。只要他一遇到她的目光，他所要說的話立刻從他的思想裏逃掉。可是他勉強掙扎着，開始講到他們的行爲底卑鄙。她一聽懂他的意思就猛然把手掩住他的嘴。她掙脫了他，緊蹙着雙眉，咬着口唇，顯出獰惡的神氣。他繼續講着。她便把手中的活計摔在地下，開着門預備出去了。他上前握她的手，把門重新關上，悲哀地說她能忘記所犯的過失眞是幸福。她憤然掙扎着，怒氣沖沖的說道：

——住嘴！……懦怯的東西！難道你不看見我痛苦麼？……我不願意講。放手！

她的臉凹陷下去，目光含着恨意與懼意，好似一頭受傷的畜牲；要是能够的話，她的眼睛定會把他殺死。——他鬆了手。她跑去躲在房間底一隅。他不想去追逐，心中又悲苦又駭怖。勃羅姆回來了。他們愚蠢地望着他。在他們的痛苦之外，甚麼都不存在。

克利斯朵夫出去了。勃羅姆和阿娜開始用餐。飯喫到一半，勃羅姆突然起來打開窗子：阿娜暈去了。

克利斯朵夫借端旅行，出門了半個月。阿娜除了喫飯以外，整星期的關在房裏。她又恢復了她的意識，她的習慣，一切她自以爲已經擺脫掉、而實在永遠擺脫不掉的過去的生活。她白白地裝做不見。煩慮每天都有進步，每天都在她心裏走得遠一些，終於在其中久居不去了。下星期日，她拒絕去做禮拜。但再下一個星期日，她又去了，從此不再間斷。她並不是順從，而是戰敗。上帝是仇敵，——是她擺脫不掉的一個仇敵。她向着他走去，懷着一腔不得不服從的奴隸底憤怒。在禮拜底時間，她臉上只顯出一種含有敵意的冷淡；但在心靈深處，她全部的宗教生活是一場對主子的殘酷的戰鬥，主子底責備是她最大的酷刑。她只做不聽見，但非聽見不可；她和上帝劇烈爭論，咬緊牙關，額上隆起一道固執的縐痕，露着一副猙獰的目光。她恨恨地想起克利斯朵夫。她不能原諒他把她從心靈牢獄中放出了一刹那而又讓她重新墮入，受着劊子手們磨難。她不復能安睡，她不論白天黑夜都想着那些磨折人的念頭；她並不抱怨；她頑強地向前，繼續指揮家中的一切，做她所有的功課，在日常生活中始終保持她倔強固執的性格，像機械般有規則地處理她的事務。她日漸消瘦，似乎受着內心的疾病磨蝕。勃羅姆懷着不安而親切的心情探問她，想爲她聽診。她却忿怒地把他推開。她愈是對他心懷歉疚，愈是對他殘酷。

克利斯朵夫想決意不回來了。他用疲勞來磨折自己：走着長路，作着勞苦的運動，划船，走路，爬山。甚麼都熄滅不了他的火。

他被熱情降伏了。熱情對於天才是天性中的一種需要。即是那些最貞潔的，如貝多芬、勃羅格耐之流，也需要不斷地愛着；人類所有的力量都在他們身上激發起來；而因爲力量在他們身上受着幻想吸引，他們的頭腦便受着永久的情欲驅使。往往這是一些暫時的火焰；一個毀滅一個；一切的火焰都埋沒在創造精神底瀰天大火裏。但當洪爐底熱度不再充塞靈魂的時候，沒有保護的靈魂就要落在它不能或缺的熱情掌握中；它要求熱情，創造熱情；應當由熱情來吞噬靈魂……——並且，在盤植着肉體的暴烈的欲望以外，還有溫情底需要，驅使一個被人生傷害而失望的男人投向一個予人安慰的女子懷中。一個偉大的人物比別人更近於兒童；他比別人更需要把自己付託給一個女子，把他的額角安放在溫柔的手掌裏，放在兩膝之間的衣服褶凹裏……

但克利斯朵夫不懂得……他不信熱情底定數，——這浪漫派的蠢話！他相信奮鬥底義務與效能，相信他意志底力量……他的意志！在哪兒呢？杳無影蹤。他是戰敗了。往事底螫刺日夜磨苦他。

阿娜底肉體底氣味，使他的口鼻發熱。他有如一條沉重的破舟，沒有了舵，隨風漂蕩。他白白地費盡心力想逃避：總是回到老地方；他對着風喊道：

——把我吹破了罷！你還要把我怎樣呢？

爲何，爲何要有這個女人？爲何他愛她？爲了她心腸與精神底優越麼？比她聰明而仁慈的正多着呢。爲了她的肉體麼？他曾經有過別的情婦，爲他的感官更愛好的。那末？他重視的是什麼？——『一個人因爲愛而愛。』——是的，但也有一個理由，即使是超過普通的理由！瘋狂麼？這等於不說。爲何要有這場瘋狂？

因爲有一顆隱祕的靈魂，有一些盲目的力量，有被每個男子關閉在心中的妖魔。自有人類以來，一切人類的努力，都在於對這個內心的海洋用理智與宗教來築起一條堤岸。但當暴風雨降臨的時光（而最豐富的靈魂又最富於暴風雨傾向，）堤岸就潰決，妖魔解放了，和那些被同類的妖魔掀動起來的別的靈魂衝突擊觸……它們彼此相撲，緊緊的搵住。是恨？是愛？是互相毀滅底熱狂？……——熱情，是俘虜底靈魂。

海洋溢出了堤岸。誰將使它歸回大海呢？那一定要求助於一個比他更強的人。求助於海神，潮汐底主宰。

在十五天的努力逃避而終歸無效之後，克利斯朵夫回到阿娜家裏。他再不能離開她過活。他要窒息。

可是他繼續奮鬥。回來那晚，他們借着某些理由避不見面，不在一桌用飯；夜裏，各自鎖在房內，惴惴不安。——但這是比什麼都強。半夜裏她赤着脚跑來敲他的門；他開了；她爬到他牀上，偎依着他，渾身冰冷。她悄悄地哭了。克利斯朵夫在她面頰上感覺到這些淚水。她力自鎮靜；但痛苦把她激動着，嘴唇伏在克利斯朵夫頸上，嚎啕大哭。他被這種痛苦駭住了，以致忘記了自己的痛苦；他想法用溫柔的言語撫慰她。她呻吟着說：

——我苦惱，我願意死掉……

她的哀號直刺他的心。他想擁抱她，却被她推開：

——我恨您！您爲何到這裏來？

她從他臂抱中掙扎出來，轉身睡到牀底那一邊去。牀是很窄的。他們雖竭力避免，還是要相觸。阿娜背對着克利斯朵夫，在忿怒與痛苦中發抖。她恨得他要死。克利斯朵夫狼狽不堪，緘默着。在靜寂中，阿娜聽見他強自壓抑的呼吸，便突然旋轉身來，兩臂摟着他的頸項，說道：

——可憐的克利斯朵夫！我使你受苦……

這是他第一遭聽見她這種憐憫的聲音。

——原諒我罷，她說。

他答道：

——原諒我們罷。

她透不過氣似地在牀上坐起，弓着背，頹喪地說：

——我完了……這是上帝底意志。它把我誣陷了……我怎能反抗它？

她這樣地坐了長久纔重新睡下，不再動彈。一陣微光報告黎明將至。半明半暗中，他看見她痛苦的臉偎依着他的臉。他喁喁地說：

——天明了。

她一動不動。

他說：

——由它罷。有什麼相干？

她睜開眼來下牀，帶着一副疲乏欲死的表情。她坐在牀沿上望着地板，用着悽惻的聲音說道：

——我想今晚上殺死他。

他驚跳一下。

——阿娜！他說：

她沉着臉，釘視着窗子。

——阿娜，他又道。憑着上帝底名字！……不應該是他！……他是最好的人！……

她跟着說：

——不應該是他。不錯。

他們彼此望着。

這是他們久已知道的事。他們知道哪一條是唯一的出路。在說謊中過活是他們受不了的。而他們從沒想到共同逃亡底可能性。他們明白這是什麼都解決不了：因爲最難受的痛苦，並非在於分隔他們的外界的阻礙，而是在於他們內心，在於他們不同的靈魂。他們既不能共同生活，也不能分離着生活。毫無辦法。

從這時起，他們不復互相接觸：死底陰影罩在他們頭上；他們倆在彼此眼裏都是神聖的了。

但他們避免決定期限，互相說着：

『明天，明天……』但他們都不敢正視這明天。克利斯朵夫強毅的靈魂常有間歇的反抗；他不肯承認失敗；他瞧不起自殺，不能退讓到把一場偉大的生命可憐地斬斷。至於阿娜，既然以她的信仰而論，這一種死將要引她到永不起生的永久的死，（按基督教規，凡自殺之人不得入天堂）那她又何嘗不是勉強接受這個主意的？但死底需要追逼他們，把他們包圍得越來越緊。

這天早上，他自從欺騙了朋友之後第一次單獨遇到勃羅姆。迄今爲止他都避免着。這種相遇簡直使他不能忍受。他得找到一個藉口來不和勃羅姆握手，不在桌上和他並肩用餐：食物梗在喉頭嚥不下去。握他的手，喫他的麪包，眞是猶大（出賣耶穌的門徒。）式的親吻！……最可怕的還不是他對自己的輕蔑，而是想到勃羅姆一朝得悉之下的悲愴與痛苦……這個念頭眞是他的酷刑。他太明白勃羅姆是永不會報仇的，甚至也未必有力量恨他；但將何等的絕望！……他將用怎樣的目光看待他！克利斯朵夫覺得受不了他的批判。——而勃羅姆又遲早會覺察。現在他不是已有所猜疑了麼？相別十五天後，克利斯朵夫對於他的改變大爲注意：勃羅姆不復是從前的模樣。他的快樂不見了，或是有些勉強的成分。飯桌上，他常常偸覷阿娜，看着她不說話，不喫東西，像一盞燈似的煎熬。他用着膽怯而動人的慇懃，試着照料她；她却嚴厲地加以擯拒；於是他鼻子埋在菜盤裏不則一聲。喫到半中間，感到窒息的阿娜把飯巾丟在桌上，出去了。兩個男人沉默着用完他們的飯，或者假裝用完；他們不敢擡頭。等到完畢以後、克利斯朵夫正想離開時，勃羅姆突然兩手抓着他的胳膊。

——克利斯朵夫！……他說。

克利斯朵夫惶惑地望着他。

——克利斯朵夫，勃羅姆又道，——（他的聲音顫抖着，）——你知道她有些什麼事麼？

克利斯朵夫心如刀割；他做了一個手勢，不回答。勃羅姆怯生生地望着他，很快地道歉說：

——你常常看見她的，她信任你……

克利斯朵夫幾乎要親吻勃羅姆底手，求他原諒。勃羅姆看到克利斯朵夫慌亂的臉色，驚駭之下，立刻不願再看；他用着哀求的目光，急匆匆的囁嚅道：

——不，是不是？你一些都不知道？

克利斯朵夫頹然答道：

——不，一些都不知道。

吠！爲了不敢使這個受人欺侮的男子傷心起計而不能自首，眞是多痛苦！不能說出眞相底痛苦！在這向你發問的人眼裏，明明表示他不願意、不願意知道眞相！……

——好，好，謝謝，我謝謝你……勃羅姆說。

他這樣地站着，雙手抓着克利斯朵夫底衣袖，髣髴還想問什麼而不敢問似的，躲避着他的目光。

隨後，他放了手，嘆一口氣，走了。

克利斯朵夫又被新的謊言壓倒了。他跑去找阿娜，慌慌張張的把剛纔的情形告訴她。阿娜無精打彩地聽着，說道：

——那末，讓他知道就是！有什麼關係？

——你怎麼能這樣講？克利斯朵夫叫道。不論用什麼代價，不論用什麼代價，我不願使他受苦！

阿娜興奮起來。

——而當他痛苦的時候；難道我不痛苦麼，我？他也得痛苦！

他們互相說了些尖刻的話。他埋怨她只愛她自己。她責備他關切她的丈夫甚於關切她。但一忽兒後，當他說出不能再這樣活下去，他將把一切都去告訴勃羅姆時，又輪到她來當他自私，嚷着說她並不在乎克利斯朵夫底良心安否，可決不能讓勃羅姆知道。

她雖則出言殘忍，心裏却和克利斯朵夫同樣想着勃羅姆。儘管對丈夫沒有眞正的情愛，她仍是很關切他。她對於他們所建立的社交與責任，抱着虔誠的尊重之意。她也許不曾想到妻子應該溫柔，應該愛她的丈夫；但她想自己必須週到地照顧家務，對丈夫忠實。她覺得不曾盡這些責任是可恥的。

她也比克利斯朵夫更知道勃羅姆不久會全盤明白。她的瞞住克利斯朵夫也有相當理由，或是因爲她不願增加克利斯朵夫底惶惑，或是更準確地因爲她要保持高傲。

不論勃羅姆底家怎樣的與世隔絕，不論布爾喬亞的悲劇怎樣的幽祕，總有一些風聲透到外面去。

在這個城裏，沒有一個人能隱藏他的生活。眞是奇怪，街上沒有一個人對你望；門窗緊閉着。但窗口掛着些鏡子；你走過時，可以聽見百葉窗半開而立即關上的聲音。沒有人關切你；似乎人家不知道你；但你發見你每一句說話、每一個舉動都不會逃過人家底耳目；人家知道你所做的、所說的、所見的、所喫的，甚至還知道、他們自以爲知道你所思想的。一種祕密的、普遍的監視包圍着你。僕役，送貨員，親戚，朋友，閒人，不相識的路人，大家一致默契的合作着，參與這種本能的刺探，其中零星的瑣事，不知怎樣會集中起來。人們不但觀察你的行爲，且還窺探你的內心。在這個城裏，沒有人有權利保持他良心底祕密；而且每人有權搜索你隱祕的思想，倘使這思想使輿論覺得難堪的話，人們還有權和你算賬。集體靈魂底無形的專制，壓在個人身上；個人是一個終身受人監護的孩子；他所有的東西沒有一件屬於他而是屬於全城的。

只消阿娜接連兩個星期日不在教堂露面，就可引起猜疑。平時，髣髴沒有一人注意她的參與禮拜；她過着孤獨的生活，可說人們忘記了她的存在。——但在第一個星期日晚上，她的缺席就被衆人注意，留在記憶中。下一個星期日，那些虔誠的目光注視着福音書底聖句或牧師底口唇，似乎沒有一人不是聚精會神、心不旁騖的；可是沒有一個不在進門時就留意、出門時再複按一次阿娜底位置空着。次日，阿娜家中來了一批幾個月不曾見面的客人；她們借着各種不同的藉口而來，有些怕她病了，有些對她的事情、對她的丈夫、對她的家發生了新的興趣；有幾個對於她家裏發生的事故特別顯得消息靈通；可沒有一個提及——（由於一種笨拙的巧妙）——她兩星期不去做禮拜的事。阿娜推說不舒服，講着她的家務。客人們留神聽着，表示首肯；阿娜知道她們實在是完全不信。她們的目光在她四周亂轉，在室內搜尋，注意，記錄在心頭。她們始終保持冷淡的、親切的態度，並不露出多言與矯飾的口氣，但她們眼裏顯然有一股強烈的好奇心。有兩三次她們用一種故意裝做無心的神氣探問克拉夫脫先生底近況。

過了幾天，——（這是當克利斯朶夫不在家的時候，）——牧師也親自來了。那是一個漂亮的好人，強壯康健，非常慇懃，因爲自信握有眞理、握有一切的眞理而特別顯得鎭靜寧謐。他親切探問阿娜健康，有禮地、心不在焉地聽着他並不要求的她的解釋，接受了一杯茶，愉快地談笑着，提起飲料問題時，他發表他的意見說，在聖經上已經提及的葡萄酒並非含有酒精的飲料，他背了幾段經典，講着一件故事，在動身時，他含含糊糊的用諷示的語氣說到損友底危險，說到某些散步，某些瀆神的思想，某些邪惡的欲念，以及跳舞底不道德等等。他髣髴並不針對阿娜而是對一般的情形說。他緘默了一會，咳了幾聲，站起來，請阿娜向勃羅姆先生致意，說了一句拉丁文底笑話，行了禮，走了。——阿娜被他的隱喻氣得心頭冰冷。這是不是一個隱喻呢？他怎麼知道克利斯朶夫和阿娜底散步？在那邊，他們沒有遇到一個熟人。但在這個城裏，不是一切都會有人知道麽？相貌奇特的音樂家和黑衣少婦在鄉村客店跳舞的事情被人注意了；他們的狀貌服飾，被人一一列舉了出來；既然一切都會流傳，這樁消息也就傳到了城裏，老是覺醒着的惡意立刻認出是阿娜。當然這還不過是一種猜測，但特別富有吸引力；另外，還加上阿娜底女僕所供給的情報。公衆的好奇心如今伺伏在一旁，等他們自行陷落，成千的不可見的眼睛窺探着他們。狡獪與沉默的城市追逐他們，好似一頭待機而動的貓。

倘使阿娜自己不是從這個與她爲敵的社會裏承受了僞善的精神，那末雖有種種這樣的危險，阿娜或許還不會退讓；這種卑鄙的敵意可能惹動她憤怒的反抗。但是教育把她的天性制服了。她徒然批判輿論底橫暴與荒謬：她還是尊重輿論；輿論底制裁，即使是對她而發的，她也會承認；如果這些裁判和她的良心衝突，她會派她的良心不是。她輕視城市，又受不了被全城輕視。

可是，到了一個使公衆的惡意得有發洩機會的時間。狂歡節近了。

在這個城裏的狂歡節，直到這件故事發生的時代——（以後是改變了）——還保存一種放蕩與獷野的古風。這個節目底起源，本有使屈服的——不論是自願的或非自願的——人類精神從理性覊軛中寬弛一下的作用，而在尊崇理性最甚的時代與地方，這種寬弛的情形也最顯得大膽。阿娜底城市便是這樣的一個鄉土。越是嚴格的道德拘束舉動，禁止說話，越是在幾天之內舉動變得大膽，說話變得放肆。所有在靈魂下層積聚着的東西：嫉妒，祕密的仇恨，淫蕩的好奇心，合羣禽獸固有的惡意，一下子都衝了出來，聲勢洶洶的，表示報復底歡喜。每個人可以謹愼地化裝着，到街上去把他所鄙視的人公然揭示；在廣場上對人宣布他所有在一年中忍耐地聽來的消息，暴露他點點滴滴地蒐集起來的醜聞祕史。有的拿來張貼在一輛車上。有的擎着高脚燈，字畫兼用的揭露城中的祕密故事。有的竟敢化裝着他的敵人，形容畢肖，使街上的野孩子們可以直指出本人底姓名。在此三日內還有誹謗的報紙出版。上流人士也狡獪地參預這匿名攻擊底游戲。地方當局絕對不加干涉，除了政治的隱喩以外，——因爲這種桀驁不羈的自由曾經好幾次在本地政府與外邦代表之間引起爭執。——但市民是毫無保障的；而這老是令人惴惴危懼的公然侮辱，在維持本城引以爲榮的風化底純潔——表面的純潔——這一點上確有不少功勞。

阿娜心中就懷着這種恐怖，——實在也並無切實的根據。她很少害怕底理由。在本城輿論界中，她所佔的位置是那麼微末，人家也不會想去攻擊她。但在她深自隱藏的孤獨裏，在幾星期的失眠所引起的極度疲憊與神經過敏底狀態中，她的想像可以接受最無理由的恐怖。她過分誇張那些不歡喜她的人底凶惡。她以爲種種的猜疑都緊跟着她；只消一件極小的事情就可把她斷送；而且誰敢對她擔保這種事情不是已經做下了呢？那將是可怕的侮辱，毫無憐恤的暴露，她的心將聽讓路人搜索：阿娜一想到這樣殘酷的恥辱就羞愧欲死。據人家說，幾年以前，一個受着這種酷刑的少女不得不舉家逃出本鄉……一個人又絕對無法，絕對無法自衛，絕對無法阻止，甚至也絕對無法知道將要臨到的事情。疑慮比着確定的事實更加可怕。阿娜如一頭陷於絕境的畜牲般睜眼四望。在她自己家裏，她知道已經被包圍。

阿娜底女僕年紀已經四十開外：她名叫巴比：高大，強壯，臉龐收縮得很狹小，太陽穴和前額底·

肉已經癟縮，下部很寬很長，牙床鼓起着，好似一只乾癟的梨；她永遠掛着笑容，眼睛尖利如螺旋深陷的，緊貼在裏面，眼皮紅紅的，睫毛簡直看不見。她老是露出一副做作的快活神氣：老是愛戴着主人們，順從他們的意見，用一種親切的關心注意他們的健康；人們命令她，她微笑，責備她，她也微笑。勃羅姆認爲她的忠誠經得起任何試驗。她的喜孜孜的神色和阿娜底冷淡正好成爲對照。但她在許多方面像女主人：像她一樣説話很少，穿裝嚴肅而整齊；像她一樣很虔誠，陪她去做禮拜，克盡厥職的做她的虔修功課，謹愼周密的盡她的僕役本分：清潔、準確、行爲、烹飪，一切都無可指摘。總而言之是一個模範僕人，也是一個日常仇敵底標本。阿娜憑着她女性本能，從不會誤解女人底思想，對她也不會作何幻想。她們互相輕視，都心裏明白而不表示出來。

克利斯朵夫回來那夜，在痛苦中煎熬的阿娜，雖然心裏早已決定不再看見他，仍舊偸偸地跑來，暗中摸索着牆壁；當她正要進克利斯朵夫臥房時，忽然感到脚下不復是光滑冰冷的地板，而是一層暖暖的、軟綿綿的灰。她俯下身子，用手一摸，懂得了；一層薄薄的細灰舖在甬道裏，佔着二三公尺的地方。巴比雖然不知道故典，却在無意中運用了那個古老的狡計，爲當年侏儒弗洛商用來試驗德利斯當和伊索爾脫幽會的（按係中世紀傳說。）榜樣雖少，却照樣能在好壞兩方面供給幾百年的應用。這是宇宙間明哲的經濟底證據！——阿娜毫不遲疑；她用着藐視一切的無畏的精神繼續向前，進入克利斯朵夫臥房，雖然心裏不安，對他却一字不提；但在回去時，她拿一柄火爐帚，仔細把灰上的足跡掃平了。——當阿娜和巴比在早上相遇時，一個冷冷的沉着臉，一個浮着她照例的微笑。

巴比不時有一個比她年紀稍長的親戚來看她；他在教堂裏當着守門底差使：人們在做禮拜時看見他在門口站崗，掛着一條黑邊銀墜子的白徽章，執着一根頭上彎曲的拐杖。論他的行業，是一個棺材匠，名叫薩米、維兹希。他長得又高又瘦，腦袋微微前俯，鬍子刮得精光，像鄉下老人般嚴肅。他很虔誠，比誰都更清楚關於教區裏所有的靈魂的傳說。巴比和薩米想結婚；他們互相佩服，佩服他們嚴肅的品性，堅固的信仰，和他們的凶惡。但他們並不急於決定，彼此謹愼地觀察着。——近來，薩米底訪問來得頻數了。他神不知鬼不覺的進來。阿娜每次走近廚房，總從玻璃門中瞧見薩米靠近爐灶坐着，巴比在幾步以外縫着東西。他們儘管說話，却聽不見一些聲音。人家只能看到巴比眉飛色舞地動着嘴唇；薩米嚴肅的大嘴，在笑的時候抿緊着露出一副怪相：喉嚨裏一些聲響沒有；

屋子靜悄悄的。當阿娜進入廚房時，薩米恭恭敬敬站起來，一言不發的直立到她出去。巴比一聽見開門聲，故意裝做打斷着一個無關緊要的話題似的，向阿娜露出一副謙恭過度的笑容，等待吩咐。阿娜以爲他們是在議論她；但她太瞧不起他們，所以不願委屈自己去竊聽。

阿娜破掉了用灰舖地底詭計之後的那一天，她到廚房裏第一眼瞧見的東西，是薩米手中握着阿娜在夜裏用來掃去足跡的那柄小帚。那是她在克利斯朵夫房裏拿的，這時候她纔突然想起忘記了歸還原處，就丟在自己房中，被巴比銳利的眼睛立刻留意到了。現在這兩人正在追溯這件故事。阿娜不動聲色。巴比釘視着女主人底目光，過分做作的微笑着，解釋道：

——掃帚斷了；我把它交給薩米修理。

阿娜也不屑去揭破這無聊的謊話，只做不曾聽見；她瞧了瞧巴比底活計，批評了幾句，若無其事的走了出來。但一關上門，她的高傲完全消失了；她禁不住躲在走廊轉角上竊聽，——（她實在心底裏感到了屈辱纔採用這樣的方法……）只有一下子很短的笑聲。隨後是一陣極輕的喁語，無法分辨。但在她驚惶的心緒中，她自以爲聽到了；她的恐怖把她所怕聽的話告訴了她；她以爲他們談着下次狂歡節中的化裝賽會和喧擾。沒有疑問：他們想把鋪灰底故事穿插進去……可能是她誤會了；但在她十五天來老是被公衆羞辱的念頭困擾的情形中，她不但把不確定的事情當做可能，而且當做必然。

從此，她打定了主意。

同日晚上，——（這是狂歡節前的星期三，）——勃羅姆被邀請到離城二十里左右的地方去出診：要下一天早上纔能回來。阿娜關在房內，不下來用餐。她揀定了這一晚來執行她心裏默默許下的願。但她決意獨自執行，不告訴克利斯朵夫。她瞧不起他。她想：

——他曾經答應。但他是男人，是自私自利之徒，是說謊者，他有他的藝術。他很快會忘記的。並且，在這顆似乎毫不慈悲的暴烈的心中，或許對她的同伴還有些憐憫。但她太剛強、太激烈，決不願意承認這一點。

巴比告訴克利斯朵夫說女主人囑咐她代爲道歉，說她有些不舒服，想早些休息。因此克利斯朵夫在巴比監視之下獨自用晚餐；她絮絮不休的在旁嘵舌，逗引他說話，用着過分的熱心替阿娜辯解，以致克利斯朵夫雖容易相信人家底好意，也不禁提防起來。他正想利用這一晚和阿娜作一次決定的談話。他，他也不能再拖下去。他不會忘記他們在那悲慘的一天黎明時分所約定的說話。如果阿娜要求，他準備履行諾言。但他看到這雙雙自殺底荒唐，什麼都不能解決，只有把痛苦與羞語壓在勃羅姆身上。他想最好是彼此分手，他再設法動身，——只消他有勇氣離開她：而這是很有疑問的，看他最近徒勞的掙扎就可知道；但他私忖等到他忍受不了的時候再獨自使出這最後一著也不爲遲。

他希望晚飯之後能逃掉一會溜進阿娜臥房。但巴比老跟在他背後。往常她的工作很早就完了；這一晚她洗刷廚房老是洗刷不完；等到克利斯朵夫以爲終於解放了時，她又想出主意在通到阿娜臥房的甬道中整理一口壁櫥。克利斯朵夫看見她牢牢靠靠的坐在一張高櫈上，懂得她整晚不會分身的了。他有一股狂亂的衝動，想把她和那些堆積如山的盤子一齊摔下樓去；但他按捺着性子，只教她去看看女主人怎樣，他能否去和她說一聲晚安。巴比去了，回來時，用一種狡獪的、高興的神氣打量着他，說太太好了一些，很渴睡，要求任何人不要進去。克利斯朵夫又惱怒又煩躁，試着看書，又看不下去，進自巳臥房去了。巴比直等他熄了燈火纔決意上樓，想再在暗中監視，特意把房門半開，好聽到屋子裏的聲音。不幸她一上牀就要睡熟，而且睡得那樣的深，即是打雷，即是懷着好奇心，也不能使她在天明以前覺醒。這種酣睡瞞不過任何人。鼾聲會一直傳到下一層樓。

克利斯朵夫一聽到這熟習的聲音，便到阿娜房裏去了。他需要和她談話。一陣不安的情操盤踞在他胸中。他走到門口，旋着門鈕：發覺它關着。他輕輕地敲了一會：沒有回音。他把嘴巴貼在鑰孔上，先是低聲地、繼而迫切地哀求……毫無動靜，毫無聲息。他儘管以爲阿娜睡熟了也是無用，只覺得一陣悲愴的痛苦抓住了他。因爲要想竭力傾聽，他把臉頰貼在門上，一股好似從門內出來的味道使他喫了一驚；他俯下身子，辨出了：這是煤氣味道。他的血冷了。他把房門盡力搖撼，也不想到會驚醒巴比：可是門仍舊屹然不動……他明白了：阿娜在和臥室相通的盥洗室裏有一個小煤氣爐，被她旋開了。必須把門推倒纔好；但克利斯朵夫在慌亂中還有相當的理性，知道無論如何總不能讓巴比聽見。他按在一根門梗上，悄悄地使勁一推。結實而又關得緊緊的門格格地響了一下，仍舊不動。在阿娜臥室與勃羅姆書房中間還有一扇門相通。他便跑過去。它也關着；但這裏的鎖是在外邊。他拚命想把它拉掉，可是不容易。他得撬去嵌在木頭裏的四只大螺釘。他身邊只有一把小刀；而暗中又什麽都看不見：因爲他不敢燃點蠟燭，怕把屋子炸掉。他摸索着，終於把刀旋進一只螺釘，接着又旋進另一只，弄斷了刀頭，弄破了手；髣髴這些螺釘異樣的長，怎麽也旋不出來；在此渾身冷汗的狂亂忽迫的時候，他腦中又浮起一幅童年往事：他似乎看到自己在十歲的辰光，被罰關在黑房裏，撬去了鎖逃出屋子……最後一支螺旋去掉了。鎖鑰連着木屑拿下了。克利斯朵夫衝進房間，打開窗子。一陣冷風吹進來。克利斯朵夫撞着傢具，暗中找到了牀，摸索着，觸到阿娜底身子，用他抖戰的手在被單中摸到一動不動的腿，一直摸到腰際：阿娜原來坐在牀上發抖。她還來不及感到窒息底初步作用：房間底天頂很高；窗隙與門榫不緊密的空間，都有空氣流通。克利斯朵夫把她摟在懷裏。她狂怒地掙扎着，喊道：

——去你的罷！……嘿！你做了什麽事？

她打他；但激動的感情使她支持不住，倒在枕上，大哭道：

——唷！唷！一切都得重新再來！

克利斯朵夫執着她的手，擁抱她，埋怨她，和她說些溫柔而又嚴厲的話：

——死！獨個兒死！不和我一起死！

——噢！你！她悲苦地說。

她的口氣等於說：

——你，你是要活的。

他呵責她，想威脅她的意志。

——瘋子！他說，你難道不知你能把屋子炸掉麽？

——我就要這樣，她狂怒着說。

他試着挑動她的宗教恐懼：這纔撥到了準確的弦。他剛提起，她就叫起來，要他住嘴。他毫無憐恤地堅持着，認爲這是喚醒她生存意志的唯一的方法。她不再說什麽了，只抽搐着打呃。當他講完之後，她恨恨地對他說：

——你現在快活了麼?你做得好事!你把我收拾完了,使我完全絕望。現在我又將怎麼辦?

——生活啊,他說。

——生活!她喊道,但你不知這是不可能的麼?你一些都不知道,你一些都不知道!

他問:

——什麼事呀?

她聳聳肩說:

——聽着。

她用簡短的、斷續的句子把她一向瞞着的事情統統講了出來:巴比底刺探,舖灰底故事,薩米底情形,狂歡節,無可避免的羞辱。她講着的時候再也分不出哪些是她的恐懼所造成的,哪些是她有理由恐懼的。他聽着,狼狽不堪,在她的敍述裏更分辨不出眞正的危險與想像的危險。他萬萬想不到人家對他們的追逐。他想要瞭解;他什麼話都不能說:對付這一等敵人,他是沒有武器的。他只感到一股盲目的怒氣,只想打擊人家。他說:

——爲何你不把巴比打發走？

她不願回答。被趕走的巴比要比被容忍的巴比更惡毒；克利斯朵夫懂得自己問得無聊。他的許多思想衝突着；他想打定一個主意，一個立刻的行動。他拳頭拘攣着說：

——我將殺死他們。

——殺死誰？她對這些廢話表示輕蔑的態度說。

他的力量消失了。他看到自己墮入這曖昧的奸細網裏，甚麼都抓不住，一切都是同謀者。

——卑鄙的東西！他頹喪地說。

他倒在地下，跪在牀前，把臉緊靠着阿娜身子——他們不則一聲。她對於這個既不能保衛她又不能保衛自己的男人覺得又可鄙又可憐。他面頰上感到阿娜底大腿冷得發抖。窗子開着，外面結着冰：在明淨如鏡的天空，寒冷的星瑟縮着。

當她看見他和她一樣的失神落魄，當她體味夠了這種悲苦的快感時，她用着一種嚴酷而疲倦的口氣說：

——點起一支蠟燭來。

他燃着燭。阿娜咬咬牙齒，集中精力，手臂交叉在胸口，雙膝屈在頷下他關了窗；坐在牀上，握着阿娜冰冷的脚，用手和嘴把它們温暖，她感動了。

——克利斯朶夫！她說。

她睜着一雙悲痛的眼睛。

——阿娜！他說。

——我們怎麼辦呢？

他望着她，說：

——死。

她幾乎快活得叫起來：

——噢！你很願意麼。你也願意麼？……我將不孤獨了！

她擁抱他。

——你以爲我會丟掉你麼？

她低聲答道：

——是的。

他感到她曾經因此受着極大的痛苦。

過了一忽，他用目光探問她。她懂了：

——在書桌內，她說。右邊，下面的抽屜裏。

他去尋找。在抽斗底上，他看見一柄手鎗。那是勃羅姆在學生時代買的，從沒有用過。在一只破匣子內，克利斯朵夫又尋到幾顆子彈。他一齊拿到牀前。阿娜望了一眼，立刻轉過頭去向着牀側。克利斯朵夫等着，隨後問道：

——你不願意了？

阿娜興奮地回過身來。

——我願意……趕快！

她想：

——如今什麼都不能把我從永久的深淵中救出了。多活一些，少活一些，結果總是一樣。

克利斯朶夫笨拙地裝好了手鎗。

——阿娜，他聲音顫抖着說，我們之中要有一個看到另一個底死。

她從他手裏奪過鎗來，自私地說：

——我先來。

他們還在互相瞧望……可憐！即在這個共同赴死的辰光，他們還是覺得彼此離得多遠！……

每個人駭然想着：

——但我做的是什麼事呢？我做的是什麼事呢？

而各人在對方眼中看得很明白。這件行爲底荒謬，在克利斯朶夫尤其感得清楚。他所有的生涯，是無益的；他的奮鬥，無益的；他的痛苦，無益的；他的希望，無益的；一切都丟在風裏，糟塌了；一個庸俗的舉動把一切都拭去了……在他正常狀態中，他會從阿娜手中奪下手鎗，丟在窗外，喊道：

——不！我不願意。

但八個月的痛苦，疑惑，令人心碎的喪事，再加這場狂亂的熱情，把他的力量消耗了，把他的意志斲喪了；他覺得自己一無辦法，不復是自己底主宰……唉！歸根結蒂，有什麽關係？

阿娜確信她這樣的一死就是靈魂永不得救的永遠的死，在這生存底最後一剎那，她拼命抓着她的生命：克利斯朵夫痛苦的臉，被搖曳不定的燈光照着，牆上滿是陰影，街上有一聲脚步，她手裏有一種鋼鐵的觸覺……她抓住這些感覺，髣髴一個淹死的人抱着和他一起沉沒的破船。以後，一切是恐怖。爲何不再捱着等待下去？但她反覆說着：

——應該如此……

她和克利斯朵夫告別，沒有溫情的，好似一個怕錯失火車的旅客般匆忙；她揭開襯衣，摸着心，把鎗口抵上。跪着的克利斯朵夫把頭藏在被單裏。她在正要放鎗的時候，把左手放在克利斯朵夫手裏。這個舉動，宛似一個怕在黑夜中走路的孩子……

於是經過了恐怖萬狀的幾秒鐘……阿娜不曾開放。克利斯朵夫想擡起頭來，抓住阿娜底手臂；可是他又怕這動作反而使阿娜決意開放。他再也聽不見什麼，失去了知覺……一聲呻吟……

他站了起來，看見阿娜驚悸失色。手鎗掉在牀上，在她面前。她哀號着說：

——克利斯朵夫！彈子放不出來！……

他拿起手鎗；長久的棄置使它生了鏽；機關還是好的；也許是彈子被空氣侵蝕壞了。

阿娜向手鎗伸出手去。

——夠了！他哀求道。

她命令他。

——鎗子！

他拿給她。她檢視一下，揀了一顆，抖個不住地裝上，重新把火器抵住胸部，扳着機鈕。——還是放不出。

阿娜把手鎗丟在房裏。

——啊！眞是太凶了！太凶了！她喊道。它、竟不許我死！

她在被單中打滾，好似一個瘋子。他想接近她；她叫嚷着把他推開。終於她發作了一場劇烈的神經錯亂症。克利斯朵夫一直陪她到天明。終竟她安靜下來；但毫無氣息，閤着眼睛，額角底骨頭和顴骨把慘白色的皮膚綳緊着：好似一個死人。

克利斯朵夫鋪好了淩亂的牀，拾起手鎗，把拆下的鎖重新安上，把房裏一切整理安當，走了：因爲時間已經七點，巴比快要來了。

當勃羅姆早上回家時，發見阿娜在虛脫的狀態中。他明明看到發生了一些非常的事情；但他既不能從巴比那邊、也不能從克利斯朵夫那邊知道。阿娜整天的不動彈；眼睛閉着；脈息那樣的微弱莫辨，有時竟完全停止，使勃羅姆悲愴地以爲她的心已經停止跳動。他的慌亂的情緒使他對自己的本領起了懷疑；他跑到一個同道那裏，邀他同來。兩個男人診察着阿娜，不能斷定是一場寒熱症底開始呢還是歇斯的里的神經病：還得仔細觀察病人變化纔行。勃羅姆一直守在阿娜牀頭，連飯也不願喫了。到了晚上，脈狀並不像寒熱，而是極度的疲乏。勃羅姆設法餵了她幾匙牛乳；她立刻吐掉。她的身體在丈夫臂抱中宛似一個斷頭折臂的木偶。勃羅姆坐在她身旁過了一夜，時時刻刻起來爲她聽診。巴比雖則並不爲阿娜底疾病躭憂，但她是一個盡責的女人，也不願睡覺，和勃羅姆一同守夜。

星期五，阿娜眼睛睜開了。勃羅姆和她說話；她却不注意有他在場。她一動不動地，眼睛釘覷着壁上的一角。到了中午，勃羅姆看見巨大的淚珠從她瘦削的面頰上流下；他溫柔地替她拭着；眼淚繼續一顆一顆地淌。勃羅姆重新試着教她喫些食物。她馴服地聽人擺佈。黃昏時她開始說話：那是一些無頭無尾的言語。她講着萊茵河；她想自溺，但河裏沒有足夠的水。她在幻夢中始終執着自殺底念頭，想像種種古怪的死法，老是不得死。有時她和什麼人爭論着，臉上露着一副又忿怒又恐懼的表情；她和上帝交談，固執地向它、證明錯處是在於它。再不然她眼中燃着情欲底火焰；說出一些她似乎不會知道的淫蕩的言語。一忽兒她注意到巴比，明確地吩咐她次日應該洗濯的東西。夜裏，她昏然入睡了。忽然她擡起身子；勃羅姆迎上前去。她用一種古怪的樣子望着他，囁嚅地說着些不耐煩的、奇奇怪怪的話。他問她：

——親愛的阿娜，你要什麼？

她用着嚴酷的聲音答道：

——去找他來！

——誰啊？他問。

她依舊望着他，用着同樣的表情，突然大笑；隨後她把手摸摸額角，呻吟道：

——啊！我的上帝！忘記罷！……

睡魔重又上了她的身，安安靜靜地直到天明。快到拂曉的時光，她轉動了一會；勃羅姆扶起她的頭，給他一些東西喝；她柔順地喝了幾口，俯在勃羅姆手上親了一下，又昏迷了。

星期六早上，她在九點左右醒來，一言不發，從牀上伸下腿來想下牀。勃羅姆上前想教她睡下。她執意不肯。他問她想做什麼。她答說：

——去做禮拜。

他試和她解釋，提醒她今天不是星期日，教堂關着。她不聲不響，坐在牀側的椅上，用她發抖的手指穿著衣服。這時正好勃羅姆底朋友，那個醫生，走進房裏。他附和着勃羅姆勸阻她；接着，看見她不肯讓步，便把她診視一下，結果表示同意。他把勃羅姆拉在一旁，說他妻子底病似乎完全在精神方面，暫時要避免違拗她的意思，他覺得她出去也沒有什麼危險，只消有勃羅姆陪着。於是勃羅姆對阿娜說他和她同去。她先是拒絕，要獨自出門。但她在房內纔走幾步就搖幌不定，便一言不發的抓着勃羅姆底手臂，出去了。她虛弱得厲害，路上時時停下。他屢次問她願不願回家。她却繼續向前走。到了教堂，像他預先告訴她的一樣，大門緊閉着。阿娜坐在門口一條櫈上，打着寒顫，直坐到中午。之後，她攙着勃羅姆底手臂，沉默地回來。但到晚上，她又要上教堂去。勃羅姆底哀求全然無用。只得重新出門。

克利斯朵夫在這兩天中孤獨着。勃羅姆就着心事，無暇再想到他。只有一次，星期六上午，爲排遣她想出門這固執的念頭起計，他曾問她願不願見克利斯朵夫。她立刻顯出一副又驚怖又憎厭的神情，把他駭住了；從此，克利斯朵夫底名字就不再提及。

克利斯朵夫幽閉在自己房中。憂慮，愛情，悔恨，一片混沌的痛苦在他胸中交戰。他把種種的罪名加在自己身上。對於自身的厭惡之情把他壓倒了。好幾次他想站起來把一切都告訴勃羅姆，——却又立刻被多添一個不幸者底念頭攔阻了。熱情不放鬆他。他在甬道裏，在阿娜門前徘徊；而一聽見腳聲走近房門時又立即逃回自己房裏。

當勃羅姆和阿娜在下午出去時，他躲在窗帘後面從窗中偸窺。他看見了阿娜。她原來是那樣挺直、那樣高傲的，現在竟弓着背，縮着頭，皮色蠟黃；人也顯得老了，在她丈夫替她蓋上的大衣與圍巾之下蜷縮着，顯得很醜。但克利斯朵夫並不看見她的醜，只看見她的不幸；他心中充滿着憐憫與愛，真想奔上前去跪在汚泥裏，吻她的腳，吻她這個被情欲摧殘的身體，求她寬宥。他望着她想道：

——我的成績……這就是！

但他的目光在玻璃中遇到了他自己的形象；他看見他的面貌，同樣被熱情蹂躪的痕跡；他看見死亡紀錄在他身上，好似在她身上一樣，於是他想：

——我的成績？不是的。這是令人驚怖、致人死命的、殘酷的主宰底成績。

屋子裏闃無一人。巴比出外對隣舍們報告一天底經過去了。時間一分鐘一分鐘地流逝。五點敲了。克利斯朵夫想到將要回來的阿娜和將要臨到的黑夜，突然駭怖起來。他覺得這一夜再沒力氣和她住在一個屋簷下。他感到他的理智被情欲壓得粉碎。他不知將做出些什麼來，他不知他要些什麼，除了要阿娜以外。不論用什麼代價，他要阿娜。他想着剛纔在窗下映過的這張可憐的臉，對自己說道：

——把我從這裏救出去……

一陣意志之風吹過。他一把一把地抓起散着滿桌的紙張，用繩扣好，拿了帽子外套，出去了。在甬道內，靠近阿娜房門的地方，他心懷恐懼，加快腳步。在下面，他對荒涼的園子投了最後的一瞥。他像竊賊般一溜煙逃了出去。冰冷的霧刺着皮膚。克利斯朵夫沿着牆根走，唯恐遇到一張熟識的臉。他走到車站，跨入一節開往呂賽納的火車。在第一站上他寫信給勃羅姆，說一件緊急的事情要他離城幾天，很抱歉在這種情景裏和他分袂；他請他和他通信，給了他一個地址。到了呂賽納，他又搭上去高太的火車。夜裏他在阿陶夫和哥斯契耐中間的一個小站上下來。他不知道這地方名字，也從來不曾知道。他在車站旁邊遇到一家小客店就歇了腳。路上是一片汪洋。傾盆大雨下了一整夜，又下了明天一整天。雨水從一個破爛水斗中直瀉下來，聲音宛似瀑布一般。天上地下都淹沒了，溶化了，像他的思想一樣。他睡在潮濕而滿着鐵路上煤煙味的被單裏，睡不安穩。心中老想着阿娜所冒的危險，無暇再想到自己的痛苦。無論如何總不能使她受到公衆的侮辱，非設法另給她一條出路不可。在他的狂亂狀態中，忽然想到一個奇特的主意：他想寫信給城中和他稍有往來的少數音樂家之一，克拉勃，糖果商兼大風琴手。他告訴他說，一件愛情底糾轕把他送到意大利去了，那椿熱情在他到勃羅姆以前就發生，他本想在那裏深自韜晦，無奈胸中的熱情比他更強。一切的措辭，相當的明白足以使克拉勃懂得，也相當的含混足以使克拉勃加上他自己的猜測。克利斯朵夫還要求克拉勃保守祕密。他知道這個好人是一個病態的嘵舌家，預備他——一些不錯——一接到消息就張揚到城裏去。爲徹底淆惑聽聞起計，克利斯朵夫在信尾又加上幾句對勃羅姆與阿娜底病很冷淡的說話。

這一夜和下一天，他都一心想着固定的念頭……阿娜……阿娜……他回憶和她共同消磨的最後幾個月，一天一天的回味着；他透過一個熱情的幻景看她。他老是依着他欲望中的形象創造她，給予她一種精神的偉大，悲壯的意識，因爲唯有這樣，他纔更愛她。這些熱情底譫言，當此阿娜不在眼前的辰光更顯得切實可靠。他看到一個健全而自由的天性，受着壓迫，和她的鎖鍊掙扎；渴望一種坦白的生活，天地寬廣的心靈，而後來又懼怕起來，壓抑着她的本能，因爲這些本能不能和她的命運協調，也因爲這些本能使她更痛苦。她對他喊着：『救救我！』他緊摑着她美麗的身體。他被回憶磨折，覺得加深自己的傷痕有一種殘忍的樂趣。天色漸晚，一切的損失的情操也跟着越來越難受，簡直不能呼吸。

他莫名其妙地起來，走出臥房，付了旅館底賬，搭上第一班望阿娜底城市開去的火車。他在夜裏到達，逕自奔向勃羅姆家。小街旁邊的牆內，有一個和勃羅姆底花園接毗的園子。克利斯朵夫翻過牆頭，到了一個陌生人家底園裏，再從這裏進入勃羅姆底花園。他站在屋子前面了。一切都黑着，只有守夜燈底一道微光照着一扇窗子，——阿娜底窗子。阿娜在那裏。她在那裏捱着痛苦。他再跨一步就可進去。他向門鈕伸出手去。接着，他望望自己的手，門，園子，突然明白了自己的行動；從七八小時以來的幻惑中醒來，他戰慄着，拚命的抖擻一下，從他雙脚釘住在地上的痲痺狀態中振作起來;他奔向牆垣,爬過去,逃了。

當夜他第二次離城;下一天,他去隱伏在一個山中蓋着白雪的小村內……埋葬着他的心,催眠着他的思想,忘記,忘記!……

——『於是他起來,擁抱他,
用着那種戰勝一切戰鬥,
戰勝他和他沉重的肉體永不傾覆的感情……』

『於是我起來,顯出我實在沒有的,
那種大無畏的精神,說道:
「去罷!我多強,多勇敢!」』

——神曲、地獄第二十四

我的上帝，我干犯了你什麼啊？爲何你要把我壓倒？在我的童年，你就賜給我貧窮、戰鬥。我毫無怨言的戰鬥了。我曾愛我的貧窮。你給我的這顆靈魂，我曾努力保持它的純潔；我曾努力救護你放在我心中的這朵火燄……主啊，這是你，是你要竭力毀滅你所創造的，你熄滅了這火焰，你汚辱了這靈魂，你剝奪了我所有賴以生存的東西。我在世上只有兩件財寶：我的朋友與我的靈魂。現在我一無所有了。你把我一切都拿走了。在荒漠的世上，只有一個生命是屬於我的，而你把我奪去了。我們的心只是一顆，而你把它撕破了，你使我們感到相依爲命底甘美，只爲使我們更識得生死永訣底慘痛。你在我的周圍，在我的心中，造成一片空虛。我粉碎了，病了，沒有意志，沒有武器，有如一個在黑夜啼哭的孩子。你揀了這個時間來打擊我。你輕輕地從我背後走來，好比一個奸細，把我刺傷了；你對我放出情欲，放出你這條惡狗；你知道，我那時沒有力氣，不能奮鬥；情欲把我制服了，掠取了我的一切，沾汚了一切，毀滅了一切……我厭惡自己。要是我至少能叫喊出我的痛苦與羞恥倒也罷了！或是在創造力底巨浪中忘掉它們也好！但我精力衰竭，作品枯萎。我是一株死樹……死，我還不是死麼?!呋神，解放我呀，毀滅這個肉體與靈魂罷把我從地上拔去，從生命中拔去，別使我無窮地在溝壑中掙扎了！求你開恩……殺死我罷！

這樣，克利斯朵夫底痛苦呼籲着一個為他的理智所不信的上帝。

他隱遯在瑞士于拉（按于拉為歐洲一大山嶺區域，介於德國、法國、與瑞士之間）中一個孤獨的農家。屋子靠着樹林，隱藏在一塊隆起着的高地山坳裏。高聳的土地替屋子擋住了北風。前面，林木茂密的斜坡沿着草地迤邐而下；岩石突然停止，形成一座削壁；蜷曲的柏樹掛在邊緣上，枝條脩長的櫸樹望後仰着。天色黯澹。渺無人跡。一片茫無邊際的空間。一切都在雪下沉沉酣睡。只有夜裏，狐狸在林間悲嗁。這是嚴冬將盡的時節。遲遲不去的冬天。永無窮盡的冬天。似乎快要完了的時候，它又重新開始。

可是，一星期以來，昏睡的土地感到它的心甦生了。迷人的初春悄悄地溜入空中，溜入冰凍的樹皮下。雪塊從翅膀般的柏樹枝上滴滴答答地墜下。在掩覆草地的白大氅下，已經有些嫩綠的新芽露出頭來;在細小如針的草尖周圍,在雪底空隙中間,潮濕的土地髣髴張着小口在呼吸。每天有幾小時,在冰衣下昏睡的流水重新吐出嘤嘤的聲音。光禿的林中,幾頭飛鳥唱出尖鋭響亮的歌聲。

克利斯朵夫一些不曾留意。爲他,一切都是一樣。他在房内儘自打轉。或在外面亂跑。沒有法子休息。他的靈魂被内心的妖魔割成片片。它們互相搏鬥。被壓抑的熱情,仍舊狂暴地敲打着他胸中的四壁。對熱情的憎厭也是同樣的瘋狂;它們互相咬嚙,在鬥爭中把他的心分裂。同時還有關於奥里維的回憶,關於他死亡的哀痛,不能自滿的創造底糾纏,對着虛無反抗的驕傲。所有的妖魔都在他心裏。沒有一刻停止的時候。或者,要是有一種虛幻的寧謐,要是高捲的波濤有一刻兒降落、只剩下他獨自一人的時候,他在心中也不復找到一些他自己的東西:思想,愛情,意志,一切都被消滅了。

創造!這是唯一的救星。把他生命底殘餘物丢棄在波濤裏!游泳着逃到藝術底夢裏!……創造!他要創造……可是他不能。

克利斯朵夫從來沒有工作底方法。當他健康而強壯的辰光,他決不躭憂精力會趨於貧弱,倒反覺得過於豐富的元氣是一種累贅;他由着他的癖性;他的工作是趁他高興,看情形而定的,全沒固定的法則。實際他隨時隨地工作着；他的頭腦從不會空閒。不及他豐富而更深思熟慮的奧里維，會屢次告誡他：

——小心。你太信任你的力量了。這是山上的水流。今天盈溢，明天或者會枯涸。一個藝術家應當籠絡他的天才：不可隨便散放。得設法導引你的精力。你該用習慣來限制你自己，應當按時按日的工作。這種習慣對於一個藝術家的重要，不下於操練步法之對於一個戰士的重要。精神錯亂的時間來到——（永遠會來的）——的時節，這鐵一般的甲冑可以使你的靈魂不致傾圮。我是很知道的，我！我的所以不會死，便是它救了我。

但克利斯朵夫只知道笑着說：

——爲你是好的，我的孩子！說我有一天會喪失生活底趣味是不可能的！我胃口太好了。

奧里維聳聳肩。

——『過』會引起『不及。』天下再沒比身強力壯的人更危險的病人。

奧里維底說話此刻證實了。朋友死後，內心生活底泉源並不立即枯涸；但變得奇怪地斷斷續縮；它會猛烈的飛湧幾下，之後却潛伏在泥土下不見了。克利斯朵夫不曾留意；對他有什麼要緊？他的痛苦與初生的熱情沉浸着他的思想。——但狂飆過後，當他重新想去找那泉源止渴的時光，便甚麼都找不到了。一片沙漠。沒有一條流水。心靈枯萎了。他白白地墾掘沙土，想使地下的潛流湧躍，白白地不惜以任何代價去創造：精神底機械不聽你指揮。他不能乞靈於習、慣、那忠實的盟友，它是當我們所有的生活意義逃掉之後始終有恆地、頑強地跟着我們的，它不說一句話，不做一個動作，固定着眼睛，緊閉着嘴唇，但用着可靠而從不狂亂的手，領導我們穿過危險的行列，直等到我們重新找着日光、重新恢復了生活趣味的時候。克利斯朵夫却孤立無助；他的手在黑夜裏從未遇到一只援救的手。他再不能昇入陽光中去。

這眞是最高的磨練。這時候，他覺得到了瘋狂底頂點。有時他對頭腦作着荒唐狂亂的鬥爭，胸中充滿着怪僻的執着，數目底糾纏：他數着地板，數着森林中的樹木；不知選擇的許多和音與數目，在他腦中搏鬥不已。有時他像死人一樣的虛脫。

沒有一人關切他。他住着屋子底一半邊，完全獨立的。他自己收拾臥房，——且也不天天收拾。

人家把食物放在樓下；他看不見一個生人底臉。屋主是一個鄉下老頭兒，沉默的，自私的，對他全不關懷。克利斯朵夫喫東西也好，不喫東西也好，這是他的事情。連克利斯朵夫晚上回不回家也不大有人注意。有一次他在林中迷了方向，雙脚陷在雪裏，直到大腿，幾乎回不來。他想盡方法用疲勞來磨折自己，免得思想。總是不成功。不過每隔許多時候，有幾小時困憊之極的睡眠。

唯有一個生物似乎關切着他的生存：一頭聖裴那種的老狗，當克利斯朵夫坐在屋前櫈上時，常來把牠眼睛血紅的大腦袋放在克利斯朵夫膝上。他們互相凝視，久久不已。克利斯朵夫讓牠安放着頭。像病中的歌德一樣，這雙眼睛並不使他喫驚。他不想喊：

——去罷！……你白費氣力，畜牲，你決計抓不住我的！

他只聽任這對表示哀求的、矇朧的眼睛把他催眠，他也很想幫助它們；他覺得在此有一顆被拘囚的靈魂向他求告。

這時候，他受着痛苦磨蝕，活活的脫離了人生，受着人類的自私閹割，纔瞥見了人類底被害者，瞥見了人類在戰場上殺戮着別的生物而誇耀勝利；他心中充滿着憐憫與憎厭。即在他幸福之時，也一向愛動物；他受不住人家虐待牠們；他對打獵有一種劇烈的反感，因爲怕顯得可笑而不敢表白；也許他也不敢對自己承認，但這種憎厭確是他不願親近某些人物的祕密的原因：他從不能把一個以殺害動物爲樂的人當作朋友。但這全無感傷氣分：他比誰都明白人生是建築在無數的痛苦與無窮的殘忍之上；一個人不能不使旁的生物受苦而生活。這決不能閉上眼睛，用些動聽的言語騙過自己。也不能因此而斷言應該放棄生活，而像一個孩子般悲啼。不。如果今日還沒有旁的方法可以生活，就得爲了生活而殺戮。但爲殺戮而殺戮的人是一個懦夫。雖是一個無意識的懦夫，然而畢竟是懦夫。人類不斷的努力應當用來減少痛苦與殘忍底總和：這是第一件責任。

在日常生活中，這些思想是埋在克利斯朵夫心坎裏的。他不願想它。有什麼用？他有什麼辦法？他應當成爲克利斯朵夫，應當完成他的事業，用任何代價去生存，犧牲那些較弱的人而生存……造成宇宙的不是他……別去想罷，別去想罷！

但當禍患把他也推入戰敗者底行列中之後，他可應當想了啊！從前，他責備奧里維耽溺着無益的悔恨，對於人類受苦而使人受苦的禍患抱着無益的同情。如今他却比奧里維更進一步：憑着他強烈的天性直透入宇宙悲劇底核心；他感受到世界上所有的痛苦，髣髴一個皮肉剝得精光的人。他不能想到動物而不感到悲慟的顫抖。他在畜牲底目光中看到一切看到一顆和他的靈魂一樣的靈魂，一顆不能訴說的靈魂；但眼睛替它嚷着：

——我干犯了你們什麼啊？爲何你們要教我受苦？

最平淡的景象，爲他曾經見過千百次的，——一頭哀號的小牛關在柵欄裏牠的突出的巨大的眼睛，眼白帶着藍色，粉紅的嘴唇，白的睫毛，堆在額前的蜷毛，紫色的面部，向內彎曲的膝骨；——一頭羔羊，被一個鄉下人縛着四脚，倒懸的頭拚命望上仰，像一個孩子般呻吟，伸着灰色的舌頭，咩咩的叫着；——擠在籠裏的母雞；——遠遠裏一頭被人屠殺的豬在哀號；——廚房桌上，一條被人破了肚子的魚……此刻再也忍受不住了。人類加在這些無辜身上的酷刑，緊搤着他的心。假使動物有一道理智底微光的話，試想世界之於牠們將是何等可怖的噩夢：這些冷淡無情的人，又盲又聾，割着牠們的喉管，破着牠們的肚子，把牠們腰斬，活活的燒着，以牠們痛苦的抽搐爲樂。在非洲底殘忍者中間，還有比此更兇殘的麼？對於一顆自由的良心，動物底苦痛比着人類底更難寬容。因爲當人類受苦時，痛苦至少被認爲一樁禍害，而致人痛苦的人被認爲一個罪人。但每天有成千累萬的動物無益地受屠殺，沒有一絲內疚。誰提到這個事情就會被人嗤笑。——而這，這纔是不可寬恕的罪惡。單是這一樁罪惡，就够證明人類所能受到的痛苦都是該受。它對人類喊着要報仇。如果有上帝存在而縱容這種罪惡的話，它要對上帝喊着報仇。如果有一個仁慈的上帝，那末生靈中最卑微的就該得救。如果上帝只對強者仁慈，如果對於弱者、對於任憑人類宰割的低下的生物沒有正義，那末就沒有仁慈，沒有正義……

可憐！人類底屠殺在宇宙底屠殺中還是微末不足道！禽獸也在互相呑噬。平和的植物，無聲無息的樹木，在它們中間也是兇暴的野獸。森林底淸明恬靜，只是那些祇從書本中認識宇宙的文人學士底詞藻！……在這屋旁的森林中，就有着可怖的鬥爭。殺人犯的櫸樹撲在美麗的柏樹身上，緊摑着它們古柱式的苗條的腰肢，窒息它們。它們也撲在橡樹身上，把它們拗折，使它們斷腿。巨人式的百臂的櫸樹，把十株樹併吞在一株樹上！它們毀滅周圍的一切。而當沒有敵人的時候，它們便彼此相遇，狂暴地扭做一團，互相穿刺，互相黏合，互相拗折，髣髴太古時的巨獸。沿着斜坡往下，還有皂角樹站在林邊向裏鑽，攻擊小柏樹，把敵人底根株抑壓、鞭撻，用分泌物把它們毒死。以性命相搏的鬥爭，勝利者把戰敗者底地位與殘骸一齊併吞了。再加小妖魔來完成大妖魔底功業。菌類附在根上，吮吸着病弱的樹木，把它慢慢地蛀空。黑蟻侵蝕朽腐的樹。幾千百萬不可見的蟲豸蛀蝕着，穿着孔，把生命化爲塵埃……而這些戰鬥都是在靜默中演變的！……呀！自然界底和平，不過是一副悲壯的面具，掩飾着生命底痛苦與殘酷的臉容！

克利斯朵夫筆直的沉下去。但他並非一個垂着手、毫不奮鬥、聽讓自己淹溺的人。他徒然想死，他却竭盡所能的求生。莫扎爾德說過，有一等人『要活動到實在無可作爲的時候』克利斯朵夫便是其中之一。他覺得自己消滅了，但他在下墜時舞着手臂尋找，向左，向右，尋找一個可以抓住的依傍。他以爲找到了。他纔想起奧里維底孩子。立刻，他把所有的生存意志安放在他身上；他爬了上去。是的，他應該尋找孩子，要求人家給他，讓他教養，讓他疼愛，代替父親底地位，使奧里維在兒子身上再生。在他自私的痛苦中，他怎會不曾想到的呢？他寫信給招留孩子的賽西爾，煩躁不耐地等着回音。他所有的生機都傾向着這獨一無二的念頭。他強自鎮靜：他還有一個希望存在呢。他很有把握，他知道賽西爾底善心。

回信來了。賽西爾說；奧里維死後三個月，一個穿着喪服的太太到她家裏來對她說：

——還我孩子！

這便是當初遺棄奧里維和孩子的女人，——雅葛麗納，但已改變得令人認不出了。她瘋狂的愛情沒有多久就消滅。在情人尚未厭棄她時，她倒已經厭棄情人。她回來了，身心交瘁，厭棄一切，人也老了。她的聲名狼藉的冒險斷絕了她許多朋友。最不在乎的人並非是最不嚴厲的。連她的母親都對她表示那樣的輕蔑，使她不能住下。她看破了人間的虛僞。奧里維之死更加增了她的沮喪。她顯得如此的狼狽，以致賽西爾不敢相信有權拒絕她的要求。還掉一個慣於視同己出的小生物眞是痛苦。但對於一個比你更有權利而更苦惱的人，豈非更加痛苦？她原想寫信給克利斯朵夫，徵求他意見。但克利斯朵夫從沒覆過她的信。她已失去他的通信處，甚至也不知道他究竟活着還是死了……快樂來了，又去了。有什麼辦法？唯有隱忍而已。主要是孩子幸福，有人疼愛……

回信是黃昏時到的。遲遲不去的冬天又下了雪。整整的一夜。已經抽着新葉的林中，樹木又被積雪壓得格格作響，折斷了。髣髴一場礮戰。克利斯朵夫獨自在屋裏，沒有燈火，在燐光閃爍般的黑暗中，聽着林中悲壯的聲響，驚跳不已；他也像這些樹木一般在重負之下崩裂。他想：

——如今一切都完了。

一夜過後，又是白天；樹木不會折斷。整整這一天，整整這一夜，以及以後的白天黑夜，樹木繼續拗折，崩裂；但全然不斷。克利斯朵夫毫無生存意義了；而他生存着。他再沒有奮鬥底理由了，而他奮鬥着，一步一步地，和那蛀蝕他脊骨的無形的敵人肉搏。好似雅各對天神的鬥爭。他對鬥爭不存一些希望，對終局毫無期待；他永遠鬥爭着，並且喊着：

——可是把我打倒好了！爲何你不打倒我？

幾天過去了。克利斯朵夫從鬥爭中出來，生意絕滅。可是他繼續撑持，他出門，走着。幸福啊，那些當生命隱滅的時間受着一個堅強種族支持的人！乃祖乃父底腿，維護着行將傾跌的兒子底軀體強健的祖先底推動力，扶起那顆筋疲力盡的靈魂，好似一個已死的騎士被他的馬負載着。

他在兩塊窪地中間的一條高路上走；穿過尖石嶙峋的小徑向下，石頭中盤錯着一些發育不全的橡樹根；不知望哪兒去，他的脚步却比有清明的意志驅使着的更加穩實。他不曾睡覺；幾天以來差不多不曾喫什麼東西。他眼前蒙着一層霧。他向下邊的山谷走去。——那時正是復活節底一個星期。天色陰沉。冬季最後的襲擊失敗了。暖和的春天醞釀着。從底下許多小村中，傳來陣陣的鐘聲。先是那座在山脚下凹坳裏的鐘樓，頂上蓋着雜色的乾草，黑赭相間，生着絨樣的厚青苔。接着是在另一山腹中看不見的那個。隨後又是對河平原上的那些。還有，遠遠裏藏在霧雰中的一個村子，隱隱約約發出一片模糊的聲音……克利斯朵夫停住脚步，心幾乎要昏過去。這些聲音髣髴對他說：

——到我們這裏來罷！這裏是和平。這裏沒有痛苦。痛苦和思想一齊消滅了。我們催眠着靈魂，使它在我們的臂抱中入睡。來罷，休息罷，你不會驚醒的了……

他感到多疲倦！多想睡覺！但他搖搖頭說：

——我所尋求的不是和平而是生命。

他重復前行，不知不覺地走了十多里。在他頭昏目眩的疲乏狀態中，最單純的感覺也有出其不意的回響。他的思想在天上地下反射出許多神怪的微光。在他前面，在荒涼而照着陽光的路上，一個他看不見從何而來的影子閃過，令他驚跳了一下。

在一座森林出口處，他發見走近一個村子。因爲怕看見人，他回頭望原路上走。可是他不能避兔走近在村子高頭的一所孤獨的屋子；它背靠山腰，像一所療養院；四面是一個向陽的大花園；寥寥落落的有幾個人踏着不甚穩健的步子在沙道上走。克利斯朵夫不曾留意；但在小徑拐彎處，他劈面遇見一個眼睛慘白的人，一張肥胖的黃臉，向前直望着，疲乏地坐在兩株白楊脚下的櫈上。另外有一個人坐在他後面；都不則一聲。克利斯朵夫在他們面前走過。但走了幾步又停下，忽然覺得這雙眼睛是他熟識的。他回過頭去。那人不曾動彈，依舊釘視着前面一個固定的目標。他的同伴看見克利斯朵夫做着手勢，便走過去。

——這是誰？克利斯朵夫問。

——療養院中的一個病人，那人指着屋子回答。

——我相信我認識他。

——可能的。他是一個在德國很知名的著作家。

克利斯朵夫說出一個姓氏。——是的，的確是這個名字。克利斯朵夫從前在曼海姆雜誌上寫文的時代見過他。那時他們是仇敵；克利斯朵夫纔露頭角，而他已經成名。這是一個強毅的男子，富於自信力，凡不是他的，他都瞧不起；出名的小說家，憑着寫實的、刺激感官的藝術，控制着一般流行的作品。厭惡他的克利斯朵夫，也禁不住佩服他這種唯物的、眞誠的、狹小的藝術底完美。

——這個病，他已經有了一年，那個守護的人說。人們替他醫治，以爲他已痊愈，他回去了。隨後却又發作。一天晚上，他從窗裏跳下。他初到這裏的時節，常常騷亂，叫嚷。現在很安靜了。他整天坐着，像您看見的這樣。

——他望什麼呢？克利斯朵夫說。

他走近櫈子，憐憫地望着這個戰敗者底蒼白的臉，巨大的眼皮蓋在眼睛上，其中一隻差不多是閉着。瘋子似乎不知道克利斯朵夫在旁邊。克利斯朵夫喊他的姓名，握他的手，——柔軟而滋潤的手，絲毫無力像一件死的東西；他沒有勇氣把它留在自己手裏：瘋子向着克利斯朵夫把那雙望上翻的眼睛擡起了一會，然後又向前直視，裝着一副癡騃的微笑。

——您望什麼？

那人一動不動的低聲說道：

——我等着。

——等什麼？

——等復活。

克利斯朵夫驚跳一下，匆匆忙忙的走了。這句說話像電一般刺到他心裏，他沒頭沒腦的直望森林中鑽，向着窩所底方向爬上山坡。他昏亂中迷了路；發見自己走入一個大柏林中。一片陰影。萬籟無聲。不知從哪兒來的幾點赭色的陽光，照在濃厚的陰影裏。克利斯朵夫被這幾道光催眠了。周圍似乎盡是黑夜。他踏着厚厚的針氈，蹴着如脈管般隆起的樹根。樹下沒有一株植物，沒有一片蘚苔。枝上沒有一聲鳥唱。低處的椏枝已經枯死。一切的生機都躲在上面有陽光的地方。不久連這種生意也熄滅了。克利斯朵夫進到林中被一種神祕的病侵害着的部分。種種細長的地衣，像蜘蛛網般包裹着紅色的柏樹枝，從頭到脚捆縛着，從這一株樹蔓延到那一株樹，把森林窒息了。它們宛似水底的海藻，伸張着狡獪的觸角。也如海洋深處一般的靜寂。高處，陽光黯澹了。偸偸地溜入死林中的霧，包圍着克利斯朵夫。一切消滅；甚麼都沒有。半小時內，克利斯朵夫胡亂躑躅，白色的霧慢慢地濃密，轉黑，刺入他的咽喉；他以爲筆直的走着，其實他是團團亂轉的繞着圈子；頭上是掛在柏樹上的大蜘蛛網，霧氣經過的辰光，在網上留下搖搖欲墜的水珠。終於迷陣破了，漏出一個空隙，克利斯朵夫走出了這座海底森林，重新找到活潑的樹木，柏樹與櫸樹沉默的戰爭。但到處是同樣的寂靜。這種醞釀了幾小時的靜默，開始因苦悶而騷動。克利斯朵夫停下來聽着……

突然之間遠遠裏來了一陣波濤。一陣前驅的風從森林底裏捲起。好似奔馬一般，它到了嶺之上，把它們像水浪一樣掀動。髣髴彌蓋朗琪羅畫上的上帝在風馳電掣中來到。它在克利斯朵夫頭上吹過。森林和克利斯朵夫底心戰慄了。這是先兆……

一切重歸靜寂。克利斯朵夫心頭懷着一股神聖的恐懼，兩腿發抖着，匆匆忙忙回家。在家門口，有如一個被人追逐的人那樣，不安地望後回顧了一下。天地髣髴死了。蓋着山坡的樹林睡着，籠罩在一股沉重的淒涼之下。凝靜不動的空氣顯得異樣透明。沒有一些聲響。唯有一道泉流——剝蝕岩石的泉流——底幽怨的樂聲，為大地敲着喪鐘。克利斯朵夫發着燒，睡下了。在貼鄰的牛棚內，像他一樣煩躁不安的牲畜在騷動……

夜裏，他昏迷了。靜寂中，遠遠裏又起了一陣波濤。風又來了，這一次却是狂飆，——是春天底季候風，用它灼熱的氣息溫暖着沉睡未醒、打着寒噤的土地，溶解厚冰而積聚滋生萬物的甘雨的春風。在窪地那邊的樹林中，它像雷般發着巨聲；它漸漸迫近，漸漸膨大，迅疾地吹上斜坡；整個山嶺都怒吼。牛棚裏一匹馬嘶鳴着，幾頭母牛叫着。克利斯朵夫在牀上坐起，豎着頭髮傾聽。狂風來了，呼呼地叫，把定風針吹得各各地響，揭去屋瓦，震撼屋子。一個花盆給吹落了，打破了。克利斯朵夫底不曾關緊的窗大聲吹開。熱風直衝進來。克利斯朵夫迎面受着，裸露的胸部也給吹着了。他從牀上跳下，張着嘴，連氣都喘不過來。髣髴活的上帝進到了他空虛的靈魂裏。復活啊！……空氣進人他的喉嚨，新生命底波浪直透入他臟腑。他覺得自己爆裂了，想叫喊，又痛苦又快樂的叫喊；但他只能吐出幾個不成形的聲音。他搖幌着，在被狂風吹着飛舞的紙張中用手臂敲擊牆壁，在房中揮舞手足，喊道：

——噢，你，你。你終於回來了！

——你回來了，你回來了！噢，你，我所失掉的！……爲何你把我捨棄了呢？

——爲完成我的使命，爲你所捨棄的使命。

——什麼使命？

——戰鬥。

——你爲何要戰鬥?你不是已經主宰一切了麼?

——我不是主宰。

——你不是一、切、存、在、的東西麼?

——我不是一切存在的東西。我是征服虛、無、的生、命。我不是虛、無。我是燒燬虛、無、的火。我不是黑、夜。我是永久的戰、鬥;戰鬥而永久的命運是沒有一個不在戰鬥之上遨翔的。我是永久奮鬥的自、由、意、志。和我一同戰鬥,一同燃燒罷。

——我是戰敗了。一無所用了。

——你戰敗了?你覺得一切都完了?那末還有別的人是勝利者。別想着你自己,想着你的隊伍罷。

——我是孤獨的,我只有我一人;沒有隊伍。

——你不是孤獨的,你不是屬於你的。你是我的許多聲音中間的一個,是我的許多手臂之中的一條。爲我說話罷,爲我攻擊罷。但若手臂斷了,聲音啞了,我,我還是站着;我將用你以外的別的聲音、別的手臂來鬥爭。即使戰敗，你還是屬於一個永不戰敗的隊伍。記住，你就在死亡中也將勝利。

——主啊，我多痛苦！

——你以爲我不痛苦麼！千百年來，死亡追逐我，虛無窺伺我。只靠着我的勝利纔打開我的出路。生命底河流被我的血染紅了。

——戰鬥，永遠戰鬥麼？

——得永遠戰鬥。神，它也戰鬥。神是征服者，是一頭吞噬一切的獅子。虛無包圍神，神把虛無降服。戰鬥底節拍成爲最高的和諧。這種和諧可不是爲你難逃大數的耳朶聽的。你只消知道它存在便行。安靜地做你的功課，聽讓神去安排一切。

——我再沒力量了。

——爲那些強者歌唱罷。

——我的聲音破裂了。

——祈禱罷。

——我的心汚辱了。

——摘去它。拿我的去。

——主啊，忘懷自己，丟棄已死的靈魂是不算什麽。但我怎能丟棄我的死者，怎能忘記我的所愛？

——死者，把他們和你已死的靈魂一齊丟掉罷。當你找到我活的靈魂時，你同時就會發見你的死者是不死了。

——噢，曾經遺棄我的你，你還將遺棄我麽？

——我還會把你丟下。別遲疑。應該由你不要把我丟下。

——但若我的生命熄滅了呢？

——燃起別的生命來。

——如果死亡種在我心中了呢？

——那麽，生命在別處。去罷，打開你的窗戶。愚騃的人，你竟把你自己禁在你傾圮的屋裏！走出來罷。還有別的住處呢。

——噢！生命，噢！生命！我看見……我在我心中、在我空虛而緊閉的靈魂中尋你。我的靈魂困憊不支了；但在我創傷底窗口裏，有的是空氣；我呼吸了，我把你重新覓得了，噢！生命！……

——我把你重新覓得了……別則聲，聽着。

而克利斯朵夫聽見生命底歌聲在胸中開始響亮，宛似泉水喁語。俯在窗檻上，他看見昨日還是死寂的樹林，如今在惠風煦日中洶洶作響，像海濤一般澎湃。樹木脊骨中，飄過陣陣的風濤，歡樂底顫抖；屈曲的枝條，向着明朗的天空出神地伸出它們的手臂。溪水琤琮，有如歡笑的鐘聲。同樣的景色，昨日還在墳墓裏，今天復活了；生命纔在其中回復過來，同時，愛也在克利斯朵夫心中蘇醒。遨着寵眷的靈魂眞是一樁奇蹟！心靈對着人生覺醒了！於是一切都在它周圍再生。心重復跳動。乾涸的泉源重復奔流。

克利斯朵夫重新加入神聖的戰鬥……他自己的戰鬥，人類的戰鬥，到了這巨大的狂潮中顯得何等渺小！在這神聖的戰場上，陽光像狂風疾捲的雪片般飛舞……狂風把他的靈魂蕩滌了。好比那些懸在空間的幻夢般，他飛翔在自己之上，他從高處看自己，從全體事物中看自己；一瞥之下，他的痛苦底意義立刻顯示。他的鬥爭是衆生萬物底大鬥爭中的一部。他的失敗只是立刻被補救了的插曲。他爲大家鬥爭着，大家爲他鬥爭着。他們分擔他的憂苦，他分享他們的光榮。

——『同伴們，敵人們，向前罷，踐踏我罷，讓我感到將會戰勝的礮車輪在我身上輾過！我不想那傷我皮肉的鐵輪，也不想那踢我腦袋的腳，我想着我的復、仇者，想着主、宰，想着巨大無比的隊伍底首領。我的血是它未來勝利底三合土……』

上帝於他並非麻木不仁的創、造、者，並非在鐵塔上瞭望他自己縱的火災的尼龍（羅馬帝國的大帝，以殘忍淫佚著稱於史。相傳紀元六十四年時羅馬大火爲其所縱。）。上帝受苦着。上帝戰鬥着。和戰鬥的人一起戰鬥，援助着痛苦的人。因爲它是生、命，是黑夜裏的一點光明，蔓延着，吞沒黑夜。但黑夜無邊，神的戰鬥永無休止；沒有人會知道戰鬥底結果。英雄的交響樂，連那些互相衝突、互相混雜的不和協音也形成一種淸門寧靜的音樂！

有如橡樹林在靜默中作着狂暴的戰鬥，生、命、在永恆的和平中戰鬥。

這些戰鬥，這種和平，在克利斯朵夫心中發出回響。他是一個貝殼，其中可以聽出海洋底濤聲。喇叭底呼號，聲響底巨風，史詩底吶喊，在控制一切的節奏上面飛過。因爲在這顆有聲的靈魂中，一切都變成了聲音。它歌唱光明。它歌唱黑夜。歌唱生命。歌唱死亡。爲戰勝者歌唱，也爲他自己、戰敗者歌唱。它唱着。一切唱着。它只是歌唱。

樂流如春雨般注入被隆冬龜裂的泥土，羞恥、哀傷、悲苦，如今都顯出它們神祕的使命：它們分裂土地，使它肥沃；痛苦底犂刀在撕破你的心的時候，墾出了生命底新泉源。原野又開滿了鮮花。但不復是上一個春天底花。一顆新的靈魂誕生了。

它時時刻刻都在誕生。因爲它的骨格還沒固定，不像那些到了發育頂點的靈魂，快要老死的靈魂。它不是一座雕像，而是在溶液狀態中的金屬。每秒鐘都從它身上造出一個新的宇宙。克利斯朵夫不想固定它的界限。彷彿一個人丟下他過去的重負，出發作一次長途旅行，懷着年青的血，自由的心，呼吸着海洋的空氣，相信他的旅行永無窮盡：克利斯朵夫便是沉浸在這種歡樂裏。在世界上奔流的創造力重又抓住了他；世界底財富裝滿了他，使他出神。他愛着，他是他的鄰人，如他自己一樣。而一切都是他的鄰人，從他踐踏的草到他握着的手。（按鄰人此處應作全人類解。）一株樹，映在山上的雲影，草坪底氣息，如蜂房般的夜間的天空，如蜂羣般的無窮的太陽……這是熱血底漩渦……他不想說話，不欲思想……笑着，哭着，在這活潑潑的神奇境域中融化！……寫作，爲何寫作？難道一個人能寫出不可言喻的境界麽？……但不管可能與否，他非寫不可。這是他的律令。種種的思念，如閃電般隨處照射他。等待是不可能的。於是他寫着，用甚麽都好，寫甚麽都好；往往他說不出在胸中湧現的這些句子是什麽意義；而在他寫着的辰光，別的思念又來了，別的……他寫着，寫在襯衣袖上，寫在帽子邊帶上；他寫得多快，他的思想就來得多快，他簡直需要應用一種速記術……

但這些不過是些不成形的筆記。當他想把這些思想灌入普通的音樂形式中時，困難發生了；他發覺從前的模子沒有一個再適用；如果他要忠實地固定他的意境，他就得先把至此爲止所聽到的、所寫過的一齊忘記，把所有學得來的形式主義和傳統技術統統推翻；摒棄這半身不遂的精神底拐杖，這張爲那些懶於思想、襲取他人見解的現成牀舖。從前，當他自以爲到了他的生命與藝術底成熟期時，——（其實他只是到了他許多生命中一個生命底頂點，）——他是用他思想發生以前就成立的言語來表白的；他的情操服從着一種現成邏輯底發展，這邏輯預先給了他一部分默書式的句子，領他柔順地走着現成路子，到達一個爲羣衆等待着的預定結局。現在，再沒有現成路了，應當由情操去開闢；思想只有跟從的分兒。他的職務甚至也不復是描寫熱情；他得和熱情合爲一體，再使他和內在的律令交融。

同時，克利斯朵夫掙扎已久而不願承認的矛盾消滅了。因爲他雖是一個純粹的藝術家，却也常常在藝術中攙入一些與藝術無關的思慮，給予它一種社會的使命。他不會覺得自己心中原有兩個人：一是創造的藝術家，全不顧慮道德後果的；一是愛思維的行動者，希望他的藝術有道德與社會作用的。他們倆有時會發生難於解決的糾紛。如今，當整個的創造律令用它本身的法則像一個高於一切的現實般威逼他的時候，他便擺脫了實用理智底羈軛。當然他絕不放棄他對於當時卑下的不道德主義的輕視；當然他始終認爲淫猥的藝術是藝術中最低下的一級，因爲那是藝術底一種病，一顆生在爛樹幹上的毒菌；但卽使爲享樂的藝術是藝術上的賣淫，克利斯朵夫也不致在另一方面去擁護爲道德的藝術這平板的實用主義，這拖着犂的閹割的天馬（按神話中以天馬隱喻詩人底星宿）。最高的藝術，最配這個名詞的唯一的藝術，是超乎一朝一夕底律令的：它是一顆射向無垠的太空的彗星。不管這股力量在實用世界中有用無用，甚至危險，它總是力，總是火，是天上閃爍的電：因爲這一點，它是聖潔的，善的。它的善，可能因幸運而在實用世界中也成爲善；但它眞正的、神聖的善，是和信仰一樣屬於超自然系統。它和它所從出的太陽相同（按神話中以太陽爲藝術之神）。太陽既非道德的，亦非不道德的。它是存、在的東西。它戰勝黑夜。藝術也是如此。

於是聽任藝術湮沒的克利斯朵夫，驚愕地看到心中湧起無名的威力，爲他所意想不到的：既不是他的熱情，也不是他的悲哀，也不是他有意識的靈魂……——而是一顆陌生的、對他的所愛所苦、對他的整個生命全不關心的靈魂，一顆歡樂的、神聖的、獷野的、不可解的靈魂！它把他當飛馬般驅策，用靴尖踐着他的脅下。當他難得有些喘息的辰光，便重讀着所寫的東西自問道：

——怎麼，怎麼這會從我的身上出來？

他此時被精神底狂亂俘虜着，那是一切天才都識得的不受意志拘束的獨立意志，『這個世界與生命底不可言喻的謎，」爲歌德稱爲「妖魔式的，」雖然他有甲冑保護，也被它屈服了。

克利斯朵夫寫着，寫着。日復一日，週復一週。有些時期，豐富無比的精神自己就能滋養自己，不可捉摸地繼續生產。只消一下子的拂觸，風裏送來的一些花粉，就可使千千萬萬的內在的萌芽生長……克利斯朵夫沒有時間思索，沒有時間生活。創造的靈魂，君臨着生命底廢墟。

隨後，一切停止。克利斯朵夫筋疲力盡，煎熬完了，渾身灼熱，老了十歲——可是得救了。他離開了克利斯朵夫，遷居到神、底身上。

一簇簇的白髮在他烏黑的頭上突然顯現，好似那些秋天底花，在九月裏一夜之間開遍了草原。新的縐痕刻劃在臉上。但眼睛恢復了寧謐，嘴巴底表情顯得把一切都隱忍下去了。他平靜了。如今，他明白了。他明白，在震撼世界的力底鐵拳之下，他的驕傲是何等虛妄，人類底驕傲也是何等虛妄。沒有一個人是自己確切的主宰。應當警戒着。因爲要是你睡了，力、就會溜入我們胸中把我們帶走……帶到何種深淵裏去呢？到那泉流枯竭的地方，把我們留在乾涸的河牀內。要戰鬥，單是願意還不夠。應當在不可知的上帝面前低首，它是隨時隨地會吹起愛情、死亡、生命的，只要它願意。人類的意志沒有它便一無所能。它只消一刹那就能毁滅多少年的勞作與努力。而如果它歡喜，它能使汚泥之中躍出永恆。沒有人能比創造的藝術家更感到自己是它的犧牲品：因爲如果他是眞正的偉大，他只說精神啓示他的說話。

於是克利斯朵夫懂得了老罕頓底明哲，他每天早上，在執筆之前，先要跪着……『警戒與祈禱。』祈禱上帝，求它和你同在。抱着虔誠與熱愛的心，和生命底精靈溝通。

夏天將盡的時節，一個巴黎朋友從瑞士過，發見了克利斯朵夫底隱居。他來探望他。這是一個音樂批評家，一向是他作品最好的評判者。和他同來的還有一個知名的畫家，也是克利斯朵夫底崇拜者。他們告訴他，他的作品獲得極大的成功：歐洲到處在演奏。克利斯朵夫對於這個消息並不表示興趣：過去於他已經死了，這些作品早已不在心上。順從着來客底要求，他拿出最近的曲子。客人完全不懂。他想克利斯朵夫變成瘋了。

——沒有旋律，沒有節奏，沒有主題的經營；只是一種流汁的星球，不會冷却的融液體，有種種的形式而沒有一個固定的形式；甚麼都不像；只是一片混沌中的幾道微光。

克利斯朵夫微笑道：

！——差不多是這個。『混沌底眼睛穿過了秩序底網膜發光……』

但來客不懂得諾伐里斯（德國十八世紀末期浪漫派作家。）底名言。

（——他才氣盡了，他想。）

克利斯朵夫並不求人瞭解。

當他的客人告別時，他送他們一程，想借此向他們誇耀山上的風光。但他不能發表多少意見。看到一片草原時，音樂批評家提起巴黎戲院底裝飾；畫家注意着色調，嚴酷地指摘它們組合得不高明，認爲是瑞士風味，好似又酸澀又平淡無味的大黃餅，霍特婁（十九世紀瑞士歷史畫家）派的東西；並且他對自然界也並不知，何掩飾他的淡漠。他裝做不知道有它。

——自然界？這是什麼東西？我不認識！有了光和色就行！自然界，我可不管……

克利斯朵夫和他們握了手，讓他們走了。所有這一切都不復使他動心。他已經在窪地底那一邊。而這是好的。他不會對任何人說：

——要到我這裏來，得走同樣的路。

幾個月來把他燃燒的火低落了。但克利斯朵夫心中依舊保持着令人和煦的暖氣。他知道，火會得再燃，要不是在他身上，就在另一個身上。不管它在哪裏，他總是一樣的愛它：它總是同樣的火。在此九月裏白日將盡的時分，他覺得它充滿着整個自然界。

他望着回家的路走。一陣暴雨過去了。又是陽光遍地。草原上冒着煙。蘋果樹上成熟的果實掉在潮濕的草裏。張在柏枝上的蜘蛛網，還有雨滴閃閃發光，髣髴米賽納（神話中古城名）古式的車輪。濕透的林邊，啄木鳥急激地笑着。成千成萬的小黃蜂在陽光中飛舞。連續而深沉的嗡嗡聲，充塞着古木成蔭的穹窿。

克利斯朵夫站在林中一片空地上，在山坳中間，一個整齊的橢圓形的山谷，滿照着夕陽：泥土赭紅；中間是一小片金黃色的田，晚熟的麥與深黃的燈心草。四周，一帶在秋色中成熟的樹林：紅銅色的櫸樹，栗樹，淡黃的清涼茶樹掛滿着珊瑚似的果實，櫻桃伸着火紅的舌頭，黃葉的苦桃叢，佛手柑，褐色的燧艾髣髴一堆燃燒的荊棘。在此滿着火燄的盆中央，一頭爲陽光與果子迷醉的雲雀在飛翔。

而克利斯朵夫底心靈就像雲雀一樣。牠知道等一會就要墜下，而且還要墜下無數次。但牠也知道牠會永不疲倦的望火焰中飛昇，唱着牠嚦嚦的歌聲，和那些在天國底光明之下的同伴說話。

卷九終

卷十·復旦

末卷序

我寫下了行將消滅的一代底悲劇。我全沒想要隱蔽它的缺陷與德性，它的沉重的悲哀，它的渾沌的驕傲，它的壯烈的努力，和在一件超人事業底重負之下所感到的沮喪：——得重新締造的整整一個世界，一種道德，一種美學，一種信仰，一個新的人類。這便是我們過去的歷史。

今日的人們啊，青年們啊，現在要輪到你們了！把我們的身體當作你們的墊脚石而前進罷。願你們比我們更偉大、更幸福。

我自己也和我過去的靈魂告別了；我把它丟在後面，像一個空殼似的。生命是一組連續的死亡與復活。克利斯朵夫，我們一齊死去再生罷！

羅曼、羅蘭　一九一二年十月

第 I 部

復旦

Du holde Kunst, in wie viel granaden Stunaden...

（你，可愛的藝術，在多少黯澹的光陰裏……）

生命飛逝。肉體與靈魂如流波。歲月鐫刻在老去的樹身上。整個形相底世界消耗着，更新着。不朽的音樂，唯有你常在。你是內在的海洋。你是深邃的靈魂。在你明徹的眼瞳中，人生決不映現它陰沉的面貌。成堆的雲霧，灼熱的、冰冷的、狂亂的日子，爲煩躁不安追逐着的，爲任何事物不能固定的，都遠離你了。唯有你常在。你是在世界之外的。你是獨自成爲一個世界的。你有你的太陽，引導着你的行星羣，你的吸力，你的數，你的律。你的星羣，在黑夜的太空中和平地畫出光明的線痕，——髣髴由一頭不可見的金牛拖曳着的銀鋤。

音樂，清明寧謐的朋友，你的月白色的光，對於被此世強烈的太陽光照得眩暈的眼睛是多麼柔和。人們用脚攪動着公共的水場想喝水，但那不願與世爭飲的靈魂，却急急撲向你的乳房，喝着你的像溪流般的幻夢底乳汁。音樂，童貞的母親，在你純潔的身體中蓄積着一切的熱情，你的眼睛，像那冰山上流下來的青白的水色，含有一切的善，一切的惡，——你是超乎惡，超乎善的；凡是棲息在你身上的人都生活在時間之外；以後的日子不過是一日；吞沒一切的死亡會折斷它的牙齒。

音樂，你曾撫慰我痛苦的靈魂，音樂，你曾使我恢復寧靜、堅定、與歡樂，——恢復了我的愛與我的善，——音樂，我吻着你純潔的嘴，我把你的臉埋藏在你蜜也似的頭髮裏，我把我灼熱的眼皮偎依在你柔和的手掌中。我們緘默着，閉上眼睛，我却從你眼裏看到不可思議的光明，我從你緘默的口中領受到微笑；我便依靠在你心頭，聽着永恆的生命跳動。

克利斯朵夫不復計算那飛逝的年月。一滴一滴地，生命過去了。但他的生、命、是在別處。它是沒有歷史的。它的歷史是他創造的作品。音、樂、泉水底長流無盡的歌聲充塞了靈魂，使它不復感到外界底喧嚷。

克利斯朵夫勝利了。他的名字君臨着一切。他的頭髮白了。年齡到了。他却毫不介意；他的心永遠年青；他的力，他的信仰，絲毫沒有減損。他重新獲得了寧靜；但這不復是『燃燒的荊棘』以前的寧靜。他心靈深處保存着暴雨底震動，保存着騷動的海洋使他在深淵中看到的東西。他知道沒有人不獲得控制戰爭的神底允許而能自命爲自己的主宰。他靈魂中具有兩顆靈魂。一顆是一片高崗，受着風雪吹打。另外一顆是控制着前者的、浴着光明的積雪的高峯。要在上面逗留固然不可能；但當你被下界的霧凍得冰冷的時光，你是識得上達太陽的路徑的。在克利斯朵夫霧一般的靈魂中，他從來不覺孤獨。他感到身旁有那強健的女友，賽西爾，睜着巨大的眼睛向天空凝聽；他也像聖保祿一樣——在拉斐爾畫上的，——緘默着，沉思着，靠在劍上，既不惱怒，也不復想到戰鬥；他建造着他的夢。

在他一生底這一時期，他的寫作尤其偏重於鋼琴曲與室內音樂。在這裏面，一個人更自由更大膽；思想與實現之間也更直接：因爲實現不致於有中途衰疲的時間。弗萊斯高白第（十七世紀意大利作曲家），哥巴冷（十七—十八世紀時法國作曲家。），修倍爾脫，曉邦，由於他們大膽的詞藻與風格，先於樂隊革命者五十年。從克利斯朵夫那雙揑塑音響的有力的手裏，產出大塊的新和聲，令人眩暈的和弦，與今日的感覺所能接受的聲音只有一些極遼遠的關係；它們對於精神的影響，無異一些神聖的咒語。——但一個大藝術家在深入海底的旅行中帶回來的勝利品，羣衆必須有相當的時間纔能習慣。跟踪克利斯朵夫大膽的晚年作品的，只有少數人。他的榮名完全建築在他早期作品之上。獲得了成功而不被瞭解，比着不成功更難堪，因爲這是無可挽救的。在他唯一的朋友死後，這種不獲瞭解的情操使克利斯朵夫更加偏向於逃避社會這憂鬱的傾向。

可是，德國底大門對他已經重新開放。在法國，悲慘的暴動事件早被遺忘。他愛到哪兒就可到哪兒。但他怕那些在巴黎等着他的回憶。至於德國，雖則他回去了幾個月，雖則他還不時回去指揮他的作品，却並不久居。那邊使他難受的事情太多了。這些情形固然不是德國所獨有，固然到處都是一樣。但一個人對於自己的國家總比對別人底更苛求，對於本國底弱點更感痛苦。並且，德國也的確擔負着歐洲最沉重的罪過。一個人勝利的時候，就得對他的戰敗者負責，好似欠了他們一筆債；你無形中有走在他們前面、爲他們引路的約束。勝利的路易十四，爲歐洲帶來了法蘭西理智底光彩。色當戰役底勝利者，德國，它將給世界帶些什麼光明來呢？刀劍底閃光麼？一種沒有翅翼的思想，一個沒有慈悲心的行動，一種粗暴的、甚至也不是健康的理想主義；只有武力與利益：掮客式的戰神。四十年來，歐羅巴懷着恐怖的心理，沉淪在黑暗中。太陽在勝利者底鋼盔下面隱去。要是無力抵拒的戰敗者只值得鄙視與憐憫，那麼，頭戴鋼盔的人又值得受人家何種情操？

不久以來，白日開始再生；一道道的光明從罅隙中透露。爲要成爲第一批看到日出的人中的一份子，克利斯朵夫走出鋼盔底陰影，自願回到他從前亡命的國土，瑞士。好似當時多少渴慕自由的心靈在敵對的國家底狹隘的圈子裏感到窒悶一樣，他尋找一個可以超臨歐羅巴而呼吸的地方。從前，在歌德底時代，思想自由的教皇所統治的羅馬，曾經是一切民族底思想家棲息的島嶼，有如躲避大風雨的羣島一般。如今，又是哪個避難所呢？島嶼被海水重新淹沒了。羅馬已不復存在。羣鳥飛離了七星崗（按羅馬城建立在七座山崗之上，故言）。——爲牠們，阿爾卑斯山還是依然如舊。這裏，在貪婪的歐羅巴中心，存在着（還有多少時間呢？）這個二十四郡的小島（按瑞士全國分爲廿四郡）。當然在此決無千載古都底詩意的幻影；歷史也不會在空氣中攙入神明與英雄底氣味；但這赤裸的地上發出一道強有力的音樂；山脈底線條有着雄壯的節奏；而且在此比任何地方都更使你感到與原始力量的密切相接。克利斯朵夫到這裏來並非尋求一種多愁善感的情調。一片田野，幾株樹木，一條溪水，闊大的天空，就够他生活。固然，他本鄉底寧謐的面目，比着阿爾卑斯山中巨神式的戰鬥於他更顯得親切。但他不能忘記他是在這裏重新覓得他的力量的；是在這裏，上帝在燃燒的荊棘中顯現的；他每次回來，總有一縷感恩與信仰的顫抖。這樣的人決不止他一個。多少爲人生殘害的戰士，在這塊土地上重獲必需的毅力來繼續戰爭，來保持他們對於戰鬥的信仰！

因爲在這個國土裏生活的緣故；他慢慢地認識它了。多數的過路旅客只見它的疵點旅館底癩病，把這塊土地上最美的景色糟塌了，這些外國人麕集的城市，世界上最肥的人來賠回他們健康的大倉庫，這些承包客飯的馬槽，這種把肥肉丟在溝壑裏餵野獸的暴殄天物，這些游戲場中的音樂，配合着小鳥底聲音，這些意大利俳優底可厭的叫囂，使一般煩悶的有錢的混蛋眉開眼笑；還有舖子裏無聊的陳列品：什麼木熊啊，木屋啊，胡鬧的小玩藝啊，老是那一套，毫無新鮮的發明；誠實的書商出賣着淫猥的書籍，——所有下賤的道德氣息充滿着這些場所。每年無聊地到這裏來的成千成萬的有閒者，在賤民底娛樂之外不知道找到更高卓的娛樂，甚至也不知道同樣富於刺戟的東西。

至於這個國土裏的民族，他們的地主底生活，他們是完全不認識的。他們萬萬想不到幾百年來在此積聚着的道德力與公民自由，想不到加爾文與辛格里（十五六世紀時瑞士宗教改革家。）底火災中的薪炭還在灰燼下面燃燒，想不到這種爲拿破侖式的共和國所永遠不知道的強毅的民主精神，想不到這種制度底簡單與社會事業底廣大，想不到西方這三個主要民族（按瑞士民族爲德法意三族組成。）底合衆國所給予世界的榜樣，未來歐羅巴底縮影。他們更其想不到包裹在這硬殼中的仙女，鮑格林底獷野的、閃電似的夢境，霍特斐底聲音嘶啞的英雄主義，高脫弗烈特、凱萊底清明淳樸與坦率無礙，大詩人史比德雷底巨型的史詩與天國的光明，通俗節慶底活潑潑的傳統，在粗糙而古老的樹上醞釀的春天底活力：所有這個年事尚少的藝術，有時會刺戟你的舌頭，像那些野梨樹上生硬的果實一般，有時有一股青黑苔桃底平淡的甜味，但至少令人感到大地底氣息，是一般獨學自修的人底作品，而他們這種含有古風的修養，並未使他們和大衆分離，他們仍和大衆讀着同一部生命底寶典。

克利斯朵夫愛好這般不求顯耀、但求生存的人。雖則新近受着德美兩國底工業化影響，但質樸殷實的古歐洲一部分最能令人安息的特點，依舊由他們保存着。他在他們中間交結了兩三個好朋友，嚴肅的，忠實的，過着孤獨的生活，懷念着他們的過去；用着一種宗教的宿命觀，一種加爾文式的悲觀主義，（都是些灰色的偉大的心靈）眼看古老的瑞士日漸消滅。克利斯朵夫難得和他們相見。他的舊創在表面上已經結疤；但傷口太深，不能完全痊癒。他怕和人們重新發生關係。他怕再去置身在情愛與苦惱底索鍊中。他所以在這個容易過孤獨生活的國家感到舒適，所以在陌生人中做一個陌生人，一部分也是爲這個緣故。並且他也不在同一地方住久，常時遷居：髣髴一頭需要空間的流浪的老烏，他的王國是在天上……

夏天底一個傍晚。

他在村子高頭的山上漫步。手裏拿着帽子，他走着一條蜿蜒向上的路。到拐灣的地方；小路在陰影中屈曲成兩個斜坡；四周是低矮的胡桃樹與柏樹。好像一個與世隔絕的小天地。在窪地兩端，髣髴已經路盡，只看見小徑在空處底邊緣上突然隆起。前面是藍色的遠景，明朗的天空。黃昏底靜謐一點一滴地蔓延，有如蘚苔下一條琤琮的流水……

她在另一個拐彎處出現。穿着黑衣，襯着明亮的天空格外顯著；後面跟着兩個六至八歲的孩子，一男一女，玩耍着，採着花。他們在相距幾步的地方彼此辨識了。眼裏都流露出感動的神色；但沒有一句驚嘆語，僅僅有一個表示詫異的手勢。他，很惶惑；她……口唇微微顫動。大家停住了。差不多低聲地說着：

——葛拉齊亞!

——您在這裏!

他們握了手，一言不發。結果還是葛拉齊亞先振作起來打破沉默。她說出她寄居的地方，問他的住所。機械的問答，當場他們幾乎不會聽，直到分別以後纔聽見：他們彼此凝視着。孩子們跟上來了。她引見他們。他暗中感到一股敵意，全無好感的瞧了一眼，不則一聲：他心中只有她一個，全神貫注着研究她痛苦而衰老的、美麗的臉。她被他看得侷促起來，便道：

——今晚您願意來麼?

她說出旅館底名字。

他問她丈夫在哪裏。她把身上穿的喪服給他看。他感動之下，不能繼續談話，舉動笨拙地和她告別了。但走了兩步，他又回到正在採摘楊梅的孩子身旁，突然抓着他們擁抱一下，急急忙忙走了。

晚上，他到旅館去。她在玻璨陽台下等着。兩人離得遠遠的坐下。四周沒有多少人：只有兩三個老年紀的。克利斯朵夫暗暗氣惱他們在場。葛拉齊亞望着他。他望着葛拉齊亞，嘴裏輕輕地念着她的名字。

——我大大地改變了，是不是？她問。

他胸中充滿着感情，說道：

——您曾經有過痛苦。

——您也是的，她憐憫地說，一邊望着他被苦惱與熱情鞭擊過的臉。

之後，他們再也找不到說話。

——我求您，他過了一會說道，換一個地方罷！難道我們不能在一個單獨相對的場合談話麼？

——不，我的朋友，留在此地罷，我們不是很舒服麼？誰注意我們？

——我不能自由說話。

——這倒更好。

他當時不懂。過後當他把談話在記憶中回想一遍時，他以爲她不信任他。其實她是本能地害怕感情激動；她要藏在一個安全之所來避去心底騷擾，甚至她寧願在旅館底一間客室中受着旁人監視，以便保護她內心的惶亂。

他們把過去的境況低聲敍述了一個大概，談話中間常常參雜着沉默。裴萊尼伯爵在幾個月前在決門中送了命；於是克利斯朵夫明白她和他不很幸福。她也失掉了第一個孩子。她避免一切怨歎，自動轉換話題來詢問克利斯朵夫，聽着那些磨鍊表示親切的同情！

教堂裏的大鐘奏鳴着。這是一個星期日底晚上。時間中止了……

她請他大後天再來。這種並不急於和他再見的表示使他難過。快樂與哀傷在他心裏交融。

明天她借端一件事情寫信叫他去。這一個平凡的字條使他大爲高興。這一次，她在私人客室裏會他了。兩個孩子和她在一起。他望着他們，還有一些惶惑，但抱着極大的溫情。他覺得那個小姑娘——年長的孩子，——肖似她的母親；却不問那個男孩像誰。他們談着當地的風土，天氣，在桌上打開着的書本；——他們的心却講着另一種言語。他想和她談得更親切一些。但進來了一個她在旅館中結識的女友。他看見葛拉齊亞用着可愛的禮貌接待這個陌生人；她似乎在兩個客人中並不有所區別。他又爲之悲傷了；但並不怨她。她提議同出散步，他接受了；有這另一個女子爲伴——

雖則她是年青而令人愉快的，——使他大爲心冷；他的一天給糟掉了。

直到兩天以後他纔和葛拉齊亞重新相見。在這兩天之內，他只爲了那個將要和她共同消磨的時間而生活着。——這一次他依舊不能向她傾訴。儘管顯得很温良，她可絕不放鬆她矜持的態度。再加克利斯朶夫底日耳曼式的感傷，愈加使她侷促不安而本能地反抗起來。

她用着親切的字句答覆他：抱歉地說到她這種不由自主的戒心，從她精神受傷以來始終保持着的；這矜持底習慣，她沒有法子排除；一切太強烈的表白，卽使所表白的情操是眞實的，也會使她難堪，使她駭懼。但她感到久別重逢的友誼底價值；在這一點上，她和他一樣快活。她請他晚上去用餐。

他心坎裏充滿了感激。在旅館房裏，躺在牀上，他把頭倒在枕上大哭起來。十年孤獨底鬱積一齊解放了。因爲從奧里維去世以後，他一直孤獨着。而這封信給他渴望温情的心帶來了復活底呼聲。温情啊！……他以爲早已斷念的確他也不得不放棄這希望！如今他纔感到何等的缺乏温情，他心中蘊積着多少的熱愛。

甜蜜的、聖潔的夜晚……雖則一些不想隱藏，他却只能和她談些不相干的題目。但他聽從了她目光底要求，在琴上說出何等慈愛的言語！她對於他謙遜的心非常訝異，因爲這個人是她一向認爲驕傲而暴烈的。當他告別時，他們靜默的握手說出彼此是重新找到了，再不會相失。——外邊下着雨，沒有一些風聲。克利斯朵夫底心歌唱着……

她在此只有幾天底勾留了，而她也不把行程延緩一小時，他旣不敢要求，也不敢怨歎。最後一天，他們單獨帶着孩子們散步；到了一個時間，他心裏充滿着熱愛和幸福，竟想和她說出來；但她做一個很溫柔的姿勢，微笑着把他擋住：

——別則聲！我感到您所能和我說的一切。

在他們相遇的那個小路底拐彎處，他們坐下。她老是微笑着，望着脚下的山谷；但她所見的並不是山谷。他凝視那張被痛苦留下標識的秀美的臉，在濃密的黑髮中間，到處有白髮呈現。對於這個印着心靈苦痛的肉體，他感到一股憐憫的、熱烈的敬意。在這些時間底傷痕中，靈魂到處可以見到。——於是他用着輕微而顫抖的聲音，請求她當作一件特殊的恩寵般給他……一根白髮。

她動身了。他不懂她爲何不要他送。固然他相信她的友誼；但對她的矜持感到失意。他不能在這個地方再住兩天，也望另一方向出發。他設法把他的思想消耗在旅行與工作方面。他寫信給葛拉齊亞。兩三星期以後，她短短的覆了他一封信，其中表示一種恬靜的友誼，沒有煩躁的，沒有不安的。克利斯朵夫對之又是痛苦又是憐愛。他認爲自己沒有權利責備她。他們的感情是最近的；最近纔更新的！他惟恐把它失去。可是從她那邊來的每一封信都令人感到一縷光明磊落的恬靜，可以使他安心。但她和他多麼不同！……

他們相約秋末在羅馬相會。要是沒有重見她的思念，這旅行對克利斯朵夫是沒有多大魅力的。他長時期的孤獨使他成爲一個閉戶不出的人；他再沒興緻作這些無謂的奔波，爲今日狂熱的有閒階級所樂於從事的。他怕改變習慣，對於精神底有規律的工作發生危險。而且意大利全然不能吸引他。他對於它的認識，只限於『自然主義作家』底腐敗的音樂和男高音歌曲，爲意大利定期感應那些旅行中的文人的。他對它懷着一個前鋒藝術家所感到的戒心與敵意，因爲他在一般最無聊的學院派口裏聽見提到羅馬的次數太多了。還有北方人本能地嫉忌南方人的那個老毛病作祟，或至少對於這個在北方人眼裏代表南方人的自吹自擂的典型，抱着強烈的反感。只要一想起，克利斯朵夫就鄙夷地撅起嘴來……不，他絕對沒有意思去和沒有音樂的民族擴大交遊。——（他依着他過火的習慣這樣地稱呼意大利，他說：『因爲今日的歐洲，憑着它的撚撥曼陀鈴和大叫大喊的趣劇歌唱，在音樂方面還有甚麼地位？』）——但葛拉齊亞是屬於這個民族的。爲要和她重新相遇起計，克利斯朵夫還有甚麼路不肯走？在未遇到她以前，他只消對一切都閉上眼睛就行。

閉上眼睛，那是他久已習慣的了。多少年來，他的護窗都對着他的內心生活緊閉着！在此秋天將盡的時節，這尤其必需。淫雨連綿，三星期沒有休止。之後，又是濃雲像一頂灰色帽子般籠罩着瑞士底山谷，瑟縮的，潮溼的。眼睛已經失去了陽光底回憶。要在自己心中重新覓得這陽光底蘊蓄的精力，先得使周圍漆黑，然後緊閉着眼皮，下降到鑛穴裏，下降到幻夢底地道裏。在此石炭堆中，纔沉睡着死去的日子底太陽。但一個人匍匐着壁掘過後，回出來時渾身灼熱，脊骨與膝蓋僵硬了，四肢變形了，眼睛眩暈，好似夜晚出現的鳥一般。好幾次，克利斯朵夫從鑛穴中取出辛辛苦苦提鍊成的陽光，用以溫暖冰凍的心。但北方底夢境令人感到兩極底溫度。當你在內心中生活時是不覺得的；你愛這沉重的暖氣，愛這半明半暗的天光和裝滿着沉重的頭腦的幻夢。一個人愛他的所有。應當知足！……

一出阿爾卑斯底關塞，克利斯朵夫迷迷糊糊的坐在車廂一角，窺見純潔的天空和流瀉在斜坡上的光明，覺得如在夢中一般。在關塞那邊，他纔丟下那黯澹的天色，黃昏的日光。突如其來的改變使他在歡喜之前先覺驚奇。他需要相當的時間，纔能使他愉悅的心靈慢慢寬弛，戳破那幽閉它的殼，使他的心從過去底陰影中顯露出來。但隨着太陽底移動，柔和的陽光照着他的手臂，於是他忘記了過去的一切，貪饞地享受着視覺底快感。

彌蘭周圍的平原。白日底眼睛反映在青色的運河裏。脈管似的支流在絨毛似的稻田中穿過。秋天的樹木，又瘦削又苗條，優美的軀幹戴着一簇簇赭色的絨毛。文西畫上的山水，積雪的阿爾卑斯，照耀着柔和的光，雄偉的線條包圍着地平線，上面點綴着橙黃的、青黃的、淡藍的色彩。黃昏降在阿窣拿山脈上。羊腸小徑沿着嵯峨的山峯蜿蜒而下，曲折的節奏重複，交錯，好似南方的一種舞蹈。——突然之間，山坡下吹來海水雜着橙樹的氣味。海，拉丁的海和它乳白色的光，海面上飄浮着小船，睡着，捲起着帆……

火車停在海邊一個漁村上。人家和旅客們說，因爲大雨之故，在熱那亞與比士之間，有一個隧道給冲毀了；所有的火車都遲到好幾小時。克利斯朵夫本來買着直達羅馬的車票，對於這樁旅客們紛紛抗議的意外事件倒很高興。他跳下月台，向吸引他的大海跑去。他甚至被吸引到兩三小時以後坐在一條小船裏對那呼嘯着重新出發的火車喊着『再會!』在明亮的海上，明亮的夜裏，他聽任微波蕩漾，把他催眠着，循着小杉樹環繞的海角前去。他在村中安頓下來，在不斷的快樂中過了五天。他好似一個人在長期禁食之後狠吞虎嚥一般。他用所有的飢餓的感官吞食着莊嚴燦爛的光明……光明，世界底血，生命底河，你從我們的眼裏、鼻孔裏、口唇裏、皮膚底一切毛孔裏灌注人我們的肉體，啊，對於生命比麵包更重要的光明，——凡是看見你卸下北方底面網，顯得純粹、灼熱、赤裸的人，不禁要自問怎能沒有你而過活，不禁要懂得他從此再不能不渴慕你而過活。

五天之中，克利斯朵夫耽溺在太陽底醉意裏。五天之中，他第一次忘記他是音樂家，他的生命底音樂一變而為光明。空氣，海洋，與陸地：這是太陽底交響樂！而意大利是用了何種天賦的藝術應用着這個樂隊！別的民族照着自然描繪；意大利却和自然合作；他和太陽一同描繪。色彩底音樂。一切都是音樂，一切都在歌唱。路上的一堵紅牆，露出金色的隙縫；上面，兩株杉樹戴着濃厚的鬈髮；四周是藍得異樣的天。一座大理石的梯子，雪白的，陡峭的，在粉紅的牆中間直達一個藍色的門面。五色雜陳的房屋，杏子，檸檬，佛手柑，在橄欖樹中發光，藏在樹葉叢中的美妙的果子……意大利底景色是一種感官底刺激；眼睛享受顏色，好似舌頭體味一個又香又多汁的果子。克利斯朵夫又貪饞地留戀着這新的筵席；他一向被困在灰色的視覺中，如今他向這種禁欲主義報復了。被命運壓抑的他的豐富的天性。忽然意識到他從未應用過的享受底力量；它們抓住那些擺在眼前的俘獲物：氣味，顏色，天籟與大海底音樂，空氣與光明底醉人心脾的撫愛……克利斯朵夫萬念俱消，享受着最大的幸福。他偶而從這境界中出來時，不過是為把他的歡樂告訴他所遇到的人：告訴他的舟子，一個老漁翁，生着一雙銳利而多皺的眼睛，戴着一頂佛尼市參議員式的小帽；——告訴他唯一的同餐者，一個彌蘭人，喫着通心粉，骨碌碌的轉動着奧賽羅（莎翁著名悲劇中的主角）式的眼睛，凶狠的，燃燒着怒火，一個冷酷無情的人；——告訴飯店裏的侍者，托盤的時候曲着肘子，彎着胳膊與身軀，好似貝尼尼（意大利十七世紀畫家兼彫刻家。）式的天使；——告訴一個年輕的聖、約翰，投射着富有風情的眼色，在路上求乞，手中拿着一只帶着綠葉的橙子作爲獻禮。他招呼那些放浪的車夫，腦袋埋在車篷下，斷斷續續哼着永遠哼不完的一支鼻音極重的歌。他駭怪地發覺自己竟唱起『鄉村騎士』來了！（按此曲爲意大利輕快的趣歌劇，素爲克利斯朵夫所厭。）他旅行底目的忘掉了。他急於要到達目的地和葛拉齊亞相會也忘掉了：……忘掉了，直到那心愛的形象重新浮現的那天。這是由於在路上遇到的一道目光底鑿觸呢，還是由於一種沉着而帶歌唱調子的聲音底喚引？他不會覺察。但到了一個時間，在他四周的一切景物裏，在蓋滿橄樹林的小山上，在強烈的陽光與濃厚的陰影交錯着的阿卑拿山脈高脊上，在橙樹林中，在海洋底深沉的呼吸裏，女朋友底笑容光彩四射的呈現了。葛拉齊亞底眼睛，借着空氣裏無量數的眼睛望着他。她在這塊地上開滿着，好似薔薇樹上的薔薇一般。

於是他重新向羅馬進發，任何地方不再停留。意大利底古蹟，過去的藝術城市，甚麽都不曾引起他的趣味。在羅馬，他一無所見，甚麼也不想看見；而且他在路過時先看到的，只是一些沒有風格的新市區，方形的屋子，使他再也不想多去認識。

一到羅馬，他立刻去見葛拉齊亞。她問道：

——您從哪條路來的？在彌蘭，在翡冷翠躭擱了麼？

——不，他說，躭擱下來幹麼？

她笑了。

——美妙的回答？那您對羅馬又作何感想？

——毫無，他說，我一無所見。

——還沒有麼？

——，沒有。沒有一刻兒功夫。一出旅館。我就到您這兒來了。

——只要走幾步路就可看到羅馬……瞧對面這堵牆……只消看它的光就得。

——我只看見您，他說。

——您是一個瘋子，您只看見您的念頭。那末您幾時從瑞士動身的？

——八天以前。

——八天以來您做些什麼呢？

——我不知道。我隨便停留在一個近海的地方。我簡直不大留心它的名字。我睡了八天。睡，張着眼睛睡。我不知見到些什麼，不知夢些什麼。我相信夢見了您。我只知道那是很美的。但最美的是我把一切都忘了……

——謝謝，她說。

（他却不曾聽見。）

——一切……他繼續說道，忘記了當時的一切，以前的一切。我好似一個新人重新開始生活。

——不錯，她用着含笑的眼睛望着他說。自從我們上次相遇以後，您是改變了。

他也望着她，覺得她也和他回憶中的她差得很多。並非說她在兩月中有何改變，而是因爲他用嶄新的眼光看她之故。在瑞士，舊日底形象，年青的葛拉齊亞底淺淡的影子，還在他目光中和當前的朋友交錯着。如今，在意大利底陽光之下，北國底幻夢融化了；他在淸明的日光中看到了愛人眞實的肉體與靈魂。她和當年像一匹牝鹿般禁錮在巴黎的情形差得多遠，也和他在她初婚時重新遇到她而又立卽離別的少婦差得多遠！從翁勃里底小聖母中，長成了一個美貌的羅馬女子：

眞實的色彩，結實的身體，充滿着精華。

她的外形顯得豐滿和諧；她的肉體有一股高傲的、慵懶的氣息。恬靜底雰圍包裹着她。她酷嗜陽光遍地的靜寂，凝神不動的幽思，暢適地體味生活底和平，爲北方的靈魂從來不能深切認識的。她在過去中特別保留下來的，是她廣大的慈悲心，爲她參雜在所有別的情操裏的。但人們在她光明的笑容中還能窺見一些新的東西：一種傷感的寬容，一種慵懶，一種幽默的氣息，一種平靜的善良意識。年齡把她蓋上一層冷淡的帷幕，使她不會再受情感欺騙；她難得披露衷曲；而她的溫情，用一副洞燭一切的笑容，謹防爲克利斯朶夫難於遏制的熱情衝動。除此以外，她有她的弱點，有聽任使性的時間擺佈的日子有爲她自己所嘲弄但不想加以壓抑的賣弄風情。對一切都不加反抗，對自己也是如此：在一個極端善良而有些疲倦的天性中，這是一種柔和的宿命主義。

她接待很多客人，也不怎樣選擇，——至少在表面上；——但因她一般密切的朋友普通都屬於同一社會，呼吸着同樣的空氣，受着同樣的習慣薰陶，所以這個社會也就形成一種質地相同的和諧，和克利斯朵夫在德法兩國所遇到的大不相同。多數是意大利舊家，不時靠着外族通婚來增加活力的；他們中間有一層表面上的國際色彩，四種主要的言語很通行，西方四大國底靈智產物交融得很好。每個民族在其中加入一些零錢，猶太人帶來他們的不安，盎格魯、撒克遜人帶來他們的沉着；但一切都在意大利的大缸中立刻溶化了。當盜魁匪首稱王的時代在一個民族身上鐫下某種高傲的側影和貪慾時，質地儘可改變，痕跡老是留着。那些似乎最意大利式的面貌，呂尼（十五六世紀時意大利畫家，）式的微笑，蒂相（十五六世紀時意大利佛尼市派大畫家）式的沉靜而肉感的目光，亞特里海或龍巴平原底鮮花，會在移植到拉丁古土來的北方灌木上開放。不管你塗在羅馬畫板上的是何種顏色，調出來的總是羅馬色彩。

克利斯朵夫雖不能分析他的印象，却也在那些往往很庸俗而有幾個還在庸俗以下的心靈身上聞到這千年教養底香味，感到古文明底氣息，爲之歎服。微妙的香味；只有一些極其平凡的依據，一種體貼人微的風情，舉止底温柔，懂得表示慇懃而仍保持他的機詐與身分，一瞥一笑之間表示出高雅的細膩，隨機應變的與嬌慵疏懶的聰明，帶着懷疑色彩，善於變化，非常自然。毫無僵硬與強悍的成分。毫無書本式的迂腐。在此，你不用害怕遇到像那巴黎社交場中的心理學家伺伏在眼鏡後面，也不會有那種德國博士們底軍人萬能主義。此地有的是人，簡單的人，合於人情的人，完全像丹朗司（紀元前二世紀時拉丁喜劇詩人）和西比翁、愛彌里安（紀元前二世紀時羅馬貴族黨的首領。）底朋友們一樣……

我是人……

美麗的外觀！這裏所表現的生命是浮表的成分多而眞實的成分少。內裏是無可救藥的輕佻，和一切國家的時髦社會一樣。但它和別國底輕佻不同的地方是它具有銷沉這一個民族性。法國底輕佻連帶着一種神經質的狂熱，頭腦老是在騷動，卽使是空轉。意大利底頭腦却會得休息。它只嫌太會休息。睡在溫和的陰影裏，枕着萎靡的享樂主義和愛好嘲弄的智慧，確是很甜蜜——這種智慧富有彈性，相當好奇，實際却是異乎尋常的麻木。

所有這些人都缺乏堅決的意見。他們抱着同樣的玩弄主義參與政治，參與藝術。我們可以看到一般可愛的天性，美麗的意大利貴族底臉龐，細膩的容貌，聰明而溫和的眼睛，安詳的舉止，用着一顆親切的心愛好自然，愛好古代的畫家，愛花，愛女人，愛書籍，愛精美的烹調，愛鄉土，愛音樂……他們甚麼都愛，却甚麼都不偏愛。有時他們覺像一無所愛。愛情原在他們的生活中佔着極大的位置；但這是以不擾亂他們爲條件。它也是銷沉的，懶惰的，像他們一樣；即使在熱情中間，它也甘於有一種家常親狎的性質。他們的聰明，很堅實，很和諧，却甘於怠惰，一切思想底不同點儘可在這怠惰中相遇，決不致衝突，倒是能夠若無其事的聯合起來，微笑着，鋒芒給挫鈍了，變成無害的了。他們害怕澈底的信仰，害怕過激的黨派，只有在模棱兩可的決定和若有若無的思想中間纔覺得舒服。他們都抱着自由保守黨的精神，需要一種不高不低的政治與藝術：需要那種氣候療養地，使得一個人沒有氣喘與心跳底危險。在高陶尼（十八世紀意大利喜劇詩人。）底懶惰的劇中人裏，或在孟索尼（十九世紀意大利詩人兼小說家。）底平均的，散漫的光線中，他們可以認出自己的面目。但他們的嬌慵疏懶並不因之感到不安。他們不會像他們偉大的祖先般說：『先要生活……，』而是會說『第一要安安靜靜的過活……』

安安靜靜的過活。這是大家底意志與心願，就是那些最強毅的，指揮政治行動的人也是如此。假定有一個權術家，能够支配自己，也能支配別人，心腸像頭腦一般冷，智慧清明而多慮，懂得而且敢用一切的手段去達到他的目的，準備把他所有的朋友為他的野心犧牲，却就能把他的野心為了一件獨一無二的事情犧牲：卽是為了那神聖不可侵犯的『安安靜靜的過活。』他們需要長時期的麻木。然後，當他們從麻木中出來的時光，好似從酣睡中醒來一樣，變得神清氣爽；這些沉着的男人，這些閑靜的聖母，會突然興奮起來，有說有笑，快快活活的應酬交際：他們需要借着手舞足蹈、大叫大嚷、古怪的諷刺、荒唐的興緻，來消耗他們的精力：他們扮演着滑稽歌劇。在這些意大利肖像中，我們難得找到思想底痕跡，難得找到炯炯有光的瞳子，被永無休止的精神工作磨得消瘦的臉龐，像我們在北方見到的那樣。可是，這裏也如到處一樣，也不乏自磨自苦的心靈，在淡漠無情的外表之下掩藏着它們的創傷、欲望、憂慮，而故意裝做麻痺。此外，在某些心靈中，還有奇怪的遁脫的現象，畸形的，乖張的，暗示出一種曖昧的精神病，爲那些衰老的民族獨有的，——有如在羅馬郊外突然分裂的斷層岩。

這些靈魂，這些隱藏悲劇的、平靜的、愛取笑的眼睛，自有一種慵懶的謎；而這個謎也不無魅力。但克利斯朵夫並沒興緻去承認這魅力。他看見葛拉齊亞處在這些時髦人物中間，非常氣惱。他恨他們，恨她。他埋怨她，好似他埋怨羅馬一樣。他足跡稀少了，暗中發願要動身。

但他並不動身。他不由自主地感到這個使他氣惱的意大利社會底魔力。

暫時他孤獨着。他在羅馬城內城外亂逛。羅馬的陽光，地形起伏的花園，被旭日輝耀的海像腰帶般環繞着的郊野，慢慢地把這迷人的土地底祕密顯示給他。他發誓不趨移一步去看那些已死的建築物，裝做瞧不起它們；他咕嚕着說等它們來找他。它們果然來了：他在崗巒起伏的城中散步時和它們相遇。他不期然而然的看到夕照之下的紅色廣場（按係羅馬帝國時代國民集會討論大事之場所。），半已傾圮的巴拉丁（羅馬七峯之一，有著名的古蹟與殿堂）穹窿，襯托在後面的是蔚藍的天色。他在無垠的郊野徘徊。靠近那紅紅的台伯河（羅馬城中的大河。），膩膩的挾帶着淤泥，髣髴土地在流動，——沿着殘廢的古代水橋（按羅馬時代輸水管皆築於地面之上，水橋即安放水管之建築）有如古生物底大脊骨。大塊的烏雲在藍色的天空捲過。鄉下人騎着馬，揮着鞭子，趕着一羣長角的灰色牛，在筆直的古道上，滿是塵埃，光禿禿的，一批脚如羊足、股上圍着有毛的皮的牧人，靜悄悄地走着。遼遠的天際，意大利中部的莊嚴的山脈，顯示着連綿不斷的峯巒；而在另一端天邊，映現着古老的城垣，聖、約翰教堂底正面，矗立着姿態飛舞的雕像，反射出黝黑的側影……寂靜無聲……日光如火……風在平原上吹過，……一座無頭的、臂上披着衣飾的雕像，被蔓長的野草窒息；雕像下面，一條蜥蜴一動不動地在晒太陽。克利斯朵夫，腦袋被太陽晒得打轉（有時也被加斯丹利酒灌得頭暈，）在破爛的大理石像旁邊，坐在黑色的泥地上，微笑着，朦朦朧朧的，忘記了一切，盡量吸收着羅馬底沉靜而強烈的力。——直到黑夜將臨的時光。——悲壯的日色隱沒在悽惻的孤獨裏，那時，他中心悒鬱的急急逃避……吠大地，熱烈的大地，熱烈而沉默的大地！在你騷亂的和平之下，我聽見羅馬軍團還在吹着號角。多少生命底怒潮在你懷中洶湧！多少渴欲覺醒的願望！

克利斯朵夫遇到幾顆燃燒着千年火炬的靈魂。在死者底塵土下，火炬依舊存在。人家以爲它已經和瑪志尼（十九世紀意大利建國三傑之一。）底眼睛一齊熄滅。不料它又復活了。還是同一的火。願意看見它的人是很少。因爲它妨害睡眠者底安寧。這是一道明亮而劇烈的光。凡是具有這光的人，——一般青年（最大也不到三十五歲）自由的智識分子，他們的氣質、教育、意見、信仰都各各不同——却在崇拜這新生之火的一點上聯合一致。各種黨派底標識，思想底各種系統，對他們全不相干：主要是『拿出勇氣來思想。』要坦白，而且敢作敢爲！他們猛烈地震撼他們民族底迷夢。自從意大利被英雄們從死亡中喚醒過來、在政治上復活以後，自從它最近在經濟上復活以後，他們努力要把意大利底思想從墳墓中挽救出來。優秀階級底旣懶且懼的痲痺狀態，懦怯的精神，空言無補底習氣，使他們感到極大的痛苦，有如奇恥大辱一般。花言巧語和萎靡不振幾百年來如濃霧似的積聚在國家靈魂之上，他們的聲音就在這層濃霧中間開始響亮。他們把毫無憐恤的現實主義和不稍假借的正直之風吹到裏面去。他們醉心於清明的智慧，那是強毅的行動底前驅。必要時，他們能把個人理智所偏愛的東西爲了民族生活所必需的紀律作犧牲，但他們仍把最高的祭壇和最純潔的熱誠留給眞理。他們用着一顆激昂與虔敬的心愛眞理。這些青年中的一個領袖（原註：此處係指葛斯伯、瑪萊索里尼，當時爲「民族之壁」的領袖），被敵人侮辱、毀謗、威脅的時候，用着一種鎭靜的、偉大的氣度回答道：

「尊重眞理啊！我開誠佈公的和你們說話，擺脫了一切的怨恨。我忘記了你們給我的傷害，也忘記了我所能給予你們的。眞實罷！凡是對眞理沒有一股虔誠的、堅固的、強烈的敬意的地方，決沒有良心，決沒有高尚的生命，決沒有犧牲底能力，決沒有高貴。你們努力來盡這件艱難的責任罷。倘使你用虛僞去攻擊別人，那末在你攻擊的對象未曾受害之前，你這使用虛僞的人先要受害。即使你獲得眼前的成功又有何用？你心靈底根將要懸在空中，懸在被謊言蛀空的土地上。我不復以敵人底名義和你們說話了。我們站在一個超乎我們爭執以外的立場上，即使當你的激情在你嘴裏借用國家這個名義時也是如此。世界上有些東西比國家還要大，例如人類的良知。它是屬於那些你不能侵犯的律令之內的，要是你侵犯了，你將被一切的意大利人所不齒。在你前面的只有一個尋求眞理的人；你應該聽到他的呼聲。在你前面的只有一個熱烈祝望你偉大、純潔而極願和你共同工作的人。因爲，不管你願不願，我們是和世界上一切以眞理工作的人共同工作着。我們的出品（這是不能預料的）將要刻着我們共同的標記，如果我們的行爲不背眞理的話。人類底特點就在這裏：就在他具有奇妙的官能，能夠尋求眞理，看見眞理，愛眞理，爲眞理而犧牲。——眞理，你是對於佔有你的人會散播你強有力的健康氣息的！……」

克利斯朵夫初次聽見這些說話時，覺得好似他自己的聲音底回聲；覺得這些人和他原來是弟兄。民族與思想底戰鬥，有一天會偶然使他們廝殺一場；但朋友也好，仇敵也好，他們永遠屬於同一個人類家族。這一點，他們像他一樣知道。他們在他以前就知道。在他不曾認識他們時，他們早已認識他。因爲他們已經是奧里維底朋友。克利斯朵夫發覺他朋友底作品——（幾册詩，幾册批評底集子，）——在巴黎只有極少數的讀者，却已被這些意大利人翻譯過去而和他們很熟習了。

以後，他纔發覺這些心靈和奧里維底心靈之間有着不可超越的距離。在他們批判旁人的方式裏，他們保存着純粹意大利人底面目，民族底思想牢不可拔的種在他們心裏。不知不覺的，他們在外國作品中只尋求他們的民族本能所願意找到的成分；往往他們只攝取他們在不知不覺中已經攙了進去的自己的思想。平庸的批評家，拙劣的心理學者，他們頭腦裏太裝滿了他們自己和他們的熱情，即使當他們醉心眞理的時候也是如此。意大利的理想主義永遠忘記不了；它對於北方底無我的夢境絕對不感興趣；它把一切歸還到自己身上，歸還到自己的欲望，歸還到它變形的民族底驕傲。不論有意無意，它永遠爲着『第三羅馬』工作着。但得承認它幾百年來並沒費多大的心力實現這願望！這些美麗的意大利人，很適宜於行動，却只憑熱情行事，而且很快會厭倦；但當熱情吹拂之時，它會把他們煽動到比任何民族都更激昂：這在他們近代統一運動中可以看到——如今就是這一類的大風開始在一切黨派底意大利青年界中吹過：國家主義者，新加特力教派，自由的理想主義者，一切不屈不撓的意大利人，一切，希望中的羅馬帝國——世界之石——底公民。

最初，克利斯朵夫只注意到他們慷慨的熱誠，以及使他和他們意氣相投的共同的反感。在鄙視上流社會這一點上，他們也不會不贊同克利斯朵夫，那是克利斯朵夫因爲葛拉齊亞愛來往之故而懷着仇恨的。他們比他更恨這謹慎小心的精神，這麻木不仁的心緒，這些妥協和這些醜態，這些吞吞吐吐的說話，這些含糊兩可的思想，這種在一切的可能中間無所取捨的微妙的騎牆態度。他們都是一般結實的自學者，從頭到脚都是自己造起來的，旣沒時間也沒能力加上最後的一鉋，他們甘心把天生的粗暴和那種畸形村夫底暴烈情調推之極端。他們要被人家聽見。他們要被人家攻擊。甚麼都好，只不要置之不理！爲喚醒民族底精力起計，他們會很高興地做民族精力底第一批被害者。

目前，他們不受愛戴，而且也並不有所行動來求人家愛戴。克利斯朵夫和葛拉齊亞提起他的這批新交時，絕對不受歡迎。對於這個愛好節制與和平的性格，他們是可厭的。我們也應該和她表示同意的說，他們在支持最好的立場時所用的方式，有時竟會令人感到最大的敵意。他們是愛挖苦的，取攻勢的，批評底苛酷幾與侮辱相等，即使對他們不願傷害的人也是這樣。他們對自己太有把握，太急於概括，太急於貿然肯定。在發展未成熟以前就要參與公共行動，他們一下子醉心這個，一下子醉心那個，用着同樣不知寬容的態度。熱情，眞誠，肯整個的捨身，不稍撙節，他們被過度的理智主義和早熟而狂熱的勞作煎熬完了。對於年青的思想，剛從豆莢中出來而就曬在太陽中是不衞生的。靈魂會因之灼傷。只有時間與沉默纔能孕育豐富的力量。但他們就缺少時間與沉默。多數的意大利天才都遭受這種不幸。暴烈的與急促的行動是一種酒精。智慧一朝嘗到了這種味道就少不了它；而智慧底正常發展會有從此誤入歧途的危險。

一方面是毫無顧忌的坦白；一方面是中庸之道的人底平凡呆板，永遠害怕累及自己，不敢說是也不敢說非的巧妙的本領：相形之下，克利斯朵夫當然很賞識前者底清明之氣。但不久他得承認後者底恬靜而體貼入微的智慧也有它的價値。他的朋友們所生活其中的永久的戰鬥，實在有些令人厭倦。克利斯朵夫以爲到葛拉齊亞那邊去替他們辯護是他的責任。但他有時是爲忘掉他們而到她那邊去的。無疑的，他們肖似他，而且太肖似了。今日的他們就是二十歲時的他。而他們生命底洪流並不望上漲。克利斯朵夫心裏明知他對於這種暴烈的思想已經告別，他此刻正向着和平走去，葛拉齊亞底眼睛似乎就握着這和平底秘鑰。那末爲何他要反抗她呢？……啊！這是因爲他由於愛情底自私，想獨自享受她的緣故。他不能忍受葛拉齊亞對任何人施捨恩德，對所有的人予以慇懃的招待。

她窺破了他的心思；有一天便用着她可愛的坦白對他說：

——您恨我成爲我這個模樣，是不是？不該把我理想化，我的朋友。我是一個女人，我並不比別一個女人更有價值。我不求賓客；但我承認他們於我是愉快的。正如我歡喜有時到不十分好的戲院去，讀着無聊的書，爲您所鄙視的，但使我獲得安息與娛樂。我對甚麼都不能拒絕。

——您怎麼受得了這些混蛋？

——人生底教訓使我不事苛求。一個人不能要求太多。這已經不少了，我敢對您擔保，倘使您來往的是一些本分的人，不是壞蛋，相當善良的話……（自然，要以對他們毫無期待爲條件！我知道要是我有所需求的話，我再也找不到幾個人了……）可是他們對我很密切；當我遇到一些眞情的時候，其餘的我也就不去認眞。您恨我，是不是？原諒我這樣平庸。至少我能分辨我身上最好的與最不好的部分。而和您同在的確是我最好的一部分。

——我要全部，他咕嚕着說。

可是他很感到她說的是眞話。他自信對於她的情感有極大的把握，以致在遲疑了幾星期之後，終於有一天問她道：

——難道您永遠不願意……？

——什麽啊？

——成爲我的。

他接着又說：

——……我成爲您的？

她微笑道：

——但您是我的啊，朋友。

——您明明知道我的意思。

她微微有些惶惑；但她執着他的手，坦白地望着他，溫柔地答道：

——不，我的朋友。

他不能說話。她看見他是傷心了。

——對不起，我使您難過。我早已知道您會對我說這種話。我們應當老老實實的說，像好朋友一樣。

——朋友，他悲哀地說。一些不多了麼？

——薄倖的傢伙！您還要甚麼更多的呢？和我結婚？……您該記得從前您眼裏只有我美麗的表姊的時候？那時我很難過，因爲您不懂得我對您所感到的情操。我們全部的生涯都可換一副面目。如今，我想這樣倒是更好；我們不會把友誼拿到共同生活中去試驗，不會在日常生活中把最純潔的弄汚了，倒是更好……

——您這樣說，因爲您不十分愛我。

——吠！不，我永遠一樣的愛您。

——啊！這是您第一次對我說。

——我們中間不該再有什麼隱瞞。您瞧，我不再十分相信婚姻了。我自己的，我知道，不是一個充分的例子。但我曾經想過，看過我周圍。幸福的婚姻眞是難得。這有些違反天性。人們只能把兩個意志中間的一個摧殘了，或竟把兩個一齊摧殘了，纔能把它們聯繫在一起，而這種痛苦還不能使靈魂獲得什麼益處。

——啊！他說道，我卻認爲婚姻是一椿多美妙的事情，兩個犧牲底結合，兩顆靈魂底合一！

——美妙的事情，是的，在您的夢裏。事實上，您將比誰都更痛苦。

——什麼？您以爲我永遠不能有一個妻子，一個家庭，一些孩子麼？……別和我這樣說！我將多愛他們！您不信我可能有這種幸福麼？

——我不知道。我想不是的……也許和一個善良的女子，不大聰明，不大美麗，對您忠誠的，可是不懂得您的。

——您多殘忍！……但您不該取笑。一個善良的女子，即使沒有思想，也是好的。

——我很相信啊！您要不要我替您找一個？

——住嘴，我求您，您簡直刺我的心。您怎麼能這樣說？

——我說了什麼？

——難道您覺一些不愛我，一些不愛我，以致能想到我和別個女子結婚麼？

——但這正是相反，正因爲我愛您，我要使您幸福我纔覺得高興。

——那麼，如果眞的……

——不，不，別再提了！我告訴您這將是您的不幸……

——別爲我操心。我發誓會得幸福！但老實告訴我：您是不是相信和我一起，您會得苦惱？

——呋！苦惱？我的朋友，不。我太敬重您，太佩服您了，決不會有苦惱的日子……並且我可告訴您：我相信這時候甚麼都不能使我怎樣苦惱的了。我看見的事情太多了，我已成爲哲學家……但坦白地說——（不是您要求我的麼？您不生氣麼？）——我知道我的弱點，我也許會相當的愚蠢，在過了幾個月之後要覺得和您在一起不十分幸福；而這是我不願意的，正因爲我對您抱着最聖潔的溫情；無論如何我不願讓這股情緒減色。

他悲哀地答道：

——是的，您這樣說是爲減輕我的苦楚。我使您不快。我有些地方使您憎厭。

——並不，我敢擔保！別裝着這副懊喪的神氣。您是一個善良而可愛的男人。

——那麼，我簡直弄不明白了。爲何我們不能融洽呢？

——因爲我們太不相同了。兩個人底性格都太顯著，太特殊。

——就因爲這個我纔愛您。

——我也是的。但也因爲這個我們會發生齟齬。

——不會的！

——會的！或者，因爲我知道您比我有價值，我將埋怨自己以一個渺小的人格來妨害您；那時我將窒息，我將保守緘默，我將痛苦。

克利斯朵夫眼眶裏噙着淚。

──呋！這個，我決不願意。永遠不！我寧願受一切的禍害，不願因我的過失而使您受苦。

──我的朋友，別悲傷……您知道，我這樣說，也許我自誇了一些……也許我還不能爲您犧牲哩。

──那更好！

──但是您將被我犧牲了，然後也將輪到我痛苦了……您瞧，這是兩方面都無法解決的。還是像我們現在這樣。難道還有什麼東西勝於我們的友誼麼？

他擺擺腦袋，悲苦地微笑着：

──是的，這一切，實在您是不大愛我。

她也微笑着，和藹地，微微有些惆悵。她嘆着一口氣說：

──也許。您說得對。我已不復十分年青，我的朋友。我疲倦了。生活眞能磨人，當一個人不像您這樣堅強的時候……呋！您有些辰光，在我望着您的當兒，您還有一副十七八歲的大孩子底神氣。

──可憐！大孩子而有這副衰老的腦經，這些皺襞，這憔悴的皮色！

——我知道您曾受苦和我一樣多，也許更多，那是我看得到的，但您有時用着青年人底眼睛望我；於是我感到在您心中湧出一道清新無比的生命之泉。我，我是熄滅了。唉！當我想到我往昔的熱誠！好像人家所說的，美妙的時光，那時我纔可憐！如今，我已沒有充分的力量成爲可憐了。我只有一絲的生命。我已沒有充分的膽量敢嘗試婚姻。啊！從前，從前……！如果有一個我認識的人那時向我示意的話！……

——那麼，那麼，說啊……

——不，不必……

——這樣說來，從前，如果我……唉！天哪！

——什麼！如果您？我什麼都沒有說呀。

——我明白了。您是殘忍的。

——那麼，從前我是瘋了，如此而已。

——您現在所說的却更要不得。

——可憐的克利斯朵夫！我竟不能說一句不使您傷心的話，那我甚麼都不再說了。

——說，說。告訴我……告訴我一些事情。

——什麼事情？

——一些美好的事情。

她笑了。

——不要笑。

——而您，不要傷心。

——您怎麼能教我不傷心呢？

——您沒有悲哀的理由，我敢擔保。

——爲什麼？

——因爲您有一個很愛您的女朋友。

——眞的麼？

——我告訴了您，您還不信？

——再說一遍罷！

——那您將不難過了，是不是？您將知足了麼？您將以我們寶貴的友誼爲滿足了麼？

——不得不然！

——薄倖啊，薄倖啊！而您還說愛我。實在我想我愛您甚於您愛我。

——啊！倘使這是可能的話！

他這樣說時，那種愛情的自私底激動引得她笑了。他也笑了。他堅執着說道：

——說啊！……

一霎時，她緘默着，望着他，隨後突然把臉湊近克利斯朵夫，把他擁抱。這眞是那樣的出乎意外！他感動到驚愕了。他想用手臂摟抱她。而她已經掙脫。在客室門口，她望着他，一個手指放在唇邊，說一聲：『噓！』——就不見了。

從這一天起，他再不和她提及他的愛情，而他在和她的關係中也不像從前那樣侷促了。在矯飾的沉默與勉強抑捺的劇烈的情操之後，接踵而來的是一種質樸的、沉潛的親密。這是友誼坦白底好處。弦外之音沒有了，幻象與恐懼也沒有了。他們識透了彼此的思想。當克利斯朵夫在葛拉齊亞家中重新和那些他惱怒的外人在一起時，當他聽見女朋友和他們交換一些無聊的談話、交際場中的俗套而重新覺得不耐煩時，她立刻發覺了，望着他微微一笑。這就夠了。他知道他們倆是在一起，他的心便重復歸於平和。

一個人有他的所愛者在場，可以遏阻他幻想中的毒素；欲望底狂熱降落了；因爲覺得貞潔地佔有了愛人，靈魂不再旁騖。——並且葛拉齊亞和諧的天性，有一股無聲的魅力照射在一切周圍的人身上。一切的誇張，一個姿勢，一種語調，即使是不由自主地變得過分的，也會使她難堪，好似一些不單純、不美的東西一樣。在這等地方，她慢慢地對克利斯朵夫發生影響。他自從把拘囚激情的鎖鍊解除以後，漸漸獲得一種自主力，因爲不必再在無謂的狂暴中消耗，這股力量尤其來得強大。他們的靈魂交融着。葛拉齊亞隱隱的境界，微笑地領受着生活底甘美，一遇到克利斯朵夫精神的毅力便覺醒了。她對於靈智之事有了更直接更自發的興趣。素來不大讀書的她，用着一種慵懶的心情、回來回去只讀着幾本老書的人，現在却對於別的思想感到好奇，而不久也感到它的吸引。現代思想界底豐富，她並非不知，但她絕無獨自探險的興味，現在可不再使她膽怯，因爲有了一個指引她的夥伴。不知不覺地，她竟聽讓別人領着她（一面還要撐拒）去懂得這年青的意大利，——而它那種破壞偶像的熱誠原是她一向憎厭的。

但這靈魂互相滲透底裨益，克利斯朵夫所受到的尤其多。人們往往可以看到，在愛情中間，兩人中較弱的一個是給予最多的人：並非另外一個愛得不夠；但因他更強，所以應當取得更多。在這種情形裏，克利斯朵夫已經靠着奧里維底精神而增加了財富。但這一樁神秘的新婚姻還要來得豐富：因爲葛拉齊亞在奩資中帶給他最少有的珍寶，爲奧里維所從來不曾有過的：歡樂。靈魂與眼睛底歡樂。光明。這拉丁天空底笑容，沐浴着最微賤的事物底醜態，使古舊的牆上開花，甚至使悲哀也映出光明的恬靜。

他的盟友是再生的春天。在令人麻醉的、溫暖的空氣之下，孕育着新生之夢。幼弱的嫩綠和銀色的橄欖樹締婚。在殘圮的古水道底深紅的穹窿之下，杏樹開滿了白花。初醒的郊野，青草如微波，得意揚揚的罌粟如火焰。古邸草坪上，赤色的葵花，如茵如褥的紫羅蘭，像溪水一般流動。蔓藤繞着傘形的松樹；在城中吹過的風，送來巴拉丁廢墟中的薔薇香。

他們一同散步。當她願意從幾小時地沉浸着的東方式的痲痺中醒來時，她完全變了一個人；她歡喜走路：高大的身材，修長的兩腿，結實而窈窕的身段，她頗有帕利瑪蒂斯（十六世紀意大利雕刻家）所作的狄阿納（森林之神）底猜影。——他們最常去的地方，總是那些古堡之中的一個，爲七百年時代莊麗的羅馬被比哀蒙蠻族蹂躪之後所遺留下來的。他們最愛那瑪丹古堡，古羅馬底海角，可以縱覽荒涼的郊野底波浪。他們沿着橡樹走道蹀躞，濃蔭下面植立着藍色的橡樹，像一顆跳動的心一般慢慢膨脹着。走道旁邊，排列着古墓，在樹葉叢中，還可辨出這些古羅馬夫婦底淒涼的面目和他們忠實的攜手。他們坐在走道盡頭，坐在靠着一座白梛的薔薇棚下。前面是一片荒涼。深沉的和平。一座噴泉慢慢地滴着水，疲憊到髣髴要噓氣似的……他們低聲談着。葛拉齊亞底目光信賴地矚視她的朋友。克利斯朵夫敍述他的生涯，他的鬥爭，他過去的苦惱；它們再沒有一絲悲哀的成分。在她身旁，在她的目光之下，一切是單純的，一切都好像是應該這樣的……她也講起她的故事。他不大聽見她的說話；但她的思想都被他抓住了。他和她的心靈結合了。他用着她的眼睛觀看。他到處看到她的眼睛，她的沉靜而燃着一朵深沉的火焰的眼睛；他在古雕像殘廢的面貌上看到，也在它們沉默的謎樣的目光中看到；在羊毛似的杉樹周圍，在烏黑有光的、晒着太陽的橡樹椏枝中間，羅馬底天歡笑着，而在這天上也有她的眼睛。

靠着葛拉齊亞底眼睛，拉丁藝術底意義灌輸到他的心裏。至此爲止，克利斯朵夫全不理會意大利作品。野蠻的理想主義者，從日耳曼森林中來的大熊，對於美麗的金色大理石底穠豔的韵味，好像一窩蜜一般的味道，還不會懂得體會。他乾脆對梵諦岡教廷中的古物抱着敵意。他厭惡這些愚蠢的頭顱，這些女性化的、或巨大無比的軀體，這種庸俗的滚圓的形狀，這些小白臉與這些武士。僅僅有幾個肖像博得他的青睞；而它們所代表的人物並沒使他感到一些趣味。他也不歡喜蒼白貧血的翡冷翠派與他們的鬼臉，病態的聖母，拉斐爾前派的維納斯，沒有血色的，患着肺病的，矯揉做作的，煎熬枯竭的。至於倣效西施庭教堂的那批粗野顢頇的英雄、與鮮紅流汗的運動家（此係指彌蓋朗琪羅底模倣者），在他眼中只是一堆當礮灰的肥肉。唯有彌蓋朗琪羅一人，爲了他悲劇式的苦痛，爲了他神明般的高傲，爲了他聖潔的熱情，克利斯朵夫暗裏懷着虔敬的心。他像那位大師一樣，用着一種純潔而野蠻的愛情，愛着他的青年底無邪的裸體，愛着他獷野的童貞女，痛苦的『晨』，眼神獷悍的『聖母』，和那美麗的『麗亞』（按以上皆係彌氏有名雕像。）。但在這位痛苦騷亂的英雄心靈中克利斯朵夫也只找到他自己的心靈底神化的回聲。

葛拉齊亞爲他打開了一個新藝術世界之門。他進到拉斐爾與蒂相底清明寧謐之境。他看到古典天才底莊嚴燦爛，像獅子般雄視着這個被征服的『形』底宇宙。偉大的佛尼市派大師，（按係指蒂相。）他的強烈的視覺直叩你的心扉，他的閃光穿過那籠罩人生的渺茫的霧（按佛尼市派在畫史上以色彩著稱），這些拉丁精神底君臨一切的威力，不但會戰勝，而且會戰勝自己，爲自己定下最嚴格的紀律，在戰場上還懂得在降服的敵人殘骸中準確地選擇它的俘獲物——拉斐爾底莊嚴的肖像與畫廊（按拉斐爾在教皇宮中繪有壁畫數大間，今即名爲拉斐爾畫廊。），在克利斯朵夫心中灌注了比華葛耐底音樂更豐富的音樂。線條清朗的、骨格高貴的、結構和諧的音樂。這音樂，反映出顏面、手、可愛的足、衣褶與舉止底無比的美底光芒。智慧。愛情。在這些少年身心中湧躍出來的愛底泉水。精神與逸樂底威力。年青的溫情，幽默的明哲，充滿着春情的肉，發出一股強烈的、和暖的味道，光明的微笑把陰影拭去了，把情欲催眠了。生命底戰慄顫危的力量，掙扎着，被主人用鎮靜的手馴服了……

克利斯朵夫想道：

——「難道不能像他們那樣把羅馬的力與和平聯合起來麼？今日，最優秀的人們只渴慕着其中的一個而摧殘另一個。對於波生，洛朗（皆十七世紀法國畫家。），歌德翟所曾聽到的這和聲，意大利人似乎在所有的人中最沒有感覺。難道還要再來一次地由一個外國人來對他們揭示這和諧底價值麼？並且由誰來把它傳授給我們的音樂家呢？音樂還不曾有它的拉斐爾。莫扎爾德不過是一個孩子，一個德國小布爾喬亞，生着狂熱的手和感傷的靈魂，說話太多，舉動太多，為了一些莫須有的事情就輕易的說話，輕易的哭，輕易的笑。莪特式的罷哈既談不到；和禿鷹搏鬥的篷城（貝多芬故鄉。）底火神也說不上；（按神話載，火神因盜竊邱比特之火，被釘在高加索山上，被禿鷹啄食心肝。）那怕他把貝利翁山堆在奧薩山上嘲弄天神（按神話載，巨人將貝利翁山堆在奧薩山上與邱比特戰。），他也始終不會窺到上帝底微笑……」

自從克利斯朵夫看到之後，不禁對着他自己的音樂慚愧起來；他的無益的騷動，他的空虛的熱情，他的冒昧的怨歎，這種自我底鋪張，這種缺乏節制，使他覺得又可憐又可羞。一個沒有牧人的羊羣，一個沒有君王的王國。——應當把蠢蠢欲動的靈魂控制纔對……

在這幾個月中，克利斯朵夫似乎忘記了音樂。他不覺得需要。他的精神，受着羅馬底感應，正在懷胎時期。他整天消磨在半睡半醉的情境中。在此初春時節，天地也和他一樣，在美妙的眩暈中雜着酣睡方醒時的慵倦。她和他，出神着，交融在一起，好似一對睡夢中的情人緊緊摟抱一般。羅馬郊野底狂熱的謎，於他不再顯得含有敵意；他成爲這悲壯的美底主宰；他懷中緊摑着沉睡的大地之神。

四月中，他得到巴黎方面的邀請，要他去指揮一組音樂會。他不經仔細的推敲就想謝絕；但他認爲先得和葛拉齊亞談一談。他覺得把他的人事去和她商量有一種甜蜜的滋味；這樣他可以假想她是他的保護人。

這一次她却使他大大地失望。她要求他把事情詳詳細細講了一遍；然後勸他接受。他爲之非常難過；認爲這是她對他冷淡的證據。

也許葛拉齊亞在給他這勸告的時候心中並非毫無遺憾。但爲何克利斯朵夫要去和她商量呢？既然他要她代爲決定，她便自認爲對於朋友底行爲負有責任。自從他們的思想溝通以後，她有些感染到克利斯朵夫底意志；他使她看到責任與行動底美妙。至少，她認爲對於她的朋友這是一種責任；而她不願他隨便放棄。在此意大利土地底氣息裏，藏有麻醉底力量，好似溫暖的南方酒裏所包含的迷人的毒素一般；流入你的血管，催眠你的意志，——這種力量，她比他認識更清楚。多少次她感到其中不祥的魅力而無法抗拒！她所有的朋友多少全害着這心靈瘧疾。從前，一般比他們更強的人，都受這病菌之害；牠蛀蝕着羅馬母狼（母狼爲羅馬城之象徵。）像上的青銅。羅馬充滿着死氣：城中的墳墓已經太多。單在這裏經過要比在此久居衛生多多。在此，一個人太容易忘記他的時代：而對於一般前程遠大、年事尚青的力量，這是一種危險的嗜好。葛拉齊亞明知她周圍的世界對一個藝術家決不是一個富有活力的環境。雖然她對克利斯朵夫抱着比對任何人更多的友誼……（她敢這樣承認麼？）……心裏可並不因爲他要遠離而生氣。可憐！他使她厭倦，由於她在他身上所愛的一切，由於這過於豐滿的智慧，由於這多少年來積聚着而快要盈溢的生命；她的安寧爲之擾亂了。也許他使她厭倦的理由還有一部分是因爲她老是感到這愛情底威脅，美妙的，動人的，但是固執的，須得時刻提防纔好；還是把他隔離得遠一些爲妥。她自己絕對不肯承認這些；她以爲眼裏只看見克利斯朵夫底利益。

她不乏圓滿的理由。在當時的意大利，一個音樂家不大容易生活；他的空氣受有限制。音樂生活被窒息着。在此音樂之花當年香遍全歐洲的土地上，戲劇工廠鋪滿了它油膩的灰與灼熱的煙。凡是不肯加入這個吶喊隊伍的，凡是不能或不願進工場去的，就得遭受亡命異國或窒息以死的刑罰。天才底靈氣絕對不會枯竭。但人家讓它停滯與迷路。青年音樂家中，有着大宗師底長於旋律的民族靈魂。浸淫着古代單純精鍊的藝術之美的本能的，克利斯朵夫不止遇見一個。但有誰關切他們？他們的作品既不能教人家演奏，也不能教人家出版。對於純粹的交響樂，無人感到興趣。凡是臉上不會塗脂抹粉的音樂，就沒有耳朵聽！於是他們只能爲自己歌唱，用一種頹喪的聲音，終於也緘默了。有什麽用？還不如睡覺……——克利斯朵夫但求能幫助他們。但即使他能夠，他們陰鬱的自尊心也不能接受。不論他做些什麽，他爲他們總是一個外國人；而在一切世裔悠遠的意大利人心目中，儘管把你招待如何親切，一個外國人始終是一個蠻子。他們認爲，他們藝術上的禍害是一個應當在自己家庭裏解决的問題。他們雖則對克利斯朵夫表示非常友善，可總不承認他是一家人。——那他還有甚麽辦法？他究竟不能和他們競爭，不能爭他們在太陽底下小得可憐的位置！……

況且天才不能缺少養料。音樂家需要音樂，——需要有音樂聽，需要有音樂給人家聽。短時間的退隱，對於精神固然有它的價值，迫使精神做一番韜晦的功夫。但須以重新出山爲條件。孤獨是高尚的，但對於一個無法從孤獨中擺脫出來的藝術家是致命的。應該生活他當代的生活，那怕這生活是喧鬧的、不潔的；應當不息地接受，給予，給予，接受……在克利斯朵夫底時代，意大利非復當年的那個藝術大市場了，也許有一天會恢復。思想底市場，交換各個民族心靈的市場，此刻是在北方。願意生存的人就得在那裏生活。

克利斯朵夫逞着自己的心思，極不願回到喧囂中去。但葛拉齊亞對於克利斯朵夫底責任感覺得更清楚。她所希求於他的，比她希求自己的要苛酷多多。無疑的，因爲她更敬重他。但也因爲於她更方便。她把毅力付託給了他。她仍保持她的寧靜。——他沒有勇氣對她怨恨。她是像聖母一樣，有她最好的使命。在人生中，各有各的角色。克利斯朵夫底角色是行動。她，她只消存在就行。他也不要求她更多……

不要求她更多，只除了希望她的愛他，少爲他一些而多爲她一些。因爲他不滿意她在她的友誼中毫無自私的成分，以致只會替她的朋友底利益着想，——而這朋友是只求她不要想起他的利益的。

他走了。他遠去了。但他並沒離開她。好像古諺所云：『一個朋友只有在他的靈魂同意的時候纔會離開他的女友。』

第二部

當他到巴黎的時候，心裏非常難過。這是從奧里維死後第一次回來。他只想永遠不再看見這個城市。在把他從車站載到旅館的馬車裏，他簡直不大敢對窗外望；最初幾天他一直躲在房裏，沒有決心出門。他一想到在門外窺伺着他的往事就有一陣悲愴。但究竟是何種悲愴？他有沒有確切明白？難道眞像他所相信的，是一種怕見往事鮮明活潑地躍現的恐怖麼？或是更痛苦的，發覺它們都已死了的悲傷？……爲防備這新的慘痛起計，本能底所有半意識的狡獪都武裝着。爲了這個緣故，——（也許他自己不覺得）——他揀了一個和他從前所住的市區離得很遠的旅館。而當他初次在街上散步，當他要到音樂廳去指揮豫奏會的辰光，當他和巴黎生活重新接觸的時候，他在若干時內繼續閉着眼睛，不願看見他所見的，固執地只看到他從前所見的。他預先反覆着說：

『我認識這個，我認識這個……』

藝術界如政界一樣，老是同樣的專橫的無政府主義。廣場上擺着同樣的市集。只是演員改換了角色。他那時代的革命黨成功了布爾喬亞；超人變做了時髦人。往年的獨立者試着窒息今日的獨立者。二十年前的青年比着他們當年攻擊的老人更保守；他們的批評家不承認新來的人有權利生活。表面上，什麼都沒有兩樣。

然而一切都已改變……

『我的朋友，原諒我！您眞好，不埋怨我長久的靜默。您的來信使我得到很大的安慰。我在一種可怕的混亂狀態中過了幾星期。我少了一切。我失去了您。此地，我所失掉的人形成了一片可怕的空虛。一切我和您講起的從前的朋友，不見了。夜鶯——（您當記得她的歌聲，在那可悲可喜的夜晚，我在一大堆羣衆裏徘徊，在一面鏡子裏看見了您對我望着的眼睛）夜鶯實現了她合理的夢想；得了一筆小小的遺產，住到諾曼地去了；她有一個由她主持的農莊。亞諾先生告老了；他和妻子偷回到他們的南方，安越附近的一個小城。我那時代的名人，死的死了，頹廢的頹廢了；唯有幾個老木偶，廿年以前在藝術與政治上初露頭角的，現在還在扮演，老是那副假面具。除了這些面具以外，我再也認不出一個人。我覺得他們好似在一座墳墓上扮鬼臉。這真是一種可怕的情操。——並且我生理上也感到痛苦，從你們燦爛的陽光下面跑到這灰暗的北方，看到種種事物底醜惡，慘白的堆砌的屋子，某些窟窿，某些建築物上的庸俗的線條，為我一向所不會注意到的，如今都使我受到殘酷的傷害。而精神氣氛也不見得更使我愉快。

『可是我也沒有抱怨巴黎人的理由。我受到的接待，和我從前受到的大不相同似乎在我離開巴黎的幾年中，我變成了一種名流。我不和您多說，我知道這個價值。這些人對我所寫所說的一切可愛的言辭使我感動；我很感謝他們。但我將對您說些甚麼呢？我覺得和那般從前攻擊我的人倒比現在恭維我的人更接近……過失是在於我，我知道。別埋怨我！我有過一個惶惑的時間。應當等待。現在是完了。我明白了。是的，您把我遣回到人羣裏是對的。我方在孤獨中埋沒在沙堆裏。扮演查拉圖斯脫拉（按係尼采名著中的隱士）底角色是不衞生的。生命底波流會消逝，從我們身上消逝。會有一個時間，我們只成爲一片沙漠。要在砂地中掘一道新的水道通到大河是必需許多艱苦的日子。——這已經完成了。我不復眩暈。我重新和大河相接。我望着，我看見……

『我的朋友，這些法國人眞是多奇怪的民族！二十年前，我以爲他們完了……他們却重新開始。我親愛的伴侶耶南的確對我預言過。但那時我疑心他自造幻象。當時眞無法相信！法蘭西是像它的巴黎一樣，充滿着破片，石灰屑，與窟窿。我曾經說：『他們把一切都毀壞了……眞是一個蛀蟲式的民族！』——哪知它是一個海貍式的民族。（按海貍善於破壞陸地樹木，用以建造水中什處，其工巧直可與村鎮相埒。）正在人家以爲他們死抓着殘垣斷瓦的時候，他們就在殘垣斷瓦上奠定他們新都底基礎。我此刻看見鷹架到處在搭起來……

『當一件事情到了終點時，
連傻子都會懂得……

『實在，法國人的騷動混亂依然如故。定要你習慣之後，纔能在到處衝撞的一片混亂中間辨別出那些各盡本分的勞動者。這些人，您是知道的，不能做一件事不爬在屋頂上大聲叫喊出來。他們也不能做着自己的事而不非難鄰人底工作。眞是，最堅強的頭腦也有得要弄昏。但當一個人像我這樣在他們旁邊生活了靠十年之後，便不再受他們喧囂喊叫之騙了。你會發覺這是他們刺戟工作的方法。在說話的時候，他們行動着；每個營造廠建造着它的屋子，結果整個城市都翻造好了。最可驚的是全部的建築並不怎樣不調和。他們儘管支持着彼此相反的理論，他們的頭腦却是一樣生成。甚至在他們的無政府狀態下，有些共同的本能，有一種民族底邏輯作爲他們的紀律，而歸根結蒂，這紀律也許比一個普魯士聯隊底紀律還要堅固。

『到處是同樣的衝動，同樣的建築熱：在政治上，社會主義者與國家主義者，爭先恐後的工作着，想把寬弛的政權機構重新加以鞏固；在藝術上，有的想爲特權階級重建一座貴族的古宮，有的想替大衆造一所廣厦，給集體靈魂歌唱：一方面是光復過去，一方面是締造未來。並且不論做些什麽，這些伶俐的動物老是經營着同樣的蜜巢。他們海貍式的或蜜蜂式的本能，使他們在幾百年中完成同樣的行爲，重獲同樣的形式。最革命的也許是（不知不覺的）和最古的傳統結合最密切的。我在工團組織中，在最顯著的青年作家中，發見不少中古時代底靈魂。

『現在我對於他們擾攘的方式重新習慣之後，我很高興看着他們工作了。老實說：我是一頭老熊，決不能在他們的屋子裏覺得舒暢；我需要自由的空氣。但他們究竟是多出色的勞動者！這是他們最高的德性。它使最平庸的最墮落的變得崇高。還有，他們的藝術家對於美的感覺又是何等敏銳！我從前還不大注意。是您使我學會了觀看。我的眼睛在羅馬底陽光中睜開了。你們文藝復興期底人物使我懂得了這裏的作家。特皮西底一頁樂譜，羅丹（法國近代大雕塑家）底一座半身像，舒阿萊（法國近代大作家。）底一句，都是和你們一五〇〇年代的人物一個血統的。

『這裏並非沒有許多使我不快的事情。我重新找到了我「節場」上的老相識，曾經激起我多少聖潔的憤怒的人。他們還是那樣。但是我，可憐！我却改變了。我不敢再嚴厲了。當我想把他們中間的一個加以嚴酷的批判時，我便對自己說：「你沒有這權利。你自以爲是強者，却做了比這些人更要不得的事情。」我也明白了世界上原來沒有一件東西沒有用處，最下賤的在悲劇中間也有它們的角色。腐敗的享樂主義者，臭穢的非道德者，完成了他們白蟻式的任務；先得把搖搖欲墜的破屋拆毀之後纔好重造。那些猶太人也服從了他們神聖的使命，在一切別的民族中成爲一個異族，從世界底這一端到那一端織成一個人類大同底網。他們摧毀各個民族中間的智識的壁壘，爲神聖的理、智、開闢出一個自由的天地。最下劣的腐化分子，以嘲弄爲事的破壞者，在毀滅我們對於過去的信仰、殺害我們親愛的死者時，也在不知不覺的爲了神聖的事業、爲了新生而工作。國際銀行家造成多少禍害來滿足他們凶殘的利益，也是一樣的和攻擊他們的革命者站在一條線上，而比無聊的和平主義者更有把握地建造着——不管他們願否——未來的世界大同。

『您瞧，我老了，不再咬人了。我的牙齒鈍了。當我到戲院去時，我不再像一般天眞的觀衆那樣咒駡演員、詬辱賣國賊了。

『恬靜的恩寵，（按葛拉濟亞一字原義爲恩寵、溫婉，此處稱呼即用此字之本義。）我只和您談着我；可是我心裏只想着您。要是您知道我的『我』使我多氣惱的話！它壓迫我，淹沒我。這是神掛在我頸項上的重負。我多想把它放在您的腳下！可憐的禮物！……您的腳是生來爲踏在柔軟的泥土與在腳下歌唱的砂上的。我看到它們，這雙親愛的腳慵懶地踏在舖滿風信花的草坪上……（您有沒有再到陶里阿古堡去過？）

……它們已經困乏了！我如今看到您半躺在您平時最歡喜的一隅，在您的客室底上，支着肘子，拿着一本您並不閱讀的書。您慈愛地聽着我，並不十分注意我所說的話：因爲我是令人厭煩的；您爲添加耐心起計，不時回到您自己的思想中去；但您是慇懃體貼的人，留神不使我生氣，偶然有一個字把您從極遠的地方喚回來時，您的神意渙散的眼睛立刻裝出注意的神氣。而我，我也和我所說的話離得很遠；我也不大聽見我說話底聲音；當我跟蹤您美麗的容顏上的光彩時，我在心坎裏聽見完全是另外一批的說話，爲我所不對您說的。這些說話，恬靜的恩寵，和我口裏所說的全然相反，您清清楚楚聽到；但您假裝不會聽見。

『再會了。我想您不久會重新見到我。我不會在此萎靡下去的。如今，我的音樂會舉行過了以後，還有什麼事情可做呢？——我擁抱您的孩子們，吻着他們美好的小臉頰。資料是您的。應當以此爲滿足！……

克利斯朵夫。』

『恬靜的思寵』答豰道：

『我的朋友，我在您回想得那麼淸楚的客室底一隅收到您的信；我一邊讀着，一邊不時的讓您的信休息一下，讓我自己也像信一樣的休息一下！別笑我！這是爲使您的信持續得長久一些。這樣地我們消磨了整整一個下午。孩子們問我老是閱讀着的是什麼。我說這是您的一封信。奧洛拉同情地望着紙張，說道：「寫一封這樣長的信該是多厭煩！」我使她明白這並非我教您做的罰課，而是我們共同的談話。她聽着一聲不響，隨後她和兄弟們溜到隔室玩去了；過了一些時候，正當雷翁那羅大聲喧鬧的辰光，我聽見奧洛拉說：「不可以叫嚷；媽媽正在和克利斯朶夫先生談話呢。」』

『您所說關於法國人的情形使我很感興趣，但並不驚奇。您記得我曾經責備您對他們不公平。人家儘可不愛他們。但究竟是一個何等聰明的民族！有些平庸的民族，被他們的好心或生理的強健挽救了的。法國人却是被他們的聰明挽救了的。聰明把他們所有的弱點洗掉，使他們再生。當人家以爲他們顚覆、墮落、腐化的辰光，他們却在他們精神底湧躍不已的泉源中覓得一個新的靑春。

『但我還得埋怨您。您求我原諒您只談着您的事情。您眞是一個騙子。您一些不和我提起您。一些不提您所做的事情。一些不提您所見的事情。直要我的表姊高蘭德——（爲何您不去看她？）——把關於您音樂會的剪報寄給我，我纔知道您的成功。您只在信裏隨便提到一句。您竟這樣的輕視一切、滿不在乎麼？……我想不是的。告訴我說這使您高興……這應該使您高興，第一因爲它使我高興。我不歡喜看到您對甚麼都不介意的神氣。來信語氣很凄涼。眞是不應該：您對別人抱着更公平的態度固然很好。但決不能因此而使您自己喪氣，像您所做的那樣，說您比他們之中最糟的還要糟。一個好基督徒會稱讚您。我，我却要說這不行。我不是一個好基督徒。我是一個好意大利女子，不歡喜人家爲了『過去』而煩惱。『現在』已經很夠。我不大知道您過去究竟做了些什麼。您只和我提起寥寥幾句，而我想已經猜到一切。這是不大美妙的事情；但您在我的心目中並未因之減少可愛的成分。可憐的克利斯朵夫！一個女子到了我這個年紀決不會不知道一個男人往往是很弱的！如果人家不知道他的弱點，也不會這樣的愛他。別再去想您曾經做過的事。想您將要做的事罷。後悔是毫無用處的。後悔只是望後退。而在好的方面與壞的方面一樣，總是要前進。』永遠前進，薩伏伊阿！』（按此係近代意大利建國時之口號。薩伏伊阿爲王室姓氏）……如果您以爲我將讓您回到羅馬來，您可想錯了！您在這裏沒有事情可做。留在巴黎能創造活動，參與藝術生活。我不願您放棄這些。我願您做些美妙的東西，願它們成功，願您堅強，以便幫助一般新的克利斯朵夫去開始同樣的鬥爭，經歷同樣的磨鍊。尋訪他們，幫助他們，善視您的後輩，您的前輩不會幫助您，您做前輩時可不要這樣。——末了，我願您堅強，爲的是讓我知道您是強者：您眞想不到這股信念能給我多少力量。

『我幾乎每天都和孩子們到鮑爾軋士古堡去。前天，我們坐着車子到邦德、謨爾，然後徒步在瑪麗沃崗上繞了一周。您詆毀我可憐的腿。它們對您很生氣：『他說些甚麼，這位先生？說我們在陶里阿古堡走了十幾步就要疲乏麼？他眞是不認識我們。要是我們不願意辛苦，那是因爲我們懶惰，而非因爲我們不能……』您忘記了，我的朋友，我是鄉姑出身……

『您該去探望我的表姊高蘭德。您還懷恨她麼？實在她是一個好女子。而她也把您當作她的批評標準了。似乎巴黎女子被您的音樂顚倒了。我的貝納熊要成爲巴黎獅子，就在他自己。您有沒有收到求愛的信？來信連一個女人都不提起。您還將鍾情麼？講給我聽。我不會嫉妒的。

你的女朋友　G·』

——『喔！您以爲我會感激您最後一句說話麼？愛取笑的恩寵，讓上帝來使您嫉妒罷！可決不要希望我。我對於您所說被我顛倒的巴黎女子絕無戀愛的念頭。顛倒麼？她們的確願意。但她們實在是最不着迷的人。別希望我會被她們勾引。要是她們對我的音樂漠不關心的話，也許倒還可能。但她們的確愛着我的音樂；我怎麼還能保持幻象呢？有人和您說他懂得您時，您便可肯定他永不會懂得您的了……

『別過於重視我的廢話。我對您所抱的情操不至於使我對旁的女子不公平。對於那些自從我不再用愛人底目光觀看的女子，我從沒像現在這樣的對她們表示眞正的好感。我們男人底愚蠢的自私主義，一向把女子拘囚在一種墮落的、不健全的半傭奴狀態中，結果弄得男子和女子兩敗俱傷。三十年來，她們爲逃脫這半傭奴狀態所作的巨大的努力，我覺得是這時代崇高的事蹟之一。像這樣一個都會裏，人們懂得賞識這一代新的少女，不顧如許的障礙，用着一股坦白的熱誠去征服學問與文憑，——這是她們認爲能夠解放她們、替她們打開所生世界底秘庫、使她們和男子躋於平等之列的！……

『無疑的，這種信念是虛幻的，有些可笑的。但進步底實現，決不能像人們所希望的那種方式；途徑儘管不同，實現還是照樣實現。這種女性的努力決不會枉費。它將使女子更完全，更富於人間性，好似那些大時代中的婦女一樣。她們不再漠視世界上活潑潑的問題了：這種漠視是非人的；因爲一個女子，卽使是對家庭義務顧慮最周密的，也決不許自以爲有權不想到她在現代都市中的義務。她們的曾祖母，在聖女貞德和凱塞琳、斯福查（意大利十五世紀時貴族，在當時封建戰爭中以保衛家族著名）底時代，就不是這樣想法。女子變得頹頓了。我們扣尅了她們的空氣與陽光。現在她們意強有力地從我們那邊奪回去。啊！勇敢的姑娘們！……自然，在今日這些奮鬬的女子中間，有許多要喪生，有許多要精神錯亂。這是一個恐慌的時代。對於過分衰弱的元氣，這種努力未免過於劇烈。一株植物在久旱之後可能被第一場的雨水摧殘。但是怎麼！這是一切進步底代價。凡是後來的人，便會在這些苦難上面開花了。現在一般可憐的童貞武士，有許多是永不結婚的，她們爲未來所生的果實將要比在她們以前生兒育女的多少代的女性更豐富:因爲憑着她們的犧牲,將要產生一個新古典時代底女性種族。

『這些勤勉的蜜蜂,決非在您表姊高蘭德底沙龍中可以遇到。您患着什麽狂病要我到這個女人那邊去呢?我不得不服從您;但這是不好的!您濫用您的威權。我曾拒絕了她三次的邀請,收到了兩封信不曾答覆。於是她到我某次豫奏會上——(人家正在試奏我的第六交響曲)——來追捕我。在休息時間,我看見她迎着我走來,鼻子向着前面,吸着空氣,喊着:『這令人聞到愛情!啊!我愛這音樂!……』

『她的外表改變了;唯有她貓兒似的豹眼和她牽動不已的鼻子依然如舊。但臉龐寬大了,粉紅的,變得健康了。運動把她換了模樣。她發狂般的愛着這玩藝。她的丈夫,像您所知道的,是汽車俱樂部和航空俱樂部裏的一個要人。沒有一次飛行比賽,沒有一次水、陸、空的運動,爲史丹芬、台萊斯德拉特不參觀的。他們老是上天下地的奔波着。毫無談話底可能;他們所講的,無非是賽跑,賽船,賽球,賽馬。這是時髦社會中的一個新種族。悲萊阿斯(梅特林克劇中的女主角名。)底時代是過去了。時髦不復在精神方面。少女們崇尚鮮紅的皮色,在露天與陽光底下奔馳而煎晒成功的;她們用着男性的眼睛與你，她們笑着，用一種有些粗野的笑。說話底聲調變得更直率更生硬。您的表姊有時會若無其事的說出粗俗的話。她這一向幾乎不喫東西的人，居然成爲喫食健將。她還抱怨她惡劣的胃，她這樣的說不過是爲保持她的習慣；但她並不因此少動一叉。她一本書都不讀。在這個社會裏，人們不再看書了。唯有音樂承蒙她們的青睞。它甚至還利用文學底失寵。當這些傢伙疲倦到渾身癱倒時，音樂是他們的土耳其浴，溫暖的蒸汽，按摩，東方煙袋。毋須思想。在運動與戀愛中間，音樂是一種過渡。而這還是一種運動。但在一切審美的娛樂中，最受歡迎的運動，在今日是跳舞。俄國舞，希臘舞，瑞士舞，美國舞，在巴黎什麼都可跳舞：貝多芬底交響樂，愛斯苦羅斯（古希臘悲劇詩人。）底悲劇，中和的洋琴（按係Clavecin，爲鋼琴前身。），梵諦岡教廷中的古物，奧爾弗（葛呂克底歌劇），德利斯當（華葛耐底歌劇）……這些人都患着妄想症。

「奇怪的是看您的表姊怎樣把一切都聯合起來：她的審美觀念，她的運動，與她的實利精神（因爲她從母親那裏承受了她事務方面的才幹與日常生活中的專制，）這一切形成一種難於置信的混合物；但她覺得很舒服，她的最瘋狂的怪癖並不妨害她清明的精神，正如她在風馳電掣的汽車中不失她手眼底鎮靜。這是一個主宰一切的女子；她的丈夫，她的賓客，她的僕役，她都老實不客氣的支配着。她也參預政治；她是擁護『殿下』的；我並不相信她是保王黨；但這使她的騷動多一個藉口。並且她雖然一本書不能念上十頁，却照樣參加學士會底選舉。——她自命為我的保護人。您想這決不配我的胃口。最可惱的是，我為了順從您纔去看她，她倒深信她對於我有一種威力……我把殘酷的真相告訴她，作為報復。她不過笑笑；毫無顧慮的回答我。「實在她是一個好女子……」是的，只要她有些事情做。她自己也承認：如果機器沒有東西可以拿來搗爛時，它為尋求養料起計，什麼都做得出。——我到她家去了兩次。現在我再也不去了。對您，這已很夠證明我的服從。您不至於要我死吧？我從她那邊出來，簡直是筋疲力盡，困頓欲死。我上次見了她回來，夜裏做了一個可怕的惡夢：我夢見是她的丈夫，我所有的生活都捲入這活的漩渦裏……一個荒唐的夢，決計不會困擾那真正的丈夫的：因為在所有我們在她府上見到的人中，他是和她相處最少的人；而當他們在一處時，他們只談着運動，非常投機。

『所有這批人怎麼會歡迎我的音樂？我不想去懂得。我猜它對他們大概是一種新的刺激。他們感激我的音樂粗暴無禮。目前，他們愛着一種油脂厚重的藝術。但在這肉體裏面的靈魂，他們連想都不會想到；他們會從今天的如醉若狂轉變到明天的祇若無睹，再從明天的祇若無睹轉變到後天的非難中傷，實在是從沒有認識對象。這是一切藝術家底歷史。我對於我的成功毫無幻象，那是不會持久的，他們會教我付代價。——目，前我只觀看着奇怪的景象。我的崇拜者裏面……（我可以給您一千個）……最熱烈的人是……我們的朋友雷維——葛。您該記得這位漂亮先生，從前我曾和他作過一次可笑的決鬥？現在他替那些從前不懂得我的人當着教師，而且教得很好。在所有談論我的人中，要算他最聰明。其餘的人底價值，您也就可想而知。實在沒有什麼值得自傲的，我切實對您說！

『再則我也沒有這種心思。當我聽到人家讚美我的作品時，我眞羞愧得可以。在其中我是認得我自己的，而我不覺得我美。對於一個有眼睛的人，一件音樂作品是一面多殘忍的鏡子！幸而他們既盲且聾。我在作品中會經注入我那麼多的騷亂與弱點，以至我有時覺得把這些魔鬼底飛翔放到世界上來是幹了一件罪惡的行爲。當我看到羣衆平靜無事的辰光，纔放下了心：他們穿着三重的甲冑，甚麼都無法觸及他們：否則，我將被罰入地獄……您埋怨我責己太嚴。這是因爲你的認識我，並不像我認識我自己的那樣之故。人們看見我們現在的模樣，不看見我們所能成爲的模樣；人們所稱讚我們的，也並非我們以功德所致的效果，而是負載我們的事變和支配我們的力量底作用。讓我講一件故事給您聽罷。

『前天晚上，我走進一家咖啡館去。巴黎有些咖啡館是奏着相當美好的音樂的，雖然用着奇怪的方式；我所去的便是這樣的一家。五六種樂器，加上一架鋼琴，人們奏着所有的交響樂，彌撒祭樂，聖樂。正如在羅馬的大理石舖裏，人們出售着梅迭西斯祭堂做壁爐架上的裝飾品一樣。似乎這對於藝術是有益的。爲使它在人羣中通行起計，不得不把它鑄成靑銅的貨幣。再則在這些音樂會裏，人家在賬目上倒從不欺人。節目非常豐盛，演奏家非常盡心。那裏我遇見一個和我素有往來的大提琴手；他的眼睛和我父親底非常相似。他告訴我他生平的經歷。祖父是農夫，父親是小工務員，在北方一個村公所裏當一名辦事員。人家想要他成爲一位先生，一個律師；把他送入鄰城底一個中學。孩子又結實又村野，生來不宜做這種小書吏底謹愼黽勉的工作，關在籠裏悶不過，便從牆上跳出來，在田野間亂跑，追逐姑娘，把巨大的力氣消耗在搏鬥裏；餘下的時間，他閒蕩着，夢想着一些他從來不會做的事情。只有一樣東西吸引他：音樂。天知道是什麼緣故！在他家族裏面，沒有一個音樂家，除了一個叔祖，有些癡騃的，屬於那批內地的怪物之列，在驕傲的孤獨中把他們往往很出衆的聰明與天賦消耗在無聊的僻性裏。他發明了一種新的寫譜術——（又是一種！）——可以促成音樂革命；他還自命為發明了一種速記術，可以把言語、歌唱與伴奏三者同時紀錄下來；但他自己就從來不能把它準確無誤地重讀一遍。家庭裏大家一邊嘲笑這個好人，一邊也不禁有些得意。他們想：『這是一個老瘋子。可是誰知道？也許他眞有天才……』——大概姪孫底音樂癖好就從他身上遺傳下來的。他能聽到些什麼音樂呢，在他那個小地方？……但惡劣的音樂能和美好的音樂令人感應到同樣純潔的愛。

『不幸的是，這樣一宗熱情似乎在這個環境裏不好供認；孩子又沒有叔祖那股頑強的戇性。他偸偸地翻閱老怪物嘔盡心血的作品，奠定了他畸形的音樂教育底根基。在父親面前與輿論面前，他又虛榮又膽怯，在未曾成功之前他是絕對不敢提起他的野心的。誠實的孩子，被家庭壓迫着，表面上服從着，永遠過着像所有的法國小布爾喬亞一樣，因為怯弱之故，不敢和家族底意志相抗，偸偸摸摸的生活。在理當順從他的傾向的時候，他却毫無興趣的做着人家指定的工作：既不能好好的有所成就，也不能痛痛快快的失敗。他好歹把必須的考試考過了。他在其中所見到的主要利益是，從此可以逃避內地與父母底雙重監督。法律使他頭痛；他決意不幹這方面的營生。但只要父親活着，他就不敢表示他的意志。也許他很樂意在決定去取之前再等待一些時候。他那一等人是終生空想着將來所做的與可能做的事情的。目前，他什麼都不做。巴黎的新生活使他陶醉了，出了軌，他憑着鄉下青年底那種強悍的性格，一任兩樁熱情擺佈：女人與音樂；一方面受着音樂會底激動，一方面也被淫欲困住了。他在其中虛度了幾年光陰，毫不利用他的可能去補足他的音樂教育。他的陰沉的驕傲，獨立不覊的與多疑的壞脾氣，使他不能上任何功課，接受任何忠告。

「父親死後，他把丹米斯（希臘代表正義女神）與于斯蒂尼安（東羅馬帝國皇帝，古代法典增訂者。）一齊攆走。他沒有勇氣學成必須的技術便開始作曲。懶惰遊蕩底宿疾與尋歡作樂底嗜好，使他不能再作任何正經的努力。他感覺很強；但他的思想與形式一樣的逃掉了；結果他只能表白一些極庸俗的東西。最糟的是在這個平庸的傢伙身上眞有一些偉大的成分。我翻閱過他兩件從前的作品。東零西碎的有些動人的思想，還在雛型狀態中，立刻就變了形。那些泥坑上面的一些燐火……而又是一個何等奇怪的頭腦！他想對我解釋貝多芬底朔拿大。他在其中看到一些幼稚可笑的傳奇。但他胸中懷有何等的熱情，何等深刻的嚴肅！當他講着的時候，眼裏充滿着淚水。他能爲了他所愛的東西送命。他又動人又滑稽。正當我預備當面訕笑他的時候，我心裏竟想擁抱他了……眞是本性中的誠實。瞧不起巴黎社會底買空賣空主義，輕視那些虛僞的光榮，——一方面仍禁不住對於時行的人物抱着小布爾喬亞底天眞的欽慕……

『他有一筆小小的遺產，幾個月內把它喫完了，而在分文不名的時候，像許多和他同類的人一樣，有着那種該死的誠實，娶了一個被他勾引的貧窶女子；她有很好的歌喉，並不愛好音樂而弄着音樂。只得靠着她的聲音和他平庸的大提琴演奏來過活。自然，他們很快發見了他們共同的平庸而不能忍受。一個女兒生下了。父親把他幻想底機能一齊施展在孩子身上，以爲她可以實現他不能實現的夢。小姑娘像她的母親：是一個絕無天才的鋼琴匠；她非常敬愛父親，用心做着她的工作來博取他的歡心。幾年之中，他們跑遍了名城勝地底旅館，掙來的金錢還不如羞辱來得多。孱弱而勞作過度的孩子死了。絕望的妻子一天天的變得暴躁易怒。而這是無底的災難，沒有希望跳出來的，加上那個明知無力達到的理想，愈加顯得可悲……

『我的朋友，當我看着這可憐的失敗者的辰光，我就想到人生只是一組連續不斷的悔恨；』瞧這就是我可能成爲的榜樣。我們兒童底心靈都有相同的地方，我們一生的奇遇也有些相似；甚至在我們的音樂思想中還能找到某些共通點；但他的在半路上停止了。靠了什麼我不會像他一樣的陷落呢？無疑是靠了我的意志。但也靠了人生底偶然。並且即以我的意志而論，難道只憑着我自己的功績獲得的麼？豈非多半由於我的種族，我的朋友，幫助我的神等等底力量？……』這些念頭令人謙卑。一個人對於一切愛藝術而爲它受苦的人覺得是兄弟。從最低下的到最崇高的，距離並不大……

『在這一點上，我想到您信上的說話。您說得對：一個藝術家沒有權利置身世外，只要他還能幫助別人。所以我留在這裏，我將迫令自己每年在此過幾個月，或者在維也納，或者在柏林，雖說我已不大習慣這些都市。但是不應該拋棄我的職位。如果我不能有益於人，那是我很有理由擔心的，我至少這種逗留可以有益於自己。而且我想到這是您的願望時還可得到安慰。再則……（我不能撒謊）……我開始在這些地方感到愉快。再會罷，專制的王后。您勝利了。我變得不但做您所願意我做的事情，並且歡喜做。

克利斯朵夫。』

這樣，他便留着，一部分為使她歡喜，一部分也因為他藝術家底好奇心覺醒了，被革新的藝術界景象吸動之故。他所見所為的一切，他都在思想上獻給葛拉齊亞，寫信告訴她。他明知：以為她會對這些感到如何興味是一種幻象：他猜疑她有些漠不關心。但他感激她並不過於表示出來。

她有規則地每半個月覆他一信。都是些親切而中和有度的書信，像她的舉動一樣。和他敍述她的生活時，她始終保持一副溫柔而高傲的矜持態度。她知道她的說話將在克利斯朵夫心中引起何等劇烈的反響。她寧願對他顯得冷淡，而不願使他走上她不願跟蹤他的狂熱的路。但她女性的聰明，使她懂得不使她朋友底愛情陷於絕望，把她冷淡的言語所造成的心靈底幻滅、立刻用柔和的言語裏歛起來。克利斯朵夫不久就猜到這種機智；由於一種愛情底策略，他也努力抑制熱情，寫着更有節度的信，使葛拉齊亞底覆信不必再故意裝做冷淡。

他愈在巴黎住下去，愈覺得對於擾動大蟻穴的新活動感到興味。他的感到興味，尤其因爲青年人對他的好感較少。他不會看錯：他的成功不過是曇花一現。在十年隱退之後，他的回來在巴黎社會中轟動了一下。但由於常有的命運底捉弄，他這一次竟受着他從前的敵人——時髦朋友和上流人物——吹捧；一般藝術家反而對他暗中抱着敵意，或者存着猜忌之心。他的權威是靠着他已經屬於過去的名字，靠着他巨量的作品，靠着他熱情的聲調，靠着他強烈的真誠。但雖然人家不得不承認他是一個角色，雖然他使人家不得不對他欽佩或敬重，人家可不瞭解他，不愛他。他是站在時代藝術之外的。一個妖魔，一個不合時宜的活榜樣。那他一向是的。六年的孤獨愈加使對照顯著。在他遠離的時期內，在歐洲，尤其在巴黎，完成了一番復興的事業，像他所見到的那樣。一個新的秩序產生了。一代新人起來了，愛行動甚於愛瞭解，愛佔有甚於愛真理。它願意生活，抓住生活，哪怕是要用謊言去撥取。驕傲底謊言，——各式各種驕傲底謊言：種族底驕傲，階級底驕傲，宗教底驕傲，文化與藝術底驕傲，——對它一切都是好的，只要是一副鐵的盔甲，只要能供給它刀劍楯牌，保護它踏上勝利之路。所以它最討厭聽到響亮的苦惱之聲，使它回想起懷疑與痛苦之存在：這些颶風，曾經擾亂過那纔逃去不久的黑夜，而且這些颶風，雖然人們否認，雖然想忘記，但仍繼續威脅着世界。要不聽見是不可能的；大家離得太近了。於是，這些青年惱恨地回過頭去，迸裂着喉嚨喊着，想把自己迷亂。但聲音比他們更響。所以他們恨他。

反之，克利斯朵夫倒很友善地望着他們。對於人羣的不顧一切的向着一種肯定、一種秩序攀登，他表示敬意。在這個運動裏所必然具有的狹隘，並不使他惶駭。當一個人向着目的邁進時是應當向前面望的。至於他，坐在一個世界拐彎的地方，他樂於望望後面，望望那黑夜底悲壯；望望前面，望望那年青的希望底微笑，淸新而狂熱的黎明時分底不可捉摸的美。他站在秤盤底始終不動的軸心上，秤桿却又開始擺動了。他雖不跟隨秤桿底動作，却非常快樂的聽着人生底節奏跳動。他和那般對他過去的悲愴加以否認的人們一同希望着。將來的境界，定將是他所夢想的樣子。十年以前，奥里維在黑暗與痛苦中——可憐的高盧小公雞，——曾經用他脆弱的歌聲報告遙遠的天明。

歌唱者已經不存在了，但他的歌是完成了。在法蘭西園中，羣鳥已經覺醒。突然之間，克利斯朵夫聽見奧里維底聲音復活了，蓋過了別的啼聲，更響亮，更清楚。

他在一家書舖底陳列架上隨便翻閱一本詩集。作者底名字很陌生。但有些字句引起他注意，使他放手不下。他在沒有裁開的書頁中間慢慢地讀下去時，覺得認出了一個熟習的聲音，一些熟習的特徵……既不能確定他的感覺，又不忍釋手，他就把那册書買了下來。回到寓所，他繼續閱讀。那個固定的意念立刻又佔據了他的思想。詩中剽悍強勁的氣息，清明確切的意境，令人想起偉大的與古老的靈魂，——想起這些巨大的樹木，人類便是它們的枝葉果實，——想起那般先民。從這些字裏行間，躍現出母性底超人的容顏，——在今日的生人之前和之後的，君臨着世界，宛似中世紀的聖母，像山一般高。蟲蟻似的人類在她們脚下祈禱。詩人頌讚這些巨大的女神底英勇的決鬥，從有史以來就交換着刀鎗劍戟的：這些千年的依里阿特之於脫洛戰蹟，就好比阿爾卑斯山脈之於希臘崗巒。

像這樣一部驕傲與戰爭底史詩,對於像克利斯朵夫般的歐羅巴靈魂底思想當然距離極遠。可是,像閃光般的,在此法蘭西心靈底幻景中,——蘊蓄情深的貞女,在黑暗中閃着藍眼睛的雅典娜(希臘神話)勞動的女神,蓋世無雙的藝術家,威臨一切的理性,它的光芒四射的戈矛鎮懾着蠢動的蠻族,——克利斯朵夫瞥見一道目光,一副笑容,為他所認識而曾愛過的。但正要加以抓握時,幻景消失了。他因為追逐不到而正在惱怒的辰光,忽然翻過一頁,讀到一樁故事,為奧里維在去世前不久和他講過的。

他駭住了。他跑到出版家那邊去問詩人底住址。照例,人家不肯說。他生氣了。可是毫無用處。後來他想可以在年鑑中尋找。果然他找到了,便立刻奔到作者寓所去。他所要的,是他的確要的,從來不能等待。

在巴底諾區中一座屋子底最高層上。公共甬道裏有好幾扇門。克利斯朵夫敲着人家指點他的一扇。但開的倒是隔壁的門。一個全然不美的少婦,額上覆着褐色的頭髮,汚濁不清的皮色——一張拘攣的臉生着一對銳利的眼睛——出來詢問來意。她帶一副猜疑的神氣。克利斯朵夫把訪問底目的說明了，當人家再問他時，便說出了自己的姓名。於是她從屋裏出來，從身上掏出一個鑰匙開另一扇門。但她並不就請克利斯朵夫進去。她教他在甬道中等待，她獨自進去把門重新關上。後來他終於踏進了這戒備森嚴的屋子，先穿過一間空落落的當飯室用的房間：擺着幾件破爛的傢具；靠近沒有窗帘的窗口，十幾隻鳥在一個籠子裏亂叫。隔壁房內，一張稀爛的榻上躺着一個男人。他擡起身子招待克利斯朵夫。這張憔悴的臉上照射着心靈底光彩，這對秀美的絨樣的眼睛，燃燒着狂熱的火焰，這雙聰明的手，這個殘廢的身軀，這微啞的尖銳的聲音……克利斯朵夫當場認出了……愛麥虞限！那個殘廢的小工人，曾經在無意中致死……而愛麥虞限突然站了起來，也認出了克利斯朵夫。

他們倆一言不發。這時候，兩個人都見到了奧里維……他們沒有決心伸出手來。愛麥虞限後退了一步。經過了十年，一股不肯自承的仇恨，從前對克利斯朵夫的妒意，在曖昧的本能深處重新躍現。他站着，懷着警戒與敵對的心思。但當他看見克利斯朵夫底感動，在他嘴唇上看到他們倆全都想着的名字：『奧里維……』時，他抑捺不住了：他撲在對他張開着的臂抱裏。

愛麥虞限問道：

——我知道您在巴黎。但您，您怎麼能找到我？

克利斯朵夫答說：

——我讀了您最近的著作：在裏面，我聽到了他、的聲音。

——不是麼？愛麥虞限說，您認出了他？我現在的一切，都是他賜給我的。

（他避免說出名字。）

停了一忽，他沉着臉又道：

——他愛您甚於愛我。

克利斯朵夫微笑道：

——凡是眞正愛着的人是不知多少的；他是整個地給予他的所愛的。

愛麥虞限望着克利斯朵夫；意志堅強的眼中，悲壯的嚴肅突然射出一道深邃柔和的光。他執着克利斯朵夫底手，請他坐在榻旁，靠近着他。

他們彼此敍述了以往的歷史。從十四到二十五歲之間，愛麥虞限經歷了不少行業：印刷工人，地毯工人，小販，書店掮客，代理人書記，一個政客底祕書，新聞記者……在所有的行業中，他都有法子自修：偶然遇到幾個好人，被這小駝子底毅力感動之下，設法幫助他，但也往往落在一般利用他的災難與天賦的人手裏，獲得一些最慘酷的經驗，結果却總能並不十分悲苦的擺脫出來，祇是把他有限的、嬌弱的健康損失了。對於古文字的特殊的學習能力（在一個浸淫着人文主義傳統的民族間，這種才能比一般人相像的爲多，）使他獲得一個古希臘學者底支持。這些研究，雖則他沒有時間鑽研得如何精深。却已替他養成了一種精神底紀律和文字底風格。這個出身微賤、一切的學問都是碰巧地自修得來而留着極大漏洞的人，居然學得了一種運用詞藻的技能，一種思想對於形式的駕馭力量，爲中產階級底青年靠了十年的大學教育所難於獲致的。他把這種好處歸功於奧里維。雖然更有實效地幫助過他的還有別人，但在這顆心靈底黑夜中，把永久的長明燈燃點起來的星星之火，的確是從奧里維身上來的。別人不過做了添加燈油底工作。

他說：

——從他去世的時候起，我纔懂得他。但他所有和我說過的話全都滲透了我的心。他的光明從沒有離開我。

他講着他的作品，講着他自以爲是奧里維遺留給他的任務：法蘭西精力底覺醒，英雄的理想主義底火焰，爲奧里維所預先昭示的；他想成爲一個響亮的聲音，遨翔在戰鬥之上，報告未來的勝利。他爲他復興的民族唱着史詩。

他的詩歌確是這個奇異的民族底產品。經過了多少世紀，這民族始終強固地保存着它塞爾德古族底香味，同時又憑着一種奇怪的驕傲，把它的思想包裹着羅馬侵略者底遺物與法律。我們可在其中找到高盧族底大膽剽悍，這種瘋狂的理性，這種幽默，這種英雄主義底精神，這種自大自傲與勇往直前的混合性格，敢於向羅馬貴族挑戰，洗刦台爾弗（希獵古城，曾遭高盧蠻族攻陷。）神廟，獰笑着對天揮舞他們的長槍。（按法國民族源出高盧族，而高盧族又爲塞爾德族支系。以上所云皆隱喻高盧族底史蹟。）但這個巴黎侏儒，應當像他戴假髮的祖父們一樣，也將像他未來的曾孫們一樣，把他的熱情化身到二千年前的希臘英雄與神明身上。（按此係隱喻法國古民族底獷野的精神仍須用清明恬靜的希臘作風表現）這民族底好奇的本能，和它追求『絕對』的需要融洽一致：它把它的思想放在千百年代底遺跡上時，竟以爲它是把它的思想勒令千百年代尊重了。這種古典形式底拘束反而使愛麥廣限熱情愈加奮激。奥里維對於法蘭西命運底鎮定的信念，在他的信徒身上變成了一股灼熱的信仰，渴慕行動，勝券在握。他要勝利，他看見勝利，呼喚勝利。他的掀動法國羣衆底靈魂，便是靠這股狂熱的信仰與樂觀。他的書有和一場戰爭相同的效力。他在懷疑主義與恐怖中間轟成一個窟窿。所有年青的一代都跟着他蜂擁而進，向着新的命運趨奔。

他一邊說着一邊興奮起來；他的眼睛燃燒着，蒼白的臉有了片片的紅光，聲音變得喧鬧了。克利斯朵夫不禁注意到這股氣吞牛斗的火焰，和這個作爲柴薪的可憐的身軀之間的對照。但這動人的命運弄人底現象，他只窺見一部分罷了。詩人歌詠着毅力，頌讚這一代醉心於運動、行動、戰爭的勇猛的青年，他自己却只能喘息着走路，過着中和的生活，守着嚴格的規律，只喝清水，不能抽煙，沒有情婦，把所有的情欲藏在心裏，爲了脆弱的健康不得不守着禁欲主義。

克利斯朵夫靜觀着愛麥廣限；感到一種又佩服又憐憫的情緒。他絲毫不願流露出來；但大概是他的眼睛透露了一些消息；或者是傷口未曾結合的愛麥廣限底驕傲，以爲在克利斯朵夫底目光中看到了他比仇恨更憎厭的同情。他的熱情降落了，停止了說話。克利斯朵夫努力想重新贏得他的信任也是徒然。心靈已經關閭。克利斯朵夫看到他把他傷害了。

敵意的沉默繼續着。克利斯朵夫站起身來。愛麥虞限一言不發的送他到門口。他的步武格外顯出他的殘廢：他自己知道，因爲驕傲之故而裝做毫不介意；但他想克利斯朵夫在觀察他，於是他的怨恨加深了。

正當他冷冷地握着客人底手把他送走時，一個年青的漂亮婦人來按他的門鈴。她有一個裝模作樣的男人做她的跟班，那是克利斯朵夫在戲院上演新戲的時候注意過的，總看見他滿臉堆着笑，絮聒着，顛頭聳腦的招呼着，吻着婦女們底手，從他正廳底坐位上一直對戲院底裏微笑着打招呼：克利斯朵夫因爲不知道他的姓名，便叫他做『花花公子。』——這時候，『花花公子』和他的女伴，一見愛麥虞限就用一種過分的恭敬與熟習的態度撲向『親愛的大師。』克利斯朵夫在走遠的辰光，聽見愛麥虞限用着直截了當的口氣回答說他今天有事，不能見客。他非常佩服這個人有敢令人不快的膽量，可不知愛麥虞限爲何要對這批用冒昧的訪問來慰勞他的有錢的時髦人如此冷淡：他們有的是好聽的說話與恭維；但他們並不想減輕他的災難，正如賽查、弗朗底朋友們從不會設法免除他的鋼琴課，讓他教到老死以維持他的生活。

克利斯朵夫又去看了好幾次愛麥虞限。他再也無法使初次訪問時那種親切的情操再現。愛麥虞限全無看見他覺得高興的表示，只抱着一副猜疑的、矜持的態度。有時，因爲他的天才需要流露的關係，會被克利斯朵夫一句話打動了心，突然興奮起來；於是，他的理想主義射出一道莊嚴絢爛的光芒，照在他隱祕的靈魂上。隨後，他的熱情突然下降，蜷縮在仇恨的靜默裏；克利斯朵夫重新發見了敵人。

使他們分離的特點太多了。年齡底相差也有很大關係。克利斯朵夫正望着充分的自覺與自主的路上走。愛麥虞限却還在成長未定的階段，而且比克利斯朵夫任何時期都更混亂。他的面貌底特徵，在於許多在他心中交戰的互相牴觸的原素：一種強有力的禁欲主義，努力想把被隔世遺傳的欲念煎熬着的天性加以馴服，——（要知道他是一個酒徒與賣淫婦底兒子；）——一種狂亂的幻想，在鐵一般的意志約束之下反抗着；一種強大的自私主義和對於別人的強大的愛情，

——（我們永遠不知兩者之中何者會獲勝；）——一種英雄的理想主義，和對於光榮的渴慕，使他躭憂着旁人底卓越。即使奧里維底思想，獨立不羈的人格，不顧利害的情緒，都可在他身上發現；即使愛麥虞限比他的宗師更高明，由於他具有平民的活力，由於他不知行動之可厭，由於他的詩才，由於保護他不致感染任何憎厭之毒的甲殼，他却遠不及安多納德底弟弟底清明恬靜；他的性格是虛榮的，煩躁的；而在他自己的騷亂之上還要加上別人底騷亂。

他和一個鄰居的少婦，就是第一次接待克利斯朵夫的那個女子，過着一種波折極多的生活。她愛着愛麥虞限，嫉妒地照顧他，替他管理雜務，鈔寫作品，聽着他的口誦默寫。她生得全然不美，負着一顆熱情熾盛的靈魂底重擔。平民出身，在長久時期內當着紙版女工，郵局雇員，她在巴黎一般貧苦工人底普通環境中過着窒息的童年；身心擔着重荷，累人的工作，永遠的紛亂雜沓，沒有空氣，沒有靜默，從沒有清閒孤獨，無法靜思默想，無法保護她心靈底隱遁。高傲的精神，對於眞理的一種模糊的理想，孕育着一股虔敬的熱誠，她在夜間睜着倦眼，有時甚至沒有燈火，在月光下鈔寫囂俄底悲慘世界。她遇到愛麥虞限的辰光，正是愛麥虞限貧病交迫、比她更不幸的時期；從此她就委身於他了。這樁熱情，是她生平第一次的、唯一的愛情；所以她像一個餓鬼般緊抓着。對於愛麥虞限，她的情愛是沉重難當的；與其說他分享，還不如說他勉強擔承更爲恰當。他對她的忠心極其感動；他知道她是他女朋友中最好的一個，把他當作全部財產而離不開他的唯一的女友。但就是這種性操使他難以忍受。他需要自由，需要孤獨；這副哀求他加以青睞的目光使他感到困惱，他對她惡聲相向，眞想和她說：『去你的罷！』她的醜陋和突兀的舉動惹他惱怒。雖則他很少認識上流社會，雖則他還輕視上流社會，——（因爲他覺得自己在其中顯得更醜更可笑，）——他却歡喜高雅，受着那些女子吸引，不知她們對他的情操正和他對他的女友所抱的情操相同。他勉強對女友表示溫情，而這溫情是他實在沒有的，或者老是被不由自主的恨意消蝕的。他絕對沒有辦法；他胸中有一顆慷慨的心，渴欲行善，但也懷着一個強暴的魔鬼，渴欲作惡。這種內心的爭執，和他覺得這場爭執底結果不能對他有利的感覺，使他暗地惱怒，克利斯朵夫就常常受到這種惱怒底閃光。

愛麥虞限對克利斯朵夫禁不住有兩種反感：一是他從前的嫉妒底遺留：（這些兒童底熱情，就是當原因早已遺忘的時候，還會不時發作；）一是強烈的民族主義作祟。他把所有關於正義、憐憫、博愛、爲上一代優秀人士假想的美夢，全都寄托在法蘭西身上。他並不把它和歐洲其餘的民族對峙，好似一個敵國靠了別國底衰微來增加它的財富那樣；但他把自己的民族放在別的民族前面，髣髴合法的王后爲了大家底福利而統治，——做着理想底劍，人類底嚮導。他寧可看見它死滅，而不願看見它犯一樁蹂躪正義的罪行。但他決不懷疑它。他是一個極端排外的法國人；在他的教養上，在他單靠着法國傳統底滋養的心上，在他的本能裏面，他就找到法國傳統底深刻的意義。他眞誠地不認識外國思想，對它抱着輕蔑的寬容態度，——如果外國人不肯接受這種屈辱的待遇，他的輕視就一變而爲惱怒。

這一切，克利斯朵夫都看得明白；但因年紀較長，受着人生底教訓較多，他絕對不覺得生氣。雖則這種族底驕傲不無令人難堪之處，克利斯朵夫却並沒受到傷害；他認爲那是子弟愛慕國家底幻象，他決不想指摘一種神聖的情操底過火的毛病。並且，各個民族虛榮地信仰它的使命，對全人類也有裨益。在他覺得和愛麥虞限格格不入的所有的理由中，只有一樁使他很難受：那是愛麥虞限底有時尖銳過度的聲音。克利斯朵夫底耳朵會感到異樣難過，禁不住要疾首蹙額。他想法不教愛麥廣限覺察，努力使自己只聽音樂而不聽樂器。當殘廢詩人喚引起精神底勝利，爲別的勝利前驅的，喚引起天空底征略，『飛翔的上帝』激起民衆的，像伯利恆（耶穌降生地。）底星一般把他們曳引着，使他們出神地走向遙遠的空間或走向某些未來的報復！……這時候，這可憐的駝子臉上，閃耀着何等悲壯的美！但這些境界底雄偉莊嚴，並不能使克利斯朵夫不感到它的危險：他預感到這銜枚疾走的步子，和這新馬賽曲底越來越響的吶喊，將要驅使民衆到何種的路上。他幽默地想着（可並沒對於過去的惆悵和對於將來的恐懼）這些詩歌將要產生詩人不會預料的後果，將有一天，人們會在『節場』底時代消滅以後歎息……那時人們纔多自由！自由自由底黃金時代！再不能有第二回了。世界向着一個力、健康、強毅的行動、也許還有光榮的時代走去，但將隸屬於嚴酷的威權，隸屬於狹小的秩序。我們不是一心一意的祝望這個鐵底時代，古典的時代麼？偉大的古典時代，——路易十四或拿破侖，在遠處看來是人類底高峯。也許民族在這個時代裏把它的國家理想實現得最完滿。但你去問問當時的那些英雄作何感想罷！你們的尼古拉、波生跑到羅馬去過活，老死在那裏；他在你們家裏感到窒息。你們的柏斯格，你們的拉西納，都向社會告別。而在一般最偉大的人物中間，失寵着、受着壓迫、過着隱居生活的又有多多少少！就是莫利哀底心中也藏着多少悲苦。至於在你們懷念不止的拿破侖治下，你們的父親也不見得幸福；連這位英雄自己也沒有看錯，他知道當他消滅的辰光，人們會歎一口氣：『呃，呼！』……在『皇帝』四周，思想界是何等荒凉！非洲底太陽照在無垠的沙漠上……

克利斯朶夫絕對不說出他心中咀嚼着的思想。幾句隱喻已儘夠激起愛麥虞限底狂怒；他決不再嘗試的了。但他把思想隱藏也是無用，愛麥虞限知道他想着。而且他還幽密地感到克利斯朶夫比他看得更遠，這使他愈加氣惱。青年人是不肯原諒他們的前輩強迫他們看到二十年以後的事的。

克利斯朶夫窺透了他的心思，自忖道：

——他是對的。各有各的信仰！應當相信一個人所信的。願上帝防止我去擾亂他對於未來的信念。

但只要他在場就可成爲騷亂底一個原因。兩人在一起時，儘管大家抑捺個性，結果總是這一個壓迫另一個，使那一個心中懷着屈辱的恨意。愛麥虞限底驕傲，因爲克利斯朵夫在經驗上、性格上、比他優越之故，覺得痛苦。也許他還撐拒着他覺得在自己心中對克利斯朵夫日漸滋長的愛。他變得更獷野了：關起門來，不覆外來的信。——克利斯朵夫不得不放棄探望他的念頭。

時間到了七月初。克利斯朵夫把幾個月來的收穫計算一下：很多新思想而很少朋友。轟動而虛幻的成功：重新看到自己的形象，看到他作品底反映在一般平庸的頭腦中模糊了或漫畫化了，實在沒有多大味兒。至於那些他願意獲得瞭解的人，却對他毫無好感；他們簡直不理會他的好意；他雖極想參加他們的希望，成爲他們的同盟，可沒有法子和他們結合；可以說他們的多慮的自尊心不願接受他的友誼，而寧願他做一個敵人。總而言之，他眼見他的一代底潮水流逝而不會和它一同流逝；下一代底潮水又不要他加人。他孤獨着，可並不駭異，他是一生孤獨慣的。但他認爲在這一次新的嘗試之後，在實現另一件最近漸漸有了實質的新計劃之前，他又有權回到瑞士隱居去了。隨着年齡底老去，回到家鄉底念頭慢慢地困擾他。那邊他已沒有一個熟人，也許在思想上比在這個外國的城裏更感孤獨；但家鄉還是家鄉；你並不要求和你血統相同的人和你思想也相同；你和他們中間有着無數幽密的關連；感官教你們在天地這部大書中讀到同樣的句子，心講着同樣的言語。

他快樂地把他的失意告訴葛拉齊亞，說出他想回瑞士的念頭；他開玩笑地請求她允許他離開巴黎，把動身的日子定在下星期內。但在信尾底附筆內他又添了一句：

『我改變了主意。行期延遲了。』

克利斯朵夫完全信任葛拉齊亞，把最親密的思想底祕密告訴她。可是他心裏還有一個部分，只有他自己執着祕鑰：那是一些不單屬於他而也屬於那些他親愛的死者的往事。所以關於奧里維的事情，他絕口不提。這種保留也並非由於故意。乃是當他想對葛拉齊亞提起他的朋友時就說不出話來。她是全然不認識他的啊……

可是，這天早上，正當他寫信給他的女友時，有人敲門了。他一邊去開門，一邊咕嚕着說人家打擾他。一個十四五歲的孩子求見克拉夫脫先生。克利斯朵夫氣冲冲的教他進來。他是黃頭髮，藍眼睛，五官秀麗，不十分高大，身材纖小的，站在克利斯朵夫前面有些膽怯的樣子，不則一聲。一忽兒他鎮定了，舉起清明的眼睛把克利斯朵夫好奇地打量着。克利斯朵夫望着可愛的臉微微笑了；年青的孩子也微微笑了。

——那末，克利斯朵夫問道，您要什麼啊？

我是來……孩子說。

（他又慌亂起來，紅着臉，不響了。）

——我明明看見您是來了啊，克利斯朵夫笑道。但您爲什麼來？來瞧我，難道您怕我麼？

年青的孩子重新露出笑容，搖搖頭說：

——不。

——好呀！那麼，先告訴我，您是誰？

——我是……

他又停住了。他的眼睛好奇地在房內打轉的辰光，偶而發見克利斯朵夫底壁爐架上擺着一張奧里維底照相。克利斯朵夫不知不覺地跟着他的目光望去。

——說啊！勇敢啊！

孩子說：

——我是他的兒子。

克利斯朵夫驚跳了一下；從椅子裏站起來，兩手抓着孩子，把他拉到身邊；他重新坐在椅上，把他緊緊摟着；他們的臉差不多相接了；他望着他，望着他，嘴裏再三說着：

——我的孩子……我可憐的孩子……

突然他把他的頭捧在手裏，吻着他的額角，他的眼睛，他的面頰，他的鼻子，他的頭髮。孩子被他這種激動的表示弄得驚駭了，侷促了，掙脫了他的臂抱。克利斯朵夫由他掙脫。他手捧着臉，額角靠在牆上，這樣的過了幾分鐘。孩子一直退到房間底裏。克利斯朵夫重新擡起頭來，臉色平靜了；他堆着親切的笑容，望着孩子說道：

——我把你駭壞了。對不起……你瞧，這是因爲我實在愛他的緣故。

孩子不則一聲，還在驚駭之中。

——你多像他！克利斯朵夫說……可是我不會認得你。有些什麼改變了啊。

他接着又問：

——你叫什麼名字？

——喬治。

——不錯。我記得了。克利斯克夫——奧里維——喬治……你幾歲了？

——十四歲。

——十四歲！已經有這麼久了？……髣髴還是昨日的事——或者是像在時間底黑夜裏……你多像他！同樣的線條。同樣的，但是另外的一個。眼睛底顏色是同樣的，目光却不同。同樣的笑容，同樣的嘴巴，可是音調不同。你更強壯，站得更直。你生着飽滿的臉，但也和他一樣的臉紅。來，坐下，我們談談罷。誰教你到我這裏來的？

——沒有人。

——是你自己想來的？你怎麼知道我的呢？

——人家和我講起您。

——誰？

——我的母親。

——啊！克利斯朵夫說。她知道你到我這裏來麼？

——不。

克利斯朵夫緘默了一會；隨後又問道：

——你們住在哪裏？

——靠近蒙梭公園。

——你走來的？是不是？這眞是好一段路。你該累了。

——我從來不累的。

——好！把你的手臂給我看。

（他拍拍他的胳膊）

——你是一個結實的小子……再說，你怎麽會想起來看我呢？

——因爲爸爸愛您勝過一切。

——誰和你說的？

（他接着又道：）

——是你母親和你說的麽？

——是的。

克利斯朵夫微笑着，沉思着。他想：『她也在嫉妒！……他們全都那樣的愛他！幹麽他們不對他表示呢？……』

他繼續道：

——爲何你等了那麽久纔來看我？

——我曾經想早些來的。但我以爲您不願意見我。

——我！

——好幾個星期以前，在希維阿音樂廳上，我曾瞥見您，我那時和母親在一起，離開您只有幾張椅子；我對您行禮；您斜着眼睛看了我一下，縐縐眉頭，不理會我。

——我，我曾經對你看？……可憐的孩子，你竟以爲？……我不會看見你啊。我眼睛疲倦了，所以我縐縐眉頭……難道你以爲我凶惡麼？

——我想您也、能夠這樣，倘使您願意的話。

——眞的麼？克利斯朶夫說。在這種情形中，如果你想我不願意見你，你怎麼又敢來？

——因爲我，我要見你。

——要是我把你趕出大門？

——我不會讓人家這麼做。

他說這句話的時候，裝做一副堅決的神氣，又惶惑又帶着挑戰的模樣。

克利斯朶夫大聲笑了出來；喬治也笑了。

——倒是我可以被你趕出大門!……你瞧!多強橫的傢伙!……不,眞是,你不像你的父親。

孩子活潑的臉突然沉了下來。

——您覺得我不像他?但您剛纔說!……那末您以爲他會不愛我麼?那末您也不愛我麼?

——我的愛你,對你又有什麼關係?

——關係大呢。

——因爲?

——因爲我愛您。

一刹那間,他的眼睛、嘴巴、所有的線條,染上十幾種不同的表情。好似四月裏的天,春風過處,朵朵烏雲底陰影照在田間。克利斯朵夫看着他,聽着他,覺得有一種微妙的樂趣;他過去底憂慮似乎洗盡了;他的悲哀的經驗,他的磨難,他的和奧里維底痛苦,一切都拭去了:在此奧里維生命底嫩芽中,他新鮮無比地再生了。

他們交談着。喬治在最近幾個月以前完全不認識克利斯朵夫底音樂;但從克利斯朵夫來到巴黎以後，凡是演奏他作品的音樂會，他一次都不曾錯過。他談起的時候，臉色生動，眼睛發光，笑瞇瞇的，眼淚都要上來了：眞是一個善於鍾情的傢伙！他對克利斯朵夫說他熱愛音樂，他自己也想學音樂。但克利斯朵夫提出幾個問題之後，發覺孩子對音樂還一無所知。他便盤問他的學業。年青的耶南在中學裏；他輕鬆地說他不是一個好學生。

——在那一方面比較強呢？文學還是科學？

——各方面都差不多。

——可是怎麼？怎麼？難道你將做一個懶學生麼？

他坦白地笑道：

——我想是的。

接着他又吐露心腹地補充道：

——但我知道是不會的，究竟。

克利斯朵夫禁不住笑了：

——那末為何不用功呢？難道沒有一樣東西使你感到興趣麼？

——正是相反！一切都使我感到興趣。

——那麼？

——一切都有趣，就沒有時間了，

——你沒有時間？那你又幹些什麼鬼事？

他做一個含糊的姿勢：

——事情多呢。我弄音樂，我運動，我參觀展覽會，我看書……

——你更好是看看你的課本。

——在課堂上從來讀不到有趣的東西……而且我們還要旅行。上個月，我會到英國去看牛津與劍橋底比賽。

——這該使你的學業大大的上進！

——罷！一個人這樣可以學得比在中學裏更多的東西。

——你的母親，她對於這些怎麼說？

——我的母親是很有理性的。我要怎麼做，她就怎麼做。

——壞東西！……算你運氣，不會有像我這樣的父親。

——是您沒有運氣……

他這種會奉承的神氣眞教人無法抵抗

——那末告訴我，大旅行家，克利斯朵夫說，你認得我的國土麼？

——認得。

我斷定你不知道一句德文。

——相反，我知道很多。

——我們來試試看罷。

他們開始用德語談話。孩子亂七八糟的、不準確地講着，但是非常有把握；很聰明，很機靈，他猜到的成分遠過於懂得的成分；他往往猜錯；他就第一個先笑開了。他高高興興的敍述他的旅行，他的讀物。他讀得很多，匆促地，浮表地，只讀着一半，把不曾過目的自己發明出來，但他永遠受着一種強烈新鮮的好奇心刺激，到處尋找教自己興奮的因素。他從這一個題目跳到另一個題目；眉飛色舞的講着感動過他的戲劇或作品。他的智識是毫無系統的。不知他怎麼會讀一本第十流的書而不知道那些最著名的。

——這一切都很妙，克利斯朵夫說。但要是你不用功，你決不能有什麼成就。

——呋！我不需要這個。我們有錢。

——鬼！這可是嚴重了。你願做一個一無所有、一無所事的人麼？

——相反，我什麼都要做。一生關在一樁行業裏是愚蠢的。

——而這還是好好地做成一件事情的唯一的方法。

——人家是這麼說。

——怎麼！『人家是這麼說？』……我，我這麼說。瞧，我研究我的技藝有四十年了。我纔開始懂得它。

——學一樁技藝要四十年!那末什麼時候再能夠做呢?

克利斯朵夫笑了。

——愛發議論的小法國人!

——我願成爲音樂家,喬治說。

——那末着手起來也不算早了。要不要我教你?

——呋!我將多高興!

——明天再來。我將看看你值得多少。要是你一文不值,我將禁止你去摸鋼琴。要是你有才具,我們將試把你造成一些東西……但我告訴你,我要叫你用功。

——我將用功,喬治快活之至的說。

他們把約會定在明天。在出去的時光,喬治記起他明天已有別的約會,後天也是的。是的,他這星期內簡直沒有空。於是他們把日子和鐘點重新改定。

但到了那一天那一個時間,克利斯朵夫空等了一場。他失望了。他想到再見喬治時,有一種小孩子般的歡喜。這個突如其來的訪問把他的人生照得光明了。他爲之那樣的快樂，那樣的感動，以致兩夜不曾安睡。他懷着溫柔的感激的心思，想到這小朋友以他的朋、友、底名義來看他；他想着這可愛的臉容微笑了：他的天眞，他的愛嬌，他的又狡獪又質樸的坦白，使他心神歡暢；他耽溺着這靜默的醉意，這幸福的嗡嗡聲充滿着他的耳鼓與心房，像他和奧里維訂交的初期一樣。他在其中還攙入一種更嚴肅的、幾乎是虔敬的情操，在生人底表情以外窺見過去的笑容。——後天，大後天，他一直等着。沒有人來。沒有一封道歉的信。克利斯朵夫悲傷之下，尋找原諒孩子底理由。他不知道寫信到哪裏，他沒有他的地址。即使他有了地址，他也不敢寫信給喬治。一顆鍾情於青年人的老年的心，有一種羞惡之情，不大敢對青年表示需要他；他明知青年人所最怕的，是關心一個並不重視他（青年）的人；就是說青年最怕人家負他，不怕自己負人家。

靜默一直繼續着。克利斯朵夫雖然爲之痛苦，却全然不去設法尋找耶南一家。但他每天等着那不來的人。他並不動身去瑞士，整個夏天都留在巴黎。他覺得自己荒唐；但他再沒趣味旅行。直到九月，他纔決意到楓丹白露去住了幾天。

十月將盡的時光，喬治・耶南跑來敲他的門了。他安靜地道歉，對於他的失信全沒慚愧惶恐的神氣。

——我不曾能夠來，他說；後來我們又動身到勃勒塔尼（法國西北部。）去了。

——你可能夠寫信給我啊，克利斯朵夫說。

——是的，我本想寫信。但我從來不得空……再則，他笑着說，我忘記了，忘記了一切。

——你回來多少時候了？

——十月初回來的。

——而你又等了三星期纔決意來看我？……聽我說，坦白的告訴我：是不是你母親阻止着你？……她不歡喜你見我？

——可不！正是相反。是她教我今天來的。

——怎麼？

——上次，在暑假前我看過您之後，我回去把一切都講給她聽了。她說我做得很對；她問起您，向我提出了許多問句。三星期前，當我們從勃勒塔尼回來時，她就要我再來看您。八天以前，她又提我。今天早上，當她知道我還沒有來時，她生氣了，要我喫過中飯立刻就來，不許再等待。

——而你和我講起這些不慚愧麼？要人家逼你纔肯到我這裏來麼？

——不，不，別這樣想！……呋，我使您生氣了！對不起……眞是，我糊塗……責備我罷，可別恨我。我很愛您。如果我不愛您，我也不會來了。人家並沒強迫我。先是，人家只強迫我做我願意做的事情。

——小鬼！克利斯朵夫說，不由自主地笑了。還有你的音樂計劃？你把它怎麼了？

——呋！我老是想着。

——這可並不使你前進呀。

——現在我要開始了。最近幾個月，我實在不能，我有多少、多少的事情要做！但現在，您可以看到我要用功了，倘使您仍不棄我的話……

（他做着媚眼。）

——你是一個開玩笑的傢伙，克利斯朵夫說。

——您不把我當眞。

——眞是不。

——討厭！沒有一個人把我當眞。我灰心了。

——當我看見你工作時，我就把你當眞了。

——那末，立刻！

——我沒有功夫，明天罷。

——不，太遠了，明天。我不能整天的受着您的輕視。

——你多惹厭。

——我求您……

克利斯朵夫對着他的缺點微笑着，教他坐在琴前，和他談起音樂來了。他向他提出一些問句；要他解答幾個和聲方面的小問題。喬治不懂得多少東西；但他的音樂本能把他的愚昧補足了不少；雖然不知道名稱，他却找到了克利斯朵夫所期待的和音；即是錯誤，也在笨拙上見出他好奇的趣味和特別敏銳的感覺。他不能毫無爭辯的接受克利斯朵夫底指摘，而他提出的聰明的問題，又表示他有一種眞誠的精神，不肯承認藝術是一種從嘴裏背誦出來的教規般的公式，而是要它爲他自己而存在的東西。——他們所討論的並不限於音樂。提起和聲時，喬治談到一些圖畫，風景，人物。他是豪放不羈的；得時時刻刻把他從半路上拉回來；克利斯朵夫可不是常常有這種勇氣。他好玩地聽着這小傢伙底快活的廢話，充滿着靈智和生命。他的天性和奧里維底多不同！……一個生命是一條內在的河，默默無聲地流着；一個，生命完全在外面：一條使性的溪流，在陽光中嬉戲着消磨它的精力。可是本質上是同樣純潔的水，像他們的眼睛一樣。克利斯朵夫微笑着在喬治身上重新看到某些本能的反感，某些嗜好與厭惡，爲他所熟識的，還有那種天眞的頑強，那種對所愛的人傾心相與的慷慨……只是喬治愛着那麼多的東西，以致他沒有時間對同樣的東西愛得長久。

明天和以後的幾天，他都來了。他對克利斯朵夫發生了一股美妙的、青年的熱情；非常熱烈地學習他的功課……——然後，熱情降落了，訪問減少了。他不常來了……然後，他不再來了，又是幾星期的沒有影踪。

他是輕佻的，健忘的，天眞地自私，眞誠地慇懃；他有一顆好心，有活潑的智慧，爲他用得很節省的，每天只用一些小錢。人家原諒他一切，因爲人家樂於看見他：他是幸福的……

克利斯朵夫不願意批判喬治，也不怨喬治。他寫信給雅葛麗納，謝謝她打發她的兒子來看他。她覆了一封短短的信，抑制着她的情感；她只表示希望克利斯朵夫關切喬治，在人生中指引他。她口氣之中毫無與克利斯朵夫相遇的願望。爲了怕觸動舊事，也爲了高傲，她沒有決心來看他。而克利斯朵夫也覺得在不被邀請的時候沒有權利先去。——這樣，他們分離着，偶而在一個音樂會中遠遠瞥見，只靠年青孩子底稀有的訪問把他們聯繫着。

冬天過去了。葛拉齊亞難得再有信來。她對克利斯朵夫始終保持着忠實的友誼。但因爲她是一個眞正的意大利女子，很少感傷氣息，只關心現實，她需要看到外界的人物，倘非爲想起他們，至少是爲和他們談話底樂趣。爲保持她心裏的記憶起計，她需要不時把她眼裏的記憶更新一下。所以她的信變得簡短而稀少了。她很信任克利斯朵夫，好似克利斯朵夫很信任她一樣。但這種信念所發生的光明遠過於它的熱度。

克利斯朵夫對於他新的失意並不如何苦惱。他的音樂活動儘夠消磨他的光陰。到了一個相當的年齡，一個強毅的藝術家在他藝術中所過的生活，遠過於在他人生中所過的生活；人生變了夢，藝術倒成爲現實。和巴黎接觸之下，他的創造力重又覺醒了。世界上再沒比看到這勞動都市更刺戟的東西。卽是最冷靜的也要感染它的狂熱。克利斯朵夫，在幾年有益的孤獨生活中休息過後，獲得一筆巨大的精力來消耗了。法蘭西精神底猛晉不已的好奇心，在音樂技術底園地中有了新的收穫；克利斯朵夫接受着這筆新的財產，也開始去搜索新天地；更強暴，更野蠻，他比他們走得更遠。但在他新的大膽中，再沒絲毫靠着本能碰巧的事情。一種力求明白底需要抓住了克利斯朵夫。他的天才，一生都聽命於多變的流水底節奏；它的律令是輪流地從這個極端轉換到另一個極端，而把兩端之間的空隙填滿。在前一個時期狂熱地委身於『在秩序的網幕裏閃爍發光的渾沌底眼睛』以後，正當他想撕破簾帷以便看個淸楚的辰光，他忽然想到要擺脫它們的誘惑，把主宰一切的精神底罟網重新置在史芬克斯面上。羅馬帝國底氣息在他身上吹過了。像他所感染的當時的巴黎藝術一樣，他渴望秩序。但並非，——依照那般疲倦的反動派底方式，把他們一些剩餘的精力化在保護他們的睡眠上，——並非華沙城中的秩序。（按一八三一年華沙被俄軍佔領時，波蘭外長塞白斯蒂尼答覆議員質問時，聲稱：『華沙城中有的是秩序』而實際是俄軍在華沙城內極力鎮壓波蘭民族之反抗）這些好好先生回到了聖·商與勃拉姆斯，——回到了一切藝術上的勃拉姆斯，理論上的強者，爲了蘇慰之故而回到平淡無味的新古典派。竟可說他們是因熱情過度而筋疲力盡了！哼！你們眞是疲倦得快，我的朋友們……不，我所說的決不是你們的秩序。我的秩序不是屬於這一類的。而是在自由的熱情與意志底和諧中間的秩序……克利斯朵夫竭力要在他的藝術中維持生命底各種威力底均衡。這些新的和音，這些被他在音樂深淵中挑撥起來的音樂妖魔，被他派去建造明白淸楚的交響樂，陽光普照的大建築，好似那些蓋着意大利式穹窿的廟堂。

這些精神底游戲與戰鬥，消磨了他整個的冬天。而冬天過得很快，雖則有時候，當克利斯朵夫在黃昏時做完了一天底工作，回顧着一生底成績，說不出冬天究竟是短是長，說不出他究竟是少是老。

於是，人間太陽底一道新的光芒透過了幻夢底帷幕，重新帶來了一次春天，克利斯朵夫收到葛拉齊亞一封信，說她將帶着兩個孩子到巴黎來。這個計劃，她已有了長久。她的表姊高蘭德常常邀請她但要打破她的習慣，使她離開心愛的家和她嬌慵疏懶的和平，回到這個她熟識的巴黎漩渦中，是需要她打起精神的，而她就害怕作這種努力，所以她年復一年地把行程延緩。這個春天，一種凄涼的情緒，也許是一種幽密的失意——（在一個女人心裏，有多少爲別人所不知、自己所否認的可歌可泣的故事！）——使她想離開羅馬。一場傳染病底威脅，使她獲得趕快打發孩子動身的藉口。在她寫信給克利斯朵夫不多幾天之後，她就跟着來了。

她纔到高蘭德家，克利斯朵夫就跑去看她。他發覺她還耽溺着她的幻夢，離開現實很遠。他有些苦悶，但不對她表示。現在他差不多把他的自私犧牲完了；所以心地變得很清明。他懂得她有一樁她願意隱祕的哀傷；他便不許自己去探索；祇設法替她排遣，高興地敍述他的厄運，他的工作，他的計劃，一方面幽密地把一縷溫婉之情包裹她。她覺得被這股不敢明白表露的柔情滲透了；直覺地感到克利斯朵夫已猜着她的苦惱，爲之感動了。她的悽惻的心在朋友心中休息着，聽它講着紛繞兩人底心事以外的事情。慢慢地，他看到悵惘的陰影在女友眼中消失，它們的目光更接近，越來越接近了……以致有一天，他在和她談話的辰光突然停下來靜靜地望着她。

——什麼事啊？她問道。

——今天，他說，您完全回來了。

她微微一笑，輕輕答道：

——是的。

要安安靜靜的談話不是一件容易的事情。他們難得有單獨相對的時間。高蘭德常在他們面前獻慇懃，在他們是覺得太多了些。她雖則有許多缺點，實在是一個很好的女子，很眞誠的關切着葛拉齊亞和克利斯朵夫；但她想不到她會使他們厭煩。她的確注意到——（她的眼睛看到一切）——她所謂的克利斯朵夫與葛拉齊亞底調情：調情是她的要素，她只覺得高興，只想加以鼓勵。但這正是人家不希望她的，他們但願她勿過問與她無關的事情。只要她出現，或對兩人中的一個說一句識趣的（已經是冒昧了）關於他們友誼的隱喩時，就可使克利斯朵夫與葛拉齊亞沉下臉來，談着別的話頭。高蘭德竭力搜尋他們矜持底理由，找到了所有的，只除掉一個：眞實的。總算是兩個朋友底運氣，她是一個不能久坐的人。她來來往往，出出進進，監督着家中所有的事務，同時經營着十件事情。當她不在眼前的空隙裏，只剩克利斯朵夫與葛拉齊亞單獨和孩子們在一起時，他們繼續那些無邪的談話。他們從來不談聯繫他們的情操，只交換一些日常瑣事。葛拉齊亞憑着女性的興味，問訊到克利斯朵夫家居雜務底情形。在他家中，一切都弄得很糟；他老是和打雜的女僕爭執不休；老是被她們欺騙與竊盜。她聽着，天眞地笑開了，對於這個大孩子底不懂實際抱着一股母性的同情。有一天，當高蘭德把他們糾纏得比往常格外長久之後而走開時，葛拉齊亞歎道：

——可憐的高蘭德！我多愛她……她惹我多厭煩！……

——我也愛她，克利斯朵夫說，如果您的愛她是因爲她惹您厭煩之故。

葛拉齊亞笑了：

——聽我說……您允許不允許……（在這裏眞是沒有法子談話）……允許不允許我到您那邊去一次？

他驚跳了一下。

——到我那邊！您將到我那邊來！

——這不會使您不高興吧？

——不高興！啊！天哪！

——那末，星期二，好不好？

——星期二，星期三，星期四，隨您哪一天。

——星期二，四點鐘，那末。就此定當了。

——您眞好，您眞好。

——且慢。這是要依我一個條件的。

——一個條件？做什麽用？隨便您要怎樣。您知道，我都會照您的意思的，不管有沒有條件。

——我歡喜要一個條件。

——答應了。

——您還不知道是什麼條件呢。

——這對我不相干，我答應了就完了。隨您罷。

——但先聽一聽，頑固的傢伙！

——說罷。

——就是從現在起，您一些不得改變——聽真，一些不得改變，——您寫所裏的模樣；一切將保留着它的本來面目，準準確確的。

克利斯朵夫底臉拉長了，顯出一副狼狽的神氣。

——啊！可不要這種玩藝兒。

她笑了：

——瞧，這就是答應太快底結果！但您已經答應了。

——但您爲何要？……

——因爲我要看您在您家裏的模樣，像您平時並不等我來的光景。

——可是您終允許？……

——絕對不。我什麼都不允許。

——至少……

——不，不，不，不。我什麼都不要聽。或者我不來，如果您更歡喜的話……

——您明明知道我一切都會答應，只消您肯來。

——那末，是答應了？

——是的。

——一言爲定了？

——是的，暴君。

——是好的暴君麼？

——暴君是沒有好的；只有被人愛的暴君和被人恨的暴君。

——我是兩者都是的，對不對？

——吠！不！您只是屬於前一批的。

——這眞是屈服得妙。

到了約定的日子，她來了。克利斯朵夫憑着他多慮的光明的性格，在他凌亂不堪的寓所中連一頁紙都不敢收拾：他覺得輕輕移動一下就是失信。但他痛苦着。他一想到他的女友將作何感想時就羞愧到無地自容。他煩躁地等着。她很守時，在約定的鐘點只過了四五分鐘的辰光就來了。她踅着堅決的小步子踏上樓梯。她按了鈴。他已經站在門後，立刻開了。她穿着樸實素雅的服飾。透過她的面網，他看見她鎭靜的眼睛。他們互相低聲道一聲好，握着手；她比平時更沉默；他又侷促又感動，一言不發的掩飾着中心的慌亂。他請她進來，不會說出他早先預備的話來表示對於室內的凌亂的歉意。她坐在一張比較最好的椅子裏，他坐在旁邊。

——這就是我的書室。

他所想得出的言語就是這一句。靜默了一會。她從容不迫地望着，用一副仁慈的笑容，也有些慌亂。（後來她告訴他，當她還是兒童的辰光，她曾經想到他家裏來；但正當要進來時她嚇着跑掉了。）她對着室內的孤寂和淒涼覺得駭然：甬道是狹小黝暗的，絕無舒適的設備，顯而易見的寒素，使她心裏非常難過；她親切地憐憫這個老朋友，多少的工作，多少的苦惱，少許的聲名，還不能使他擺脫物質的窘迫。同時，她又好玩地注意到他的完全不在乎舒服，只消看這個四壁空空的房間，沒有一張地氈，沒有一幅圖畫，沒有一件藝術品，沒有一張安樂椅，就可知道；除了一張桌子、三張硬椅、一架鋼琴而外，更無別的傢具；凌亂堆着的是幾册書，許多紙張，到處的紙張，桌上，桌下，地板上，鋼琴上，椅子上。——（她看到他用着何等的誠心守約，不禁爲之微笑。）

過了一會，她向他道：

——是在這裏——（指着他的座位）——您工作的麽？

——不，他說，在那邊。

他指着室內最黝黯的一角和一張背光擺着的低櫈。她走去可愛地坐着，一聲不響。兩人默默相對了幾分鐘，不知說什麽好。他站起來走到琴前，彈了半小時，彈着臨時即興的東西，他覺得有朋友在旁，無限溫柔的幸福充滿着他的心房；閉上眼睛，他奏着一些奇妙的音樂。於是她懂得了這房間底美，全部籠罩着神明的和諧；她聽見這顆熱愛的、苦惱的心，好似在她自己胸中跳動一般。

當和諧靜默之後，他還對着鋼琴一動不動的獃了一會；隨後，他聽見朋友在背後啜泣的聲音，便轉過身來。她向他走來，執着他的手喁喁地說：

——謝謝您。

她的嘴巴顫動了一下。她閉着眼。他也照樣閉着。這樣地，他們手執着手過了幾秒鐘；時間停止了……

她重新睜開眼睛，想驅散她的惶亂，她問道：

——您願意我看看別的房間麼？

他也很高興避免感情激動，便打開隔室底門；但他立刻慚愧起來。室內擺着一張又窄又硬的鐵牀。

（後來，當他告訴葛拉齊亞說他從沒領過一個情婦到他寓所去時，她打趣地說：

——她肯不肯來是成問題的呢：她眞要有極大的勇氣纔行。

——要勇氣爲什麽？

——爲睡在您的牀上。）

裏面還有一口鄉村式的五斗櫃，牆上掛着一個貝多芬塑像，近牀的地方，在幾個子兒的照相框裏，放着他的母親和奧里維底肖像。五斗櫃上，還放着另外一張照片：是她，十五歲時的葛拉齊亞。他在羅馬她的照相簿裏看見了而偸來的。他對她承認了，求她原諒。她瞧着像片說：

——您在這上面認得我麽？

——我認得，我還記得您。

——兩個人中，您更歡喜哪一個？

——幼年壯年，您始終是一樣。我總是同樣的愛您。我到處都認得您。即是在您童時的照片上我也認得。您不知我在這個幼蛹身上已經感到您的靈魂。再沒有比這個使我更能認識您是永恆的了。我從您出生起、出生以前起就愛您，直到您……之後還愛您……

他緘口了。她也默然不答，中心充滿了愛情，惶惑無主。當她回到書室，他指給她看窗外一株雀喧噪的小樹、說是他的朋友時，她說：

——現在，您知道我們將要做什麼？我們要用點心。我帶了茶葉與糕餅，因爲我知道您不會有這些。並且我還帶着別的東西。把您的外套給我。

——我的外套？

——是的，是的，給我。

她從手提包裏掏出針和線。

——怎麼？您要？

——前天我看見有兩顆鈕扣，它們的運命使我躭憂。現在在哪兒呢？

——不錯，我還沒想到縫好。這是多麻煩的事！

——可憐的孩子！給我罷。

——我害臊。

——去預備茶罷。

他把水壺與酒精燈端進屋來，爲的是一忽兒都不肯離開他的朋友。她一邊縫一邊狡獪地斜睨着他笨拙的舉動。用茶的時候，她覺得那些殘缺的茶杯可憎極了，他却憤慨地辯護着，因爲那是他和奧里維同居時代底紀念物。

在她動身的當兒，他問道：

——您不嫌我麼？

——嫌什麼？

——這裏的凌亂。

她笑了。

——我會把一切整理起來的。

當她走到門口預備開門時，他跪在她面前，吻着他的脚。

——您幹什麼啊？她說。瘋子，親愛的瘋子。再會罷。

她約定以後每星期在同一個日子上來一次。她教他答應再不做出顛狂的行爲，再不下跪，再不吻她的腳。她那種柔和的恬靜把克利斯朵夫深深地滲透了，就是在他情緒激動的日子也是如此；雖則他單獨想到她時非常熱情，但一朝覿面之後，他們永遠像一對好夥伴。他從來不露一個字、一個舉動，會引起女友底不安。

在克利斯朵夫底生辰上，她把她的小女孩穿得和她當初遇見克利斯朵夫時同樣的裝束；又教孩子在琴上彈克利斯朵夫當初教她彈的曲子。

這種恩寵，這種溫情，這種美好的友誼，混雜着許多矛盾的情操。她是浮華的，歡喜交際、奉承，就是被蠢貨奉承也高興；她相當佻㒓，除掉和克利斯朵夫，——甚至和克利斯朵夫也不免。當他對她溫柔的時光，她故意裝做冷淡與矜持。當他冷淡與矜持時，她却裝做溫柔而親熱地挑逗他了。女人中最規矩的女人。但就在最規矩的女人中間，有時也有一個少女底成分。她着重於敷衍人家，適應社會底成法。很有音樂天賦，她懂得克利斯朵夫底作品；但並不十分感到興趣——（他也很知道。）

——對於一個眞正的拉丁女子，藝術只在能歸納到人生，再由人生歸納到愛情的時候纔有價值……而所謂愛情，是在肉感的、困倦的身體中孕育着的愛情……至於波瀾起伏的交響樂，悲壯的沉思，北歐底靈智的熱情，對她有什麼相干？她所需要的音樂，是一種能使她費最少的力量開放她的隱祕的欲念的音樂，是一種描寫熱情生活而沒有熱情底困累的歌劇，一種感傷的、感官的、慵懶的藝術。

她軟弱而且多變；對於一件嚴肅的研究工作只能斷斷續續的從事；她需要消遣；難得會在次日實行她隔天預告的事。多少的稚氣，多少令人喪氣的使性！女人騷亂的天性，病態的、不合理的性格，會不時發作……她自己明白感到，於是設法隱藏起來。她認識自己的弱點，埋怨自己不會撑拒得更好；既然她使朋友傷心；有時她對他作着眞正的犧牲，他可不會知道；但歸根結蒂，天性總是強於一切。並且葛拉齊亞受不了克利斯朵夫有命令她的神氣；有一二次，爲證實她的獨立起計，她竟做了和他所要求的完全相反的事情。隨後她懊悔了；夜裏覺得不會使克利斯朵夫快樂非常難受；她的愛他遠過於她對他表示的程度；她感到這場友誼是她一生最美好的部分。好似兩個性格十分歧異的人相愛時所常有的情形一樣，他們不在一起時纔結合得最密切。實際是，雖則一樁誤會把他們的命運分開了，錯處却也並不像克利斯朵夫所想的完全在於他。卽是當從前葛拉齊亞愛着克利斯朵夫的時候，她會不會嫁他也是問題。也許她會把生命獻給他；但她會終生和他過共同生活麼？她知道（她提防着不告訴克利斯朵夫）她愛着她的丈夫，就是到了今天，在他使她受了那麼多的痛苦之後，她還愛着他，而這愛的程度是她從沒用來愛過克利斯朵夫的……心底祕密，肉體底祕密，爲一個人不覺得可以自傲的，爲一個人隱瞞着那些心愛的人的，一方面是爲了尊敬他們，一方面也是爲了可憐自己……克利斯朵夫太男性的性格決不能猜到這些；但像閃電似的，他有時也發覺最愛他的人怎樣的不把他放在心上，——所以在人生中對任何人都不能完全依靠，對任何人都不能。他的愛情並未受到影響。甚至他在這一點上不覺得悲苦。葛拉齊亞底和平籠罩着他，他接受着。噢，人生，爲何要責備你原來是你所不能給予的呢？像你這樣，不是很美妙，很神聖了麼？應當愛你的微笑，育公特……

克利斯朵夫對着女友美麗的容顏長久地出神；其中有着不少過去與未來的事情。在他幽居獨處的悠長的歲月中，在旅行中，說話很少，看得很多，他養成了一種揣摩臉相的本領，懂得了這多少世紀蘊蓄成功的富麗而複雜的言語。比口頭的言語更複雜到千百倍的言語。整個民族都在其中表白……一張臉龐底線條和口裏的說話之間，有着永久的對照！譬如某一個少婦底側影，輪廓清楚，有些枯索，好似柏恆·瓊斯（按係十九世紀英國拉斐爾前派畫家，作品帶有象徵、神祕、與感傷的氣息。）派的素描，悲劇式的，髣髴被一股祕密的熱情，一股妒意，一種莎士比亞式的苦惱侵蝕着……但她一開口：是一個小布爾喬亞，愚蠢無比，風騷，自私，平庸，對於自己肉體上所表現的可怕的力量，連一絲觀念都沒有。然而這熱情，這暴戾之氣，的確在她身上。將來以何種形式來傳述出來呢？是不是要從物質的貪欲、夫婦的嫉妒、一股美妙的毅力、一種病態的凶惡上表現？我們不知道。可能在爆發時間未曾來到以前，她把這些遺傳給她血統中的另外一個。但這究竟是一個罩在民族頭上的原素，像宿命一樣。

葛拉齊亞也承受着這份亂人心意的遺產，在古老家庭底所有的遺產中，這一份最沒有中途失散的危險。她至少認識這一點。真要一股巨大的力量，纔能知道自己的弱點，纔能使自己即使不能主宰、也要能夠駕馭自己的民族靈魂，——那是像一條船一般把你負載着的，——把宿命作爲自己的工具，加以利用，有如一張帆似的，你可以看着風向把它或揚或捲。當葛拉齊亞閉上眼睛的時候，便聽見心中有好幾個令人不安的聲音，那種音色是她熟悉的。但在她健全的心靈中，一切的不和協音終於彼此融和了；它們在她和諧的理性底手掌之下形成一闋深邃的、柔和的音樂。

不幸，我們不能作主把我們血液中最好的部分傳給我們血統中的人。

葛拉齊亞底兩個孩子中，一個十一歲的小姑娘奧洛拉，是肖似她的；她比較不美，更富於鄉村素質；微微有些跛足；是一個善良的女孩子，親切的，快活的，身體很好，很有意志，天賦卻很少，除掉愛好閒暇和一無所事底傾向。克利斯朵夫極其疼愛她。他看她挨在葛拉齊亞身旁時，體味到一個雙重人物底魅力，爲你同時在她一生底兩個年齡上感到的……一條枝幹上的兩朵花：髣髴萊沃那·特·文西畫上的聖家庭，聖母與聖女·安娜，一個微笑底調子。人家一眼便可看到一顆女性靈魂全部開花底景象；這是又美又淒涼的情致：因爲你看見她消逝……對於一顆熱情的心，用着熱烈而貞潔的愛情同時愛一對姊妹或同時愛母女，是最自然的。克利斯朵夫對他所愛的女子，要在她所有的後裔身上去愛。她的每一個微笑，她的每一次哭泣，她可愛的臉上的每一條皺紋，豈非都是一個生命，都是在她眼睛未曾在光明中睜開以前的生命底回憶，都是在她眼睛闔上以後將要來到的生命底預告？

男孩子雷翁那羅是九歲。比姊姊美得多，屬於一個更細膩、太細膩、貧血而衰敝的種族，像他的父親；他很聰明，富於種種惡劣的本能，會奉承，會作假。他生着巨大的藍眼睛，女孩子般淡黃的長髮，皮色蒼白，肺部嬌弱，病態地神經質，爲他遇着機會加以利用的；因爲他是天生的喜劇演員，非常巧妙的善於尋出別人底弱點。葛拉齊亞對他有些徧愛，第一是由於一般母親天然的傾向，對於身體較弱的孩子總要寵愛一些，——其次也像那些慈祥而誠實的女人一樣，徧愛那些既不慈祥又不誠實的兒子（因爲這種現象可以使她們一向壓抑着的一部分性格獲得蘇慰。）而這裏面還雜有一種對於使她們又痛苦又快樂、也許被她們輕視着但仍舊愛着的男子底回憶。她簡直是靈魂中間的奇次隣發的花木，在下意識底曖昧而溫暖的花房中生長着的。

雖然葛拉齊亞留神着對兩個孩子平均分配她的溫情，奧洛拉仍舊感到區別而爲之苦惱。克利斯朵夫猜到她，她也猜到克利斯朵夫；他們倆本能地互相接近，不像在克利斯朵夫與雷翁那羅中間潛伏着一種反感，這反感，在孩子方面是用過分的嬌態掩藏的，——在克利斯朵夫方面是當作一種可恥的情操般抑捺的。他惱恨自己，努力使自己疼愛這屬於另一男子的兒童，當他是屬於他愛人的孩子而應該使他感到無限的甜蜜。他不願承認雷翁那羅不良的天性，一切令人想起『另一個』的特徵；他強迫自己在他身上只看到葛拉齊亞底靈魂。更爲明察的葛拉齊亞却對於兒子毫無幻象；但她反而因之更愛他。

可是在孩子身上醞釀多年的疾病爆發了。肺病。葛拉齊亞決意帶着孩子去隱居在阿爾卑斯山中的一所療養院裏。克利斯朵夫要求陪她同去。她爲顧慮輿論起計，把他勸阻了。他看到她過分重視社會底成法，覺得很難過。

她走了，把女兒留在高蘭德家。但她不久就感到孤寂得可怕，處在這般只講着疾苦的病人中間，在這個冷酷嚴峻的自然界裏面；髣髴天地對着那些殘廢的人羣扮着一副冰冷的面孔。這些可憐蟲，手捧着淚盂，互相窺伺着，留神着死神在鄰居身上所佔的地盤逐漸擴大；她爲躱避他們起訃，離開了巴拉斯旅店，租了一座木屋和她的小病人獨居。拔海底高度非但沒有減輕雷翁那羅底病勢，反而把它加重了。熱度更加增高。葛拉齊亞過了好幾夜悲痛的光陰。克利斯朵夫遠遠裏在尖銳的直覺上感到了，雖然朋友信上隻字不提：因爲她在高傲中掙持着；她心裏很祝望克利斯朵夫在眼前；但她曾禁阻他跟着同來；如今她不敢承認：說『我太弱了，我需要您……』

一天傍晚，她立在木屋廊下，正在這個爲一般苦惱的心如是難受的黃昏時刻，她看見……她以爲是看見，從那架空鐵道小站通上來的山徑上……一個男人急匆匆地走着；他停着，遲疑着，微微傴着背。他舉起頭來望着木屋。她趕緊躱在裏面，不使他瞥見；她把手壓在心上，感動到極點，笑了。雖則她並不篤信宗教，却也跪在地下，手捧着臉：她需要感謝什麼人……可是他還不來到。她回向窗口，躱在窗簾後窺望。他倚在一片田園底柵欄上，靠近木屋大門的地方停下；不敢進來。而她比他更慌亂地，微笑着，低低的自言自語道：

——來罷……來罷……

終於他下了決心，按鈴了。她已到了門口，開了。他的眼睛好似一頭怕挨打的善良的狗。他說：

——我是來……原諒我……

她回答道：

——多謝！

於是，她說出她怎樣的期待他來。

克利斯朵夫幫助她看護孩子，病勢正在一天一天的加劇。他把全副精神都化在病人身上。孩子對他表示一種惱怒的凶暴的態度；他不再費心掩飾了；他說出許多惡毒的話。克利斯朵夫認爲一切都是由於他的疾病。他有着素來少有的耐性。他們倆在孩子牀側一連過了好幾天苦惱的日子，尤其是情勢危急的一夜，這一夜過後，似乎絕望的雷翁那羅居然挽救了過來。那時他們纔感到一縷那麼純粹的幸福，——兩人守護着入睡的孩子，——以致她突然站起來，拿着斗篷，曳着克利斯朵夫往外跑，走在路上，走在雪地裏，靜寂的黑夜，天上亮着瑟縮的星。偎依着，陶醉地呼吸着世界上冰冷的、和平的氣息，他們難得交換幾個字母。沒有一句隱喻他們愛情的說話。直到他們回來的

時光，在門口階石上，她和他說

——我親愛的，親愛的朋友！……

眼睛裏閃耀着孩子得救的幸福底光芒……

除此以外更無別的表示。但他們感到他們的關係變爲神聖的了。

經過了長時期的休養以後回到巴黎，安頓在她租賃的巴西區底住宅中，她不再顧慮輿論了；她覺得自己有勇氣爲他的朋友而冒犯輿論。從此，他們的生活那樣的密切相連，以致她覺得爲了怕這友誼被人毁謗的——無可避免的——危險而再把他們的友誼隱藏下去是卑怯的行爲。她接待克利斯朵夫，毫無時間限制；她和他一起出去，散步，上戲院；她在衆人面前和他熟習地談話。沒有一個人會疑心他們不是一對情侶了。連高蘭德都覺得他們過於招搖。當她偶而對葛拉齊亞提及含有隱喻的說話時，葛拉齊亞微微一笑把她止住了，若無其事地談到別的問題上去。

可是她並沒給克利斯朵夫任何新的權利。他們不過是朋友而已；他永遠用着同樣親切的敬意和她談話。但他們之間再沒甚麼隱瞞之事；一切都彼此相商；不知不覺地，克利斯朵夫在她家中獲得一種家庭的權威：葛拉齊亞聽着並且實行他的忠告。自從在療養院中過了一個冬天之後，她變過了；憂慮與疲勞損害了她素來結實的健康。心靈也受到影響。雖然從前的任性還有一部分回復，她却有一種不知怎樣的更嚴肅、更沉潛的氣息，更持久的對人慈愛和努力修養的欲願。克利斯朵夫底情愛，不求酬報觀念底心地底純潔，把她感動了；她想有一天給他一宗他再不敢夢想的幸福，做他的妻子。

他自從被她拒絕之後，從沒和她再提這個問題；他自以為這是不可以的了。但他對於不可能的希望抱着遺憾。儘管他尊重女友底說話，她批評婚姻的那種一切皆空的論點並未使他信服；他始終相信，兩個相愛的人，用一種深刻而虔敬的愛情相愛的人底結合，是人類幸福底最高峯。——他的遺憾在他和亞諾夫婦相遇時重又顯得劇烈了。

亞諾夫人纔五十開外。她的丈夫是六十五六歲。兩個人都顯得不止這個年紀。他，發胖了；她，又瘦又小，有些起皺了；從前已經那麼弱不禁風，現在更只剩一絲氣。自從亞諾退休之後，他們就隱居在內地。在狹小的城市與他們沉沉酣睡似的麻痺生活中，除了報紙替他們帶來一些世界動態底遲緩的回聲以外，他們之於時代再沒有一絲關連。他們有一次在其中讀到克利斯朵夫底名字，亞諾夫人寫了一封親熱的短信給他，稍微帶着客套，表示他們知道他的光榮的歡喜。他也不通知，立刻搭上火車動身了。

他發見他們在園子裏，在一株槐樹底圓蓋下對着夏天酷熱的下晝朦朧出神。他們好似鮑格林描繪的老夫妻，手握着手在花棚底下酣睡。陽光，睡眠，衰老，把他們壓倒了；他們墮在，已經有半個多身子埋在，世外的夢境中。生命最後的微光，却仍在他們的溫情裏、手底接觸裏、他們慢慢地熄滅下去的肉體底暖氣裏存在……——他們對於克利斯朵夫底訪問，對於他引起他們的一切關於過去的回想，感到莫大的歡喜。他們談着古老的日子，遠遠裏對他們顯得多光明。亞諾很高興說話；但記不起那些姓名。亞諾夫人一個一個的提他。她樂於守着緘默，更歡喜聽人家說；但當年的形象，在她沉默的心中依舊新鮮地保存着；它們像閃光般透露，宛如在一條小溪中輝耀的亂石。其中有一個，是克利斯朵夫在對他抱着溫婉的同情望着的眼中辨認得出的；但奧里維底名字不曾說出來。亞諾老人對妻子表示絮煩而動人的關切；他躭憂她太冷、太熱；用着不安的、充滿愛情的神氣，賜視這張親愛的憔悴的臉；她，她用着疲倦的笑容努力安慰他，教他放心。克利斯朵夫望着他們，感動着，微微帶着羨慕之心……白頭偕老。在他的女伴身上，連歲月的磨蝕都愛到了。彼此說着：『這些在眼旁、在鼻上的小皺紋，我是認得的，看着它們形成的，我知道它們什麽時候來的。這些可憐的花髮，一天天的褪色了，和我一同褪色了，一部分也爲了我，可憐！這張細膩的臉，被煎熬我們的疲勞苦難鍛鍊得虛腫了，發紅了。我的靈魂，因爲你和我一起痛苦一起衰老而我更愛你了！你的每一條皺紋，爲我都是過去底一闋音樂』……可愛的老人們，在人生中肩比肩的長時期的警戒過後，將要肩並肩的在黑夜底和平中入睡！看到他們，眞使克利斯朵夫又歡喜又痛苦。呋！這樣地，生命多美，死又多美！

當他重新見到葛拉齊亞時，不禁把他的訪問告訴她聽。他不曾說出這次訪問所引起的感想。但她在他心中窺到。他說話之間沉入遐想，旋轉目光，不時停住話頭。她望着他，微笑着，克利斯朵夫底騷亂感染了她。

這天晚上她獨自在臥室中時，呆着幻想起來。她把克利斯朵夫底敍述重温一遍；但她在其中看到的形象並非那對在槐樹下打盹的老夫妻：而是她朋友底胆怯而熱烈的夢境。於是她心裏洋溢着愛。睡在牀上，熄了燈，她尋思道：

——是的，這是荒唐的，荒唐而且罪過的，竟會錯失一個如此幸福的機會。世界上還有何種歡樂，足以和使你所愛的人幸福的歡樂相比？怎麼！難道我愛他麼？

她默然聽着，感動地聽着她的心回答道：

——我愛他。

這時候，隔壁孩子底臥室裏忽然有一陣急促的、微啞的咳嗆聲。葛拉齊亞竪起耳朵留神着；自從孩子患病以來，她老是懷着不安。她詢問他。他不回答，繼續咳嗆。她跳下牀來，走近他身邊。他惱怒着，抱怨着，說他不舒服，說着又咳。

——你不舒服在哪裏？

他不回答；只呻吟着說不舒服。

——我的寶貝，我求你，告訴我不舒服在哪裏？

——我不和道。

——是這裏麽？

——是的。不是的。我不知道。我到處都難受。

說到此，他又劇烈地、過分誇張地咳起來，葛拉齊亞驚駭了；她覺得他在故意教自己咳嗽；但她看見孩子喘息流汗的模樣，又立刻慚愧起來。她擁抱他，和他說着温柔的話，他似乎安靜了；但只要她試着離開他時，他的咳嗆又重新發作。她不得不瑟縮地留在牀側：因爲他簡直不允許她走去穿衣，要她執着他的手；而他一直握着不放，直到完全入睡的時光。那時，她纔凍得冰冷的重復上牀，又是焦慮，又是困累，再也無法重行找到她的思緒。

孩子有一種奇異的能力會窺透母親底心思。人家往往發見——但到這個程度的很少——在血統相同的人身上有這種本能的天才：他們只須僅僅一瞥，就可知道彼此的思想；他們會在無數不可捉摸的標識上猜測到。在雷翁那羅身上，這種天然的傾向，受着共同生活底鍛鍊，再加他老是覺醒着的惡意，愈加顯得敏銳。想加害於人的欲念，使他具有特殊的明察。他痛恨克利斯朵夫。爲什麽？爲什麽一個孩子對這一個或那一個全然不會加害於他的人懷着敵意？往往是由於偶然。只消孩子有一天自以爲恨某人，就可成爲習慣；而人家越是和他講理，他越是變得固執；起初不過是玩弄仇恨，結果却眞正的恨起來。但有時，有些更深刻的理由，爲兒童底精神所不能有的，爲他所猜疑不到的……從最初幾天看見克利斯朵夫起，裴萊尼伯爵底兒子就感到對於他母親曾經愛過的人有一股怨毒之氣。竟可說是他直覺地知道葛拉齊亞想嫁給克利斯朵夫的那個時間。從那時起，他就不絕地監視他們。他老是纏住他們，當克利斯朵夫來到時不肯離開客室；或者想法正當他們在一起時出其不意的闖人。而且還有更甚於此的，當母親獨自一人而想着克利斯朵夫時，他坐在她旁邊，窺探她。這種目光使她感到侷促，幾乎爲之臉紅。她只得站起來掩飾她的慌亂。——他又好玩地當她的面用刺人的句子提起克利斯朵夫。她教他住嘴。他偏堅持。要是她想加以懲罰，他就用教自己害病來恫嚇。這是他從小用慣而極有效的一種手段。在他還很幼小的時候，有一天人家把他責罵之後，他想出一個報復之法，脫光了衣服，赤裸裸的躺在磚地上使自己受涼。——有一次克利斯朵夫拿來爲葛拉齊亞生辰所作的一支樂曲，被雷翁拿羅搶去弄得不見了。後來人家在一口木櫃內發見已經撕成片片。葛拉齊亞失去了耐性；把孩子嚴厲地訓斥了一頓。於是他哭着，叫着，頓着脚，在地下打滾，大大地發了一場神經病。葛拉齊亞駭壞了，擁抱他，哀求他，答應了他一切的要求。

從此他成爲主人了：因爲他知道他是主人，並且好幾次他應用那件曾經見效的武器。人家簡直不知在他的神經病中有幾分是眞，有幾分是假。後來他也不限於在人家違拗他時用作報復，而是只要母親和克利斯朵夫想共同消磨一個夜晚時，純粹出以惡意的阻撓了。他甚至因爲閒暇，因爲想做戲，而且爲試試他的威力可以達到何種程度起計而玩這危險的把戲。他有一種極巧妙的天才，發明種種古怪的、神經質的花樣：時而在喫飯中間突然抽搐起來，把玻璃杯翻倒，或是把盤子打破；時而在上樓時手緊抓着扶欄，手指拘攣，他推說再也伸不開來了；再不然，他脅下像針刺般疼痛，叫着打滾；或者是他氣塞了。自然而然的，他結果弄成一場眞正的神經病。但他的辛苦並沒白費。

克利斯朵夫和葛拉齊亞都駭呆了。他們和平的聚會——這些恬靜的談話，這些趣味盎然的閱讀，這些音樂，為他們當做節慶一般的，——所有微渺的幸福從此都被摧毀了。

每隔許多時候，小壞蛋把他們稍稍放鬆一下，或是因為他玩得膩了，或是因為他恢復了兒童天性，想着別的事情。（如今，他是勝劵在握了。）

於是，他們趕快，趕快利用着。他們這樣地偷來的光陰，更顯得寶貴，因為他們不敢確定他們是否能享受到完結。他們彼此覺得多親近！為何他們不能這樣地一直過下去呢？……有一天，葛拉齊亞，自己也表示這種遺憾。克利斯朵夫便抓着她的手問道：

——是啊，為什麼？

——您很知道，我的朋友，她用着一副惆悵的笑容說。

是的，克利斯朵夫知道。他知道她為了兒子把他們的幸福犧牲了；知道雷翁拿羅底手段並沒瞞過她，可是她疼他；他知道這些家庭情愛裏有盲目的自私成分，使最優秀的人把他們的忠誠消耗在一般他們血統中不良的或平庸的分子身上：這樣之後，他們再沒東西可以給那些最值得消受的分子，給他們最愛的、但不屬於他們血統的人。雖則他因之氣惱，雖則有時想殺死這個破壞他們生命的小妖魔，他仍默默無聲地隱忍着，懂得葛拉齊亞迫不得已的苦衷。

於是他們倆絲毫不作無益的反抗，一齊放棄了心中的念頭。但儘管人家竊盜了他們分內的幸福，可甚麼都不能阻止他們的心底結合。即是放棄，即是共同的犧牲，也使他們的關連比肉底關連更為密切。兩人中每個人對朋友傾吐心中的苦悶，把自己的宣洩了，在交換中把朋友底一分拿了來：這樣，連悲哀本身都變為歡樂。克利斯朶夫把葛拉齊亞叫做『他的懺悔師。』他對她毫不隱瞞他的自尊心引以為苦的弱點；他過分的責備自己；她却微笑着撫慰她的老小孩底憂慮。他甚至對她說出他物質上的窘況。但這還是預先約定了她不得給予任何的幫助，他不接受她任何的貢獻之後纔說的。這是他維持而她尊重的最後一道驕傲底防線。她因為不能使朋友獲得一些舒服的生活，便巧妙地在他的生活中散播着於他顯得千百倍可貴的東西：她的溫情。他一天到晚都覺得被這溫柔的氣息包裹着；早上，在睜眼之前，晚上，在闔眼之前，他都要先做一番愛情底默禱。至於她，當她醒來時，或是在夜裏往往幾小時的不寐時，她總想着：

——我的朋友在思念我。

一片廣大的恬靜籠罩着他們。

她的健康受損了。葛拉齊亞老是躺在牀上,或者長日睡在一張躺椅裏。克利斯朵夫每天來和她談話,讀書,把他的新作給她看。於是她從椅上站起,撐着虛腫的腳,拐到琴前。她奏着他拿來的音樂。這是她所能給予他的最大的歡樂。在他造就的學生裏面,她和賽西爾是最有天賦的兩個。但在賽西爾本能地感覺到而並不瞭解的音樂,在葛拉齊亞是熟知意義的一種美妙的和諧的言語。人生與藝術底惡魔完全迴避她;她在音樂中間灌注入她聰明的心底光明。這種光明把克利斯朵夫滲透了。女友底演奏,使他對自己所表白的曖昧的熱情瞭解更清楚。他閉着眼睛,在自己的思想迷宮中聽着她,跟踪她,握着她的手。通過了葛拉齊亞底心靈而再來領會他的音樂,他和這顆心靈結合了,把它佔有了。在這神祕的配偶中,再產生出音樂作品,有如他們生命交融後的果實。有一天,他把一册用他和女友底生命交織成的樂曲選集送給她,對她說:

——我們的孩子。

無時或息的心靈底溝通，不管他們聚首着或分離着；在古屋底潛靜中消磨黃昏底甘美，周圍的環境似乎就爲襯托葛拉齊亞底形象而形成的，沉默與懇摯的僕役們對她竭盡忠誠，又把他們對女主人的尊敬的關切移注一部分到克利斯朵夫身上。心神歡暢地，兩個人聽着時間底歌曲，看着生命底水波流逝……葛拉齊亞虛弱的身體在這幸福上面照着一片不安的陰影。但她雖則有些小小的殘廢，她心地却顯得那麼清明，以致她隱祕的痛苦反而加增她的魅力。她是『他的親愛的、痛苦的、動人的、容光煥發的女友。』有些夜晚，從她家裏出來，當他胸中洋溢着愛情，等不及明天和她說話時，他就寫信給：

『親愛的親愛的親愛的親愛的親愛的葛拉齊亞……』

這種恬靜的境界持續了好幾個月。他們以爲會永久保持下去。孩子似乎把他們忘記了；他的注意力分散了。但寬放過後，他又回過頭來，抓着他們不放手。魔鬼般的小子執意要把他的母親和克利斯朵夫分離。他重新開始他的喜劇。並無什麼預定的計劃，他只一天天的逞着惡意的使性。他想不到他加害於人的程度；他祇想搗亂別人，作爲消遣。他纏繞不休的逼他母親離開巴黎到遠方去旅行。葛拉齊亞無力抗拒。而且醫生們也勸她到埃及去住一晌。她應當避免再在北方氣候中過冬。動搖她健康的事情太多了：最近幾年來精神上的震動，兒子健康問題底永久的煩惱，長時期的懷疑不決，謹藏不露的內心的爭鬥，爲了使她的朋友傷心的傷心。克利斯朵夫爲不再添增他明明看到的她的苦惱起計，把他眼見離別的日子迫近的憂傷藏着不說；他一些不想方法來延緩她的行期；兩人都裝出實在沒有的鎮靜，但他們的精神彼此溝通了。

日子到了。九月裏的一個早晨。他們在七月中先一同離開巴黎，到安加第納去消磨了他們僅存的幾個星期，那是和他們六年前相遇的地方很靠近的。

五天以來，他們不能再出去；淫雨下個不停；他們差不多單獨留在旅館裏；大部分的旅客逃跑了。最後一個早上，雨終於停止；但山峯上還蓋滿着雲。先是兩個孩子和僕人們坐着第一輛車動身。隨後輪到她也出發了。他直送她到大路陡峭地直下意大利平原的地方。潮氣一直透到車篷裏來。他們倆緊緊偎依着，不則一聲，也不相視，他們四周是奇怪的半明半暗的天色……葛拉齊亞底呼吸在面網上凝成一片水汽。他隔着冰冷的手套緊緊壓着她的小手。他們的臉龎相接了。隔着潮濕的面網，他吻着親愛的嘴巴。

他們到了大路拐彎之處。他走下來。車輛埋沒在霧雰中。她不見了。他還聽見車輪聲和馬蹄聲。一條條的白霧在草原上飄浮。在它緊密的網幕下，寒冷的樹木哭泣着。沒有一絲風影。大霧使生命緘默了。克利斯朵夫氣吁吁的停下……甚麼都沒有。一切都已過去。

他深深地吸着霧汽上路。對於一個不會過去的人，甚麼都不會過去的。

第三部

離別格外增加了我們所愛的人底威力。心只爲我們保留着他們最寶貴的部分。隔着空間，遠方的朋友那邊傳來的一句說話底回聲，虔誠地在靜默中震動。

克利斯朶夫和葛拉齊亞底通信，取了一種沉着而含蓄的語氣，好似一對不再需要經受愛情試鍊的夫婦，因爲已經渡過了難關，手攙着手對於他們的前途和步伐很有把握。兩人中每一個都充分的強，足以支持並支配另一個，也充分的弱，足以讓對方支持與支配。

克利斯朶夫回到巴黎。他本暗暗發願不再回來的了。但這些願言又有什麼價值！他知道在那邊還能找到葛拉齊亞底影子。再加情勢底推移和他祕密的欲望，協力推翻了他的意志，使他看到在巴黎還有一件新的義務當盡。非常熟悉社交界動態的高蘭德，告訴克利斯朶夫說他的小朋友耶南正鬧着瘋狂的把戲。一向溺愛兒子的雅葛麗納，再也不想管束他。她自己也經歷着一場太注意自己的精神病，無暇再注意兒子。

自從那樁毀滅了她的婚姻和奧里維底生活的悲慘故事以後，雅葛麗納過着很尊嚴的隱居生活。巴黎社會扮着僞善的面孔，把她當作疫病一般隔離了若干時日以後，重又對她表示好感，却被她拒絕了。她爲自己的行爲對這些人物並不覺得慚愧；她認爲毋需向他們負責：因爲他們更不如她；她坦白地完成的事情，在她所認識的女子中，有半數是無聲無息地、戴着擁護家庭底假面具實行的。她只爲了她所給予她最好的朋友、給予她唯一的愛人的禍害而感到痛苦。她決不原諒自己在這如此貧弱的世界上失去了像他那樣的一縷情愛。

這些遺恨與苦惱也慢慢地減淡，所剩留的不過是一種潛伏的苦悶，一種對己對人的屈辱的輕視和對兒子的愛情。這慈愛，爲她把所有愛底需要一齊傾注在內的，使她在他面前完全失去抵拒力，無法抗拒喬治底任性。爲辯解她的弱點起計，她強自相信她是這樣的在補贖她對奧里維所犯的過失。在興奮過度的温柔時期以後，往往接着疲倦已極的淡漠時期；時而她用苛求的、多慮的愛情和喬治糾纏不清，時而她顯得對他厭倦，一切都由他做去。她明白自己是一個極壞的教手，懊惱不已；但並不改變方法。當她試把（難得地）她做人底原則依着奧里維底精神改塑一番時，結果眞是可嘆；這種悲觀主義既不適應她，也不適應她的兒子，她心裏祇想對於兒子只有一樁威權，就是她的情愛底威權。而這是不錯的：因爲在兩個儘管如何肖似的人身上，除了心底關連以外更無別的聯繫。喬治、耶南受着母親生理的魅力吸引，愛她的聲音，愛她的姿態，愛她的動作，愛她的柔媚，愛她的愛情。但他在精神上覺得和她完全陌生。直到少年時期底第一陣風吹蕩，當他遠離她飛去的時光，她纔發覺這種情形。於是她驚異，憤慨，以爲這種疏遠是由於別的女性影響；而在她笨拙地想抑壓那些影響時，反使他離得更遠。事實上，他們在比肩生活之時，一向各人轉着不同的念頭，對於使他們分離的性格抱着種種幻想，靠着一些浮表的共同的好惡而以爲彼此完全相同；但當從孩子身上（這個模棱兩可的傢伙，還深深地留有女性氣息）掙扎出一個成人來時，那些共同的情感就一掃無餘了。雅葛麗納悲苦地對她的兒子說：

——我不知你究竟像誰。你既不像你父親，也不像我。

這樣，她使他感到了所有使他們分離的成分；他並且因之感到一種祕密的驕傲，雜着一些狂亂的、不安的情緒。

先後相接的世代，對於使彼此相離的成分，永遠比對於使彼此相合的成分感覺更強，它們需要肯定自己的重要性，卽使要用一樁不義的或自欺的行爲做代價也有所不惜。但這種情操強弱底程度，要看時代而定。在古典的時代，因爲一種文明底各種力量在某一個時期內實現了均衡，——髣髴四周圍着陡峭的斜坡的高地，——所以在上代和下代之間，水準底相差並不怎樣厲害。但在復興或頹廢的時期，那些或是攀登、或是衝下眩目的斜坡的青年，把前人丟得老遠。——喬治正和他同年齡的人在攀登山峯。

在思想上，性格上，他毫無卓越之處：所有的學習能力都相等，其中並沒一項超過典雅的平庸底水準。可是在他生命開始時，他毫不費力地已經比他的父親、比那在短促的壽命中消耗了一筆不可計數的智慧與毅力的父親高出幾級。

他理智底眼睛纔對着世界睜開的辰光，他已窺見周圍這片透露眩目的微光的黑暗，這些無窮的可知與不可知，敵對的眞理，矛盾的錯誤，爲他的父親狂亂地摸索過來的。但他同時意識到在他權力之下的一件武器，爲奧里維從未認識的：他的力……

他的力，從哪兒來的呢？……那是一個困倦的民族突然復活起來的神祕，好似山間的一條溪水對着春天突然氾濫一樣！……他將如何使用這股力？也要輪着他去闡發現代思想底迷離撲朔的叢林麼？不，他不感到這種興味。他覺得受着許多潛伏的危險威脅。它們曾經壓倒他的父親。與其再受一番經驗而回到悲劇的森林中去，他寧可一把火把它燒了。凡是奧里維爲之迷醉的那些明哲底理論或神聖的瘋狂底書籍：托爾斯泰底虛無的憐憫，易卜生底好破壞的陰沉的驕傲，尼采底狂熱，華葛耐底英雄式的與感官的悲觀主義；他只看到一眼就抱着又忿怒又驚怖的情緒掉過頭去。他恨那批寫實派的作家，在半世紀中毒害了藝術底歡樂。可是他究竟不能完全抹去籠罩他童年的淒涼的夢影。他不願向後回顧，但他明明知道陰影在他後面。因爲太健康之故，他不能用上一時代懶惰的懷疑主義來誘導他的不安，他痛恨勒南和阿那托、法朗士之流的享樂主義，認爲是

自由智慧底一種腐化，沒有快樂的笑，沒有偉大的幽默；適用於奴隸們的可恥的方法，因爲不能斬斷他們的鐵索就拿鐵索玩弄着，

他太強毅，不能以懷疑爲滿足，太懦弱，不能自己創造一種肯定（certitude），但他要肯定，要肯定他要求它，呼籲着，刻意訣求着。而一般永無窮盡的盜竊虛名者，虛僞的文人，投機的思想家，利用青年們這個頑強的、悲壯的欲望，大吹大擂的叫賣着他們的解毒藥。這些大醫士們，每個都在他的台上高叫唯有他的補劑是好的，詆毀別人底全是不好的。他們的祕方都是一樣的東西，這般商人中間沒有一個肯費心尋求新方子。他們曾經在櫃子底裏找出一些破爛的藥瓶。有的萬應丹是舊教教會；有的萬應丹是合法的君主政治；第三種又是什麼古典傳統。還有一些開玩笑的人開着醫方，說是可以補救一切回復拉丁文化時所能發生的病症。另外一批，用着教傻子聽了發獃的誇張的字句，嚴肅地像宣道般倡導着地中海精神（在別一個時期，他們可以同樣巧妙地宣傳大西洋精神！）他們儼然以新羅馬帝國底繼承人自命，以反抗北方與東方底蠻子自命……廢話，廢話，東遮西拾地收集得來的廢話。髣髴圖書館中的底貨，被他們拿來望風中播送。——年青的耶南，像

所有他的同伴一般，到一個一個的販子那邊去，聽着他們的誇口，有時受着他們的誘惑，走進廠屋，失望着走出來，有些羞愧，因爲糟塌了金錢與時間去看那穿着破爛衣衫的老丑角。可是，青年人幻想底力量是那樣豐富，他對於肯定的信念又是那樣堅强，以致只要聽見一個新的希望販子底許願，又會跑去上當。他是眞正的法國人：他對於秩序又是愛好，又想挑剔。他需要一個領袖，但他一個領袖都不能忍受：他的毫無憐惜的譏諷把他們一個一個的戳穿了。

在未曾找到一個能告訴他謎底的領袖時……他等不及了！他不像父親那樣，以終生尋求眞理爲滿足。他的煩躁不耐的、年青的力，需要消耗。不管有沒有理由，他要決定。行動，使用，運用他的精力。旅行，藝術底享受，尤其是他飽吞的音樂，成爲他間歇的、熱情的、第一批的消遣。俊俏的少年，早熟的，委身於誘惑，他老早就發見了外貌迷人的愛情世界，便用着一種富有詩意的、貪饞的興奮投身進去。隨後，這個天眞、橫暴、不知足的愛神，對女人感到厭倦：他需要行動了。於是他狂熱地從事於運動。樣樣都嘗試，樣樣都玩。他拚命練習擊劍與拳擊；成爲賽跑與跳高底法國冠軍，做着一個足球隊底隊長。他和幾個像他一類的青年瘋子，有錢而鹵莽的傢伙，在汽車競賽中比賽大膽，這種荒唐狂暴的比賽，簡直是死亡底競爭。隨後他又丟下一切去弄新的玩藝。他染上了羣衆底飛機狂。在蘭姆斯舉行的航空節裏，他和三十萬人一齊吶喊着，快樂得哭了；他髣髴覺得自己在一個信仰底慶祝會中和全人類結合了；在他們上面飛過的人類鳥，在飛翔中把他們帶走了；自從大革命底黎明時期以來，第一次這些無數的民衆舉眼望着天空，而看見天也開了……——年青的耶南聲言要加入征略天空的隊伍，使他的母親大大地喫了一驚。雅葛麗納哀求他放棄這危險的野心。她甚至命令他。他却只照着自己的主意做去。克利斯朵夫，爲雅葛麗納信以爲是她的同盟的，只對青年作了一番謹愼的忠告，其餘的說話，他斷定喬治不會聽從：（因爲要是他處在喬治底地位，也不會聽從。）他認爲不可以——即使他能夠——壓制那些青年力量底健康而正常的游戲，倘使強迫它們不能行動，它們會有轉過來毀滅自己的危險。

雅葛麗納不能安心忍受兒子逃避她。她眞誠地相信自己已經放棄愛情也是枉然，實在她仍捨不掉愛情底幻象；她所有的慈愛，所有的行爲，都染有愛底色彩。多少母親，把不能在婚姻中——和在婚姻外——宣洩的祕密的熱情移注在兒子身上！然後當她們看到這兒子怎樣輕易的捨掉她們時當她們突然懂得自己對他們並非必需時，她們所經歷的精神上的痛苦，簡直與情人底欺騙、愛情底幻滅所造成的痛苦無異。——這對於雅葛麗納是一種新的崩潰。喬治可全無知覺。青年人是想不到在他們周圍發生着的心底悲劇的：他們沒有停下來觀看的時間：一種自私底本能教他們頭也不回的直望前衝。

雅葛麗納獨自吞着這新的痛苦。直到痛苦自行消散之時，她纔獲得釋放。但愛情也跟着痛苦一齊消散了。她始終愛着兒子，但用一種遠遠的、沒有希冀的情愛，明知自己無用，也就不再關切他。她這樣地在憂鬱的悲苦中捱了一年，他完全不曾覺察。然後，這顆不幸的心，既不能沒有愛情而死，也不能沒有愛情而生，非發明一個愛底對象不可。她墜入一股奇怪的熱情中，像那些女性的靈魂到了成熟時期而不曾採摘人生美果時所常有的情形一樣，據說這現象在一般最高貴、最不易攀及的心靈更爲多見。她結識了一個女子，在初次相遇時就被她神祕的吸引力懾服。

這是一個年紀和她相仿的女修士，管理救濟事業的。身材高大的婦人，強壯的，微微臃腫的；褐色的頭髮，美麗的，顯明的線條，強烈的眼睛，一張闊大而細膩的嘴老是微笑着。一個神氣專橫的下巴。非常特出的智慧，全無感傷氣息；一種鄉下女子底狡猾，對於事務有極其準確的感覺，再加上南方人的想像力，歡喜誇大事情，同時却又懂得看到它的眞相，倘使必要的話；崇高的神祕氣息，和老公證人般的陰險混合在一起，令人感到雋永的味道。她有統治底習慣，自然而然地會運用到別人頭上。雅葛麗納立刻被她征服了。她對於救濟事業非常熱心。至少她是這樣相信着。安希道姑知道這熱情爲的是誰；激起這一類的情緒是她的拿手好戲；表面上裝做不會注意，她懂得冷靜地用來獻給她的事業和上帝。雅葛麗納捐輸她的金錢，意志，心。她變得慈悲了。由於愛情而慈悲了。

人家很快就注意到她入了迷，只有她一個人不覺察。喬治底監護人不安起來。喬治，素來那麼慷慨、那麼糊塗、不會顧慮金錢問題的，居然也發覺母親底被人利用，大爲生氣。他試和她恢復從前的親密，可是太晚了；他看見他們中間有了一重帷幕；他把這種隔膜歸咎於妖術作祟，對於那個他稱爲陰謀家的女人，甚至也對於雅葛麗納，抱着一股全不隱藏的怒意；他不答應在他認爲是他的天然財產的一顆心中，有一個不相干的女子來侵佔他的位置。他並未想到位置底被人侵佔是因爲他放棄之故。在理應把她的心贏回來的時候，他反而很笨拙，常常傷害人家，在母子中間，在兩個都是煩躁而熱情的人中間，交換了一些難堪的說話；裂痕愈加顯著。安希道姑乘機確立了對雅葛麗納的威權；而喬治，頸上套着鎖鍊，跑開了。他投入活動與放蕩的生活裏。他去賭博，輸了鉅額的金錢；他在種種狂妄的行爲中故意惹人注目，爲了好玩，同時也爲了答覆母親底狂妄。——他認得史丹芬、台萊斯德拉特。高蘭德早就注意到這個秀麗的青年，試着在他身上施展她至今尚未衰退的魅力。她知道喬治種種的胡鬧，覺得很好玩。但在她輕佻的外表之下，藏有純正的意識與眞實的好心，使她看到這青年瘋子所冒的危險。又因她知道決不是她能加以挽救，便通知了克利斯朵夫，——立刻，他趕回來了。

克利斯朵夫是唯一對年青的耶南有若干影響的人。有限的而且很間歇的影響，但因爲人家無法解釋這種影響，所以這影響尤其顯著。克利斯朵夫屬於昨日的一代，爲喬治和他的夥伴們暴戾地表示反抗的。他是這個暴風雨時代底最高代表之一，他的藝術和思想使青年人感到一股猜疑的敵意。他無法接近那些新的福音書，那些小先知和老魔術師底符呪，——他們向着誠實的青年們施送又是羅馬又是法國的救世良方。他却忠於一項自由的信仰，不受任何宗教拘束，不受任何黨派影響，不受任何國家限制——這信仰是已經不流行了，或尚未重新流行。再則他雖然已把國家問題擺脫乾淨，但在一個一切的外邦人在各國底本國人眼中是蠻子的時代，他在巴黎究竟是一個外人。

可是輕佻快活的小耶南，痛恨掃興的，狂易地醉心着享樂與劇烈的游戲，容易受當代底花言巧語欺騙，因爲強於筋骨、懶於思想之故而偏向於法蘭西行動黨底暴力主義的，又是國家主義者，又是保王黨，又是帝國主義者——（他也不大弄得清）——心裏却只佩服一個人：克利斯朵夫。他的早熟的經驗和從母親那邊承受來的十分細膩的感覺，使他把這個爲他所不可或缺的世界底些少價值（雖是些少的價值，可並不因之使他減少興緻），和克利斯朵夫底優越一齊批判定了。他白白地醉心於運動和行動，究竟不能否定父親底遺傳性。在突兀與短暫的時期內他所感到的一種渺茫的不安，對於他的行動得找到並且確定一個目標的需要，是從奧里維身上來的。還有使他去接近奧里維曾經愛過的人的那種神祕的本能，也是從奧里維來的。

他去探望克利斯朵夫。天生的容易流露而又有些多嘴，他歡喜傾吐心腹。他從不顧慮克利斯朵夫有沒有時間聽他。克利斯朵夫卻聽着他，毫無不耐煩的表示。不過逢着他的訪問突如其來地打斷他的工作時，他有些心不在焉。這是一忽兒的事，那時間他的精神遠遁着，以便把胸中的作品告一段落；然後它回到毫未覺察的喬治旁邊。他對於自己的這種遊神覺得好玩，有如一個人踮着足尖回到屋裏而無人聽見。但也有一兩次，喬治注意到了，憤憤地說：

——可是你不聽着我啊！

於是克利斯朵夫慚愧起來，柔順地開始聽着不耐煩的講故事者，用着加倍的注意來補償他的歉疚。故事中間不少突梯滑稽的成分；克利斯朵夫聽着某些莽撞行爲底敍述，不禁笑了：因爲喬治無話不講；他坦白底程度是使你要生氣也生不起來的。

克利斯朵夫並不常常笑。喬治底行爲往往使他很難過。克利斯朵夫不是一個聖人；他並不自認有權對任何人作道德的教訓。喬治底艷遇，胡亂揮霍的財產，決不是使克利斯朵夫最難堪的事情。他最不容易寬恕的，乃是喬治對付自己的過失所表現的輕佻精神：當然他不把過失放在心上，認爲很自然。他對道德抱着和克利斯朵夫全然不同的觀念。他那類青年把兩性關係只看作一種自由的游戲，毫無道德性質。一種相當的坦白和一顆無愁無慮的好心，儘够爲一個誠實君子底全部家私了。他決不把克利斯朵夫那種嚴於責己的精神爲自己之累。克利斯朵夫却大爲憤慨。他徒然禁阻自己把他的感覺方式強使別人遵從，究竟他不是一個寬容的人；他從前的暴烈不過降服了一半；有時還會發作。他禁不住把喬治底某些手段目爲卑鄙，老實不客氣的對他說出來。喬治不比他更忍耐。兩人之間常有相當劇烈的爭吵。之後，他們幾星期的不見面。克利斯朵夫發覺他的激怒決不能改變喬治底行爲，而要強使一個時代底道德和另一代底道德觀念相合也有些不公平。但他不由自主：一有機會，他會重新再來。對於我們會經生活過來的信仰，怎麼能懷疑呢？這簡直是捨棄人生了！幹麼要假裝想着自己沒有的思想，去肖似鄰人或敷衍鄰人？這是毀滅自己，而且對誰都沒有裨益。第一要務是保持我們的本來。應當敢說：『這是善的，那是惡的。』一個人倘要使一般弱者受到較多的好處，應當自己成爲強者，而非和他們一樣成爲弱者。你可以寬恕那些已經犯下的懦弱之事，如果你願意。但切勿對可能發生的懦弱讓步！……

不錯;但喬治決不肯把將要做的事情和克利斯朵夫商量:——(他要做的事情,連他自己都不知道。)——他只等到事情過後纔去告訴他。——那末?……那末,除掉抱着沉默的責備,望着這頑皮孩子,像一個明知不會有人聽的老伯父般聳聳肩微笑而外,還有甚麼辦法?

逢着這樣的日子,他們中間就要沉默好一會。喬治着望克利斯朵夫惆悵的眼睛,覺得自己渺小極了。在這洞燭隱微的、閃着狡獪之光的眼睛底明鏡裏,他看見了自己的本相;那是他覺得不大可以自傲的面目。克利斯朵夫難得運用喬治告訴他的心腹話,髣髴不會聽見似的。他們在眼睛裏沉默地交談過後,他用着嘲弄的態度擺一擺腦袋,然後開始講一樁似乎與他們剛纔的事情渺不相關的故事:一樁他生平的歷史,或是別人底,有時是眞實的,有時是虛構的。喬治慢慢地看見在可惱與可笑的情境中,在一道新的光線之下,顯現出他的『副、本、』(他是認得它的)經歷一些和他類似的錯誤。這樣,他不禁要笑自己;笑他那副可憐的面目了。克利斯朵夫不加按語。敍述者底樸實的態度,加強了故事底作用。他講着自己,像講旁人一樣,用同樣滿不在乎的神氣,同樣快活與清明的丰度。這種恬靜感動了喬治。他來尋找的就是這種恬靜。當他把絮煩的告白說完之後,他髣髴一個在溽暑中躺在樹蔭下的人，四肢慵懶地伸直着。灼熱的白晝底狂亂的眩惑消散了。他覺得保護他的和平的翅翼張蓋在他身上。在此鎮靜地擔負着一場沉重的生涯的人身旁，他連自己的騷動也受不到了。聽着他說話，他體味到一種休息。他也和克利斯朵夫一樣不是常常聽着；他讓他的精神漫遊；但不管遊魂到哪裏，克利斯朵夫底笑聲老是在他心頭縈繞。

可是，老朋友底觀念對他始終陌生。他自忖克利斯朵夫怎麼過得慣他精神的孤獨，與任何藝術團體、政治黨派、宗教黨派、一切人類的集團不發生關係。他問他：『從不覺得需要把自己關在一個陣地裏麼？』

——把自己關在一個陣地裏——克利斯朵夫笑道。在外面，我們不是很好麼？倒是你，一個醉心戶外的人，反提起幽閉自己的話來！

——啊！對於心靈和對於肉體是兩樣的啊，喬治回答說。精神需要肯定，需要和別人一同思想，加入那些爲同時代所有的人接受的原則裏面。我羡慕從前的人，古典時代的人。我的朋友們要回到過去美妙的秩序中去是對的。

——沒有決斷的傢伙！克利斯朵夫說。再沒有如此灰心的人了！

——我並不灰心，喬治憤憤地爭辯道。我們中間沒有一個是灰心的。

——不是這樣怎麼又會怕你們自己？克利斯朵夫說。怎麼！你們需要一種秩序，而你們不能自行創造？你們直要去牽掛在會祖母底裙角上！好天！單獨走你們的路罷。

——先得把根基穩固，喬治非常得意的說出這句當時的流行語。

——要根基穩固，難道，告訴我，難道樹木就需要裝在箱子裏麼？土地在這裏，大衆可用。把你的根插進去罷。找到你的律令罷。在你自己身上尋找罷。

——我沒有時間，喬治說。

——你害怕，克利斯朵夫回答他。

喬治反抗起來；但他終於承認沒有趣味瞧望自己的內心；他不懂人家會在其中感到樂趣：俯伏在此黑洞上面是有掉下去的危險的。

——那末把你的手伸給我，克利斯朵夫說。

他說着便好玩地把他對於人生的現實而悲壯的視覺微微揭開了一下蓋子。喬治倒退了一步。克利斯朵夫笑着把風洞重新關上。

——你怎麼能這樣過活？喬治問道。

——我活着，我覺得幸福，克利斯朵夫說。

——我會死去，要是我被逼到永遠要看見這個。

克利斯朵夫拍拍他的肩膀：

——瞧啊，這就是我們出色的運動員！……那末，別去望就是，倘使覺得頭腦不夠結實的話。歸根結蒂，甚麼都不強迫你做。向前罷，我的孩子！但就爲前進，你又爲何需要一個主子在你肩上打印，像一頭牲畜般？你等着什麼命令？信號久已發出。裝鞍的號角已經吹過，馬隊已在前進。只管着你的馬好了。站在你的行列中去！然後奔馳！

——但我望哪兒去呢？喬治說。

——望着你的馬隊所去的地方，去征服世界。抓住空間，降伏原質，摧殘自然界底最後一批堡壘，威逼空間後退，威逼死神後退……

「台太爾在空中已經試過了空間……」

（按台太爾爲希臘大建築家，被囚於克闌德迷宮，乃以羽毛蜜蠟造成翅翼而遁。）

……拉丁民族底冠軍，你知道這個麽？告訴我。但看你能不能解釋它的意義？

「他已渡過了阿希龍……」

（按阿希龍爲地獄之河，據神話載，一人一生只能渡過一次，此處作死亡譬喻。）

……瞧，這是你們的運命，你們這般幸福的征略者！……

他把落在新的一代身上的英雄行爲底責任，闡述得如此明白，以致喬治驚詫地問道：

——但若你感覺到這些，爲何你不和我們一起來？

——因爲我有另一件任務。去罷，我的孩子，幹你的事業。超過我，如果你能夠。我，我留在此地，我警戒着……你讀過天方夜譚，該記得其中有一個精靈，像山一般高，被關在壓着梭羅門底印璽的一口箱子裏？……那末，精靈就在這裏，在我們的靈魂深處，爲你所不敢俯視的那顆靈魂。我和我同時代的人，曾經終身和它奮鬥，我們不會把它戰勝，它也不會戰勝我們。如今，我們和它都在喘氣；而我們彼此相視，毫無怨恨，毫無懼意，對於我們的戰鬥感到很滿足，等待休戰期滿。你們，你們該利用休戰底機會來重新積聚你們的力量，來採摘世界上美麗的花朵！你們應當幸福，享受沉靜底趣味。但切勿忘記，你們或你們的兒子們，有一天從你們的征略大業中回來的時候，你們應當回到我現在所站的地方，用新的力量和留在那邊而爲我在旁監視的精靈戰鬥。這戰鬥，雖則中間雜有多少次的休戰，但直要等兩者之間有一個被降伏的時候方始告終。該由你們比我們更強，更幸福！……——目前，你儘可玩你的運動，如果你願意；勞你的筋骨，苦你的心志；切勿把你焦躁不耐的精力浪費在無聊傻事上面：你現在所處的這一個時間（你放心！）以後總會有用處。

喬治並不把克利斯朵夫底說話記牢多少。他精神相當曠達，足以讓克利斯朵夫底思想進去；但它們立刻從裏面出去了。他還沒走到樓梯下已經把一切忘記得乾乾淨淨。可是他仍懷有甘美舒適的印象，就是當產生過印象的往事久已拭去的時候。他對克利斯朵夫抱着敬意；却全不信克利斯朵夫所信的東西。(他心裏在訕笑一切，對甚麽都不信。)但要是有誰敢詆毁他的老朋友的話，他是不惜頭破血流的去和他死爭的。

幸而沒有人和他說這種話，否則他眞有事情幹得出來。

克利斯朵夫把風向底不久的轉變預料得很準。年青的法國音樂新理想是和他的不同的；這在克利斯朵夫倒是使他對它的好感多添了一個理由，但它對他的同情竟是毫無。他在羣衆之間的流行，決不是使他和這些青年中最飢渴的分子攜手的因素；他們肚子裏沒有多少東西，所以他們的牙齒格外的長，格外的要咬人。克利斯朵夫可並不爲了他們的凶惡而着惱。

——他們在其中用着何等的心！他說。這些孩子們正在磨鍊牙齒……

比較之下，他幾乎更歡喜他們而討厭那般因爲他的聲名而來巴結他的小狗，——好似杜皮尼(十六、七世紀法國詩人，諷刺作家)所說的『當一頭獒把頭伸在一只奶油鉢裏時，就有小狗們來舐牠的鬍表示慶賀了。』

他有一部作品被歌劇院接受了。剛纔接受，人家就開始練習。有一天，克利斯朵夫從報紙底攻羣上得悉，爲了他的作品，人家把預定上演的一個青年作家底劇本無限期的延緩了。報館記者對於這件他認爲應由克利斯朵夫負責的濫用勢力表示憤慨。

克利斯朵夫跑去見經理，對他說：

——您不會預先通知我。這是絕對不可以的。您該先把那部在我以前收下的歌劇上演。

經理叫着，笑着，拒絕了，把克利斯朵夫底性格、作品、天才、大大地恭維了一頓，對另外一部作品表示極端的輕蔑，一口咬定它一文不值，絕對不能賣座。

——那末您爲何把它收下來呢？

——一個人不能樣樣逞着自己的心思。每隔一些時候，我們不能不敷衍一下輿論。從前，這些青年儘管喊就是沒有人理會的；此刻，他們找到了一種方法，挑撥一般國家主義派的報紙來攻擊我們，把我們叫做賣國賊，叫做劣等法國人，倘使我們不幸而不會對他們青年派表示欽佩的話。青年派！就談青年派罷！……您要不要我告訴您？我眞受夠了！羣衆們也受夠了。他們用着他們的『晚歌』來叫您頭痛！……脈管裏沒有血液的東西；對您老唱着彌撒祭；當他們寫一段愛情底對話時，簡直像臨終祈禱一樣……如果我傻到把人家強使我接受的劇本上演，我定會使我的戲院倒閉。我收下它們：人家所能要求我的決不能再多。——談我們的正經罷。您，您賣個滿座……

恭維的說話又來了。

克利斯朵夫直截了當地打斷了他，氣冲冲地說道：

——我決不受騙。現在我老了，是一個『成功的』人了，您們便利用我來壓倒青年人。當我年青的時候，你們也會同樣的壓倒我。您要就先上演這個青年底劇本，要就我把我的收回。

經理雙臂向着天，說：

——您難道不看見，倘使我們聽了您的說話，我們不將顯得被他們報紙底攻擊屈服了麽？

——這對我有什麽相干？克利斯朵夫說。

——隨您的便！第一個受累的還是您。

於是人家開始研究青年音樂家底作品，同時也不中止練習克利斯朵夫底作品。一部是三幕的，一部是兩幕的；人家決意把它們在一個晚上出演。克利斯朵夫見到了他的被保護者；他願意第一個先報告他這個消息。那青年表示沒齒不忘的感激。

自然，克利斯朵夫不能使經理不把所有的注意力都集中在他的劇本上。另一部底演出與上幕完全被犧牲了。克利斯朵夫甚麽都不知道。他參預了幾次青年人底作品底豫習，覺得很平庸；他隨便表示了一些意見：人家不會聽他；他就至此爲止，不再與聞了。此外，經理使那位新進作家接受了一部分删節，如果他願意作品毫不延宕的出演的話。這犧牲，先是很樂意地答應的，不久就使作者感到痛苦了。

到了上演那晚，新作家底劇本完全失敗；克利斯朵夫底却獲得極大的成功。有幾家報紙竭力攻擊克利斯朵夫，說是他故意設下陷阱來壓迫一個年青而偉大的法國作家；他們說他的作品被摧殘了，爲的是巴結德國大師，而這德國大師據他們說是嫉妒一切新生的榮名的。克利斯朵夫聳聳肩，想道：

——他會答覆他們的。

『他』却默不作聲。克利斯朵夫把這些批評剪了一部分寄給他，附着一句：

——『您讀到沒有？』

他回信說：

——這多遺憾！這位新聞記者老是太關切我！眞是，我很生氣。最好是不要放在心上。

克利斯朶夫笑着想道：

——他說得對，小膽怯鬼。

於是他把這件事情像他所謂的『置之腦後』了。

但那個難得看報、而且除了體育新聞以外看得很馬虎的喬治，這一次竟偶然一眼瞥見那些抨擊克利斯朶夫最劇烈的文字。他是認得那個記者的；便跑到一家他有把握找到他的咖啡店去，把他找到了，掌了他的嘴，和他決鬥，重重地刺傷了他的肩頭。

下一天，克利斯朶夫在喫中飯時從一封朋友底信中得悉了這件事情，暴怒到氣都塞了。他丟下午餐跑到喬治家去。開門的就是喬治自己。克利斯朶夫像一陣狂風般捲進去，抓住他的胳膊，憤怒地搖撼着，開始把他噴頭大罵起來。

——畜牲！他嚷道，你爲了我去和人斷殺！誰允許你的？一個孩子，一個莽漢，竟來干預我的事情！難道我管不了我自己的事麼，告訴我？哼！你佔了便宜！你竟給這個壞蛋和你決鬥的面子。這正是他求之不得的。你造成了一個英雄。傻瓜！而且要是偶然……（我斷定你是鹵莽透頂地從事的，依着你的老脾氣）……要是你被殺死了！……可憐蟲！我簡直不能饒恕你一生！……

喬治像瘋子般笑着，聽了這最後一句恫嚇的話，不禁更捧腹大笑，連眼淚都笑出來了：

——老朋友，你多古怪啊！你眞是滑稽透頂，因爲我爲你出了氣，你居然這樣辱罵我！下回我將攻擊你，也許你會擁抱我了。

克利斯朵夫住嘴了，把喬治摟着，吻着他的兩頰，然後再說道：

——我的孩子！……對不起。我是一個老糊塗……但也因爲這樁消息把我頭都弄昏了。去和人家斷殺：眞是什麼主意！難道我們值得和這種人相殺麼？你將答應我從此不再如此胡鬧。

——我甚麼都不答應你，喬治說。我做我所歡喜做的事情。

——我禁止你，聽見麼？如果你再有這種事情，我不願再見你，我將在報上否認你，我將把你……

——你將把我取銷承繼，好，由你罷。

——得啦，喬治，我求你……這有什麼用呢？

——親愛的老朋友，你比我有千倍的價值，你比我多知道無數的事情；但對於這些光棍，我比你認得更清楚。你放心，這是會有用處的；如今他們在辱罵你之前，先要把他們的毒舌掂掂斤量了。

——嘿！這些無賴對我有甚相干？他們所能說的，只值我一笑。

——可是我並不笑。你只管你自己的事罷。

這樣之後，克利斯朵夫唯恐再有什麼新的文章引起喬治猜疑。眞有些滑稽，在以後幾天裏，從不讀報的克利斯朵夫，竟伏在咖啡店桌上吞讀報紙，預備遇到一篇辱罵的文章時，想盡方法（那怕是做出卑鄙的勾當）不教它落在喬治眼裏。過了一星期，他方始放下了心。孩子說的果然不錯。他的舉動教那些狂吠的狗目前要思忖一番了。——而克利斯朵夫一邊儘管埋怨靑年瘋子使他躭誤了八天工作，一邊卻私忖他究竟沒有權利教訓他。他記起某個時期，還沒有怎麼長久，他自己就會爲了奧里維和人決鬬過來。於是他髣髴聽見奧里維對他說：

——由他去罷，克利斯朵夫，我把負欠你的還你了。

克利斯朵夫固然不把人家底攻擊放在心上，另外一個却全沒這種付之一笑底涵養。那便是愛麥虞限。

歐洲思想底演變，正在急劇進行中。它髣髴和機械的發明與新的引擎同時加增了速度。徧見與希望底存糧，在從前足夠維持人類二十年的，此刻在五年之中就消耗完了。幾代的思想之士飛奔着，一代跟着一代，往往是一代踏着一代：時、間已經擊起戰鼓。——愛麥虞限被超出了。

謳歌法蘭西毅力的詩人從沒否認他宗師——奧里維——底理想主義。儘管他的國家情操如何熱烈，他依舊崇拜精神底偉大性。他所以在詩歌中嚮亮地宣告法蘭西底勝利，乃是因爲他在法蘭西身上崇敬着當代歐羅巴最高的思想，崇敬着雅典娜 尼蓋，崇敬着向力、作報復的勝利的權利。可是力、就在權利中覺醒了，獷野地、赤裸裸地重新躍現了。新的一代，結實的，耐苦的，渴望戰門，在戰勝之前就抱有勝利者底心情。它以它的肌肉，以它寬闊的胸脯，以它的強烈而渴望的享樂感覺，以它如鷹隼般遨翔於平原之上的翅翼而驕傲；它盤旋着不即猛撲，不立刻試着攫取。民族底勇武，在阿爾卑斯山和海洋上空的飛翔，在亞非利加沙漠中的豪壯的馳騁，新的十字軍，其神秘與無功利觀念不亞於非列伯　奧古斯德與維爾哈杜伊昂底十字軍（按前者為法王，為第三次十字軍領袖之一；後者為第四次底領袖之一）把整個民族頭都弄昏了。這些一向只在書本上看到戰爭的孩子，很容易把戰爭當作壯美的東西。他們取着挑釁的態度。厭倦和平，厭倦空想，他們頌揚『戰爭底鐵砧，』說將來有一天，流血的行動會在鐵砧上鍛鍊出法蘭西底力量。因為要反抗觀念學底令人不快的濫用，他們樹起輕蔑空想底旗幟。他們大聲地宣傳狹小的見識，粗暴的現實主義，民族的自私主義，沒有羞惡之心的把旁人底正義和別的國家一齊踹在腳下，只要是有裨於助長本國威勢的話。他們是排外的，反民主的，並且——就是那些最無信仰的人也是如此——宣傳『回到加特力教義』因為他們需要『限制絕對，』需要把『無窮』放在秩序與威權底力量監督之下。他們不但輕視，而且認為大眾罪人的，是那些說着過去的廢話的，溫和的饒舌家，空洞的理想主義者，人道主義的思想家。在青年人眼中，愛麥虞限就屬於這一類。他爲之感到殘酷的痛苦，爲之憤慨非常。

知道克利斯朵夫像他一樣——而且比他更甚——做了冤枉的被害者時，他倒同情克利斯朵夫了。他惡劣的心緒早已使克利斯朵夫灰心，不再去看他。現在，他的驕傲仍不願顯出他後悔從前的行動而要去尋找克利斯朵夫。但他設法使他和他的相遇好似出於偶然，而且還使對方先來遷就他。這樣之後，他的陰鬱的猜忌心暫時停止了活動，不復隱藏他歡迎克利斯朵夫底訪問。從此他們時常聚首，或是在他家裏，或是在另一個家裏。

愛麥虞限對克利斯朵夫說出心中的怨恨。他被一般的批評激怒得氣憤塡胸；又因他覺得克利斯朵夫不夠激動，便把報紙上對克利斯朵夫的批評全盤告訴他。人家指摘克利斯朵夫不懂他的藝術底文法，不懂和聲，剽竊同行，褻瀆音樂。人家叫他做『老瘋子』……說：『我們聽得夠了，這些拘攣抽搐的東西！我們是秩序，是理智，是古典的平衡……』

克利斯朵夫只覺得好玩，他說：

——這是規矩如此。青年總把老年丟在溝壑裏……不錯，在我的時代，人們要等一個人到六十歲時纔目之爲老。現在，人們跑得快多了……無線電，飛機……每一個世代疲倦得更快了……可憐的傢伙，他們享受不了多久的！讓他們趕緊輕蔑我們，到陽光中去耀武揚威罷！

但愛麥虞限沒有這種美妙的健康。思想上是強毅不屈的，他却受着有病的神經控制；熱烈的靈魂藏在一個佝僂的身體裏，他需要戰鬥，却不是生來戰鬥的人。某些批評底惡毒，直使他痛入骨髓。

——啊！他說，要是批評家們知道、他們隨便所說的一句不公平的話使藝術家所受的痛苦爲何如，他們也將以他們的行業爲羞了。

——可是他們明明知道啊，我的好朋友。這就是他們生存底理由。的確大家都得過活。

——這是一般劊子手。人們爲了生命流血，爲藝術奮鬥而筋疲力盡。他們非但不伸手給你，不用同情的態度講你的弱點，不來友善地幫助你補救，反而雙手插在袋裏，眼看你在山坡上舉着你的重擔，說『他不能夠的！……』而當你到了山頂時，有的說：『是的，但不應該這樣舉上來的』。有的更固執的，還在說着：『他不能够！……』要是他們不把石子摔在你腿上教你倒下去時已經是你的大幸了。

——也罷！有時那些人中也會有兩三個好人能够給你多少好處！凶惡的畜牲到處有，不論行業。要是有一個沒有慈悲的藝術家，又虛榮又憤懣，把世界當作他的勝利品，因爲不能把它咀嚼而暴跳如雷：那末，告訴我，你知道還有比此更糟的事麼？應當用耐心把你武裝起來。天下決沒有毫無裨益的禍害。最可惡的批評家對我們也有益處；他是一個練馬師；他不許我們在路上閒逛。每逢我們自以爲達到目的時，獵犬咬着我們的後腿。前進呀！更遠！更高！牠自會厭倦而不來追我，我却依舊在牠前面邁進。記住那句阿剌伯名言：『人們不會去搖撼貧瘠的樹木。唯有那些額上滿掛金果的，纔有人用石子去打它』……我們應該替那般不受煩擾的藝術家抱怨。他們將留在中途，懶懶地坐着。當他們想重行站起時，蜷曲的兩腿將拒絕前行。但願我的似敵實友的人們萬歲！他們在我一生中給予我比我似友實敵的人們更多的恩惠！

愛麥虞限不禁爲之微笑。隨後，他說：

——雖然如此，像你這樣一個老兵，眼見被一般初次作戰的新人行伍的後生教訓，不覺得難過麼？

——他們使我覺得好玩，克利斯朶夫說。這種傲慢是一道渴求流播的年青與沸騰的血底標記。從前我就是這樣的。這是在更生的泥土上的三月中的驟雨……讓他們來教訓我們罷，歸根結蒂，他們是對的。應當由老年人去進青年人底學校！他們曾經利用我們，他們是忘恩負義之徒：這是一定不移的公式！……但他們承襲了我們的努力，可比我們走得更遠，可以實現我們所嘗試過的事情。如果我們還有多少青春之氣，我們也來學着、試着把我們更新罷。如果不能，如果我們太衰老，那麼在他們身上體味我們罷。看到似乎衰竭的人類心靈永久開出鮮花，看到這些青年底強毅的樂觀主義，他們的冒險底快樂，這些爲征略世界而再生的種族：豈不是一件美妙的事情？

——沒有我們，他們將是什麼東西？這股歡樂是從我們的眼淚中來的。這驕傲的力量是整整一代底痛苦之花。『這樣，你們爲人作嫁……』

——這句古話是錯了。我們在創造一個超出我們的種族時，的確是爲着我們自己工作。我們積聚了人類底積蓄，在一間四面通風的小屋內把它保護着；直要抵住門戶纔能阻止死神進來。我們的兒子將要踏上的凱旋之路，是我們爲之開闢的。我們的苦難救了將來。我們把獨木舟駛到了福地底口子。它將靠着我們的力量和他們一起駛進港去。

——那些穿越沙漠的人，執着神聖的火把，捧着我們民族底神明，負載着他們的這些在今日已經成人的孩子；像這樣的人，他們還會有一天記得的麼？我們已經嘗過憂患與忘恩負義底滋味。

——你因之抱憾麼？

——不，一個像我們這樣強盛的時代，爲它所孕育的一個時代作犧牲，是有一種悲壯的偉大，令人感到醉意的。今日的人們再不能體驗捨棄一切這種莊嚴的歡樂了。

——我們曾經是最幸福的人。我們爬上了奈波山，山脚下躺着我們不會進去的地帶。（按奈波山位於巴勒斯坦。摩西去世以前，曾登此眺望上帝預示他不能進去的「福地」。）但我們比那些將來進去的人更能享受。凡是下降到平原中去的人，就看不見平原底廣大與天涯底遼遠了。

克利斯朵夫給予喬治和愛麥虞限的撫慰鎮定的作用，是從葛拉齊亞底愛情中汲取得來的。

由於這股愛情，他纔感到自己和一切青年密切相連，他纔對於生命底一切新的形式抱着一股永遠不倦的同情。不管使大地昭蘇的是何種力量，他總和這力量在一起，那怕在它反對他的時候；他全不懼怕不久即將產生的這種德謨克拉西，使一小部分特權階級底自私主義大聲疾呼的；他並不絕望地留意已經衰老的藝術底陳言；他抱着堅定的信念，等待從渾沌的景象中，從科學與行動已經實現的夢想中，產生一種比從前更堅強的藝術；他敬禮世界底新曙光，即使舊世界與它的美要因之一同死滅亦所不顧。

葛拉齊亞知道她的愛情給予克利斯朵夫的好處：這種知覺使她達到了比她本身更高的境界。她的書信對他有一種支配的力量。並非她可笑地要自命在藝術中指導他：她有着充分的機智，知道她的界限。但她準確而純粹的聲音是一具為他用以校準靈魂的校音器。只要克利斯朵夫以為聽到這聲音在預先提示他思想，他就可想到完全準確、純粹、而值得覆述的思想。一架美妙的樂器底聲音，對於音樂家正像一個美麗的身軀，為他的夢所立刻化身進去的。兩顆相愛的心靈底神祕的交流：彼此用着最優越的部分迷醉對方；用愛情增加彼此的財富。葛拉齊亞不怕告訴克利斯朵夫說她愛他了。因爲彼此遠離着，也因爲她確知自己永遠不會屬於他，所以她說話變得更自由。這愛情使克利斯朵夫感染到其中的宗教似的熱誠，成爲克利斯朵夫和平底源泉。

葛拉齊亞在這和平裏所給予的，遠過於她的所有。她的健康已經損害，她的精神底平衡受到嚴重的破壞。兒子底情況並不好轉。兩年來她一直在惴惴不安中度日，雷翁那羅玩弄她的恐懼的天才，愈加增添了她的惶慮。他使愛他的人皇皇不可終日的藝術，達到了最高峰；在惹人注意與磨難他人這一點上，他頭腦裏充滿着奇妙的發明：這是完全逞着他的怪癖的。可悲的是，在他裝病的時候，眞正的疾病慢慢地向前進行；死神在門口顯現了。眞是戲劇式的捉弄！葛拉齊亞幾年來被兒子底假想病磨難夠了，等眞正的疾病臨到時却不復相信……一顆心也有它的界限。她的同情底力量被謊言消耗完了。當雷翁那羅說的是事實時，她把他當作演戲；而一朝明白了眞相之後，她餘下的生命又被悔恨毒害盡了。

雷翁那羅底惡意依然如舊。他對誰都不愛，却不答應周圍的任何人愛他以外的任何人；嫉妒是他唯一的熱情。他不以隔離母親與克利斯朵夫爲滿足；他竟想把他們之間始終存在的親密加以摧毁。他已經運用他的老武器，——疾病，——使母親發誓永不再嫁，却還不能以這種諾言爲滿足，還要勸令母親和克利斯朵夫停止通信。這一次，她反抗了；這種濫用威權解放了她；她對他的謊言說了些殘酷嚴厲的話，爲她以後又當作罪行一般責備自己的；因爲那些言語引起雷翁那羅一場狂怒，以致他眞正的病倒了。他的病勢，因爲母親底不願相信而益增嚴重。於是他在激怒中祝禱自己死去，作爲報復。他不會想到這祝禱眞會實現。

當醫生告訴葛拉齊亞說她的兒子無望的時候，她好似受了雷震一般。可是她還得把絕望之情隱藏，以便欺騙她那個屢次欺騙她的兒子。他猜疑到這一次眞是嚴重了；但他不願相信；他的眼睛在母親眼中搜尋着當他說謊時對他表示的責備。無可置疑的時間終於來到。於是，爲他和他的家族眞是可怕的事情：因爲他不願意死！……

當葛拉齊亞看見他終究長眠不起時，她沒有一聲叫喊，沒有一聲怨歎；她的沉默令人詫異；她沒有充分的力量痛苦了；唯一的願望是：和他一樣的長眠不起。她繼續幹着一切的日常行爲，表面上用着同樣鎮靜的態度。幾星期後，甚至笑容也在她更沉靜的嘴上浮現。沒有一個人想到她內心的崩潰。克利斯朵夫尤其想不到。她只把消息通知他，全沒提到她自己。對於克利斯朵夫又不安又懇切的來信，她置之不答。他想趕來．她求他不要有任何舉動。過了兩三個月，她和他又恢復了以前的又沉著又清明的語調。她認爲把她羸弱的擔子去卸在他肩上簡直是一樁罪行。她知道她所有的情操底回聲都會在他心中振動，也知道他需要依傍她。她並沒強使自己痛苦地忍受一切。救了她的是一種精神的紀律。在她倦於生活的情景中，只有兩件事情使她苟延殘喘：克利斯朵夫底愛情，和在痛苦中如在歡樂中一樣形成她這意大利女子天性的宿命觀。這宿命觀毫無靈智的成分：它是動物的本能，使一頭困憊已極的野獸不覺得自己的困憊而定着眼睛在一場夢境中前行，忘記了路上的石子，忘記了自己的身體，直到牠倒下爲止。宿命觀支持着她的身體。愛情支持着她的心。她自己的生命已經磨蝕完了，她只生活在克利斯朵夫身上。然而她比任何時都更小心避免在信中表白她對他的愛。無疑是因爲這愛情比從前更強大之故。但也因爲亡兒底反對壓在這愛情上面，把它作爲她的罪行之故。於是她緘默了，強迫自己在某一時期內不再寫信。

克利斯朵夫不明白這緘默底道理。有時，他在一封口氣單純而平靜的信中抓握到一些出入意外的聲調，一股壓抑着的熱情在其中哀號，爲之駭然；但他什麽都不敢提及；他好似一個凝神屏息的人，唯恐那幻象消失。他知道這些語調一定要在下一封信裏用故意冷淡的口氣來冲淡的……然後，又是恬靜……

喬治和愛麥虞限都在克利斯朵夫家。這是一個下午。兩人都想着個人的煩慮：愛麥虞限爲了他文學方面的惱恨，喬治爲了某個運動比賽底失意。克利斯朵夫用着質樸的心懷聽他們，親切地打趣他們。有人按鈴。喬治跑去開門。一個僕人從高蘭德那邊送來一封信。克利斯朵夫坐在窗畔讀着。兩個朋友繼續他們的討論，不看見背對他們的克利斯朵夫。他在他們不曾覺察的狀態下走出房間。而當他們發覺時也不以爲異。但因他老是不露面，喬治便去叩隔室底門。沒有回音。喬治識得老朋友底怪脾氣，也就不再堅持。過了幾分鐘，克利斯朵夫進來了。他神色很鎮靜，很疲倦，很柔和。他對剛纔丟下他們的行爲表示歉意，重新在他打斷話頭的地方接下去和他們談話，用着慈悲的心懷談着他們的煩惱，和他們說了許多安慰的話。他的語氣，使他們莫名其妙地大爲感動。

他們告別了他出去。喬治逕自奔到高蘭德家，發見她哭得淚人兒似的。她一看見他就問：

——他怎麼忍受這下打擊，這可憐的朋友眞是太殘酷了！

喬治完全不懂。於是高蘭德告訴他，說她纔送信去把葛拉齊亞底死耗通知他。

她去了，不曾有時間向任何人告別。幾個月來，她生命底根鬚差不多已經拔起；只消一陣微風就可把她吹倒。在流行性感冒發作的前夜，她接到克利斯朵夫一封温柔的信。她爲之感動了；想要叫他來；她想到一切把他們分隔的事情都是虛僞的，罪過的。因爲十分疲乏，她把寫信延緩到下一天。到了下一天她不得不留在牀上。她開始了一封未完的信；覺得頭昏腦暈，而且也躊躇着不敢寫出她的病狀，恐怕驚動克利斯朵夫。他此時正忙於練習一闋帶有合唱的交響樂，依着愛麥廣限底一首詩譜成的：是使兩人都非常熱情的題目，因爲有些象徵他們的命運：福地。克利斯朵夫曾經好幾次向葛拉齊亞提及。第一次的演奏定在下星期內……不該去打攪他。葛拉齊亞在信中只說起她患着普通的傷風。後來她還覺得說得太過；便撕去了信，又無力再寫。她想待晚上動筆。晚上，已經太遲了。要叫他來已經太遲了。甚至給他寫信也太遲了……死亡來得多快！幾小時功夫足夠毀滅幾世紀纔能培養成功的東西……葛拉齊亞僅僅來得及把手上的戒指交給女兒，教她轉交她的朋友。她一向和奧洛拉不十分親密。如今當她要離開世界時，她熱情地端相着這張留在世上的臉；她緊握着那只她想把自己的抓握傳遞給它的手，快樂地想道：

——我沒有完全離開。

「怎麼？我說，這個如此偉大地充滿着我耳鼓的人是誰？
而這個如此溫柔的聲音又是什麼？……」

——西比翁之夢——

一股同情底衝動使喬治從高蘭德家出來又回到克利斯朵夫寓所去。他久已從高蘭德冒昧的言語裏知道葛拉齊亞在他老朋友心中所佔的地位；甚至——（青年人是難得知道尊重的）——他還當做開心的資料。但這時候，他用着非常強烈的慷慨的情緒，感到這樣一件損失所能給予克利斯朵夫的痛苦；他需要跑到他前面，爲他抱怨，把他擁抱。因爲識得他熱情底猛烈，——克利斯朵夫剛纔表現的鎮靜使他感到不安。他按着門鈴。沒有動靜。他重新再按，又照着他和克利斯朵夫約好的暗號在門上敲了幾下。他聽見一張椅子移動的聲音，又聽見沉重而遲緩的脚聲。克利斯朵夫把門開了。臉容是那樣的平靜，以致準備撲入他懷裏去的喬治停住了，不知說甚麼好。克利斯朵夫溫和地問道：

——是你，我的孩子。忘記了甚麼東西麼？

喬治惶惑之下，囁嚅着答道：

——是的。

——進來罷。

克利斯朵夫走去坐在喬治未來以前所坐的椅子裏；靠近窗口，頭靠在椅背上，他望着對過的屋頂和傍晚的天上的紅光。他不理會喬治。喬治假裝在桌上尋覓東西，偷偷地對克利斯朵夫瞥了一眼。老人底臉屹然不動；夕陽底反照，射在他面頰上部和一部分的額上。喬治走到隔壁房中，——

臥室，——好似繼續尋找一般。剛纔克利斯朵夫拿着信就是關在這間屋內。信還放在齊齊整整而只印着一個身體底痕跡的牀上。地下，一本書滑在地氈上。它打開着，翻在摺縐的一頁上。喬治檢起來，原來是福音書裏瑪特蘭納遇到園丁的一段。

他又回到第一室內，東檢一樣東西，西檢一樣東西，使自己有一個着落，重新對一動不動的克利斯朵夫望了一眼。他很想告訴他，他何等的替他難過。但克利斯朵夫底神采顯得那樣光明，以致喬治覺得一切的說話都是不得當的。倒是他似乎需要安慰了。他胆怯地說着：

——我走了。

克利斯朵夫頭也不回的答道：

——再會，我的孩子。

喬治去了，輕輕地帶上了門。

克利斯朵夫長久地保留着這種情態。黑夜來了。他毫無痛苦，毫無遐想。沒有一個確切的形象。他有如一個疲累的人，聽着一闋模糊的音樂，並不想要瞭解。當他曲着身子站起時，已經到了深夜。

他倒在牀上，沉重地睡熟了。交響樂繼續響着。

於是他看見了她，她那個心愛的人……她對他伸手微笑，說道：

——現在你已越過了火綫。

這時候，他的心溶化了。和平充塞着明星密佈的空間，各個星球底音樂展開着它靜止的、深遠的洪流……

當他醒來時（已經又到了白天），奇異的幸福依舊存在，他所聽到的說話底遙遠的微光還沒消失。他從牀上下來。一種沉靜的和神聖的熱誠把他激動着。

……現在我看見了，我的兒子，

在裴阿德麗斯和你和這堵牆壁中間……

在裴阿德麗斯和他中間，藩籬已經越過了。（按裴阿德麗斯為但丁之愛人）

他一半以上的靈魂久已在那一邊。一個人越是生活，越是創造，越是愛，越是失掉他的所愛時，便逃避了死亡。我們受到每一下新的打擊，鑄造每一件作品時，我們都逃出我們自己，躲到我們創造的作品裏，躲到我們所愛的而離開了我們的靈魂裏。末了，羅馬不復在羅馬了；自己最好的一部分已經在自己之外。在牆垣底這一邊，只有一個葛拉齊亞把他羈留。而她也去了……如今，痛苦世界底門已經關上。

他過着一個幽密地激動的時期。他不再感到任何束縛底重負。他不再有任何希冀。他不再隸屬於任何東西。他解放了。奮鬥告終了。從戰鬥地帶中出來，從英雄的混戰之神控制着的圈子中出來，『萬能的吾主上帝，』他望着他的脚下，燃燒的荊棘底火炬在黑夜中消滅。它已經離得多遠！當它照着他的路時，他以爲自己差不多到了山頂。可是從此他又走了多少的路！山巔却並不見得更近。他永遠不能達到的了（現在他纔知道，）那怕他在永恆中走下去。但當一個人進到了光明底園內，而不會把所愛的人丟在後面時，永恆也不見得對他們是一段如何冗長的路。

他閉門謝客。沒有一個人再來敲門。靄治把他所有的同情一下子都消耗完了：回到家裏，放下了心，明天再也想不到。高蘭德動身往羅馬去了。愛麥虞限甚麼都不知道；老是懷着猜忌之心，他生氣地守着緘默，因爲克利斯朵夫不會去回拜他。克利斯朵夫靜靜地和他從此載在心坎裏的人作着無聲的談話，如一個懷孕的女子般擔着他心愛的重負。動人心魄的談話，沒有一個字可以表達出來的。音樂也僅僅能傳達它的萬一。當心房充滿、充滿到盈溢的程度時，克利斯朵夫閉着眼睛，一動不動地，聽它歌唱。或者坐在琴前，幾小時的讓他的手指說話。在這一個時期，他的臨時即興比一生任何時期爲多。他不把他的思想寫下來。做什麽用呢？

當他幾星期後重新出去，和別的人們相見時，（除了喬治以外，任何與他親近的人都不會猜到他經過的情形，）臨時即興這個妖魔還逗留了一些日子。它在人家最不期待的時候去訪問克利斯朵夫。一天晚上，在高蘭德家，克利斯朵夫在琴上彈了差不多有一小時，盡情宣洩，忘記了客廳裏滿着不相干的人。他們全沒訕笑的心思。這些驚人的即興，鎮壓了一切，震撼了一切。即是那般不懂意義的人也爲之心碎；淚水充滿着高蘭德底眼眶……克利斯朵夫奏完時，突然轉過身來；他看見大家激動的情形，便聳聳肩，——笑了。

他到了一個境界，即是痛苦也成爲一種力，——一種由你統制的力。痛苦不復佔有他，是他佔有了痛苦；它儘可騷動，搖撼柵欄；他總是把它囚在籠內。

他的最悲苦與最幸福的作品便是屬於這一個時期：福音書裏的一幕，爲喬治所能辨認的：

『女人，您爲什麼哭？』——『因爲他們掠走了我的神，而我不知道他們把它放在哪裏。』

『她說完之後轉過身來，看見耶穌站在面前；而她不知就是耶穌。』——一組悲壯的歌，依着西班牙底通俗歌謠寫的，其中特別有一首陰鬱的情歌，悽愴的情調有如一朵黑色的火焰：

我願成爲那座埋葬你的墳墓，
以便把我的手臂永遠摟抱你。

還有兩闋交響樂，題作平靜的島和西比翁之夢（按西比翁之夢原係拉丁大文豪西塞龍所著「共和國」第六卷內著名的一篇篇名。），在約翰・克利斯朵夫・克拉夫脫底作品中，這兩件作品是把當時所有美妙的音樂力量結合得最密切的：德意志底親切與高深的思想，濡含着陰沉神祕的氣息的，意大利底熱情的旋律，法蘭西底活潑的精神，富於細膩的節奏與變化無窮的和聲的。

這種『在巨大的損失時從絕望中產生的熱情，』維持了兩三個月。之後，克利斯朵夫又回到他人生行列中去了，用着一顆堅強的心和一種穩實的步子。死亡底風吹散了悲觀主義底最後一些霧雰，吹散了禁欲的靈魂底灰暗之氣，也吹散了神祕的半明半暗的幻覺。長虹在紛紛四散的雲霧中顯露。天色更明淨，好似被淚水洗過一般，微笑着。這是山峯上恬靜的黃昏。

第四部

在歐羅巴森林裏潛伏着的火災開始吐出火舌來了。人家白白地在這裏把它熄滅；它在別處又燃燒起來；濃煙旋捲，火星如雨點般四散飛騰，它從這一處跳到那一處，燃着那些乾枯的荊棘。在東方，前哨戰已經開始爲民族大戰底序幕。整個的歐羅巴，昨日還帶着懷疑色彩而奄奄一息如死林般的歐羅巴，今日變成了火焰底俘虜。戰鬥底欲念佔據着所有的心靈。戰爭隨時都有爆發之勢。大家把它窒息，它却重又擡頭。最無聊的藉口都可成爲戰爭底養料。世界感到受着偶然底玩弄，偶然就可掀起巨潮。連一般最和平的人也懷有不可避免底情操。而那些觀念論者，躲在獨眼神普呂東巨大的陰影之下，宣揚着戰爭是人類最美的貴族頭銜。

西方民族底生理的與精神的復活，原來是要歸結到這個結果的—熱情的行動與信仰底潮流，原來是把西方民族推到這些屠宰場中去的！對於這場盲目的馳騁，唯有一個拿破侖式的天才纔能爲之確定一個確切而經過選擇的目標。但行動底天才，在歐羅巴任何地方都沒有。髣髴人類特地揀了一批最庸碌的人來治理它。人類精神底力量是在別處。——於是我們只有聽任曳引我們的傾向擺佈。治人的和治於人的便都是這樣做法。歐羅巴底外表是普遍的武裝警戒。

克利斯朵夫回想起一次同樣戒備森嚴的情景，那時他有奧里維皇皇不安的臉在旁邊。但戰爭底威脅那時不過像一陣轉瞬卽逝的烏雲。如今，戰爭底影子籠罩着全個歐洲了。而克利斯朵夫底心也已經改變。對於這些民族底仇恨，他再也不能參加。他的精神狀態恰如一八一三年時的歌德一樣。怎麼能沒有仇恨而作戰？怎麼能過了青春而仇恨？仇恨底區域從此是越過了。在這些互相競爭的民族中，有哪一個是他最不愛的呢？他學會了認識他們各個的價值，認識了世界負欠於他們的東西。一個人在精神上到了相當的程度時，『他不再認得民族，他只感受到鄰族底幸福或災難，像他自己的一樣。』暴雨底烏雲已經在你的脚下。自己周圍，有的只是天空，——『屬於鷹鷲的整個的天空。』

然而有時候，克利斯朵夫覺得四周的敵意使他難堪。在巴黎，人家過於使他覺得他是屬於仇敵的民族；即是他心愛的喬治，也不禁在他面前公然表白他對於德國的情操，使他傷心。於是他走遠去，借端要去探望葛拉齊亞底女兒，到羅馬去了一晌。但他在那邊也找不到一個更清明的環境。民族主義的驕傲底瘟疫已經蔓延到此。它改變了意大利人底性格。這些為克利斯朵夫素來認為淡漠而無精打彩的人，也只夢想着耀武揚威底光榮，夢想戰爭，侵略，羅馬的鷹鷲在里比（北非洲意大利殖民地）沙地之上；他們自以為回到了帝國時代。最可驚的是，各個反對的黨派，社會主義者，教會派，都和王黨一樣，用着世界上最真誠的信念，受着這狂熱感染，全不以為這種舉動是背叛自己的主義。由此可見，當巨大的傳染病式的熱情在各個民族心中吹過時，所謂政治，所謂人類的理性，實在微末不足道。這些傳染病式的熱情還不屑把個人的熱情消滅，而是進一步的加以利用：一切都集中到同一個目標。在行動底時代，一向是如此的。亨利第四底軍隊，路易十四底內閣，那些建立法蘭西底偉大的先民，其中富於理智、堅於信仰的人物，和抱着虛榮、利害觀念、與卑下的享樂主義的人一樣的多。揚山尼派與自由思想者，清教徒與愛情強烈的男子，為他們的本能服務時，同時也為了同一的命運服務。在以後的戰爭中，國際主義者與和平主義者一定會起而煽動，因為他們像國民議會時代底祖宗一樣，相信這是為了各個民族底幸福與和平底勝利……

克利斯朵夫站在耶尼居（羅馬七峯之一）平台上，帶着嘲弄的神氣微笑着，看着這支離破碎而又非常和諧的城市，有如它所威臨的世界底象徵：石灰質的廢墟，巴洛克式的屋面，現代的建築，糾結在一處的杉樹與薔薇，——所有的世紀，所有的作風，在智慧之光下面，溶合成一個堅固凝結的單位。就像這樣，精神應當在鬥爭的宇宙中照耀着秩序與光明，那是在精神本身之內的東西。

克利斯朵夫在羅馬的時期很短。這座城市給予他的印象太強了：他有些懼怕。為好好體味這種和諧起計，他必得站在遠處傾聽；他覺得留在那邊頗有被吞沒的危險，好似他多少同種的人一樣。——他不時到德國去逗留一下。但結果雖是德、法底衝突迫於眉睫，還是巴黎永遠在吸引他。那邊有他的喬治，他的義子。感情底理由還不是吸引他的唯一的原因。別的屬於靈智方面的理由，也有同等強烈的作用。對於一個慣於精神活動、慷慨地參預一切人類熱情的藝術家，要他重新習慣德國生活是很難的。並非那邊缺少藝術家。而是藝術家在那邊缺少空氣。他們和民族其餘的部分隔離着；它對他們不感興趣；別的思慮，社會方面的或實際方面的，佔據着公衆的精神。詩人們用着一種惱怒的傲慢的態度，幽閉在他們傲慢的藝術裏；他們以斬斷他們和羣衆生活底最後的連繫爲自得；他們只爲了幾個人寫作：富有才具的小貴族，精鍊的，貧弱的，它自身也分化爲敵對的小組，在他們被圍在內的狹小的地盤中窒息；因爲不能擴張，他們便拚命往下挖掘；他們墾着泥土，直到把土內的精華吸取淨盡而後已。於是，他們在混亂的夢境中迷失了，甚至不想把夢境互相溝通。各人站在原位上，在大霧中掙扎。沒有一道共同的光明。各人只能等自己身上發出光明。

相反，在那邊，萊茵彼岸，在西方的鄰人中，定期有些集體的熱情，羣衆的騷動，在藝術上吹過。像鐵塔威鎮巴黎一樣，君臨歐洲平原的，有那座永遠不熄的燈塔，有那古典的傳統，爲幾百年的勞作與光榮征略得來而世世相傳下來的，它既沒有役使精神，也沒有拘束精神，而是替精神指出幾世紀所遵循的大路，把整個民族都放在它的光明裏。德國思想家中——在黑夜裏迷失的鳥，——振翼撲翅的投向遙遠的燈塔的，已不止一個。但無疑的，在法國又有誰想到那股同情底力量，把鄰國多少慷慨的心引到法蘭西來！多少伸出着的手，不能替政治罪行負責的！……而你們，德意志底弟兄們，你們也不看見我們對你們說着：『瞧，我們的手伸在這裏。雖有種種的謊言與仇恨，人家決不能把我們分離。爲了我們精神與民族底偉大，我們需要你們，你們需要我們。我們是西方底兩翼。一根翅翼斷了，另外一根就無法飛翔。讓戰爭來罷！它決不能斬斷我們的握手，決不能斬斷我們同胞般的天才底飛躍。』

克利斯朵夫這樣想着。他感到兩個民族需要互相補足的程度，感到要是缺乏了彼此的相助，他們的精神，他們的藝術，他們的行動，勢必成爲殘廢與跛足。爲他這個出身於兩股文明匯集合一的萊茵流域的人，從小就本能地感到它們團結底必要：他全個生涯，他的天才底無意識的努力，都在於維持兩大翼底平衡與均勢。他越是富於日耳曼的幻夢，便越是需要拉丁的秩序與明白的精神。法蘭西於他顯得如是珍貴，便是這個緣故。他在此感到一種更能認識自己、更能主宰自己底好處。唯有在法國，他纔覺得保持着整個的自己。

他能夠對付那些與他有害的成分。他把外來力量溶化在自己的力量中。一股元氣充足的精神，在健康時能吞下所有的力量，連與他有害的也在內；他會把它們化爲自己的血肉。甚至有些時間，一個人會覺得最不像他的東西吸引他最厲害：因為在其中可以找到更豐富的養料。

克利斯朵夫對於人家作為他的敵手的那般藝術家底作品，比着對他的模倣者底作品更感愉快：——因為他也有了模倣者，使他大為失望地自命為他的信徒。這是一批誠實的青年，對他抱着敬意，勤勉的，可敬的，賦有一切的德性。克利斯朵夫很願作着最大的犧牲去愛好他們的音樂；但——（這正是他的運氣！）——實在沒有辦法：他覺得這種音樂毫無價值可言。倒是另一些對他個人表示反感，並在藝術上代表一些敵對傾向的音樂家，能使克利斯朵夫為他們的才具着迷……唉！這有什麼關係呢？這一般人至少是生活着！生命本身是一件那麼主要的德性，以致一個人缺乏了它的時候，即使他賦有一切其他的德性，也永遠不能算是一個完全誠實的人，因為他不是一個完全的人。克利斯朵夫開玩笑地說過，他只承認那些攻擊他的人是他的信徒。而當一個青年音樂家，來對他述說他的音樂志願，以為在恭維他的時候可以博得他的好感的辰光，他問道：

——那麼，我的音樂使您感到滿足？您是用這種方式來表白您的愛或憎的麼？

——是的，大師。

——那麼，住嘴罷！您沒有什麼可以說的。

因為痛恨這種生來為服從的柔順的精神，因為需要呼吸自己以外的思想，所以他受着和他的觀念絕對相反的人物吸引。他所交的朋友是把他的藝術、把他理想主義者的信仰、把他的道德觀念看作死板文字的人；他們另有一種不同的方式估量人生、愛情、婚姻、家庭、一切的社會關係；——他們也是些好人，不過屬於道德演變底另一階段；磨蝕克利斯朵夫一部分生命的悲愴與不安，為他們簡直是不可解的。這纔是他們的運氣！克利斯朵夫也不願教他們懂得。他不要求人家和他一般思想，鞏固他的思想：對於他的思想，他自己有把握。他所要求的是給他認識別的思想，給他愛別的心靈。愛，認識，多多益善。觀看，並且要學着觀看。他現在所到的境界，不但容納別人懷有他從前攻擊過的精神傾向，而且還從中感到樂趣：因為在他看來，這是助成宇宙豐富的成分。他因為喬治不像他那樣把人生看作悲劇而更愛喬治。要是人類一律披着道德嚴厲的外衣，或是帶着為克利斯朵夫用作武器的英雄式的強制氣息，那末人類將要太貧弱，色彩將要太灰暗。人類需要歡樂，需要無愁無慮，需要對偶像大膽的破壞，就是破壞最聖潔的也無妨。但願『使土地再生的高盧鹽』永遠存在！懷疑主義與信仰，兩者都是必需品。懷疑主義，蛀蝕着昨日的信仰，爲明日的信仰開路……他慢慢地離開人生，好像在一幅美麗的畫中，看見在近處互相擊觸的各種不同的色彩，融在一片和諧的幻術裏：這時候，一切纔於他顯得多麼明白！

克利斯朵夫對於物質世界底無窮的變化，也像對於精神世界般睜開了眼睛。這是從他第一次去意大利旅行時開始的收穫之一。在巴黎，他和畫家雕塑家們尤多往還；他覺得法蘭西天才中最優秀的成分都在他們身上。他們用着戰勝一切的大膽追逐着動作，他們在動作中間把顫動的色彩加以固定，他們扯下掩蔽人生的網，使你的心歡躍。爲一個懂得觀看的人，一滴光明眞是汲取不盡的寶藏！在這些精神上高於一切的怡悅旁邊，無聊的喧囂與戰爭還值得甚麼！……但就是這些喧囂與戰爭也成爲瑰麗的奇觀中的一部。應當擁抱一切，把否定的力與肯定的力，友視我們的與敵視我們的，把人生一切的素材投在我們心坎中的洪爐裏。一切底結果，便是從我們身上鍛鍊出來的塑像，精神底神聖之果；而爲使它更美起計，一切都是好的，即使要用我們作犧牲也無妨。創造的人有什麼關係？只有所創造出來的東西纔實在……想要侵害我們的敵人，你們是近不了我們的！我們是在你們的打擊之外……你們只咬着一襲空的外衣。我久已身在別處了！

他的音樂製作改換了清明的形式。這不復是春天底雷雨，像從前那樣積聚、爆發、而消滅的了。這是夏日底白雲，積雪的金色山峯，光明底大鵬，緩緩飛翔，翼蔽天空……創造！有如在八月恬靜的陽光下成熟的穀物……

先是一種模糊而強有力的迷惘，曖昧的歡樂，好似飽滿的葡萄、綻足的麥穗、懷孕的女子般的歡樂。大風琴底隆隆巨響，蜜蜂歌唱的蜂房……從這陰沉而明亮的音樂中間，好似秋天的一盤蜂蜜般，慢慢顯露出導引音樂的節奏，行星底規道顯明了；它轉動着……

於是意志出現了。它跳上轉瞬即逝的幻景底馬背，緊緊地夾着牠。精神承認了曳引它的節奏底律令；它馴服獷野的力，爲它固定路徑和目的。理智與本能底交響樂組織成功了。陰影開朗了。在風馳電掣般馳過的長路上，不時有些光明的焦點，它們在尚未成形的作品中又將成爲與太陽系密切相連的一些小行星底核心……

圖上大體的線條從此已經固定。現在，他的臉容在模糊不定的黎明中躍現了。色彩底和諧與物體底線條：一切都已確定。爲完成大業起計，所有生命底泉源都被徵發。記憶底香爐打開了，芬芳四溢。精神解放了感官，聽讓它們陶醉；它自己卻守着沉默；但它伏在暗處挑選它的戰利品。

一切都已準備就緒：伏役用着怡悅感官的材料，執行着由精神設計的作品。一個大建築家是需要一組技術純熟而肯賣力的好工人協助的。於是大寺造起來了。

『而神、注意着它的作品。而它覺得它、還不、會、完、善。』

主底眼睛觀看着作品全部；它、的手補足着作品底和諧。

幻夢完成了。『榮耀吾主』……

夏日底白雲，光明底大鵰，緩緩飛翔；整個天空被牠們的翅翼掩蔽了。

可是他的生活並不就此限於藝術。像他這類的人，不能不有所愛；而且不但是用這種一視同仁的愛，爲藝術家散播給一切生靈的愛；不，他還需要褊愛；他需要把自己給予一般由他選擇的人。這是樹木底根。他心房裏所有的血都是在其中更新的。

克利斯朵夫底血尙未到枯涸的時候。一縷愛情把他濡浸着，——成爲他最大的歡樂。對葛拉齊亞底女兒和奧里維底兒子的雙重的愛。他在思想上已把兩個孩子結合在一起，他還將在實際上把他們結合起來。

喬治和奧洛拉在高蘭德家相遇。奧洛拉住在她表姨母家。她一年中在羅馬住幾個月，餘下的時間就在巴黎。她十八歲，喬治比她長五歲。高大、筆直、優雅的身軀，小小的頭與寬闊的臉，金黃的頭髮，焦黑的皮膚，唇上有些薄髭底影子，明亮的眼睛，含着笑意的目光耽溺着思想，肥胖的下顎，褐色的手，又美又圓又結實的胳膊，生得很好的頸項，她帶着一副快活、肉感、與高傲的神氣。全無靈智氣息，很少感傷情調，她承襲了母親底慵懶。她會一口氣睡上十一小時。餘下的辰光，她閒蕩着，笑着，朦朧着。克利斯朵夫叫她陶爾諾斯金，睡鄉美人。她令他想起薩皮納那小婦人。她歌唱着上牀，歌唱着下牀，沒理由的笑，像兒童底憨笑一樣，又吞嚥着她的笑，好似忍住打呃一般。人家不知她怎麼消磨日子。高蘭德千方百計想教她學習漂亮的姿態，爲人們那麼容易地像油漆般塗在少女身上的，對她却全然無用：油漆黏不上。她甚麼都不學；幾個月的讀着一册書，爲她認爲極美的，但她八天以後就記不起書名與題材；她若無其事的寫出拼音錯誤的字，當她講着高深的問題時，常常鬧出大大的笑話。她憑着她的青春，她的快活，她的缺少靈智色彩，甚至也靠着她的缺陷，她的近乎淡漠的糊塗，她的天眞的自私，令人感到一股淸新之氣。老是那樣的自然！這個素樸與嬌憨的小姑娘，在高興時也會無邪地賣弄風情：那時，她居然勾引那些青年後生，在野外作畫，彈着曉邦底夜曲，挾着絕對不讀的詩集，講着理想主義派的說話，戴着同樣富於理想色彩的帽子。

克利斯朵夫把她觀察着，暗自好笑。他對奧洛拉懷有慈父般的溫情，寬容的，愛打趣的。對着他曾經愛過而如今在一個新的青春中重現、而預備接受他的愛情以外的另一愛情的人，他心中還有一股祕密的虔敬之情。沒有人知道他情愛底深度。唯一猜得到的是奧洛拉。從幼年起，她差不多一向看見克利斯朵夫挨在她身旁；她把他當做家族中的一份子。在她從前不像兄弟那樣受着寵愛而感覺痛苦時，她本能地親近克利斯朵夫。她在他心中猜到一種相似的苦惱；他也看到她的哀傷；他們並不明言，却把彼此的苦惱溶在一起。以後，當她發見把她的母親和克利斯朵夫結合起來的情操時，她自以爲是由於她的媒介，雖然他們從沒把她算在賬內。葛拉齊亞臨終時付託她的使命，和那只如今戴在克利斯朵夫手上的戒指，她是懂得其中意義的。這樣，她和他之間有着多少隱祕的聯繫，爲她無須明白懂得而就能在這些聯繫底錯雜性中感覺到的。她眞誠地愛她的老朋友，雖則她從來不能強自振作把他的作品演奏或瀏覽。相當優秀的音樂家，可是她連把題獻給她的樂譜裁開的好奇心都沒有。她歡喜和他熟習地談話。——自從她知道在他家中可以遇到喬治·耶南之時起，她來的次數更多了。

在喬治那方面，他也從沒覺得在克利斯朵夫那邊有那麼多的興趣。

可是兩個青年直過了好久纔感覺到他們眞正的情操。他們彼此先用一副嘲弄的目光相看。兩人毫無相似的地方。一個是無孔不入的水銀，一個是沉沉酣睡的水。但沒有多少時間，水銀顯得平靜了些，而沉沉酣睡的水也顯得淸醒了些。喬治指摘奧洛拉底裝束，指摘她的意大利口味，——

缺少細膩的變化，偏愛一些截然相反的顏色。奧洛拉歡喜譏嘲，好玩地模倣喬治底急促而有些做作的語調。兩人儘管互相揶揄，依舊很樂於相處……這算是譏諷呢，還算是談話？他們甚至把克利斯朵夫也拉在裏邊，而他也俏皮地替他們傳遞小箭。他們佯裝不在意；但他們發覺正是相反，他們是太注意了；而且因爲絕對隱藏不了他們的怨恨，尤其是喬治，所以一見面就免不了劇烈爭吵。其實所謂爭吵也不過是一些輕刺，因爲他們怕傷害；而打着他們的手，對他們是那麽可愛，以致他們覺得受於人的攻擊比着加於人的攻擊更有趣。他們好奇地彼此觀察，睜着眼睛搜尋對方底缺陷而在其中感到一股魅力。但他們絕對不肯承認。各人單獨對着克利斯朵夫時，都說另外一個使他受不了。可是他們照樣利用克利斯朵夫使他們相遇的機會。

有一天，奧洛拉在老朋友家，纔說她下星期日上午再來看他時，——喬治，照例像一陣風似的衝進來，對克利斯朵夫說他將在星期日下午再來。星期日早上，克利斯朵夫空等了一場奧洛拉。在喬治約定的時間上，她却出現了，道歉着說她有事相阻，不能早來；她在這上面編了整整一件小故事。克利斯朵夫對她這種無邪的狡計覺得好玩，便說：

——可惜。你本可以遇到喬治；他來過了，我們一同用了午餐；這下午他沒有空閒留在此地。奧洛拉失意之下，不再聽克利斯朵夫對她說的話了。他却高高興興地和她談着。她心不在焉的回答，幾乎要恨他了。有人按鈴。原來是喬治。奧洛拉驚動了一下。克利斯朵夫笑着，望着她。她懂得他在打趣她，便紅着臉笑了。他狡猾地用手指作着威嚇她的姿勢。突然，她眞情洋溢的跑去擁抱他。他在她耳畔輕輕地說：

——小頑皮，小壞蛋，小奸刁……

她把手掩着他的嘴，強使他緘默。

喬治對於這些笑，這些擁抱，完全莫名其妙。他的詫異的、甚至有些生氣的神色愈加使他們倆樂開了。

這樣，克利斯朵夫暗中使兩個孩子接近。當他成功的時候，他又差不多埋怨自己。他一樣地愛着他們兩個；但他把喬治批判得更嚴厲：他知道他的弱點，他把奧洛拉理想化；他自認對奧洛拉底幸福比對喬治底幸福負有更大的責任：因爲他覺得喬治有些像他的兒子，有些是他自己。所以他自忖把無邪的奧洛拉交給一個不十分可靠的同伴是不是罪過。

但有一天，他走過一座兩個青年在裏面的亭子時，——（那是在他們訂婚之後不久）——他怦然心動的聽見奧洛拉說笑地向喬治問起他過去的一樁豔遇，而喬治竟爽爽快快地講着。還有些別的談話，爲他們毫不隱瞞的，使他明白奧洛拉對於喬治底『道德』觀念比他自己要習慣得多。雖則兩人都很鍾情，他們却並不把彼此看做永遠相連；在愛情與婚姻問題上，他們表示一種自由精神，固然也有它的美，但和舊制度底白頭偕老、『至死勿渝』的結合有着多奇怪的差別。克利斯朵夫望着他們，不免感到一番惆悵……他們已經離他多遠！載着我們兒女的船駛得多快！……耐性啊！終有一天，大家都可在岸上相遇。

目前，那條船不大考慮它所要遵行的航路；它隨着當時一切的風飄蕩。——這種傾向於改變當時風俗的自由精神，倘使也在思想與行動底別的領域中建立起來，似乎也是自然的事。但是並不：人類的天性很少顧慮矛盾。就在風俗變得更自由的同時代，智慧却變得不自由得多，居然要求宗教來把它戴上枷鎖。而這種方向相反的運動，以一種奇妙的不合理的現象，竟在同一批心靈中發生。新加特力教潮流，正在征服一部分上流人物和智識分子，把喬治和奧洛拉也征服了。最可笑的是看這天生好責難的喬治，從來不信宗教、從來不曾措意到上帝與魔鬼的，——一個嘲笑一切的眞正的小高盧人，——竟突然聲言眞理是在這裏。眞理，他的確需要有一個而這一個是正好和他的需要行動、和他的法國布爾喬亞的間歇遺傳、和他的厭倦自由相配合。小馬遊蕩夠了；他走回來，自動地把自己縛在民族底耒耜上。幾個朋友底榜樣已經足夠。對於周圍思想界底氣壓特別敏感的喬治，就在第一批俘虜中間。奧洛拉跟着他，好似無論到哪兒都要跟他去一樣。他們立刻有了堅強的自信，瞧不起一切不和他們一般思想的人。噢，眞是命運底捉弄！這兩個輕佻的孩子居然變了眞誠的信徒，而葛拉齊亞與奧里維，以他們純潔的道德、嚴肅、熱誠的努力，雖然極其願意，却從不能獲得信仰。

克利斯朵夫好奇地觀察着這種心靈底演變。他並不像愛麥虞限般想加以抨擊，因爲愛麥虞限底自由的理想主義，是對於這種宿敵底回復感到氣惱的。但一個人不能抨擊吹過的風。只能等它過去。人類的理智困乏了。它纔作了一次巨人般的努力。如今，它困倦欲眠；而像一個過了一天穴長的日子的疲倦的兒童般，它在臨睡之前作着祈禱。夢鄉底門重新打開：跟着宗教來的，有那些通神的、神秘的、魔幻的氣息，訪問西方底頭腦。哲學也在眩暈。他們思想上的神道，柏格森，威廉·詹姆斯，都踰跟不定。理智底困倦一直表現到科學裏面。這個時間是會過去的。讓他們呼一口氣罷！明天，精神會覺醒，更敏銳，更自由……一個人努力工作過後，睡眠是甜蜜的。克利斯朵夫自己難得有聽任睡眠擺佈的時間，却樂於看到他的孩子們代他享受這幸福，獲得靈魂底休息，穩定的信仰，對他們的夢抱着絕對的信賴。他不願也不能和他們交換。但他私忖，葛拉齊亞底悽惻和奧里維底煩惱在他們的兒女身上獲得了蘇慰，實在是件美事。

——『我們所有的痛苦，我，我的朋友們，多少在我們以前的人所受的痛苦，不過是爲使這兩個孩子躋於歡樂之境……這歡樂，安多納德，你是生來可以享受而被剝奪了的！……啊！要是一般不幸的人，能夠預先感到在他們犧牲的生命中有一天會產生的幸福的話！』

爲何要對這種幸福表示異議呢？我們不該要人家依着我們的方式而幸福，而是依着他們的方式幸福。至多，他不過溫和地要求喬治與奧洛拉勿過於鄙視那些像他一般不參加他們的信仰的人。

他們簡直不屑和他討論，神氣似乎說：

——他是不能瞭解的……

在他們看來，他是屬於過去的人。而他們並不重視過去！他們中間常會無邪地談着他們以後所要做的事情，等克利斯朵夫『不復在此』的時候……——可是他們的確很愛他……眞是不知忌諱的孩子！他們在你身旁像蔓藤一般生長！這股自然底力，把你推着，把你驅逐着……

——『去你的罷！去你的罷！走開！輪到我了！……』

克利斯朵夫是聽到他們無聲的言語的，很想對他們說：

——別這麼急！我在這裏覺得很好。仍把我當做活人看罷！

他覺得他們天眞的專橫很好玩。有一天當他們對他裝出輕蔑的神氣時，他老實地對他們說：

——立刻說罷，說我是一頭老畜牲。

——不，我的老朋友，奧洛拉眞心的笑着說。您是最好的好人；但有些事情您不知道。

——而你又知道什麼，小妮子？這算是你的明哲麼？

——別嘲笑我，我，我是不知道多少事情。但他，喬治，他知道。

克利斯朵夫微笑道：

——是的，你說得對，孩子。一個我們所愛的人是永遠知道的。

使他比着對他們靈智的卓越更難屈服的是他們的音樂。他們把他的耐性作着最艱苦的磨鍊。當他們來到他家時，鋼琴是沒得休息的了。髣髴小鳥似的，愛情鼓動了他們的鳴聲。但他們不像小鳥那樣善於歌唱。奧洛拉對自己的才具並無幻象，但對未婚夫的看法就大大不同；她不覺得喬治底演技和克利斯朵夫底有何高下。或許她還更歡喜喬治底手法。而喬治，雖則很精細，很會嘲弄自己，也幾乎被愛人底信仰說服了。克利斯朵夫不和他們爭論；狡猾地，他竭力逢迎着少女說話，（要是他不像有些時候，厭倦極了，走出房間，把門關得特別響一些的話。）他用一副懇切而憐憫的笑容，聽喬治在琴上彈奏德利斯當。在傳達這些艱難的樂譜時，這可憐的小傢伙用盡心思，表現出少女般可愛的温柔，充滿着善良的情操。克利斯朵夫獨自笑着。他不願對青年說出他好笑的緣故。他只把他擁抱。他很愛他這樣。他或許更愛他……可憐的孩子！……噢，藝術底虛榮！……

他時常和愛麥虞限談起他的孩子們，——（他是這樣稱呼他們的。）對喬治很有情愛的愛麥虞限，說克利斯朵夫已經有了奧洛拉，應該把喬治讓給他：這是不公平的，他壟斷一切。

雖是他們很少與外界往來，他們的友誼在巴黎社會中已差不多成爲一種美妙的傳說。愛麥虞限對克利斯朵夫抱着熱情，爲了驕傲之故不願表示出來；他把這情操藏在一些古怪的行爲之下，有時對克利斯朵夫粗暴無禮。但克利斯朵夫並未被他瞞過。他知道這顆心如今對他如何忠誠，而他又是識得這忠誠底價値的。沒有一個星期，他們不是要相見兩三次。當他們身體欠佳，不能外出時，便彼此寫信。那是一些髣髴來自遠方的書信。外界的變故，遠不及在科學與藝術中所表現的某些精神底進步使他們感到興趣。他們在思想中討生活，對着他們的藝術沉思冥想，或在渾沌的事實下面辨出一些無人發見的、但在人類史上留下痕跡的微光。

最多的時候是克利斯朵夫到愛麥虞限寓所去。雖從最近一次病後，他的身體不見得比他的朋友更強，但他們之間的認爲愛麥虞限底健康需要更多的調護，已經成了習慣。克利斯朶夫不復能若無其事地爬上愛麥虞限底六層樓；當他走到時，直要好一會纔能喘過氣來。他們倆的不知保重是一樣的。雖則他們的氣管都有病，時常容易氣塞，却都是抽煙大家。克利斯朶夫的寧願他們約會在愛麥虞限家，這也是原因之一：因爲奧洛拉爲他抽煙底嗜好時常和他吵鬧，使他不得不躱避。兩個朋友在談話中間常有劇烈咳嗆的事情；於是他們只得停下，相視而笑，好比兩個做了錯事的小學生。有時，一個會教訓另一個正在咳嗆的人；但當氣息平靜之後，這另一個就堅決抗議說他的咳嗽與抽煙無關。

愛麥虞限書桌上，在許多紙張中的一片空隙裏，蹲着一頭灰色貓，望着兩個抽煙的人，嚴重地，帶着責備的神氣。克利斯朶夫說牠是他們的活的良知；爲抑壓牠起計，他把他的帽子罩在牠身上。這是一頭虛弱的貓，最庸俗不過的種，爲愛麥虞限在路上把牠在半死狀態中檢來的；經過了那番毒刑，牠從沒復原，喫得很少，難得玩耍，沒有一些聲響；很溫和的，牠睜着聰明的眼睛釘視主人，當他不在家時顯得多可憐，當他在家時睡在他近旁多滿足，要就是沉思默想，要就是幾小時的對着無法抓到的籠中的鳥出神，你給牠一些最輕微的關切，牠就有禮地打呼，忍耐地接受愛麥虞限底任性的、與克利斯朵夫底有些粗暴的撫摩，永遠留神着不抓人，不咬人。牠很嬌弱，有一只眼流着淚；牠咳嗆着；如果牠能說話，牠一定不會無恥地像兩個朋友般說：『煙與咳嗽無關』但牠忍受他們的一切；牠的神氣髣髴在想：

——他們是人，他們不知道他們所做的事情。

愛麥虞限很疼牠，因爲他覺得這頭痛苦的畜牲底運命與他的有些相似。克利斯朵夫還認爲他們連眼睛底表情都相像。

——幹麽不像？愛麥虞限說。

動物往往反映牠們的環境。牠們的外表，隨着牠們所接近的主人而變成細膩溫雅。一個蠢漢底貓，決沒有和一個思想之士底貓同樣的目光。一頭家畜能夠變成和善或凶惡，坦白或陰險，聰明或愚蠢，不但要依着主人給予牠的教訓，還要隨着主人自己的行爲而定。人底影響甚至也可以毋需。單是場所就能使畜牲改變形態。一幅清秀的風景可使動物底眼睛富有光彩。——愛麥虞限底灰色貓，是和悶人的頂樓、主人底殘廢、巴黎底天色調和的。

愛麥虞限變得較近人情了。他和最初結識克利斯朵夫的時期大不相同。一件日常生活中的悲劇把他深深地撼動了。他的女伴，被他在一個激昂的時間內、過分露骨的表示他厭倦她加之於他的情愛之後，突然失蹤。他找了她一夜，中心充滿着焦慮。終於他在一個警察所裏把她尋到。她曾經想自溺在塞納河裏；一個路人正在她舉足跨過橋欄時扯住了她的衣角；她不肯說出住址與姓名；還想去死。這種痛苦底景象使愛麥虞限大爲震驚；他不能忍受在受過了多少人底磨難以後，輪到他去磨難別人。他把這個失望的女子領回家，竭力設法療治被他剖開的傷口，使這苛求的女友對她所求於他的情愛恢復了信賴。他把胸中的反抗分子壓了下去，對此吞噬一切的愛情讓步了，他把他生命中僅存的部分獻給了她。所有他天才底精髓，如漲潮般重又在他心中洶湧澎湃。這個行動底使徒覺到了相信只有一樁行動是善的：就是勿加害於人。他的使命已告完成。髣髴掀起人類巨潮的力、只利用他作一種激起行動的工具。一朝完成了使命，他就一無所用：行動單獨前進。他望着它前進，差不多對於加諸他個人的侮辱已經漫不措意，但對於加諸他信仰的詆毀還不能完全釋然。因為雖然他以自由思想者底資格自命為擺脫了一切的宗教，而說笑地認為克利斯朵夫是一個化裝的教士，他究竟有他的祭壇，像所有強有力的思想者一樣，供奉着他們把自己作為犧牲的幻夢。如今祭壇被毀了；愛麥虞限不禁為之心碎。那些神聖的觀念，為人們費着多少艱辛使之戰勝一切的，一百年來優秀之士為之受盡苦難的，現在卻被後來者踹在脚下，怎能不令人目擊心傷！所有這法蘭西理想主義底奇妙的遺產，——這股對於自由的信念，有它的聖徒、有它的英雄、有它的殉道者的，這股對於人類的愛情，這種對於世界大同、四海兄弟底虔誠的憧憬，——被這般青年們用着何等盲目的暴行蹂躪！他們中了什麼瘋魔，竟會追念那些被我們戰敗的妖怪，竟會重新套上被我們粉碎的羈軛，高聲呼喚着力、底統治，在我的法蘭西心中重新燃起仇恨與戰爭底瘋狂！

——這不但在法國為然，整個世界都是如此，克利斯朵夫笑容可掬地說。從西班牙到中國，同樣的暴風吹襲着。沒有一個角落可以給你避風了！瞧，真是滑稽的事情：連我的瑞士也想做民族主義者了！

——你覺得這是令人安慰的現象麼？

——毫無問題。在此，我們可以看見這樣的急流決非由於幾個人底可笑的情欲，而是操之於一個支配宇宙的隱祕的神、明。而在這個神、明、之前，我學會了低頭。如果我不懂得，錯處是在於我，而非在於它。試着去瞭解它罷。但你們之中有誰肯操心這個問題？你們得過且過，只看見近在眉睫的界限，就以爲那是路途底終點；你們只看見把你們載沉載浮的浪，却看不見汪洋大海！今日之浪是印着昨日之浪、印着我們的浪底飛躍之勢的。今日之浪將替明日之浪預備地位，使明日忘記今日，正如今日之忘記昨日。我對於此刻的民族主義既不稱賞也不懼怕。它將和時間一同過去；它過去，已經過去了。它是梯子底一段。登到頂上去罷！自會有給養軍曹來到。聽，他的鼓和笛已經在吹奏！……

（克利斯朵夫在桌上打起鼓來，把貓驚醒了，嚇了一跳。）

……今日，每個民族強烈地感到需要集中它的力量，立一張清單。這是因爲，一百年來各民族都大改了樣子，而這改變是由於相互的影響，由於宇宙間一切智慧底巨大的投資，——由於建立起新道德、新科學、與新信仰的智慧。每個民族在和其餘的民族一同踏進新世紀之前，的確需要把自己的意識考察一番，準確地知道自己的面目和財產。一個新時代來了。人類將和人生簽訂一張新的契約。社會將依據新的律令而再生。明天，是星期日。各人結着一星期底賬目，各人掃除房屋，希望它清清楚楚，然後再和別人聯合起來，對着共同的上帝，和它締結新的同盟公約。

愛麥虞限望着克利斯朵夫；他的眼睛反射着過去的景象。克利斯朵夫說完之後，他停了一會，纔說：

——你是幸福的，克利斯朵夫！你不看見黑夜。

——我是在黑夜裏看得見，克利斯朵夫回答。我在其中過的日子久了，變成了一頭老貓頭鷹。

在這個時期，他的朋友們發覺他的舉動態度有了改變。他老是心不在焉，好似不在這裏。他不留心聽人家對他所說的話。他常帶着恍惚與微笑的神氣。當人家提醒他這種漫不經心的情態時，他懇懃道歉。他有時用着第三人稱來講到他自己：

——克拉夫脫會替您辦這件事情……

或者……

——克利斯朵夫眞要笑……

那些不熟知他的人說：

——這樣的自溺狂！

其實正是相反。他像一個外人一般從外面看他自己。有些時候，一個人連對於美的奮鬥也會不加關切，因爲在完成了他的任務之後，他幾乎相信別人自會完成他們的任務，而且歸根結蒂，像羅丹所說的『美永遠會戰勝。』惡意與褊枉也不會再使他反抗。——他笑着說反抗是不自然的，會教生命從身上溜走。

實在他已沒有從前的強壯。生理上輕微的努力，長途的步行，急速的奔馳，都使他感到疲乏。他立刻會氣吁吁的，心跳不已。他偶而想起老朋友蘇茲。他不對別人說起他的感覺。有什麽用，是不是？對人家說了只會令人躭憂，而你自己又不會痊愈。並且他也不把這些不快的現象當眞。他害怕人家強迫他醫護，遠過於害怕患病。

由於一種祕密的預感，他渴欲再見一次故鄉。這是他年復一年延宕下來的計劃。他總想，等下年罷……這一次，他可不再延遲了。

他不通知任何人，偷偷地走了。旅行底時期很短。克利斯朵夫一些都找不到他所要來尋找的東西。在他上次經過時顯露端倪的改革，現在已經告成：小城一變而爲大工業都市。古舊的屋子消滅了。公墓也消滅了。在薩皮納農莊底地位上，變了一座煙突高聳的工廠。河水把克利斯朵夫童時游戲的那片草地冲完了。一條滿着醜惡的建築物的街（又是怎樣的街！）題着他的名字。過去一切都死了，連死者也都完了……好罷！生命依舊繼續；或許有別的小克利斯朵夫在出神，在痛苦，在奮鬥，在這條飾有他名字的街旁破屋裏。——在巨型市政廳底音樂會中，他聽見人家顚顚倒倒的奏着他的一件作品；他簡直辨認不出……好罷！儘管誤解，也許它會刺激起新的力量。我們已經播了種子。你們愛把它怎麼辦就怎麼辦罷，把我們去滋養你們罷！——克利斯朵夫在黑夜將臨的辰光，在城市四周的田野中漫步，大霧在田上飄浮，他想到大霧也將籠罩他的生命，籠罩他心愛的生靈，從塵世上消滅的，躲在他心坎裏的，爲將臨的黑夜快要把他們和他一齊遮蓋的……好罷！好罷！

我不怕你，噢，黑夜，你這陽光底孵育者！一顆星熄了，無數的星將要顯現。好似一盅沸騰的牛乳，空間底深淵都洋溢着光明。你決不能把我熄滅。死神底氣息會重新燃起我生命底火焰……

從德國回來，克利斯朵夫想在當初遇到阿娜的城中耽擱一下。自從他離開她以後，他絲毫不知道她的消息。他不敢打聽。多少年來，一想到她的名字就使他發抖……——現在他平靜了，一無所懼了。但晚上，在那面臨萊茵的旅館臥室裏，奏着明天節日的熟習的鐘聲，又使過去底形象復活。從河上傳來一股遙遠的危險的氣息，爲他此刻所不甚瞭解的。他整夜回憶着那件故事。他覺得自己躲過了可怖的主、宰；這於他是一種又甘美又淒涼的滋味。他對於明天所要做的事情不能決定。一忽兒他忽然想——（過去已經那麼遙遠！）——去拜訪勃羅姆夫婦。但到了明天，勇氣消失了；他甚至不敢向旅館探聽醫生和他的妻子還在世不在。他決意動身……

正要動身時。一股不可抵抗的力量促使他走到阿娜從前常去的教堂；掩在一根柱子背後，從那裏可以望見她當年來下跪的櫈子。他等待着，心裏確信要是她來，一定還是到這個位置上。

果然有一個女人來了；他可認不出她。她和別的婦女多麼相似：肥胖的身材，飽滿的臉，滚圓的下巴，淡漠與冷酷的表情。穿着黑衣服。她坐在櫈上，屹然不動：既不像在祈禱，又不像在傾聽；她向前直望着。在這個女人身上，絲毫沒有使克利斯朵夫想起他所等待的那個女人底影子。只有兩三次，有一個微覺古怪的姿勢，好似撩撥膝上的衣褶。從前，她、是有這個姿勢的……在出去的時候，她在他身旁走過，慢慢地雙手交叉着放在腹部，捧着一本聖經。她的陰沉而煩悶的眼睛，在一刹那間對克利斯朵夫底眼睛射出一道微光。他們仍是不曾辨認出來。她僵直地走過了，頭也不回。直到一忽兒後，他在記憶底閃光裏，纔突然認出，在冰冷的微笑之下，在嘴唇底某些褶紋中間，認出那張他曾吻過的嘴……他窒息着，雙腿發抖。他想道：

——主啊，我曾愛過的人是在這個身軀裏麽？她在哪裏啊？她在哪裏啊？而我自己，我又在哪裏？愛她的人在哪裏？在我們身上，在吞噬我們的這殘酷的愛情中間，又留下些甚麽？——一堆灰燼。那末火呢？

他的上帝回答道：

——在我身上。

於是他舉起眼睛；最後一次，他又瞥見了她，——在人堆中，——從大門出去，走在陽光裏。

他回到巴黎之後，纔和他的宿敵雷維—葛消釋前嫌。這傢伙把他長久地攻擊着，用着狡猾的天才和惡毒的用意。隨後，到了成功底高峯，載滿着榮譽，定下了心神，回復了正常，他倒暗中承認了克利斯朵夫底優越；於是他對他表示慇懃。可是攻擊也好，慇懃也好，克利斯朵夫只裝不看見。雷維—葛終於灰心了。他們住在同一市區，常在街上相遇。兩人都裝作不相識的神氣。克利斯朵夫在走過時若無其事的對雷維—葛瞥視一眼，彷彿不會看見他一樣。這種泰然自若的否認他的方式把雷維—葛氣壞了。

他有一個十八到二十歲間的女兒，生得又秀麗、又細膩、又漂亮，側面看來好似小綿羊，一頭金黃的鬈髮，一雙媚人的眼睛，和一副呂尼式的笑容。他們時常一同散步；克利斯朵夫在盧森堡公園底走道上遇見他們：顯得很親密的模樣；少女可愛地靠在父親臂上。克利斯朵夫爲消遣起計、素來很注意美麗的臉龐，對這一個尤其覺得歡喜。他連帶想起雷維—葛道：

——這畜牲倒運氣！

但他高傲地又想：

——我，我也有一個女兒。

於是他把她們倆作比較。這比較，爲他的偏心把一切長處都歸於奧洛拉的比較，終於在他想像中造成了兩個並不相識的女郎之間的假想的友誼，並且在無形中使他接近雷維—葛。從德國回來，他得悉『小綿羊』死了。他爲父的自私立刻想到：

——要是我的一個遭了這命運！

於是他對雷維—葛抱着無限的同情。他立刻想寫信給他；他開始了兩封，都覺得不滿意，他還存着不必要的羞惡之心，便不會寄出。但幾天之後重新遇到雷維—葛時，那副苦惱的神色使他忍不住了：他逕自走向不幸的人，對他伸出手來。雷維—葛也毫不遲疑的抓住了。克利斯朵夫說：

——您失去了她！

他的感動的口吻深深打動了雷維—葛。他爲之感到一種不可言喻的感激……他們交換了一些痛苦與惶惑的說話。當他們隨後分手的辰光，他們之間的阻隔完全消除了。他們曾經厮殺過來：那無疑是命定的；讓各人去完成他天性底律令罷！但當我們看得悲喜劇底終局時，應該把各人如面具般戴着的情欲卸下來，大家面對面的重新相遇，——發覺彼此誰也不比誰高明，很有權利在盡力扮演過他們的角色以後互相握手。

喬治和奧洛拉底婚期定在春初。克利斯朵夫底健康很快往下降落。他已注意到他的孩子們用着不安的神氣觀察他。有一次，他聽見他們低聲談話。喬治說：

——他臉色多不好！他很可能病倒。

奧洛拉回答道：

——但願他不要使我們的婚禮延遲！

他記着這幾句。可憐的孩子們！儘可放心，他決不會妨害他們的幸福！

但他實在不知謹愼，婚禮前兩天——（近幾日來他可笑地騷動着；髣髴是他自己要結婚的樣子，）——他竟糊塗到使老病復發，直要追溯到節場時代的那場肺炎似乎又覺醒了。他咒罵自己昏瞶。他發誓在婚禮未告終以前決不退讓。他想到垂死的葛拉齊亞，在他舉行音樂會底前夕不願把她臥病底消息通知他，以免妨害他的任務與快樂。想到現在要把她從前對他所做的事情來還給她的女兒時，他不禁非常快慰。於是他便隱瞞着他的疾病；但實在不容易撐持到底。還好靠着兩個孩子底幸福所給予他的歡喜，居然把長時期的教堂儀式挨了過去。一回到家，在高蘭德那裏，他的精力就把他放棄了；他僅僅有時間把自己關在一間房內就暈去。一個僕人發覺了這個情景。克利斯朵夫回復了知覺，不許人家對當晚要出發旅行的新夫婦提及。他們太注意自己，再也無心顧問任何旁的事情。他們快快活活的和他告別，答應他明天寫信，後天寫信……

他們一走，克利斯朵夫立刻躺在床上。熱度又上了他的身，老是不退。他孤獨着。愛麥虞限也在害病，不能來。克利斯朵夫不看醫生，不認為自己的病勢嚴重。並且他也沒有僕人可去請醫生。早上來兩小時的打雜的女人，對他全不關心；他還更進一步使自己完全得不到她的服侍。當她收拾房間時，他會叮囑過她幾十次，別亂動他的紙張。她卻頑固非常；這一次他腦袋釘牢在枕上時，她認為時機到了。他躺在牀上，從衣櫃底鏡子裏望見她在隔室把一切都攪得亂七八糟。他那樣的震怒——（不，不正是，老人底性格依舊存在！）——立刻從被窩中跳出來，從她手裏搶下一捲紙，把她推出門外。他的發怒使他發了一場極重的寒熱，並且使那個女僕氣惱之下，從此一去不回，連對『這個老瘋子』（她是那樣稱呼他的）通知一下都不願意。於是他害着病，無人侍奉。早上，他起來拿放在門外的牛奶瓶，再看看女門房有沒有把那對愛人答應他的書信放在門下。沒有信；他們在幸福中把他忘了。他不怨他們；自忖在他們的地位上也會一樣做法。他想着他們無愁無慮的快樂，又想到這是他給予他們的。

當奧洛拉底信終於來到時，他已經好一些而開始起牀了。喬治只在信尾簽了一個名。奧洛拉很少問起克利斯朵夫底近狀，報告他的消息也不多；但另外倒託他辦一件事情：她要求把她忘在高蘭德家的一條圍巾寄給她。雖然這絕對不是一件要事，——（奧洛拉只在寫信時想起，且也因爲她搜尋着談話資料的緣故，）——克利斯朵夫却因爲還能替他們做些事情而很高興，立刻爲了那件東西出去了。外面正是驟雨底天氣。冬天又作了一次襲擊。溶着雪，刮着冰冷的風。沒有車。克利斯朵夫在郵局裏等着。辦事人底無禮與故意的遲緩惹他惱怒，而惱怒又不會加速他的事情。這些易怒的脾氣，爲他鎭定的精神所擯斥的，一部分也是由於疾病所致；它們震撼他的身體，好似一株搖搖欲墜的橡樹，被人撼動之下，發出一陣最後的顫抖。他瑟縮着回家。女門房在樓下遞給他一段從雜誌上剪下來的文字。他瞥了一眼，原來是一篇凶惡的文章，對他的攻擊。這些東西現在是很難得的了。攻擊一個不覺得你的拳頭的人是沒有趣味的！即是一些最頑強的仇敵，儘管輕蔑他，也不禁感染到一種使他們氣憤的敬意。俾斯麥曾經說過，似乎帶着遺憾的口氣：

「人家以爲愛是最不由自主的。其實敬重還要更加不由自主……」

但這篇文章底作者屬於那些強者之列，比俾斯麥武裝得更好，並沒受到愛和敬底侵襲。他用蠻橫侮辱的口氣講着克利斯朵夫，並預告在下半個月中還要發表一串攻擊他的文字。克利斯朵夫笑了，一邊上牀一邊說道：

——他將大喫一驚呢！他在我家裏再也找不到我了。

人家要他雇一個看護服侍；他固執地拒絕了。他說他一向過着孤獨的生活，至少他在這種時期內可以享享孤獨底清福。

他並不煩悶。在此最後幾年中，他一直和自己對話，髣髴他的靈魂是雙重似的；幾個月來，他內心的同伴愈加增多了；在他心中的靈魂不但有兩顆，而且有十顆。它們在交談；更多的時候，它們歌唱。他有時參與他們的談話，有時沉默着聽它們。在牀上，桌上，在他手所能及的地方，他老是有五線譜紙可以記下它們和他的談話，一邊還笑着那些雋永的答語。機械的習慣；思想與書寫，這兩個動作差不多成爲同時的了；爲他，書寫是明明白白地思想。一切打擾他和這些靈魂的敍談的，都使他厭倦，使他生氣。甚至有些時候，對他最心愛的朋友也不免如此。他勉強不對他們表示；但這種強制使他極度疲乏。當他隨後重新找到自己時，他眞高興極了：因爲他剛纔迷失了；在人間的絮語中，無法聽到內心的聲音。神明的靜默啊！……

他只允許女門房或她孩子中間的一個，每天來兩三次看看他有何需要。他也託他們傳遞字條，那是直到最後幾天還是和愛麥虞限交換着的。兩位朋友差不多病得一樣重；他們對自己已毫無妄想。克利斯朵夫底有信仰的自由心靈，和愛麥虞限底無信仰的自由心靈，異途同歸地，到達了同樣的博愛爲懷的清明境界。在他們越來越難辨認的顫抖的字跡中，他們所談的沒有一句關於他們的病狀的話，而是那些永遠的話題：他們的藝術他們的思想底前途。

直到有一天，克利斯朵夫用着顫危危的手，寫出瑞典王在戰場上臨死時的一句名言：

「我已經完成了我的願望，兄弟，救你自己罷！」

好似面對一座七級浮圖般，他縱覽着他的一生……青年時期巨大的努力，爲佔有他自己頑強的奮鬥，爲對別人爭取簡單的生存權利，爲在種族底妖魔手中奪出他的性格。卽在勝利之後，他還是不得不夙夜警惕，守護他的征略品，卽對勝利本身也要防範。隨後是友誼底甘美與試鍊，藉鬥爭之力，孤獨的心重新擁抱了人類這個大家族。以後是藝術底圓滿，生命底頂點。驕傲地君臨着被他征服的精神。自以爲能主宰他的命運時，却在峯迴路轉的當口突然遇到了神祕的騎士，遇到了喪事、情欲、羞恥、主底前衞。顚撲了，被馬蹄踐踏，鮮血淋漓的爬到山頂上，在那邊，淨煉的野火在雲中吐着火焰。劈面遇見了神。他和它搏鬭，像雅各和天神一樣。戰鬥完了，筋疲力盡。於是他珍惜他的失敗，明白了他的界限，努力在主、爲我們指定的領域中完成主、底意志。爲的是，當耕植、播種、收穫、艱苦而美妙的勞作完成以後，能有權利躺在陽光輝耀的山脚下休息，並且對它們說：

「祝福你們！我不來領略你們的光明。但你們的陰影爲我是甘美的……」

這時候，至愛的人兒顯現了；她握着他的手；死神摧毀了他肉體底藩籬，把他女友底靈魂灌輸到他的靈魂裏面。他們一同走出了日光底陰影，到達了最幸福的高峯，——在那邊，過去，現在，將來，像三美人（希臘神話中美的最高代表。）般手挽着手繞成一個圓形的隊伍，——在那邊，平靜的心，同時看到了悲哀與歡樂底生長、發榮、與枯萎，——在那邊，一切都是和、諧、……

他釘牢在牀上。一個蠢婦在上一層樓幾小時的彈琴。她只知道一個曲子；永遠不倦的彈着同樣的樂句；她在其中感到多少樂趣！爲她，這些句子是一種歡樂，是千變萬化的情緒。克利斯朵夫懂得她的幸福；但被她弄得煩躁不堪，幾乎要哭了。要是她至少不敲得這麽響的話！聲響之於克利斯朵夫，和惡習一樣可憎……他終於隱忍下來，要學會聽而不聞不是容易的事。可是也不像你想像中的那樣苦惱。他遠離了他的肉體，這個病弱而粗俗的肉體……幽閉在裏面多少年，眞是多麽可惱！

他看着它憔悴，心裏想道：

——它撐不到多久的了。

他摸索着人類的自私的脈搏，又尋思道：

——你究竟更愛哪一樣？是克利斯朵夫本人與姓名底記憶永存而讓他的作品消滅呢，還是他的作品永存而讓你的本人與姓氏一無遺留？

他毫不遲疑的答道：

——讓我消滅而使我的作品永生罷！我可以獲得雙倍的利益：因爲這樣、我所留存的只有我的最真、唯一的真的部分。讓克利斯朵夫滅亡罷！……

但一忽兒後，他感到他對於作品和對於他自己同樣的渺不相關。相信他的藝術底壽命，真是何等幼稚的幻象！他不但明白看見他少許的作品底命運，且還見到一切現代音樂所將遭受的毀滅。音樂語言比什麼都消耗得快；一二百年之後，它只有幾個專家纔能懂得。蒙德凡第與呂利還在哪些人底心目中存在？蘚苔已經在侵蝕古典森林中的橡樹了。有我們的熱情歌唱着的聲音的建築物，將要成爲空虛的廟堂，在遺忘中毀圮……克利斯朵夫訝異自己凝視這些廢墟而竟不會爲之惶惑：

——難道我並不怎樣的愛生命麼？他驚訝地自問。

但他立刻懂得這是因爲他比誰都更愛生命之故……對着藝術底廢墟痛哭麼？不值得。藝術是映在自然界中的人類底影子。讓它們一齊消滅罷，被陽光吞沒罷！它們使我看不見陽光……自然界無窮的寶藏在我們手指中間漏過。人類的智慧想在一個網裏掏取流水。我們的音樂是幻象。我們的音階是憑空虛構的東西。它們和任何活的聲音沒有關連。這是在許多實在的聲音中所作的一種遷就的東西，是韻律在動盪的無窮上面的一種運用。精神需要這個謊言去瞭解那不可解，因爲它要相信這謊言，它就相信了。但它究竟不是眞的，究竟不是活的。精神從自己創造的這系統身上所獲得的快感，完全是把對於現實的直覺加以錯亂的後果。不時有一個天才，偶而在一刹那間和陸地接觸的時候，突然瞥見了超乎藝術範圍的現實底巨流。堤岸崩潰。自然從一道隙縫裏回進來。但這裂痕不久就被彌縫。人類理智必不可少的保障！要是它的眼睛遇到了耶和華底目光，它會滅亡。於是，它重新把它的牢房塗上水泥，使外面的東西一進來就得被它消化。而這對於一般不願觀看的人也許是美的……但我，我是願意見到你的面目的，耶和華！即使我會消滅，我還是要聽你巨雷般的聲音。藝術底聲音使我侷促。使精神緘口罷，人類靜默罷！……

但在這段美妙的說話過了幾分鐘之後，他又到散在被單上的紙堆裏去摸索一頁，還想寫下幾個音符。當他發覺自己的矛盾時，便微笑着說：

——噢，我的老夥伴，我的音樂，你比我更好。我是一個薄情的人，我把你驅逐。但你，你絕對不離開我；你並不爲我的任性而賭氣。恕我！你很明白這不過是廢話。我從沒欺騙你，你也從沒欺騙我。我們彼此都很信賴。我們一起動身罷，朋友。留在我身邊罷，直到終局。

和我們一起超離罷……(Bleib bei uns……)

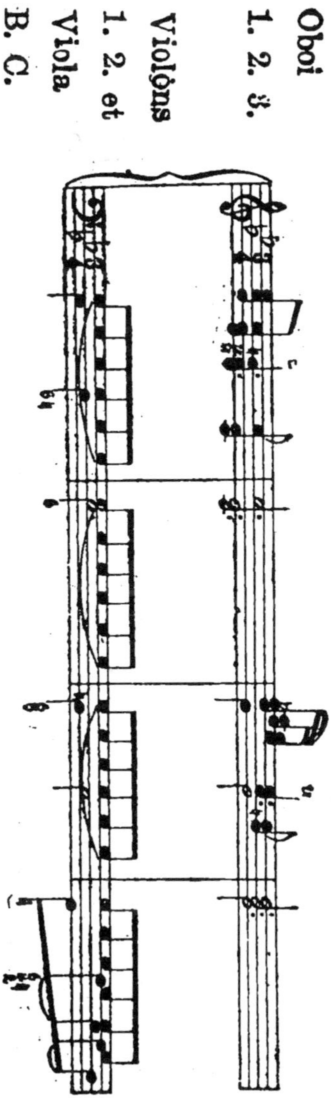

他纔從一次長久的昏迷中醒來，渾身發燒，滿着幻夢。奇怪的夢，他還印有它的痕跡。如今，他望着自己，撫摩自己，尋找自己，再也找不到了。他覺得他是『另一個人』了。另一個，比他自己更可寶貴的……誰啊？……他髣髴在夢中另外有一個化身在他身上。奧里維？葛拉齊亞？……他的心，他的頭腦，是這樣的衰弱！他在所愛的人中分辨不出。分辨又有何用？他對他們都是一樣愛着。

他困在一種眾人的幸福裏。不願動彈。他知道痛楚潛伏在旁，好似貓窺伺着耗子一樣。他裝着死人。已經！……房裏沒有一個人，琴聲緘默了。孤獨。靜默。克利斯朵夫歎着氣。

——一個人到生命底終了能夠說他就在最孤獨的時候也從沒有孤獨，眞是何等幸福！……我在路上遇到的靈魂，在某一時期爲我援手的弟兄們，我思想中的神祕的精靈，死的與活的，——全是活的，——噢！我所愛的一切，我創造的一切！你們用着熱烈的摟抱圍繞我，守護我，我聽到你們的音樂。祝福那個把你們賜予我的命運喲！我是富有的，我是富有的……我的心裝滿了！……

他望着窗子……像老年的巴爾扎克所說的，宛如一個美麗的盲女般的、沒有陽光的好天氣……克利斯朵夫望着掠在窗上的一根樹枝出神。樹枝膨脹起來，滋潤的嫩芽爆發了，小小的白花開滿了；在花間葉間，在這復活的生命中間，有一種對着甦生的力全部付託的氣息，使克利斯朵夫不復覺得他的氣塞，不復感到他垂死的軀體，而在樹枝上面再生。這生命底柔和的光輪沐浴着他，有如一個吻。他的愛情充溢的心，交給了這株在他彌留時間微笑的美麗的樹。他想到，在這一刹那有着無數的生靈在相愛，想到這個爲他是彌留的時間，爲別人是銷魂蕩魄的良辰，他又想到這是永遠如此的，生命底強烈的歡樂從來不會枯涸。在急喘中，用着一種不復服從他思想的聲音，——（也許他喉嚨裏沒有一些聲音吐出，但他自己不覺得）——他唱起一闋獻給生命的頌歌。

一個無形的樂隊和他對答着。克利斯朵夫自忖道：

——他們怎麼會知道的呢？我們又不會練習過。但願他們奏到終局，沒有錯誤！

他掙扎着坐起，使全樂隊都可看見他，用粗大的手臂按着拍子。但樂隊奏得毫無錯誤；他們自己很有把握。多神妙的音樂！聽，他們此刻居然奏起回答他的句子來了！克利斯朵夫覺得很有趣：

——等一等，好傢伙！我一定會追上你。

於是他把幻杖一揮，任性地把船衝了出來，向左，向右，向着些危險的過道。

——這一個，你將怎樣摸索出來？……還有那一個抓住啊！……然後是另外一個？……

他們老是摸得很清楚；對於大膽的地方，他們用着更危險的調子回答。

——他們又將發明些甚麼？這些可惡的頑皮！……

克利斯朵夫高聲叫好，縱聲大笑。

——見鬼！要跟蹤他們倒不容易起來了！難道我要被他們戰敗麼？……你們知道，這個玩藝兒不能算數！今天我是累了……沒有關係！還不能說他們定會得勝呢……

但樂隊所奏的荒誕詭譎的樂曲，那樣的豐滿，那樣的新穎，以致他除了張口結舌的聽着以外毫無別的辦法。連氣都喘不過來了……克利斯朵夫只覺得自己可憐。

——畜牲！他對自己說，你倒空了。住嘴罷！樂器已經竭盡所能。這個身體已經完了！我需要另外一個的了。

但身體反抗着。劇烈的咳嗆使他聽不見樂隊：

——你還不安靜下來！

他搯着喉嚨，用拳頭敲打胸脯，好似對付一個非制服不可的敵人。他在一場喧鬧的情景中重又看見自己。一堆羣衆呼嘯着。一個人使勁把他摟着。他們一齊滾在地下。那人壓在他身上他窒息了。

——放手啊，我要聽！……我要聽！不然我就殺死你！

他把那人底腦袋撞在牆上，但他終是不放……

——但現在又是誰啊？我和誰在扭做一團的廝打？我所抓着的這個把我燃燒的身體又是什麼東西？

眩惑的混亂。一片熱情底渾沌。狂怒，淫欲，肉底摟抱，池塘裏的汚泥最後一次攪上來……

——啊！難道終局還不能即刻臨到麽？黏在我皮肉上的水蛭，難道我不能把你拉下來？……那末，我的臭皮囊，和水蛭一齊滾下去罷！

從肩上，從腰裏，從膝上，克利斯朵夫撑持着把無形的敵人推開。……他解放了！……那邊，音樂老是在演奏，慢慢地遠去。克利斯朵夫汗流浹背，向它伸着手臂：

——等一等我！等一等我！

他跑着想追上它。他蹌踉着。他撞倒了一切……他跑得那樣急促，甚至不能呼吸。他的心跳着，他的血在耳朵裏響：一列火車在一條隧道下駛過……

——這多蠢，天哪！

他對樂隊絕望地做着記號，教他們不要把他留下……終於！從隧道中出來了！……重歸靜寂。他又聽到了。

——多美！多美！再來啊！大膽罷，我的夥伴們……但這是誰的？……你們說？你們說這音樂是約翰·克利斯朵夫·克拉夫脫底？得了罷！多胡鬧！我認得他的，也許！這樣的東西他從來不能寫下十節……誰又來咳嗽了？別鬧出這些聲響來啊！這是什麽和音？……還有那一個？……別這麽快！等等我！……

克利斯朵夫發出一些不成音的叫喊；他的手，在抓着的被單上做着寫字底姿勢；而他疲憊的頭腦，機械地尋思着這些和音是用什麽原素組成的，它們又宣告些什麽。無論如何想不出：激動的情緒使他不得不撒手……他重新開始……啊！這一次，可過於……

——停下來，停下來，我跟不上了……

他的意志完全渙散了。克利斯朵夫闔上眼睛。幸福的淚水從他緊閉的眼皮內流下。爲他不曾覺察的望着他的小姑娘，虔誠地拭去他的眼淚。在此世所經過的一切，他全都感覺不到了。樂隊已經緘默，把他留在令人眩暈的和諧裏，謎始終沒有解決。固執的頭腦，還是反覆地想着：

——但這是什麼和音？怎麼把它接下去？我很想在終局以前把它解決啊……

現在有許多聲音起來了。一個熱情的聲音。阿娜底悲劇式的眼睛……但同時又不是阿娜。這雙充滿着仁慈的眼睛……

——葛拉齊亞，是你麼？……你們中間的哪一個呢？你們中間的哪一個呢？我再也看不清你們……爲何太陽這樣的姍姍來遲？

三座鐘恬靜地奏鳴着。麻雀在窗口鼓噪，提醒他是給牠們喫東西的時候了……克利斯朵夫在夢中重又見到了童時的臥房……鐘聲復起，天已黎明！美妙的音浪在輕快的空中迴旋。它們是從遠方來的，從那邊的村子裏……江聲浩蕩，在屋後奔騰……克利斯朵夫看見自己肘子靠在樓梯底窗檻上。他整個的生涯在他眼前流着，有如萊茵。他整個的生涯，他所有的生靈，魯意莎，高脫弗烈特，奥里維，薩皮納……

——母親，愛人，朋友……他們叫什麼名字？……愛情，你在哪兒？我的許多靈魂，你們在哪兒？我知道你們在這裏，而我抓不到你們。

——我們和你同在。安息罷，我們至愛的人！

——我再也不能失掉你們了。我找了你們多久！

——別煩惱。我們不再離開你了。

——可憐！河流把我席捲着……

——席捲你的河流，把我們和你一起席捲了。

——我們往哪兒去呢？

——往我們相聚的地方。

——不久就到了麼？

——瞧罷！

克利斯朵夫作着最大的努力，擡起頭來，——（神啊，腦袋多沉重！）——看見盈溢的河水，淹沒着田野，莊嚴地流動着，緩緩地，差不多靜止了。而在遙遠的天際，像一道閃電似的，髣髴有一股銀色的巨流，在陽光下輝煌地向他衝來。宏大的聲音，與海洋無異……他的微弱的心問道：

——是他、麽？

他的愛人們答道：

——是他。

慢慢地死去的頭腦思忖着：

——門開了……我所尋找的和音在這裏了！……但這不是終局麽？又是何等嶄新的世界！……我們明天再走。

噢，歡樂，眼見自己在上帝至高的和平中消滅，眼見終身曾經盡力效勞：眞是何等的歡樂！……

——主啊，你對於你的僕人不致過於不滿吧？我的成績那麽少！我不能做得更多……我曾奮鬥，我曾痛苦，我曾流浪，我曾創造。讓我在你爲父的臂抱中呼一口氣罷。有一天，我將爲了新的戰鬥而再生。

於是，奔騰的河水，洶湧的海洋，和他一齊唱着：

——你將再生。休息罷！一切只是一顆心。日與夜交融以後的微笑。和諧，是愛與憎結合起來的莊嚴的配偶！我將謳歌生着兩大翅翼的神明。頌讚生命！頌讚死亡！

聖者克利斯朵夫渡過了河。他整夜在逆流中走着。他的結實的身體，像一塊岩石一般矗立在水面上。左肩上頂着一個孅弱而沉重的孩子。聖者克利斯朵夫倚在一株拔起的松樹上。松樹屈曲。他的脊骨也屈曲了。那些看他出發的人都說他渡不過的。他們長久地嘲弄他，訕笑他。隨後，黑夜來了。他們厭倦了。如今，克利斯朵夫已經走得那麼遠，聽不見留在那邊的人底叫喊。在激流澎湃中，他只聽見孩子平靜的聲音，——他用小拳頭抓着巨人額上的一綹頭髮，嘴裏老喊着：『走罷！』——他走着，傴着背，眼睛向着前面，釘住着黝黑的對岸，削壁慢慢地顯出白色了。

突然，早禱的鐘聲響了，無數的鐘聲一下子驚醒了。天又黎明！在黝黑的危崖後面，不可見的太陽在金色的天空昇起。快要顛撲的克利斯朵夫，終於達到了彼岸。於是他對孩子說：

——我們終究到了！你多沉重！孩子，你究竟是誰啊？

孩子答道：

——我是即將來到的日子。

卷十終——全書完

約翰·克利斯朵夫

著者　羅曼羅蘭
譯者　傅雷
出版者　駱駝書店
上海北京西路六五七號
定價　全四冊七十三元

中華民國三十五年一月初版（一—1000）
中華民國三十六年二月三版（三001—四000）

Romain Rolland:
Jean-Christophe
4